LA COLLECTIONNEUSE DE SECRETS

SALLY PAGE

LA COLLECTIONNEUSE DE SECRETS

traduit de l'anglais
par Maryline Beury

l'Archipel

Ce roman a été publié sous le titre
The Keeper of Stories
par One More Chapter, Londres, en 2021.

Notre catalogue peut être consulté à l'adresse suivante :
www.editionsarchipel.com

Éditions de l'Archipel
92, avenue de France
75013 Paris

ISBN 978-2-8098-4841-0

À mon père,
avec tout mon amour

Prologue

Tout le monde a une histoire à raconter.
Mais que faire si l'on n'en a pas ?
Si vous êtes Janice, vous collectionnez celles des autres.

Un jour, elle avait regardé le discours prononcé par une célèbre actrice anglaise – un « Trésor national » – lors de la remise des prix de la cérémonie des Oscars. Lors de ce discours, le Trésor national avait évoqué son ancienne vie de femme de ménage, et notamment la fois où, jeune aspirante comédienne, elle s'était regardée dans le miroir d'une salle de bains qu'elle nettoyait en brandissant comme un Oscar la brosse des toilettes. Janice se demande ce qui serait arrivé si le Trésor national n'avait pas réussi en tant qu'actrice. Serait-elle encore femme de ménage, comme elle ? Elles ont presque le même âge – bientôt cinquante ans –, et elle trouve même qu'elles se ressemblent un peu. Enfin (elle se l'avoue en souriant), peut-être pas tant que ça, mais toutes deux possèdent la même constitution, plutôt solide, qui laisse présager d'une silhouette plus enrobée dans les prochaines années. Elle se demande si le Trésor national aurait lui aussi fini par collectionner les histoires des autres.

Elle ne saurait dire ce qui l'a poussée à commencer cette collection. Peut-être une vie entraperçue lors d'un de ses trajets en bus pour se rendre au travail, dans la campagne de Cambridge ? Ou un fragment de conversation saisi malgré elle pendant qu'elle récurait un lavabo ? Très vite (alors qu'elle dépoussiérait un salon ou dégivrait un réfrigérateur), elle s'était rendu compte que les gens lui racontaient leur vie. Peut-être l'avaient-ils toujours fait, mais c'est différent désormais – maintenant, les histoires viennent à elle, et elle les accueille. Elle a conscience d'être une sorte de réceptacle. Lorsqu'elle écoute les histoires qu'on lui raconte, ses petits hochements de tête valident ce qu'elle sait déjà : pour beaucoup, elle est une sorte de récipient de tous les jours, simple et solide, dans lequel ils peuvent déverser leurs confidences.

Souvent, les histoires sont inattendues ; parfois, elles sont drôles et touchantes. Certaines sont teintées de regret, d'autres porteuses de messages de vie. Elle pense que, peut-être, les gens lui parlent parce qu'elle croit ce qu'ils disent. Elle se délecte des choses surprenantes et avale tout entières leurs exagérations. Le soir, chez elle, avec un mari qui l'abreuve de paroles plus que d'histoires, elle repense à ses préférées et les savoure une à une, tour à tour.

1

Le début de l'histoire

Le lundi possède un déroulement bien particulier : le rire, d'abord ; puis la tristesse en fin de journée – tels des serre-livres dépareillés qui encadrent le premier jour de la semaine. Elle a établi cet ordre à dessein, la perspective de rire l'aidant à sortir du lit et lui donnant des forces pour ce qui l'attend ensuite.

Janice a découvert qu'une bonne femme de ménage peut assez facilement imposer son agenda à ses clients – ainsi que l'ordre dans lequel elle effectue ses tâches chaque jour, ce qui est important pour l'équilibre de son lundi. Tout le monde sait qu'il est difficile de trouver du personnel de confiance, et un nombre surprenant d'habitants de Cambridge semble estimer que Janice est une femme de ménage exceptionnelle. Elle n'est pas sûre de mériter le terme « exceptionnelle », entendu sans le vouloir un jour où l'une de ses employeuses prenait le café avec une amie. Elle sait qu'elle n'est pas une femme exceptionnelle. Mais une bonne femme de ménage, ça, oui, elle le pense. Elle a acquis une solide expérience en la matière. Elle espère seulement que cela ne résumera pas sa vie – « Janice faisait bien le ménage. » En descendant du bus, elle adresse un signe de tête au chauffeur pour chasser un instant cette pensée de plus en plus récurrente. Il lui rend la politesse et elle a l'impression fugace qu'il va lui glisser un mot, mais, déjà, les portes du véhicule soupirent, frémissent et se referment.

Tandis que le bus s'éloigne, elle regarde la longue avenue bordée de maisons particulières dans leur cadre verdoyant. Certaines fenêtres sont éclairées, d'autres plongées dans le noir. Elle imagine qu'il y a bien des histoires cachées derrière toutes ces fenêtres, mais ce matin, une seule l'intéresse. L'histoire de l'homme qui habite dans la grande maison édouardienne, à l'angle : Geordie Bowman. Elle ne pense pas que ses autres clients aient jamais rencontré Geordie, et elle sait qu'il est peu probable qu'ils se rencontrent un jour par son intermédiaire (ce n'est pas l'idée que Janice se fait de son travail). Mais, bien sûr, tous ont déjà entendu parler de Geordie Bowman.

Geordie vit dans la même maison depuis très longtemps. Il y a d'abord pris une chambre comme locataire – les locations à Cambridge étant infiniment moins chères qu'à Londres, où il travaillait. Plus tard, quand il s'est marié, il a fini par acheter la maison à sa propriétaire. Sa femme et lui n'ayant pas le cœur d'expulser les autres locataires, leur famille a vécu un certain temps aux côtés d'une poignée de peintres, d'universitaires et d'étudiants, jusqu'à ce que, un à un, ils partent chacun de leur plein gré. C'est à ce moment-là que débutaient les disputes familiales à propos de la pièce fraîchement libérée.

« John était le plus rusé, se remémore souvent Geordie, avec fierté. Il commençait à déposer ses affaires avant même que le locataire ait fini ses cartons. »

John est le fils aîné de Geordie. Il vit maintenant dans le Yorkshire, où il a fondé sa propre famille. Le reste de la progéniture de Geordie est éparpillé un peu partout dans le monde, mais ils viennent le voir quand ils peuvent. Sa femme bien-aimée, Annie, est décédée depuis plusieurs années, mais rien n'a changé dans la maison depuis sa disparition. Chaque semaine, Janice arrose les plantes de la défunte – dont certaines sont devenues de vrais petits buissons – et époussette sa collection de romans américains. Geordie encourage toujours Janice à en emprunter, et, de temps à autre, elle prend un Harper Lee ou un Mark Twain qu'elle emporte à la maison pour s'accorder un moment de détente.

Geordie ouvre la porte avant même qu'elle attrape sa clé.

— La ponctualité est la politesse des rois, dit-il de sa voix de stentor.

Geordie possède une carrure impressionnante, et une voix à l'avenant.

— Entrez donc, on va commencer par prendre un café.

C'est sa façon à lui de demander à Janice de leur préparer un café fort, avec beaucoup de lait chaud, comme Geordie l'aime et comme Annie avait l'habitude de le faire. Cela ne la dérange pas. La plupart du temps, Geordie se débrouille tout seul (quand il n'est pas à Londres, à l'étranger ou au pub), et elle pense qu'Annie approuverait qu'elle le gâte de temps en temps.

L'histoire de Geordie est l'une de ses préférées. Elle lui rappelle la force d'âme que peuvent avoir les gens. Dans cette histoire, il y a aussi quelque chose à prendre sur le fait de se servir de ses talents, mais elle n'aime pas s'attarder là-dessus. C'est trop proche des histoires bibliques de son enfance, et cela la ramène à son propre manque de talent. Elle repousse donc ces pensées et se concentre sur la force d'âme, ainsi que l'a démontré le garçon qui allait devenir Geordie Bowman.

Geordie a (sans surprise) grandi à Newcastle. Elle pense que son prénom est en réalité John, ou peut-être Jimmy, elle n'en est plus très sûre ; avec le temps, il est simplement devenu « Geordie ». Il vivait dans les rues près des docks, où son père travaillait. Ils avaient un chien que son père adorait (plus que son fils) et un meuble bar en forme de gondole qui faisait la fierté de la famille (jusqu'à l'invention des écrans plasma). Un soir, à l'âge de quatorze ans, Geordie traînait dans les rues de Newcastle. Le chien de la famille avait mordu le voisin et son père voulait voir couler le sang – celui du voisin. Toute notion de raison et de bon sens s'étant envolée, Geordie avait pris la poudre d'escampette par la porte de derrière. C'était une nuit froide, le sol était enneigé et Geordie ne portait qu'une fine veste. Il n'avait cependant aucune envie de rentrer chez lui, si bien qu'au lieu de tourner à droite pour aller vers les docks il obliqua à gauche dans une ruelle et se faufila par la porte latérale de la salle de spectacle de Newcastle.

Une fois dans la salle, Geordie grimpa le plus haut possible, là où il faisait bien chaud et où il ne risquait pas d'être repéré. Et c'est là qu'il se trouvait, caché derrière un projecteur (pour plus de chaleur), mangeant une barre de chocolat qu'il avait chipée au kiosque, lorsque le chant commença. La première note aiguë s'enfonça comme un javelot dans la poitrine de Geordie, le clouant sur place. Il n'avait jamais entendu parler d'opéra, et en avait encore moins écouté, mais la musique lui parla directement. Plus tard, lors d'interviews télévisées, Geordie dirait qu'à sa mort, si on ouvrait son corps, on trouverait la partition de *La Bohème* enroulée autour de son cœur.

Il rentra chez lui quelques jours, ou quelques semaines – il ne savait plus vraiment –, et mit ce temps à profit pour élaborer un plan. N'ayant jamais entendu parler d'opéra dans le Nord-Est, il présuma que ce n'était pas là qu'il fallait chercher. Il fallait aller à Londres. C'était sûrement là-bas qu'on faisait de l'opéra. Et tout ce qui était chic. Il devait donc se rendre à la capitale. Seulement, sans argent, pas question de prendre le train ou le bus. La solution était simple : il faudrait marcher. Et c'est exactement ce qu'il fit. Il remplit un sac à dos de toute la nourriture qu'il pouvait emporter et d'une bouteille volée dans la gondole, et se dirigea vers le sud. Sur la route, il rencontra un clochard qui se joignit à lui pendant une bonne partie du trajet. Chemin faisant, le clochard lui apprit des choses qui pourraient lui être utiles en ville, et lui montra une combine pour garder des vêtements propres pendant leur voyage : il suffisait de prendre des habits propres sur une corde à linge et de remplacer les habits volés par les vêtements sales qu'ils portaient. On répétait l'opération sur le fil à linge suivant, et ainsi de suite.

Arrivé à Londres, Geordie fit le tour des différentes salles de concert (le clochard lui ayant donné une liste d'endroits où se rendre), et finit par décrocher un emploi d'accessoiriste. Le reste appartient à l'histoire.

Mike, le mari de Janice, n'a jamais rencontré Geordie. Cela ne l'empêche pas de parler de lui au pub comme s'il s'agissait d'un vieil ami. Janice ne le contredit pas en public – ce dont Mike ne lui est même pas reconnaissant ; dans son esprit, il a souvent discuté avec Geordie. Lorsqu'il parle du célèbre ténor (« C'était le favori de la reine, vous savez »), elle se raccroche à l'idée que cette rencontre n'aura jamais lieu. De temps en temps, quand il se débine aux toilettes en la laissant payer la note (une fois de plus), elle pense à Geordie en train de lui chanter l'un de ses airs préférés pendant qu'elle nettoie son four. Ces derniers temps, Geordie chante plus fort que jamais, ce qui commence à l'inquiéter, car elle a aussi remarqué qu'elle doit parfois crier pour obtenir son attention, et qu'il ne comprend pas tout ce qu'elle dit.

Leur café terminé, Geordie ne résiste jamais à la tentation de suivre Janice dans la maison. Il se tient dans l'embrasure de la porte pendant qu'elle nettoie le poêle et le prépare à servir à nouveau en y disposant du bois d'allumage et des bûches. On dirait que Geordie a besoin d'être cajolé. Pour un homme aussi connu, il se montre parfois étonnamment gêné à l'idée de se mettre en avant.

— Vous vous êtes absenté ? demande Janice, espérant que cela l'aiguillera vers ce qu'il a manifestement envie de lui dire.

Elle tape dans le mille. Il lui sourit.

— J'ai juste fait un petit tour à Londres. Il y a de sacrés connards là-bas, vous savez.

— Oui, j'imagine.

Elle espère que l'encouragement sera suffisant.

Il l'est.

— J'en ai vu un sacré spécimen dans le métro. Il y avait pas mal de monde dans la rame, mais ce n'était pas archibondé non plus. On prenait tous notre place, à peu près, comme on pouvait, quoi. Et là, un connard de bourge arrive à la dernière seconde, juste avant que la porte se referme, et il se met à gueuler…

Geordie se lance dans une assez bonne imitation du connard de bourge, ce qui fait sourire Janice. Elle avait raison ; c'est toujours une bonne idée de commencer sa journée et sa semaine chez Geordie.

Le débit hargneux du connard de bourge de Geordie vire au gémissement :

— « Allez, s'il vous plaît. Bougez un peu, là… Je suis sûr qu'il y aurait plus de place si vous vous poussiez un peu. Il y a plein de place, regardez. Mais enfin, avancez donc dans l'allée ! »

Geordie marque une pause pour bien capter l'attention de son auditrice.

— Et là, j'entends une voix qui vient de plus loin dans la rame. Un type, un Londonien, je dirais… En tout cas, ce mec lance à l'autre : « Ouvre encore un peu plus grand ta gueule, mon vieux. Je pense qu'on pourrait en caser au moins deux là-dedans. »

Janice éclate de rire.

— Ça lui a cloué le bec, direct, conclut Geordie.

Il est ravi de la réaction de Janice.

Elle n'est pas dupe. Elle sait que c'est Geordie lui-même qui a lancé cette réplique dans la rame de métro. Que c'est lui qui a cloué le bec de ce connard. Il est trop modeste pour le dire, mais elle le sait. Elle entend presque sa voix résonner dans la rame et les éclats de rire qui ont dû fuser autour de lui.

Satisfait de sa réaction, il la laisse travailler. Elle attrape son plumeau. Peut-être que fréquenter des gens comme Geordie devrait lui suffire ? La plupart des personnes pour lesquelles elle fait le ménage apportent quelque chose de spécial à sa vie, et elle espère, d'une manière ou d'une autre, contribuer un peu à la leur. Elle s'arrête, son plumeau à mi-hauteur d'une étagère. La vérité, c'est qu'elle n'en est pas convaincue, qu'elle est mal à l'aise. Ces histoires appartiennent à d'autres personnes. Si elle a un rôle à jouer dans leur vie, elle sait qu'il ne s'agit que d'une ou deux répliques à donner, voire d'une simple figuration. Elle repense au Trésor national et essaie de l'imaginer dans la salle de musique de Geordie, le plumeau brandi au-dessus de ses étagères de partitions. Cela suffirait-il au Trésor national ? Se contenterait-elle de cela ? Elle continue à épousseter, gênée de s'être simplement posé la question.

Janice revoit Geordie au moment de partir, pour aller prendre son déjeuner avant de se rendre à sa prochaine adresse. Il fait gris dehors, et elle sent l'air glacial de février s'infiltrer par l'entrebâillement de la porte. Geordie l'aide à enfiler son manteau.

— Merci, je vais en avoir besoin. Il commence à faire bien froid.

— Vous devriez prendre soin de vous si vous êtes enrhumée, suggère-t-il.

— Non, je vais bien, merci, dit-elle en parlant plus fort. C'est juste qu'il fait froid, dehors.

Il lui tend son écharpe.

— Eh bien, à la semaine prochaine. Et occupez-vous de ce rhume.

Elle capitule.

— Je me sens déjà mieux, avoue-t-elle en toute franchise.

Alors qu'il referme la porte derrière elle, elle se demande si l'histoire de la vie est une comédie tragique ou une tragédie comique.

2

Histoires de famille

— Bien sûr qu'il y a des fantômes dans les bibliothèques. Tout le monde sait que les fantômes aiment lire.

Le jeune homme qui descend les marches de la bibliothèque parle avec le plus grand sérieux à sa camarade – une jeune femme d'environ vingt-cinq ans. Janice aimerait avoir le temps de les suivre, d'entendre la suite de leur conversation et d'en apprendre davantage sur les fantômes. Il paraît tellement sûr de lui, comme s'il disait à son amie que les oiseaux volent et qu'il y a des nuages dans le ciel. Janice est fascinée par l'idée des fantômes de bibliothèques, et se demande si elle en croisera un aujourd'hui. Elle s'y rend souvent à l'heure du déjeuner, pour rendre ou prendre un livre et manger discrètement son sandwich à une table cachée entre les rayonnages.

Il n'y a pas de fantôme aujourd'hui, juste les deux sœurs – car ces bibliothécaires ne peuvent être que sœurs. Elles ont la même couleur de cheveux si particulière – blond vénitien avec des reflets cuivrés. L'une d'elles les porte détachés, à longueur d'épaules, un peu bouclés; l'autre arbore une longue tresse ramenée sur le côté. Janice trouve que cela lui donne un air de petite fille, alors que la bibliothécaire doit avoir près de cinquante ans. Mais elle estime que cela lui va bien, et elle aime la façon dont elle a mêlé des fils multicolores dans sa tresse. Janice ne sait pas grand-chose sur elles, mis à part qu'elles sont effectivement sœurs et qu'elles sont quatre, en tout. La plus jeune (celle aux cheveux détachés) lui a dit un jour :

— Nous sommes quatre filles. Mon père n'a jamais pu avoir de fils.

Ce à quoi sa grande sœur avait ajouté :

— Quatre, vous vous rendez compte ? Le pauvre... Une maison remplie de filles !

La cadette avait ensuite expliqué que toutes les sœurs étaient très proches et se ressemblaient beaucoup physiquement.

— Mais bien sûr, nous sommes toutes très différentes, était intervenue l'aînée tandis que sa sœur opinait du chef. D'ailleurs, entre nous, on se surnomme Grosse Tête, Beauté, Petit Chef et Bébé.

Et toutes deux de se mettre à rire.

— Une blague de famille, avait dit l'aînée.

— Oui, une blague de famille, avait répété l'autre en souriant à sa sœur.

Janice avait pensé à sa propre sœur et essayé de s'imaginer travaillant avec elle, à classer des livres dans une bibliothèque de Cambridge. Elle sait que c'est absurde – des milliers de kilomètres et de non-dits les séparent –, mais elle convoque parfois cette pensée, un peu comme elle sélectionne des histoires à revisiter. Les deux bibliothécaires ignorent que Janice a elle-même une sœur, mais elles savent qu'elle adore les livres et discutent volontiers avec elle de ses préférés. Elles ne sont pas de ceux qui estiment que l'on doit se taire dans une bibliothèque.

— Évidemment que les gens qui aiment les livres ont envie d'en parler ! avait un jour déclaré la plus jeune.

Janice a essayé de deviner laquelle portait quel surnom, mais n'a pas osé demander si elle avait vu juste, par peur de les vexer. D'après elle, la plus jeune doit être Beauté, et l'aînée Grosse Tête, ou bien Petit Chef. Elle l'a vue tout ranger pour fermer la bibliothèque en moins de deux minutes.

Aujourd'hui, les sœurs l'accueillent à l'unisson :

— Janice, votre livre est disponible.

En ce moment, Janice aime relire d'anciens coups de cœur, et elle a réservé *La Ferme de cousine Judith* de Stella Gibbons.

Elle prend le livre en les remerciant avant de demander subitement :

— Avez-vous déjà pensé qu'il puisse y avoir un fantôme dans cette bibliothèque ?

En disant cela, elle se sent stupide et se demande comment le jeune homme a pu parler de ce sujet avec une telle assurance.

La sœur aînée se penche un peu plus sur le comptoir.

— C'est drôle que vous parliez de ça… Vous êtes la deuxième personne aujourd'hui à évoquer le fait que la bibliothèque puisse être hantée.

Ah. Le jeune homme, sûrement.

— Et alors ? Est-ce le cas ?

Les deux sœurs semblent réfléchir à la question avec le plus grand sérieux.

— Eh bien, je ne sais pas, répond l'aînée. J'avoue qu'il m'est arrivé de penser que les livres avaient un peu leur vie à eux… Mais en fait, je crois que c'est juste à cause du vieux M. Banks, qui ne remet jamais rien à sa place.

La cadette considère sa sœur pendant un moment.

— Mais, bien sûr, tout le monde sait que les fantômes aiment lire. Alors, peut-être que…

Avant que Janice puisse poser une autre question – Comment le savez-vous ? Ou, comment se fait-il que tout le monde sauf moi semble savoir cela ? Ou bien, dites-vous simplement cela parce que vous avez entendu le jeune homme le dire ? –, elles sont interrompues par un troupeau de jeunes mamans avec leurs bébés, qui sollicitent l'attention des bibliothécaires.

Janice remballe ses pensées et emporte son volume de *La Ferme de cousine Judith* ainsi que son sandwich au fromage à la table cachée dans le fond. Elle reste assise là un moment, le livre fermé devant elle, à réfléchir à cette question : les histoires des gens sont-elles déterminées par la place qu'ils occupent dans une famille ? Le cas échéant, qu'en est-il pour elle ? N'ayant aucun désir de poursuivre cette réflexion, elle imagine un fantôme flottant entre les rayonnages après la fermeture. Elle trouve cette idée apaisante plus qu'angoissante – un fantôme qui aime les livres ne peut pas être tout à fait mauvais. Et ce calme est un soulagement. En vérité, Janice est une grande angoissée. Et la liste des choses qui l'inquiètent semble s'allonger chaque jour. Elle s'inquiète à propos de l'état des océans, des sacs en plastique, du changement climatique, des réfugiés, de l'instabilité politique, de l'extrême droite, de l'extrême gauche, des gens qui doivent se rendre à la banque alimentaire pour nourrir leurs enfants, des voitures diesel. Devrait-elle recycler davantage ? Devrait-elle manger moins de viande ? Elle s'inquiète à propos de la situation du système de santé, des contrats de travail précaires, et du fait qu'en ce moment bon nombre de gens qu'elle connaît n'ont ni congés payés ni indemnités maladie. Elle s'inquiète beaucoup du sort des personnes qui peuvent se faire expulser de leur logement, ou qui vivent chez leurs parents jusqu'à quarante ans. Et elle est minée par l'idée que certains puissent vouloir harceler virtuellement quelqu'un, ou insulter un être humain dans la rue en raison de la simple couleur de sa peau.

Avant, elle lisait les journaux et aimait faire les mots croisés. Maintenant, elle se contente de consulter rapidement sa tablette le matin, au cas où il y aurait eu un tremblement de terre ou un décès dans la famille royale. Mais elle ne peut plus lire les actualités comme avant. Chaque nouvel article ajoute une nouvelle inquiétude à sa liste. Et cette inquiétude s'imprègne dans toutes les strates de sa vie.

Alors, au lieu de chercher des ouvrages récents et excitants à la bibliothèque, elle se réfugie dans la lecture de classiques et de ses vieux coups de cœur – Austen, Hardy, Trollope, Thackeray et Fitzgerald.

Elle ouvre son exemplaire de *La Ferme de cousine Judith*, prête à plonger dans la familiarité désopilante du récit. Qui plus est, celui-ci comporte un personnage auquel elle peut vraiment s'identifier : Flora Poste est une femme qui aime que tout soit en ordre – comme Janice.

Une demi-heure plus tard, elle quitte la bibliothèque par le même chemin que celui emprunté par le jeune homme croyant aux fantômes. Elle part vers son prochain employeur – le Dr Huang – avant d'aborder, ensuite, le dernier de la journée. À la moitié des marches, elle repère une silhouette familière de l'autre côté de la rue. L'homme est grand et possède une démarche chaloupée caractéristique. Il semble toujours se balancer d'un pied sur l'autre quand il marche. Janice ne cesse de s'étonner que son mari, Mike, soit si mauvais danseur alors qu'il se déplace avec un balancement aussi rythmique. Mais que fait-il ici ? Elle regarde sa montre. Il devrait être au travail depuis des heures. Il disparaît de sa vue, et Janice songe avec amertume qu'elle n'a même pas à ajouter son mari à la liste de ses inquiétudes. Il figure déjà tout en haut de cette liste.

3

Des histoires imbriquées

Il est presque seize heures quand Janice arrive chez sa troisième et dernière employeuse de la journée : la tristesse. Le rire pour commencer, le chagrin pour finir. La maison mitoyenne en brique rouge se trouve en retrait de la rue, large et trapue, comme si elle s'était un jour installée ici sur ses fesses et avait décidé de ne pas bouger. La façade modeste est trompeuse ; comme toutes les autres maisons de la rue, elle a été agrandie à l'arrière, avec de longues et lumineuses cuisines-salles à manger qui s'étendent dans les jardins parallèles. Dans toute cette rue, les combles ont aussi été aménagés pour en faire des bureaux, des salles de jeux, des chambres d'amis ; en l'occurrence, c'est la pièce préférée de Janice – pièce qui, selon elle, pourrait être au centre d'une histoire. L'histoire de Fiona.

En ouvrant la porte, Janice sait immédiatement que Fiona et son fils, Adam, sont sortis. Une maison vide possède un son singulier, qui lui est propre. Non seulement on a l'impression que les habitants sont partis, mais aussi que la maison s'est en quelque sorte refermée sur elle-même, qu'elle s'est retirée ailleurs. Le silence est tellement absolu qu'elle l'entend. Elle a remarqué ce phénomène dans d'autres maisons, à d'autres moments. Une maison peut être dépourvue de tout bruit à l'aube d'un jour de Noël, mais pas tout à fait. Ce jour-là, la maison n'est clairement pas endormie (contrairement à ses habitants) ; elle respire très doucement et, des murs, on entendrait presque son appel : « Encore cinq minutes », avant que l'assaut festif ne commence. Une maison le matin d'un enterrement a, elle aussi, un son particulier – ou peut-être est-ce une sensation, Janice n'en a jamais été tout à fait sûre : la tension, l'attente, la pesanteur. Il y a deux ans, c'est ce qu'elle a ressenti ici. C'était le jour où Fiona a enterré son mari. La fois où Adam a dit au revoir à son père. Pour la dernière fois.

Il y a un mot de Fiona sur la table de l'entrée.

Emmené Adam chez l'orthodontiste (encore des problèmes avec les bagues !).

L'argent est sur la table de la cuisine.

Janice pousse un soupir de soulagement, et se sent immédiatement coupable. Elle apprécie Fiona et aime bien prendre un café avec elle dans son bureau, lors de sa pause. Mais le fait est que, parfois, elle espère que Fiona ne sera pas là. Tout bien réfléchi, il y a probablement trois raisons à cela. Premièrement, elle sait qu'elle fait le ménage plus vite quand elle n'est pas là. Deuxièmement – et c'est là l'origine de son sentiment de culpabilité –, elle préfère éviter le spectacle de la tristesse qu'elle perçoit chez cette femme sympathique, entre deux âges, quand elle boit le café qu'elle vient de leur servir avec sa belle cafetière rouge vif. La vérité, c'est qu'elle s'inquiète pour Fiona (une angoisse de plus sur sa liste). Pourtant, bien entendu, la vie de Fiona n'a rien à voir avec la sienne. Janice n'est *que* sa femme de ménage, comme son mari le lui rappelle tout le temps.

Une fois qu'elle a accompli le plus gros du ménage, elle se rappelle la troisième raison pour laquelle elle se réjouit que Fiona soit sortie. Cela lui laisse davantage de temps pour profiter de sa pièce préférée dans la maison – la longue salle au bas plafond dans les combles. Elle y fera encore le ménage, naturellement (Janice a des règles strictes à ce sujet), mais elle pensera à l'histoire de Fiona en même temps.

Dans le grenier, une maison de poupée est posée sur une large table où se trouvait autrefois un petit train – les traces des rails sont encore visibles sur le feutre vert. Il s'agit d'une grande maison de style Régence à deux étages avec, comme chez Fiona, des pièces supplémentaires sous les toits. Mais au rez-de-chaussée, à la place des salles à manger, cuisine et garde-manger, se trouve un local commercial. L'espace de vie au-dessus, les locaux commerciaux en bas. Fiona a créé une élégante enseigne miniature pour l'entreprise, peinte à la feuille d'or : *Jebediah Jury : Pompes funèbres*. Janice n'a aucune idée de l'origine de ce nom, mais elle doit admettre qu'il sonne plutôt bien.

Elle s'assoit et ouvre l'avant de la maison. La plupart des pièces sont totalement meublées, parfaites dans leur forme miniature. Des chambres, un salon, une chambre d'enfant, et la préférée de Janice : une magnifique cuisine de style campagnard avec un gâteau en cours de réalisation sur la table, à côté d'un bol de prunes de la taille d'une tête d'épingle. Il y a une nouveauté depuis la semaine dernière : Fiona a terminé l'une des salles de bains. Janice trouve que le papier peint à motif cachemire bleu et crème est parfait avec le meuble en acajou et la baignoire à pattes de lion. Elle tend la main et redresse le petit tapis de bain bleu marine suspendu au porte-serviettes miniature. Elle remarque également un autre changement. En bas, dans l'arrière-boutique, elle constate que Fiona a fabriqué un nouveau cercueil – en noyer, avec de minuscules poignées en laiton. D'après elle, aucun magasin de maison de poupée ne vend ce genre d'article miniature. Pourquoi feraient-ils une chose pareille, alors que la plupart des gens recherchent juste des modèles réduits de commode, de piano ou même de panier pour chien ? Non, elle sait que c'est Fiona qui l'a fabriqué elle-même. Elle s'assoit et le contemple, les sourcils froncés, ne sachant trop quoi en penser.

Fiona était comptable dans un cabinet d'avocats à la mort de son mari. Deux mois après, elle avait quitté son poste pour se reconvertir et intégrer une entreprise de pompes funèbres. Autour d'un café, elle avait expliqué à Janice que ce métier l'avait toujours intéressée, mais qu'elle n'avait jamais osé le dire, de peur que les gens trouvent cela bizarre.

Janice ne trouvait pas cela bizarre du tout. Il y a bien des magazines et des guides en ligne pour vous aider quand vous vous mariez, se disait-elle. Tout le monde y va de son conseil, pas moyen d'y couper. Mais quand quelqu'un meurt, on se retrouve seul dans un monde de lourd silence. De temps en temps, Janice donnait un coup de main à une amie qui avait une petite entreprise de traiteur ; au fil du temps, elle s'était surprise à se porter volontaire pour les obsèques plus que pour les mariages. Pendant les enterrements, les gens étaient fréquemment perdus – moins en raison de leur peine que, en bons Anglais, de leur peur paralysante de dire ou de faire quelque chose de déplacé. Un mot gentil du « personnel », plutôt que d'un participant à la cérémonie, était souvent fort bien accueilli. Donc, oui, elle comprenait que Fiona puisse avoir envie de travailler dans les pompes funèbres.

Celle-ci avait d'abord été embauchée à temps partiel, puis à plein temps dans une entreprise du secteur pour se former au métier de directeur, et Janice n'avait aucune raison de croire qu'elle ait jamais regretté cette décision. Mais pourquoi ce nouveau cercueil ? N'y en avait-il pas déjà trop d'empilés dans l'arrière-boutique ? Depuis, Fiona avait entrepris de suivre un cursus de formation et s'était détournée des pompes funèbres pour se spécialiser et devenir officiante de cérémonie laïque, en privilégiant les cérémonies non religieuses. Janice comprend cela également – le besoin d'apporter de l'ordre et d'offrir de la sécurité quand on n'a pas de rituels religieux à suivre. Elle connaissait des gens – des athées – qui avaient eu un enterrement religieux uniquement parce que la famille s'était tournée vers les institutions établies, ne sachant pas s'il était possible de procéder autrement.

Janice pêche dans la poche de son tablier un long tube fin, dont elle fait sortir un fil de métal auquel sont attachées des rangées de minuscules plumes vertes. Fiona n'est pas la seule à être capable de fabriquer des choses. Elle entreprend d'épousseter chaque pièce une à une, s'émerveillant des détails de chaque création. Le fait de construire ce petit monde miniature permet-il à Fiona de redonner un sens à sa vie ? Elle en doute fortement.

Janice pense que son nouveau travail l'a aidée, et elle sait que Fiona a accompagné et guidé des gens avec une immense gentillesse pendant l'épreuve terrible que constitue un deuil. C'est d'ailleurs grâce au travail de Fiona que Janice l'a entendue rire pour la première fois après le décès de son mari.

Elles prenaient le café dans le bureau. Fiona était pelotonnée dans le gros fauteuil en cuir, les pieds calés sous sa jupe en tweed. Elle portait un pull vert pâle, et Janice s'était dit qu'il ne lui manquait plus qu'un col romain pour avoir le look complet d'une pasteure de campagne. Peut-être était-ce pour cette raison que les endeuillés la trouvaient si réconfortante ? Fiona avait remonté ses lunettes dans son carré blond cendré et mis de côté la pile de notes qu'elle avait sur les genoux. Elle avait expliqué qu'il s'agissait de ses multiples tentatives d'écrire l'oraison funèbre d'un homme qui semblait être unanimement détesté par tous ceux qui l'avaient connu.

— Vous n'y croiriez pas, avait-elle dit en regardant Janice, si vous saviez le nombre de familles qui me laissent me charger de l'oraison.

— Peut-être qu'ils ont peur de parler en public ? avait suggéré Janice, consciente de ne pas être uniquement une angoissée, mais aussi une petite souris.

— Apparemment, ça ne les empêche pas de s'engueuler ou de se taper dessus en public, avait répondu Fiona en souriant.

Janice avait acquiescé d'un hochement de tête. Elle avait vu cela lors de certaines cérémonies, elle aussi. Pour une souris, elle était étonnamment douée quand il s'agissait d'éteindre une dispute.

— Que dites-vous de ça ? avait lancé Fiona en reprenant ses notes. « C'était un homme de sa génération. »

— Mmh. Pas sûre.

— « C'était un vrai personnage » ? avait suggéré Fiona, dubitative.

Janice avait réfléchi quelques instants.

— Pourquoi pas… (Son regard s'était perdu par la fenêtre.) « C'était un homme que ceux l'ayant bien connu ne sont pas près d'oublier. »

Elle s'était retournée vivement en entendant l'éclat de rire de Fiona. Cela faisait des mois qu'elle ne l'avait pas entendu. Elle en aurait presque pleuré.

— Génial ! avait répondu Fiona avec un sourire malicieux.

Elle finit d'épousseter l'exquise maison de poupée et en referme délicatement la porte. Elle veut que l'histoire de Fiona soit représentée dans cette magnifique création – l'allégorie d'une direction nouvelle et inattendue qui mène à la guérison et au rétablissement. C'est une histoire qu'elle aimerait voir figurer dans sa collection. Mais elle est de moins en moins sûre que l'histoire de Fiona se termine bien. Il y a une noirceur cachée dans le récit, un problème énorme et inexprimé qui, selon elle, demeure ignoré. Quelque chose est tapi dans l'ombre. Cela la met mal à l'aise et l'amène à songer à sa propre enfance. Et s'il y a un endroit où elle n'a aucune envie de se retrouver, c'est bien là.

4

Tout le monde a une chanson à chanter (et une raison de danser)

En attendant à l'arrêt de bus, Janice se surprend à se demander si ce sera le même chauffeur que ce matin. Elle ne parvient pas à s'ôter de l'esprit qu'il voulait lui dire quelque chose, une fraction de seconde avant que les portes se referment en soupirant et en frémissant. Elle commence à imaginer le chauffeur en train de soupirer en même temps que les portes. Qu'allait-il lui dire ? Lorsque le bus arrive et qu'elle monte à bord, elle faillit rire. Ce chauffeur-là ne pourrait être plus différent de celui de ce matin. Elle se demande si quelqu'un, là-haut (quoi que cela puisse signifier), se rit d'elle. Le chauffeur de ce soir a une trentaine d'années et il est monumental – plus par surabondance de muscles que de gras, se dit-elle. Il a une calvitie, une énorme barbe et des tatouages plein le cou. On dirait une sorte de Hell's Angel. Le chauffeur de ce matin, lui, ressemblait davantage à un professeur de géographie.

C'est en s'asseyant qu'elle se rend compte de sa fatigue, et, pendant quelques instants, elle hésite à retirer ses chaussures de ses pieds gonflés. L'ennui, c'est qu'il pourrait être difficile de les remettre ensuite. Elle y renonce et se laisse aller de tout son poids sur le siège pour se détendre, son corps ondulant avec le mouvement du bus. Elle se vide la tête et se prépare à accueillir les conversations qui l'entourent. À ses yeux, ce n'est pas de l'indiscrétion ; elle laisse simplement les discussions la bercer. Certes, de temps à autre, son esprit peut attraper le fil d'une de ces discussions. Parfois ces fils ne mènent nulle part, mais avec un peu de chance, elle peut s'accrocher à l'un d'eux et saisir un fragment d'histoire intéressant. Le trajet entre le centre de Cambridge et le village où elle habite ne dure qu'une demi-heure, si bien qu'il lui faut souvent avoir recours à son imagination pour raccorder les morceaux des histoires entendues. Elle adore ce petit jeu, qui occupe en outre son temps de marche entre l'arrêt de bus et la maison. Cela dit, elle se montre très stricte sur l'emplacement où elle range ces histoires : dans son esprit, elles sont classées quelque part entre la fiction et la non-fiction.

Le trajet de ce soir est peu prometteur. Le bus n'est qu'à moitié plein et, pour le moment, il n'y plane qu'un infime murmure de conversation. Elle ne prétend aucunement posséder un sixième sens sur la source des histoires – une grande partie du bonheur de la collecte réside justement dans leur côté imprévisible, inattendu. Elle se souvient par exemple de cette dame âgée et frêle à la laverie (Janice lavait la couette d'un client), qui s'est révélée avoir été hôtesse de l'air sur le premier vol commercial entre Londres et New York. Alors que la femme avait soigneusement plié ses couvertures bordées de satin (son mari ne supportait pas les couettes), elle avait raconté à Janice le moment de l'atterrissage :

— Voyez-vous, la Panam avait fait de la publicité en disant qu'ils seraient les premiers à battre le record, mais mon patron à la BOAC m'avait prise à part, une semaine plus tôt, et m'avait fait signer un document confidentiel en me disant qu'ils allaient les coiffer au poteau – et en me demandant si je voulais faire partie de l'équipage. Vous imaginez ce que j'ai répondu à cela.

Elle se rappelle que la vieille dame avait marqué une pause pour redresser sa veste matelassée et que, un court instant, sa main s'était levée vers sa tête comme pour ajuster un couvre-chef – au lieu de quoi, elle avait repoussé derrière son oreille une mèche de cheveux blancs.

— Il faut dire que nous, les filles, étions très chics à l'époque ; dans un style bien plus militaire que l'uniforme des hôtesses de l'air d'aujourd'hui. Mais ce jour-là, je peux vous dire que nous avons mis le paquet. Je me souviens encore de la nuance de rouge à lèvres que je portais : « Délice express. » Je trouvais que c'était assez approprié. En tout cas, l'opération fut un succès pour nous, et lorsque nous avons atterri et sommes descendus de l'avion, tout le personnel de la Panam est sorti de l'aérogare et nous a hués. Mais nous nous en moquions. J'ai traversé ce tarmac comme si je mesurais deux mètres de haut.

La femme lui avait souri, et Janice avait essayé d'imaginer le visage plus jeune qui aurait arboré ce même sourire triomphant. Elle avait aidé la vieille dame à transporter ses couvertures jusqu'à sa voiture, et ce fut la dernière fois qu'elle la vit. Mais elle a gardé son histoire, et elle y repense les jours de cafard. Le sourire de cette femme était si lumineux qu'il aurait éclairé un espace bien plus grand qu'une laverie dans une ruelle de Cambridge. Il aurait pu éclairer quelque chose d'aussi grand que, eh bien, aussi grand qu'un avion. Et Janice se dit que c'est probablement ce qui s'est passé. Elle aperçoit son reflet dans la vitre du bus striée par la pluie. L'ombre d'un sourire se dessine sur son visage. Oui, c'était une belle histoire. Et une occasion de plus de se rappeler – même si Janice ne pense pas en avoir besoin, mais cela ne fait pas de mal de le répéter – qu'il ne faut *jamais* sous-estimer les personnes âgées.

Une bribe de conversation l'interpelle soudain. Elle pourrait difficilement y échapper – l'homme parle extrêmement fort. Deux jeunes gens. Des amis plutôt que des amoureux, se dit-elle.

Lui : T'as entendu parler du Jack Daniels à la banane ?

Elle : Berk ! Ça doit être trop bizarre !

Lui : Ouais. Mais je suis carrément accro.

Et c'est tout. La conversation semble s'arrêter là, et Janice n'a aucune envie d'en entendre davantage.

Derrière elle, deux femmes se sont mises à parler. Ton discret, classe moyenne. Des femmes agréables, elle imagine. Des copines.

— J'étais en train de traverser le parking du ciné, et il était là.

— Qui ça ?

— Tu sais… cet acteur. On le voit partout.

— Hugh Bonneville ?

Bien tenté, se dit Janice, avec si peu d'informations.

— Non, pas lui. Il était dans *The Observer*, l'autre jour… Tu as dû le voir.

Pourquoi diable l'aurait-elle vu ?

— Bill Nighy.

— Non, pas lui. Il est noir.

— Bill Nighy n'est pas noir ! Oh, tu parles du type dans le parking… Idris Elba ?

C'est ce que Janice aurait suggéré également.

— Non, plus vieux. Il jouait dans le film avec…

Et là, la femme mentionne le Trésor national et, l'espace d'un instant, Janice pense qu'elles savent qu'elle les écoute. Elle se dandine sur son siège, un peu gênée.

— Oh, je l'aime bien, elle…

Et les voilà qui enchaînent sur le Trésor national. Janice ne peut leur en vouloir – cette femme est vraiment une excellente actrice. Seulement, ce n'est pas à ce genre d'endroit qu'elle veut aller, alors elle recommence à fixer les gouttes de pluie sur la vitre. Et c'est à ce moment-là qu'elle la voit.

C'est d'abord son reflet. Puis Janice tourne lentement la tête afin de la regarder du coin de l'œil. Elle l'a déjà remarquée tout à l'heure, car elle se tient debout alors qu'il y a quantité de places assises disponibles. Une jeune femme, grande et élancée, qui doit avoir entre vingt-cinq et trente ans probablement. Elle porte une robe en laine rayée et un long gilet assorti dans les tons or et vert sapin. Ses collants noirs sont un peu plus foncés que la peau de ses mains, mais de la même couleur que ses cheveux. Elle semble immobile, les yeux mi-clos; mais elle ne l'est pas tout à fait. Une de ses jambes est tendue un peu plus loin que l'autre devant elle, et Janice voit les muscles de cette jambe bouger légèrement. Sa tête bouge aussi, juste un peu. De minuscules mouvements d'avant en arrière. C'est alors qu'elle remarque les écouteurs, presque cachés parmi ses boucles serrées. Soudain, comme pris d'un spasme, son bras se tend et effectue une sorte de vague ondulante. C'est un mouvement élégant, joyeux, et Janice se demande si la jeune femme est une danseuse. Puis le bras revient le long du corps, mais les autres mouvements infinitésimaux se poursuivent.

Janice se demande ce que la jeune femme écoute. Elle donnerait cher pour entendre la musique qui pousse un bras à se tendre ainsi pour danser tout seul. Elle adorait danser, avant. Elle n'a jamais eu le physique de danseuse de cette femme, mais lorsqu'elle entendait certaines chansons, tout son corps chantait avec elles. Ses muscles se contractaient, ses pieds tapaient, et elle avait l'intime conviction d'être entièrement en phase avec la musique, quelle que soit l'image qu'elle renvoyait à cet instant. Dans ces moments précieux et exaltants où ses hanches se balançaient en rythme et où ses bras se détachaient de ses flancs, elle se moquait totalement de ce que les autres, dans la pièce ou même dans le monde, pouvaient penser d'elle. Quand Janice danse, c'est une lionne.

Son arrêt de bus approche. Elle se lève à contrecœur. Elle répugne à quitter la jeune femme mais, dans ce moment, dans cette vie, elle est bien trop petite souris pour oser interrompre la rêverie de celle-ci et lui demander ce qu'elle écoute. Elle pose le pied sur le trottoir, entend les portes du bus soupirer derrière elle et, dans l'intervalle entre ce dernier soupir et le frémissement de la fermeture, une voix s'élève. Elle se retourne, surprise.

— Bonne soirée, ma belle, lui lance gaiement le chauffeur.

En s'éloignant, elle commence à croire qu'il est fort possible que les dieux aient bel et bien décidé de se rire d'elle.

5

L'histoire d'un mari

Il y a des jours comme ça, où, quand elle approche de leur petite maison, Janice se dit qu'il va lui falloir ses deux mains pour lui faire franchir la porte. Une de chaque côté de l'encadrement pour tirer à l'intérieur son corps réticent. C'est le cas quand son mari lui parle avant qu'elle ait franchi le seuil, il lui faut la force des deux bras pour se propulser en avant. Elle se demande si, un jour, elle aura besoin qu'on la pousse avec force dans le milieu du dos pour la faire entrer. Elle sait qu'elle n'a aucune aide à attendre de son mari, aucune main tendue. Elle ne s'autorise pas à écouter la petite voix qui murmure parfois à son oreille : « Et si tu faisais demi-tour, Janice, histoire d'aller voir ailleurs ? » Pour une obscure raison, cette voix a un accent irlandais. Elle se dit que cela a peut-être un rapport avec la gentillesse de sœur Bernadette – l'une des rares religieuses qu'elle ait connues et qui semblait réellement en phase avec l'idée d'aimer son prochain.

La maison est calme ce soir quand elle ouvre la porte, ce qui facilite le franchissement du seuil. Ce n'est pas le silence absolu et figé d'une maison vide, mais la quiétude d'une maison où quelqu'un dort. Elle trouve Mike affalé sur le canapé, la tête renversée en arrière. Il a les pieds posés sur la table basse et un bol de chips entamé sur le ventre. Elle retourne dans le couloir, enlève ses chaussures, se détend les orteils et file dans la cuisine. Elle sait que la première chose qu'il dira en se réveillant est « Qu'est-ce qu'on mange, ce soir ? ». Il ne dit jamais cela d'un ton impatient ou autoritaire, plutôt d'une manière enjouée, complice, comme s'ils allaient préparer le repas ensemble. Mais elle le connaît trop.

Lorsqu'il apparaît dans l'embrasure, les yeux encore ensommeillés, il la surprend – vraiment, beaucoup – en lui demandant comment s'est passée sa journée. Cela chasse momentanément l'inquiétude que Janice nourrissait après l'avoir aperçu près de la bibliothèque, ce midi, alors qu'il aurait dû être au travail. Tout en commençant à lui raconter sa journée, elle se demande pourquoi, ce soir en particulier, il s'enquiert ainsi de sa journée de travail. Mais très vite, il gâche tout. Il la coupe avant même qu'elle ait fini sa phrase, prouvant une fois encore qu'il ne l'écoute pas. Elle n'arrive pas à croire qu'après tout ce temps elle soit encore tombée dans le panneau, que son cœur se soit réjoui de voir Mike s'intéresser à elle.

— C'est chouette que tu aimes ton boulot…

Lui a-t-elle dit cela ?

— Et que tu sois occupée. Au fait, qu'est-ce qu'on mange ? demande-t-il en souriant.

— Du parmentier de mouton.

Elle avait songé un instant à faire des crêpes en dessert. Cela lui était venu à l'esprit quand il s'était enquis de sa journée de travail.

— Pas de dessert, ce soir ?

Mike est un homme costaud et gourmand, dont la mère lui préparait toujours de délicieux desserts, comme il le rappelle souvent à Janice.

— Il y a des yaourts dans le frigo.

Elle sait que sa petite rébellion est pitoyable.

— Tu disais que c'était chouette, mon travail ? relance-t-elle.

Elle se demande pourquoi elle l'aide ainsi. Peut-être juste pour en finir rapidement.

— Oui, oui. Tu sais, Jan...

Elle déteste qu'il emploie ce diminutif.

— Je ne sais pas combien de temps je vais tenir dans ce boulot.

Et voilà. C'est toujours la même histoire, avec lui.

Depuis trente ans qu'elle connaît Mike, il a eu vingt-huit boulots différents. Elle peut toutefois reconnaître une qualité à son mari – et c'est peut-être d'ailleurs ce qui lui permet encore de franchir cette porte : ce n'est pas un tire-au-flanc. Les vingt-huit postes qu'il a occupés sont étonnamment différents. Il a été vendeur, employé dans le domaine de la santé et de la sécurité, chauffeur, moniteur de fitness, barman, brancardier dans un hôpital et, aujourd'hui, concierge dans l'un des plus grands établissements d'enseignement supérieur de Cambridge. Il a travaillé dans de petites entreprises, dans de grandes sociétés et à son compte ; à différentes époques de leur mariage, ils ont eu toutes sortes de véhicules, de la BMW à l'utilitaire d'occasion, garés dans leur allée. Un été, c'était une camionnette de crème glacée. Mike a également conduit des tracteurs et des chariots élévateurs, mais, heureusement, il ne les a jamais ramenés à la maison. Au fil de ses différents emplois, il a promené sa démarche dansante dans des magasins, des usines, des entrepôts, des boulangeries, des écoles et des hôpitaux, offrant à tous ceux qui l'entouraient le bénéfice de ses conseils. Il a même travaillé quelque temps comme conseiller financier, ce qui n'a pas échappé à Janice.

Mike est un homme agréable. Il a le sens de l'humour et n'impose pas tout de suite ses idées aux autres. Janice pense que c'est l'une des raisons pour lesquelles il réussit si bien à obtenir de nouveaux emplois. Il peut être fort sympathique, les raisons de sa carrière décousue peuvent paraître plausibles, et elle est certaine que beaucoup d'employeurs l'ont embauché en ayant un peu pitié de lui. Elle connaît au moins une ou deux patronnes qui le considèrent comme un incompris. Et malgré sa bedaine grandissante et ses bajoues flasques, Mike reste un bel homme.

Avec le temps, tous ses employeurs finissent par se rendre compte que Mike en sait beaucoup plus qu'eux. Les premières semaines se passent généralement bien. Parfois, cela dure plusieurs mois. Mais tôt ou tard, Mike se met à corriger les autres. Au début, ce n'est qu'une petite suggestion, mais très vite, Mike met le doigt sur quelqu'un qui, à son avis, fait un travail déplorable, et il estime qu'il faut y remédier. Il se passionne pour cette question et évoque l'intérêt de l'entreprise. Il identifie les problèmes et, à quelques occasions, il a obtenu que telle personne soit démise de ses fonctions. En attendant la prochaine.

Au fil du temps – et cela peut être assez long –, ses employeurs commencent à se demander comment cet homme peut avoir le temps de déceler autant d'insuffisances chez les autres. Il arrive souvent en retard et, lorsqu'il doit accomplir une tâche, comme livrer un colis sans délai, il manque inexplicablement à l'appel. (Janice le revoit dans sa tête, passant devant la bibliothèque en milieu de journée alors qu'il aurait dû être dans sa loge de concierge.) C'est alors que le doute commence à s'immiscer chez l'employeur. Janice comprend mieux que quiconque cette période de transition. Au début de leur mariage, elle a littéralement vécu chaque emploi avec Mike. Elle s'est émue pour lui quand il devait faire face à certaines difficultés, s'est sentie blessée par les collègues qui le laissaient tomber, ou en colère contre les patrons qui ne l'appréciaient pas. Ce n'est que lorsqu'il a été licencié de son quatrième emploi qu'elle a eu une illumination troublante : peut-être que ce n'est pas eux, le problème ; peut-être que c'est Mike.

Les années passant, Mike a perfectionné sa gestion du temps et appris à sauter avant de se faire éjecter du bateau.

Non que cette gestion du temps ait toujours convenu à Janice – comme quand elle était enceinte de leur fils, Simon, ou lorsqu'ils venaient juste de souscrire un emprunt, ou maintenant qu'elle est… Qu'elle est quoi ? Elle n'en a aucune idée. Ce qu'elle sait, en revanche, c'est que ce n'est pas le bon moment pour qu'il lui dise ce qui ne va pas avec la hiérarchie de l'université, surtout en cet instant où sœur Bernadette chuchote à son oreille.

Janice laisse Mike se lancer dans une énième diatribe sur qui n'est pas à la hauteur à l'université, et pourquoi il a besoin de faire autre chose. Elle ne l'écoute plus, et se demande quelle est réellement l'histoire de son mari. Est-il simplement un homme aux mille métiers ? Est-il une sorte de Walter Mitty[1] ? Autant qu'elle sache, son monde ne ressemble guère à celui du commun des mortels. Ou bien la réalité est-elle plus sinistre ? S'agit-il de l'histoire d'un illusionniste ? D'un hypnotiseur ? Car elle a beau essayer de prendre de la distance avec le monde qu'il s'est construit, elle ne peut s'empêcher de penser qu'il y a aussi une partie d'elle qui est coincée là, avec lui. Il ne lui retient peut-être pas la main, mais elle est presque certaine qu'il retient un coin de son manteau dans son gros poing, et qu'il n'est pas prêt de le lâcher. Lorsqu'elle se demande si elle a peur de ce poing, la réponse vient d'elle-même : elle n'a pas à le craindre physiquement. Il est trop grand, trop lent pour ça. Elle sait que ce sont les hommes petits, secs et nerveux dont il faut surtout se méfier.

Lorsque le dîner est terminé et que Mike est parti se coucher, la laissant tout débarrasser (« Ça ne t'embête pas, Jan ? J'ai trop de trucs dans la tête, là… »), elle ferme la porte de la cuisine et reste un moment devant la fenêtre, à

---

1. Walter Mitty est le héros de la nouvelle *La Vie secrète de Walter Mitty*, de James Thurber, adaptée plusieurs fois au cinéma. Ce personnage s'invente de fabuleuses aventures imaginaires afin d'échapper à son quotidien ennuyeux. *(Toutes les notes sont de la traductrice.)*

contempler l'arc de cercle des maisons toutes identiques, et la verdure qui s'étend au-delà. Elle se demande où se trouve la jeune fille du bus, et sur quoi elle est en train de danser. Elle aimerait écouter de la musique dans la cuisine tout en rangeant, mais elle ne veut pas risquer de faire descendre Mike, et qu'il se plaigne du bruit. Elle se souvient alors des écouteurs que Simon a offerts à son père pour Noël. Leur fils a maintenant vingt-huit ans et travaille à la City, où il fait Dieu sait quoi. Voilà des années qu'il n'a pas pris de vrai temps avec eux. Une des bases du royaume construit par Mike était que son fils unique ferait une grande école privée, dont tout le monde aurait entendu parler.

« Tu ne peux pas lui refuser ce qu'il y a de mieux, Jan. »

« Tu ne voudrais tout de même pas qu'il souffre parce que nous » – sous-entendu : *elle* – « n'avons pas fait tout ce que nous pouvions. »

Ç'avait été le début de sa carrière de femme de ménage. Elle n'avait pas beaucoup d'autres cordes à son arc, et toute velléité de reprendre des études pour obtenir de meilleures perspectives avait été sapée d'entrée de jeu.

« Il faut faire passer le fiston avant tout, Jan. Et avec ce boulot qui ne se passe pas comme je l'espérais... Quelle bande d'incompétents, je te jure. Ah, j'aimerais bien me pointer au conseil d'administration pour leur dire comment ça se passe sur le terrain, tiens... »

Ironie du sort : leur fils si bien éduqué ne veut désormais plus avoir grand-chose à faire avec eux. Avec son père, parce qu'il l'a percé à jour, peut-être. Avec sa mère, parce qu'il lui en veut de l'avoir envoyé étudier loin de la maison, craint-elle. Les visites de Simon sont rares. Il y a quelques années, il a cessé de leur envoyer des cadeaux pour Noël et leur a juste envoyé un chèque. Le montant était généreux, mais Janice l'a déchiré en mille morceaux qu'elle a enfouis tout au fond de la poubelle à papier. Peut-être Simon s'est-il rendu compte qu'il n'avait jamais été encaissé, car depuis lors, il leur envoie des bons d'achat John Lewis[1]. Cadeau facile à envoyer, sans qu'il ait à se soucier de savoir s'ils seront utilisés ou non. Elle a encore celui de Noël dernier dans son portefeuille, mais elle se souvient que Mike s'est servi du sien pour s'acheter des écouteurs de grande marque.

« Regardez ça, les gars, avait-il dit à ses copains du pub. Un super cadeau de Simon. Il ne prend que du haut de gamme. »

En cherchant les écouteurs de Mike, Janice se demande si c'est la pitié, ou peut-être une forme d'expiation de sa part pour avoir été complice de l'éviction de Simon, qui la pousse à rester vivre avec un homme qu'elle n'aime plus, à quelque niveau que ce soit.

M. Mukherjee (qui a joué au cricket dans l'équipe indienne des moins de 21 ans) s'arrête pour attendre son chien, Booma. Il détourne poliment les yeux de l'animal accroupi près de lui et, par la fenêtre éclairée, il observe sa voisine, Janice, qui se trémousse dans sa cuisine. Elle tourne sur place. Un de ses bras se dresse et décrit un arc de cercle au-dessus de sa tête. Il y a quelque chose d'assez beau dans ses mouvements rythmés, et, pour M. Mukherjee, d'assez surprenant. Il se dit qu'il devrait peut-être regarder ailleurs, mais la petite tête et les épaules en train de danser (c'est tout ce qu'il peut voir) l'hypnotisent, et il reste planté là, sur la pelouse, dans l'air froid de l'hiver, un grand sourire aux lèvres.

---

1. Chaîne de grands magasins très populaires au Royaume-Uni.

6

Il faut un méchant dans chaque histoire (L'exception à la règle)

En général, une bonne femme de ménage peut choisir pour qui elle travaille. Janice aime toutes les personnes qui l'emploient, à une exception près.

La grande maison moderne devant elle est bâtie en forme de V inversé, lequel est constitué de blocs de béton encastrés. Elle s'étend avec arrogance sur un terrain qui faisait autrefois partie de l'enceinte d'un établissement d'enseignement supérieur des plus modernes. La maison lui fait penser à un grand homme – jambes écartées – qui prendrait beaucoup plus de place qu'il n'est nécessaire ou poli de le faire. En montant l'allée de bardeaux d'ardoise brésiliens, elle éprouve un mélange de crainte et d'impatience.

C'est la propriétaire de la maison qui lui ouvre la porte (Janice n'est pas autorisée à avoir la clé d'ici). La femme qui se trouve devant elle est une séduisante quinquagénaire. Elle porte l'une de ses propres créations : un manteau bleu roi, lacéré de zips en laiton couleur d'urine. Entre ces zips, Janice voit un tissu de soie imprimé de têtes de chevaux bleu électrique. Elle porte un manteau différent chaque semaine, et Janice a appris qu'elle en cédait souvent lors de ventes privées organisées chez ses amis. Lorsqu'elle ne vend pas ses manteaux, elle aime « renvoyer l'ascenseur » à des associations caritatives. Pour ce faire, elle réunit dans sa maison les employés d'un certain nombre d'associations et leur fait don de la sagesse qu'elle a acquise. « On ne peut pas mettre un prix là-dessus. Cela vaut littéralement des milliers d'euros. » De temps en temps, elle fait don d'un manteau à l'une de ces associations. Janice aime être présente à ce moment-là, rien que pour voir la tête des collecteurs de fonds qu'elle a rassemblés autour d'elle.

Cette femme a un nom mais, pour Janice, elle sera toujours Mme OuaisOuaisOuais. C'est ce qu'elle dit au téléphone, lorsqu'elle parle à ses amis ou lorsqu'elle discute de sa sagesse avec le représentant de ses bonnes œuvres du mois. Elle suppose que son employeuse essaie simplement de dire « oui », ou peut-être même « ouais », mais un seul de ces mots-là ne suffit jamais à Mme OuaisOuaisOuais.

Le mari de Mme OuaisOuaisOuais travaille également à domicile. Janice pense qu'il a fait une grande carrière à la City et qu'après avoir gagné beaucoup d'argent il en a dépensé une bonne partie pour construire la monstruosité architecturale où ils vivent maintenant. C'est une maison pleine de grands espaces et de surfaces vides et brillantes – d'une certaine manière, elle ne devrait pas se plaindre : il y en a peut-être beaucoup, mais c'est très facile à nettoyer. Au fond de la maison se dresse un grand cube qui sert de bureau au mari. Si Janice tente de s'approcher de cet endroit pour y faire le ménage (conformément aux instructions de Mme OuaisOuaisOuais), son mari brandit devant elle un papier, un classeur ou un doigt et, sans jamais lever les yeux, lui jette : « Non, non ! Pas maintenant. » Mme OuaisOuaisOuais est donc mariée à M. NonNonPasMaintenant. Elle se demande si c'est à cause de lui qu'ils n'ont jamais eu d'enfants.

Mme OuaisOuaisOuais rémunère bien Janice pour le travail qu'elle effectue. Elle ne lui crie pas dessus et ne lui laisse jamais de casserole/cuvette des WC/baignoire/four dans un état déplorable, à nettoyer ; en revanche, elle a commis deux péchés cardinaux que Janice ne peut lui pardonner. Dans la cuisine, l'une des rares choses autorisées à demeurer sur le plan de travail est une machine à café italienne haut de gamme. Un objet de toute beauté. Janice peut la démonter et en nettoyer tous les éléments, mais jamais on ne lui a proposé de s'en servir pour se préparer un café. Dans le placard au-dessus de la machine, il y a une boîte de café instantané de la marque distributeur Tesco, réservé à l'usage de la femme de ménage. Autant qu'elle puisse dire (et elle a cherché), c'est le seul article que Mme OuaisOuaisOuais ait jamais acheté dans ce supermarché.

Le second péché est qu'elle appelle Janice « Mme P. ». Janice ne se rappelle pas avoir jamais permis cela – mais elle sait également que jamais elle n'aurait trouvé les mots pour s'y opposer. De toute façon, il est bien trop tard maintenant. Janice peut bien penser ce qu'elle veut de Mme OuaisOuaisOuais dans sa tête, elle est bien trop timide pour lui dire en face quoi que ce soit de ce genre.

Pour toutes ces raisons, Mme OuaisOuaisOuais n'a pas d'histoire. Par pur principe, Janice ne s'intéressera à elle que pour ce qui est strictement nécessaire, et ne lui accordera aucune place dans sa précieuse bibliothèque mentale. Elle lui accorde juste un unique « incident », loin de constituer une histoire en soi, mais qui, à ses yeux, résume très bien son employeuse.

Un groupe de collecteurs de fonds d'une association pour l'aide aux enfants était venu à la maison, où Mme Ouais-OuaisOuais avait organisé une séance de *team building*. L'exercice consistait à imaginer qu'ils se trouvaient tous dans un bateau à rames dérivant en pleine mer. Sur divers bouts de papier figuraient les descriptions écrites de personnes imaginaires qui se trouvaient dans le bateau avec eux. Il s'agissait de philanthropes, de militants pour les droits de l'enfant, d'un certain nombre d'enfants différents et de personnages moins honorables, tels que des politiciens et des journalistes. Le bateau étant en train de couler, l'objectif de la séance était de décider qui, y compris le personnel et Mme OuaisOuaisOuais, devait rester, et qui devait être jeté par-dessus bord.

Personne ne semblait vouloir commencer, jusqu'à ce qu'une petite brune de l'association émette une suggestion : afin de faciliter la discussion, ne devraient-ils pas au moins exclure d'emblée les enfants de ce choix cruel, et réfléchir seulement à quels adultes devraient être sacrifiés ? Mme OuaisOuaisOuais s'était immédiatement insurgée : « Et pourquoi donc ? Crois-tu que ma vie vaille moins que celle d'un enfant ? » La suite avait été à l'avenant. À la fin de la séance, Mme OuaisOuaisOuais avait jeté plusieurs personnes par-dessus bord, y compris un enfant (imaginaire) souffrant de mucoviscidose. Parce que « De toute façon, il n'aurait pas vécu très longtemps ».

Janice s'était réjouie en entendant la petite brune affirmer qu'elle se jetait à l'eau pour sauver l'enfant malade. Mais cela n'amusa pas du tout Mme OuaisOuaisOuais : « Tu ne peux pas faire ça. Tu ne peux pas sauter du bateau. Personne ne ferait ça, dans la vraie vie. » Or la brunette était catégorique et refusait de remonter dans le bateau. Janice s'était demandé si ce positionnement ferme était dû au fait qu'elle aurait sauté de n'importe quelle embarcation où se trouvait Mme OuaisOuaisOuais, ou parce qu'elle croyait sincèrement qu'une personne se sacrifierait pour sauver un enfant. Aimant penser que cette seconde hypothèse était la bonne, elle avait octroyé à la petite un supplément de biscuits au chocolat lorsqu'elle était passée parmi eux en servant le café.

Aujourd'hui, Mme OuaisOuaisOuais reste dans les parages pendant que Janice fait le ménage, ce qui est assez inhabituel – et plus qu'inhabituel, même : énervant. Cela la met mal à l'aise. Son employeuse parle de sa semaine et d'une pièce qu'elle est allée voir au théâtre. Elle parle à sa femme de ménage comme si celle-ci pouvait elle-même aller au théâtre, ou comme si elle était le genre de femme à pouvoir boire un cappuccino sorti d'une belle machine à café. Cette attitude est loin d'être normale et, tandis qu'elle pérore ainsi, Janice est affreusement consciente du moindre de ses gestes, de chaque cercle qu'elle décrit sur le parquet avec le balai au long manche et aux poils de cachemire. Elle se dit que si Mme OuaisOuaisOuais ose lui demander comment s'est passée sa semaine, elle prendra son manteau et s'en ira sur-le-champ.

Au lieu de quoi, celle-ci finit par dire :

— Mme P., j'ai une proposition à vous faire.

L'espace d'un instant, aussi bref qu'absurde, elle se demande si Mme OuaisOuaisOuais et M. NonNonPas-Maintenant sont échangistes. Elle balaie le sol en décrivant un arc exagéré afin de pouvoir lui tourner le dos et dissimuler le rire qui lui vient. Mais elle ne dit rien. Elle ne trouve rien à dire.

Même en lui tournant le dos, Janice sent que Mme Ouais-OuaisOuais est plus nerveuse qu'à l'accoutumée (ce qui aurait dû l'alerter dès le début, songe-t-elle).

— Mme P., je sais qu'il est toujours agréable d'avoir un peu plus d'argent, alors j'ai tout de suite pensé à vous.

Janice ne voit pas du tout où elle veut en venir. Que diable va-t-elle lui demander de faire ? Qu'est-ce qui peut bien la stresser à ce point ?

— Cela ne vous prendra pas beaucoup de temps, et nous veillerons à ce que vous soyez bien payée. Vous pourrez choisir ce qui vous convient en termes d'horaires – cinq ou six heures par semaine devraient suffire. Voyez-vous, ma belle-mère a besoin d'aide. Elle a plus de quatre-vingt-dix ans et sa maison est vraiment…

Mme OuaisOuaisOuais tressaille et ne peut se résoudre à terminer cette phrase si mal commencée, avant de se ressaisir :

— Enfin, ce n'est pas si terrible. Il y a beaucoup d'objets, certes, mais vous avez sûrement vu pire et une fois que vous y aurez mis un peu d'ordre, ce sera beaucoup plus facile, bien sûr.

Après une pause, elle ajoute :

— La maison n'est pas très loin d'ici, sur l'ancien terrain d'un collège[1], et pleine de charme, sous de nombreux aspects.

Janice continue de balayer, très lentement, afin de gagner du temps.

— Malheureusement, mon agenda est assez rempli en ce moment, parvient-elle enfin à dire.

— Mais pas totalement rempli, donc.

Mme OuaisOuaisOuais saute sur l'occasion et glisse son escarpin en croco dans la porte laissée entrouverte.

— Eh bien, je voulais dire, je suis prise tous les jours, répond une Janice hésitante.

— Vous pourriez choisir le jour qui vous convient le mieux, et la rémunération serait intéressante.

Cela lui donne à réfléchir. Apparemment, Mike est de nouveau sans travail, et elle a du mal à imaginer qu'il cessera pour autant d'aller au pub.

Mme OuaisOuaisOuais n'en a pas encore terminé :

— Pour tout vous dire, Mme P., soit nous trouvons quelqu'un pour l'aider à son domicile, soit nous devrons envisager de la placer en maison de retraite. Cela ne nous enchante pas, mais à quatre-vingt-douze ans, que voulez-vous…

Super. Maintenant, elle peut ajouter à sa liste d'angoisses le fait d'être responsable du placement d'une vieille dame dans un hospice qui sent le chou et le pipi.

1. Au Royaume-Uni, certaines universités regroupent en leur sein divers « collèges », des structures d'enseignement supérieur plus petites, jouissant d'une certaine autonomie et qui proposent des enseignements plus spécialisés.

— Bon, eh bien, je peux toujours aller la voir. Mais je ne vous promets rien.

Mme OuaisOuaisOuais ne l'écoute plus.

— C'est formidable, Mme P. Je savais que je pouvais compter sur vous. Je vais vous donner toutes les informations utiles.

Elle passe la main une ou deux fois sur le plan du travail avant d'ajouter :

— N'oubliez pas qu'il s'agit d'une très vieille dame – vous savez comment elles peuvent être. Mais je suis sûre que rien ne vous rebutera. Vous êtes si calme, si solide.

Janice entend à peine ces derniers mots, car la raison pour laquelle elle continue de venir travailler pour Mme OuaisOuaisOuais vient de s'asseoir à ses pieds. Un petit fox-terrier hirsute, les yeux levés vers les siens. Il a une tête très expressive et, parfois (pour être honnête, presque tout le temps), Janice a l'impression qu'il lui parle directement. Son expression semble tout dire. En cet instant, elle croirait presque qu'il prend sa maîtresse à partie pour avoir présumé connaître la personnalité de Janice. Il lance un regard vers Mme OuaisOuaisOuais et, dans ce regard, Janice entend ces mots silencieux : « Comment peux-tu savoir comment est Janice, espèce de connasse ? Tu ne lui parles jamais ! »

7

Une histoire de chien hirsute

— Voici Decius. C'est un fox-terrier pur race.

C'est l'une des premières choses que Mme OuaisOuais-Ouais lui avait dites. Rapidement suivie de :

— J'espère que vous aimez les chiens, nous aimerions que vous le sortiez.

Pas « J'espère que vous aimez les chiens. » Pause. « Nous aimerions que vous le sortiez ». Ou même « Ça ne vous dérangerait pas d'aller le promener ? ». Comme avec ses ouaisouaisouais, elle avait enchaîné tout cela dans sa hâte de se débarrasser du sujet.

Tout ce que Janice avait pu répondre, c'était :

— Decius ?

— Oui. C'est le nom d'un empereur romain.

C'est alors qu'elle l'avait remarqué, pour la première fois. Elle avait regardé Decius. Il l'avait regardée également, et son expression disait, aussi clairement que s'il l'avait aboyé à voix haute : « Pas de commentaire. Surtout, pas de commentaire, bordel. » Elle ne lui en avait pas voulu, mais, même après tout ce temps, elle ne cesse de s'étonner de sa grossièreté. Pour un fox-terrier pur race.

Elle connaît Decius depuis quatre ans maintenant, et n'a pas peur d'avouer (à elle-même, au moins) qu'elle l'adore. Elle adore sentir sa petite tête au poil dru entre ses mains ; elle adore sa façon de marcher, telle une ballerine s'apprêtant à monter sur ses pointes. Elle adore la manière dont il bondit comme s'il était monté sur ressorts, et elle se sent profondément heureuse quand elle le promène dans les prés et les champs autour de Cambridge. Elle commence à envisager de créer une section pour les histoires d'animaux dans sa bibliothèque, juste pour pouvoir y inclure Decius.

Un jour, elle a essayé de l'appeler Decy, Decius lui paraissant bien trop formel. Après tout, c'est elle, et non Mme OuaisOuaisOuais ou M. NonNonPasMaintenant qui doit crier dans les champs son nom à tue-tête. Mais le petit voyou lui a coulé un de ces regards de sous ses épais sourcils, qui lui disait clairement : « Pitié. Arrête. » Alors qu'il s'éloignait en grattant furieusement la terre avec ses pattes arrière, elle crut l'entendre marmonner « Sans déconner, faut arrêter avec ça, maintenant, putain ! ».

Au début, Janice promenait Decius quand elle venait faire le ménage ou servir les boissons lors d'une réception caritative – environ deux fois par semaine. Mais ce n'était pas assez, pour l'un comme pour l'autre. Janice avait donc proposé de venir plus souvent pour sortir le chien, et Mme OuaisOuaisOuais avait sauté sur l'occasion. Les autres jours, elle case donc ses promenades entre deux ménages, et le week-end, elle prend souvent la voiture pour venir. La première fois que Mme OuaisOuaisOuais l'a vue s'engager en voiture dans l'allée, elle s'est écriée « Oh, vous savez conduire ! ». Comme si (ainsi que Janice l'a ensuite raconté à Decius) elle venait de voir un singe derrière le volant. Ils étaient assis sur un banc dans les bois, à partager des morceaux de poulet rôti. Decius est censé être végane (quoique ni Mme OuaisOuaisOuais ni M. NonNonPas-Maintenant n'aient fait ce choix pour eux-mêmes), et elle pense que l'une des raisons pour lesquelles le chien l'adore (et réciproquement), c'est qu'elle lui donne des aliments qu'il aime vraiment. Elle se souvient qu'il avait levé vers elle des yeux interrogateurs, et qu'elle s'était sentie obligée de lui expliquer pourquoi, si elle sait conduire, elle ne peut pas venir en voiture les autres jours – surtout les jours où il fait, c'est le cas de le dire, un temps de chien. Elle lui avait avoué que c'était compliqué.

Mike et elle possèdent une voiture – un vieux break Volkswagen. Il en a toujours revendiqué l'usage pour se rendre au travail. Elle songe maintenant que cela pourrait changer, puisqu'il va se retrouver sans emploi, mais elle en doute tout de même.

« Tu ferais mieux de ne pas prendre la voiture, Jan, ce sera plus d'ennuis qu'autre chose. C'est un enfer de se garer en ville. »

Ce qui est vrai, mais il est tout aussi vrai que la plupart des employeurs de Janice ont des allées ou des places de stationnement pour leurs visiteurs. Elle l'a déjà noté, par le passé.

« Fais comme tu veux, mais je suis sûr que tu verras que j'ai raison, avait-il argué en la regardant avec un grand sourire. Par contre, je pourrais te déposer à l'aller le matin et te prendre le soir au retour, si tu veux. »

Elle avait eu la bêtise de croire que cela pourrait fonctionner. Il avait une place de parking dans l'école où il travaillait alors comme concierge, et partager la voiture soulageait quelque peu l'angoisse de Janice sur son empreinte carbone. Seulement, il ne semblait jamais rentrer en même temps qu'elle. Et lorsqu'elle venait le voir à son travail en sachant que sa journée était presque finie, il se révélait souvent absent, sans que l'on sache pourquoi. Et bientôt, elle ne supporta plus les regards de plus en plus irrités des collègues de son mari, fatigués eux aussi de ne jamais savoir où il était.

Elle repense à ce jour dans les bois, avec Decius assis sur le banc à côté d'elle, sa petite tête posée sur les cuisses de Janice. Elle avait approché son visage de son pelage par pure envie de réconfort, car elle s'était rendu compte que le problème de voiture l'avait menée à penser à un autre problème : elle a très peu d'amis ou de relations.

Cambridge est une assez petite ville et elle s'étonne encore que Mike ne change pas de trottoir quand il croise d'anciens collègues ou connaissances de travail. Elle croit en fait que son mari est réellement dépourvu de tout sentiment de honte et que, dans sa tête, il est sorti victorieux de toutes ses croisades professionnelles. C'est donc elle qui porte la honte pour deux, et ce poids la tire tellement vers le bas qu'elle ne parvient plus à regarder les gens dans les yeux – alors qu'elle aurait aimé mieux connaître certains d'entre eux. Elle se rappelle son soulagement, un jour où elle avait rencontré un ami de Geordie Bowman venu lui livrer des seaux à champagne en argent. Elle savait qu'il connaissait Mike mais qu'il ignorait qu'ils étaient mariés. Lorsque son nom était venu par hasard dans la conversation, il avait éclaté de rire (ce que Janice avait trouvé très indulgent, considérant la façon dont Mike l'avait traité). Il s'était esclaffé, avant de s'exclamer : « Ce type est cinglé ! Il délire totalement. » Après quoi, il avait continué à ranger les seaux à glace dans le vieux four à pain où Geordie stockait son vin, et elle s'était remise à astiquer la porte du four. Mais avec un cœur plus léger. C'était bon de savoir que d'autres gens l'avaient compris, et que cela *pouvait* être dit à haute voix. Elle se sentait déjà un peu moins seule.

Pour l'heure, elle est seule avec Decius dans la cuisine (c'est-à-dire pas tout à fait seule), et son travail est presque terminé. Après leur « discussion », Mme OuaisOuaisOuais a griffonné les coordonnées de sa belle-mère aussi vite que le permettait son stylo Montblanc, et est partie faire du shopping. Janice prend la laisse du chien dans le vestiaire et ouvre la porte de service. Elle a décidé d'emmener Decius se promener à travers champs, jusqu'à l'endroit où habite Fiona. Elle s'inquiète pour elle. Janice ne doit pas aller faire le ménage chez elle avant lundi prochain, mais elle espère que cela ne la dérangera pas qu'elle passe avant – elle a un petit cadeau à lui offrir.

La maison est sombre et ne montre aucun signe de vie quand elle sonne à la porte. Elle hésite à glisser son cadeau par la fente de la boîte à lettres, mais il est si petit qu'elle craint qu'on ne marche dessus une fois qu'il sera tombé à l'intérieur. Après avoir frappé et sonné une nouvelle fois, elle se décide donc à utiliser sa clé pour entrer. Elle est sûre que Fiona ne s'en formalisera pas et pense que son cadeau la fera sourire, la prochaine fois qu'elle contemplera sa maison de poupée. Après avoir soigneusement essuyé les pattes de Decius avec le mouchoir qu'elle garde dans sa poche, elle réduit sa laisse au plus court pour monter avec lui dans le grenier. C'est une chose d'entrer deux minutes pour déposer un cadeau, mais c'en est une autre de laisser le chien d'un inconnu fouiner dans la maison.

Lorsqu'elle ouvre la porte de la maison de poupée, elle constate que Fiona n'a pas chômé. Toute une série d'appareils électriques ont été ajoutés et, dans certaines pièces, des lustres et des lampes de table ont été soigneusement placés. Elle repère l'interrupteur sur la table à droite de la maison de poupée et ne peut s'empêcher de l'allumer. L'étincelle et le « crac » provenant de quelque part à l'intérieur de la maison la font sursauter ; consternée, elle ouvre la porte plus grand pour voir ce qui s'est passé. Il ne lui faut pas longtemps pour identifier le problème : deux fils se sont croisés, et l'étincelle qui s'est ensuivie les a séparés et a rompu le circuit. Elle estime qu'il est possible de remettre en place l'un des fils, mais que l'autre doit être soudé. Elle sait que le fils de Fiona, Adam, a un fer à souder dans sa chambre, qu'il utilise pour travailler sur ses mini-figurines robotisées. Seulement, pénétrer dans la chambre d'un garçon de douze ans et y fouiller est totalement contraire à ses principes.

Janice est tellement absorbée par sa réflexion pour savoir si elle peut réparer ces fils sans fer à souder qu'il lui faut un certain temps avant d'entendre la voix venant d'en bas. Elle regarde sur le côté de sa chaise : Decius a disparu, et la porte du grenier est légèrement entrouverte. Elle se lève d'un bond, rougissant déjà à l'idée de l'explication à venir. Elle trouve Decius à l'étage du dessous, assis à côté d'Adam qui s'est agenouillé pour lui parler. Decius a posé ses pattes sur les cuisses du garçon et a mis son nez dans la main d'Adam.

— Adam, je suis vraiment désolée. Je ne savais pas qu'il y avait quelqu'un... Je voulais juste déposer quelque chose pour ta mère.

Adam ne paraît nullement surpris par son apparition soudaine (elle suppose qu'il est habitué à un certain va-et-vient dans cette maison, sans qu'on fasse spécialement attention à lui). En revanche, il semble très intéressé par Decius.

— C'est votre chien ?

Elle est tentée de répondre « Oui ». En fait, c'est « Oui, bien sûr ! » qui lui vient à l'esprit, mais elle préfère dire la vérité :

— Non, je ne fais que le promener.

À ce moment-là, Decius se retourne pour la regarder, et elle lui trouve un air un peu blessé. Avant qu'elle ait le temps de réfléchir à ce qu'elle pourrait ajouter, Adam poursuit :

— Il est un peu bizarre... Et on dirait qu'il marche sur la pointe des pieds. C'est normal ?

Elle adresse une prière silencieuse à Decius pour qu'il ne jure pas, mais visiblement, il apprécie Adam et entreprend de monter plus haut sur ses genoux. Elle sait ce qui va suivre : il va bientôt se prélasser sur Adam. C'est exactement ce qui se passe, et le garçon rit et, à ce moment-là, Janice a l'impression que son cœur va se briser. Elle se stabilise en s'asseyant par terre à côté d'eux.

— C'est un fox-terrier, et je crois que cette façon de marcher est un signe de pure race.

— Ben, punaise… Moi, je lui trouve plutôt l'air un peu nigaud.

Janice n'ose croiser le regard de Decius.

Mais Adam se rattrape en ajoutant :

— Mais il a quand même l'air assez sympa, hein.

C'est une affirmation, pas une question, et Decius regarde Janice, l'air de dire : « Tu vois. » Elle pense alors que jamais Decius n'emploierait de mots grossiers devant un enfant, et qu'en dépit de ses longs membres et de ses grands pieds Adam est encore un jeune garçon. Le cou qui émerge de son sweat à capuche est long et fin, et, sous l'épaisse tignasse hirsute, son visage est petit et encore dénué d'acné. Il s'est également trahi en utilisant les mots « punaise » et « sympa ». Adam se contente encore d'utiliser l'argot que sa mère (qui ressemble à une bonne sœur en civil) emploierait elle-même.

— Alors, on t'a arrangé tes bagues ? s'enquiert-elle.

— Oh, ça, fait-il en passant la langue sur ses dents, mais sans offrir davantage de réponse.

Cela lui rappelle ses conversations précédentes avec Adam, qui ne mènent jamais nulle part et finissent toujours par un silence gêné. Elle repense alors à son rire et se dit qu'elle doit faire un effort :

— Dis-moi, aurais-tu un fer à souder ?

Il lève les yeux du chien, surpris.

— Oui…

— Je peux te l'emprunter ?

— Ouais, pas de problème.

Il se lève à regret en caressant le petit corps chaud de Decius, jusqu'au moment où il doit le poser par terre et le laisser.

— Je vais le chercher.

Il se tourne à demi puis regarde Janice, l'air un peu inquiet.

— Il reste là ? Il ne va pas s'en aller ?

Ce qu'il est mignon. Elle sent son cœur se serrer à nouveau. Pour Adam, cette fois, et un peu pour Simon, et pour elle-même aussi, se dit-elle. Elle s'efforce de garder un ton enjoué.

— Je crois qu'il aimerait bien venir avec toi.

Adam lui offre un grand sourire et Decius la regarde comme pour lui dire : « Un tour dans la chambre parfumée d'un gamin ? Sans déconner ? Bien sûr que je suis partant ! »

Elle les laisse partir dans la chambre d'Adam et remonte réparer les fils dans la maison de poupée. L'opération ne lui prend pas bien longtemps. Une fois qu'elle a tout remis en place, elle prend dans son sac le minuscule cadeau qu'elle a acheté pour Fiona. C'est une miniature – un gâteau d'anniversaire. Évidemment, elle n'a pas pu y mettre quarante-cinq bougies, mais elle pense que Fiona saisira l'idée quand elle ouvrira la petite maison – demain, espère-t-elle –, et qu'elle le trouvera sur la table de la cuisine. Avant de refermer la maison de poupée, elle aperçoit le nouveau cercueil miniature rangé dans le salon de Jebediah Jury. Un sentiment d'inquiétude familier l'envahit. Elle sait (mieux que quiconque) qu'elle n'est que la femme de ménage. Que ce ne sont pas ses affaires. Elle ne peut pas prétendre savoir comment vit cette famille sans John – le père d'Adam et le mari de Fiona. Mais un malaise s'installe en elle telle une nappe de brouillard.

John était chirurgien thoracique à l'hôpital d'Addenbrooke. Il adorait partir camper et faire du vélo avec sa famille. Il avait installé un circuit de train pour son fils et l'avait aidé à fabriquer les robots miniatures qu'il y a dans sa chambre. Janice ne peut pas vraiment savoir comment ils vivent ce deuil, mais elle éprouve fortement le poids d'une question sans réponse planant au-dessus d'eux, qui pèse sur cette famille et écrase cette maison. Et la question à laquelle elle ne cesse de revenir est celle-ci : pourquoi cet homme adorable s'est-il suicidé ?

Quand elle se rend dans la chambre d'Adam pour lui rendre le fer à souder, elle le trouve couché sur son lit, Decius allongé à côté de lui.

— Merci, Adam. Il faut qu'on y aille, maintenant.

Decius saute du lit pour la rejoindre. Elle regarde le garçon et, au moment où elle émet cette suggestion, elle se demande dans quoi elle s'embarque :

— Tu voudrais bien m'aider à promener Decius, de temps en temps ?

— C'est vrai ? Je pourrais ? demande-t-il, et elle pense que le chien la regarde avec un air plus qu'approbateur devant l'enthousiasme du jeune garçon.

Qui gâche tout en ajoutant alors :

— Decius, c'est un peu nul comme nom, quand même.

C'est le moment de partir, se dit Janice. La patience des fox-terriers a ses limites.

8

Ne jamais juger un livre à sa couverture

Le crachat atterrit sur le sol à moins de trois centimètres de sa chaussure. Soit il s'agit d'un très bon tir, soit la belle-mère de Mme OuaisOuaisOuais a raté son coup. Janice regarde la petite femme âgée dans l'embrasure de la porte, en essayant d'ignorer sœur Bernadette qui lui murmure à l'oreille : « Regarde un peu l'état de cette femme. » Suivi de l'inévitable : « Qu'attends-tu pour faire demi-tour, Janice, et reprendre ton chemin ? » Elle pense que sœur Bernadette a raison, et plutôt deux fois qu'une. A-t-elle vraiment besoin d'être ici ? Et qu'est-ce que c'est que ces frusques ? On dirait que cette femme porte une sorte de kimono jeté sur un pantalon pour homme en velours côtelé (roulé plusieurs fois aux chevilles), et elle a sur la tête un chapeau rouge avec des cerises artificielles. Les cerises semblent être recouvertes de ce que Janice soupçonne être de la moisissure.

Lorsqu'elle parle, la voix de la femme est hachée, chaque mot étant joliment formé avant d'être craché hors de sa bouche comme des glaires. En l'entendant, Janice pense à une présentatrice de journaux télévisés de la BBC des années 1950 qui serait très, *très* en colère.

— Je n'ai pas besoin de vos services. C'est *ma* maison, et je ne laisserai personne décider de la façon dont je dois la tenir.

Janice ne peut s'empêcher de demander :

— Comment savez-vous que je viens pour ça ? Que je suis une femme de ménage ?

— Eh bien, il suffit de vous observer.

La vieille dame tend une main vers un paquet de sacs d'aspirateur et des gants en caoutchouc qui dépassent du sac de Janice.

— Que pourriez-vous être d'autre qu'une femme de ménage ?

Janice entend le ronchonnement désapprobateur de sœur Bernadette au creux de son oreille. Tout à coup, elle prend conscience de la couleur du kimono – un violet vif, criard. Elle l'avait déjà remarquée, naturellement, mais sans l'avoir vraiment vue. Et elle se rappelle soudain ce célèbre poème sur le grand âge, dans lequel l'auteur évoque des habits violets, un chapeau rouge et le fait d'apprendre à cracher. Elle sonde sa mémoire, cherchant le vers suivant, et demande :

— Si je puis me permettre, dépensez-vous l'argent de votre retraite en eau-de-vie et en gants d'été ?

Depuis le seuil, la vieille dame la toise un moment avant de répondre sur un ton légèrement radouci :

— Je ne suis pas contre l'eau-de-vie, mais je n'ai plus besoin de ce genre de gants.

Elle dévisage encore Janice quelques instants avant de déclarer :

— Je refuse de laisser des imbéciles entrer chez moi. Et ma belle-fille est la pire imbécile que je connaisse.

Sur ce, elle tourne les talons et part dans le couloir en traînant les pieds. Janice présume qu'il s'agit d'une invitation à la suivre et entre avant de fermer la porte derrière elle.

Il n'est guère aisé de circuler entre les objets qui encombrent l'espace étroit : des magazines – par piles –, des clubs de golf, une lampe Anglepoise dont le pied est cassé, des valises, un écureuil empaillé, deux escabeaux et un objet qui ressemble à un didgeridoo soutenu par deux queues de billard. Le côté pratique de Janice prend le dessus malgré elle : cette femme a tout simplement besoin de davantage d'espace de rangement. Elle se demande si le collège voisin ne disposerait pas d'un local inoccupé à louer. La vieille dame arrive au bout du couloir, où Janice la voit attraper deux cannes qu'elle a cachées là. Elle pousse un grognement de douleur en s'y appuyant, et Janice se rend compte de l'effort qu'elle a dû fournir pour exécuter sans aide sa petite pantomime. Avant de tourner à un angle pour pénétrer au cœur de la maison, elle enlève son chapeau et son kimono et les laisse tomber par terre avec les autres objets qui jonchent le sol. Janice doit s'empêcher de se pencher instinctivement pour les ramasser. Au lieu de quoi, elle marche délibérément dessus et sent avec satisfaction une cerise artificielle éclater sous son pied. C'est tout vu : elle ne travaillera *pas* pour cette femme. Si l'argent venait à manquer, elle pourrait facilement trouver un autre emploi par l'intermédiaire d'un de ses clients habituels.

La maison semble être adossée aux murs mêmes de l'un des plus anciens collèges de l'université de Cambridge. La porte par laquelle Janice est entrée est encastrée dans un mur extérieur en brique rouge donnant sur la rue. Lorsqu'elle pénètre dans la pièce principale du logement, au bout du couloir, elle constate que la maison constitue l'un des côtés d'un quadrilatère. La pièce dans laquelle elle pénètre est vaste. Son volume va du sol jusqu'aux chevrons du haut plafond et elle semble ne pas avoir d'étage, à l'exception d'une galerie qui fait le tour de la pièce. On accède à cette galerie par des escaliers en colimaçon et, au fond, elle aperçoit les pieds de ce qui semble être un lit défait. En dessous, sous la galerie, se trouve une petite cuisine. Enfin, elle suppose qu'il s'agit d'une cuisine, car des piles d'objets encombrants en masquent les surfaces, mais comme il s'agit principalement d'assiettes et de casseroles, elle présume qu'elle a vu juste. Les murs intérieurs de la pièce sont en terre cuite de couleur chaude, comme les briques du mur extérieur. Du côté rue, trois fenêtres sont alignées bien au-dessus de la hauteur de tête. Le mur intérieur principal, qui donne sur un carré d'herbe, comporte une immense fenêtre aux vitres anciennes en verre treillissé. Une série d'armoiries en vitrail se succèdent dans la partie supérieure de la fenêtre. La lumière est superbe dans la pièce, mais elle n'aide aucunement à en dissimuler le bazar. L'air est chargé de poussière et, où que Janice pose les yeux, elle voit des piles de livres ; en plus de tous ceux qui occupent déjà les nombreuses étagères.

Un grognement peut-être douloureux attire son attention vers la propriétaire de tous ces livres. Penchée sur les cannes qui la maintiennent debout – de justesse –, elle regarde Janice de sous ses sourcils blancs et broussailleux, sans rien dire. Tout en elle semble agressif. Janice se demande comment elle se débrouille pour gravir tous les soirs l'escalier en colimaçon ; par pure obstination, probablement. Sentant quelque chose se radoucir en elle, elle suggère poliment qu'elles s'assoient. Elle ne va pas jusqu'à proposer de leur faire un café, n'ayant aucune envie de s'approcher de cette cuisine.

La vieille dame se traîne jusqu'à un fauteuil en cuir près d'un petit feu électrique et s'y installe. Le fauteuil l'enveloppe, la faisant soudain paraître bien plus petite et frêle qu'elle ne semblait l'être sur le pas de la porte, tout de violet et de rouge vêtue. Ses petits pieds dépassent à peine du bas de son pantalon, retroussé comme celui d'une enfant. Janice se dirige vers le fauteuil en face d'elle, mais la femme aboie :

— Non ! Non, pas ici.

Elle se rappelle subitement quel fils cette femme a engendré, puis prend l'une des rares chaises à ne pas être encombrée de livres – une superbe pièce qu'elle soupçonne d'être une Chippendale originale – et la tire vers le faux feu pour s'asseoir. C'est alors qu'elle se rend compte de son erreur. La seule chose qu'elle ait à dire, puisque cette dame ne veut pas de femme de ménage, c'est au revoir et bonne journée. Combien de temps cela prend-il ?

Elle ne parvient même pas à prononcer le premier mot. La vieille dame hausse le menton et lui demande :

— Alors, quelle est votre histoire ?

Personne n'a jamais demandé cela à Janice. Et cela la déconcerte totalement – ses cauchemars où elle est nue devant une foule entière et ses souvenirs de Mike insistant pour qu'elle se joigne à lui au micro du karaoké avant de la laisser seule sur scène ne sont rien par rapport à ce qu'elle ressent en cet instant. Elle tente de se dire que, peut-être, ce n'est là qu'une manière polie d'entamer la conversation (quoiqu'à ce stade, elle en doute). Habituellement, ses employeurs (à la différence de son mari) lui posent des questions sur sa journée, ou bien ils discutent ensemble de cinéma, de musique, des aléas de la météo, des vacances – les leurs, pas les siennes. Mais personne ne s'est jamais enquis de sa vie. Si telle est bien l'intention de cette vieille dame.

— Êtes-vous sourde ? Je croyais que cette tare m'était réservée.

Cela pousse Janice à répondre.

— Je suis une excellente femme de ménage, et j'estime que c'est tout ce que vous avez besoin de savoir.

Pourquoi a-t-elle dit cela ? Elle ne veut pas travailler pour cette femme. Et où est passée la petite souris ? Toutes deux savent pertinemment qu'elle se trouve face à un défi de taille. Bon sang, si cela continue ainsi, à moins de s'échapper très vite, elle s'entendra bientôt appeler « Mme P. » par cette nouvelle employeuse.

— Oh, mais tout le monde a une histoire, insiste la vieillarde, ignorant le défi et compliquant plus encore les choses pour Janice.

C'est un peu comme si elle enfonçait ses ongles (très sales) sous un lambeau de peau flasque afin d'essayer d'arracher de grandes bandes de chair du corps de Janice.

Tout ce que celle-ci parvient à sortir, c'est un petit rire peu convaincant et :

— Je risque fort de vous décevoir. Je ne pourrais pas dire que j'ai une histoire.

Elle aimerait pouvoir l'affirmer avec davantage de force, mais la petite souris est de retour. Elle voudrait pouvoir lui asséner avec vigueur que c'est *elle* qui collectionne les histoires. Qu'elle le fait parce qu'elle-même n'en a pas. Elle voudrait pouvoir le crier de toutes ses forces, pour faire taire la petite voix en elle qui essaie d'ajouter : « En tout cas, ce n'est pas à vous que je la raconterais. »

La discussion semble dans l'impasse. La vieille dame regarde le plafond. Janice regarde la vieille dame qui regarde le plafond. Elle remercie la chaise Chippendale (probablement authentique) de soutenir ses jambes tremblantes.

Janice n'est pas sûre de pouvoir se lever, mais elle parvient tout de même à articuler :

— Bon, eh bien, je vais y aller. Puisque apparemment vous ne voulez pas de femme de ménage.

La vieille femme semble avoir pris une décision.

— Je n'ai pas dit ça, lâche-t-elle sans cesser de contempler le plafond. J'ai dit que je ne laisserais personne m'imposer la façon de régir mon intérieur. Je suis peut-être vieille, mais je ne suis pas débile. Je sais bien que j'ai du mal à me débrouiller et que, si ça continue, mon fils va me mettre en maison de retraite. Il fut un temps où je jouissais d'un certain prestige dans cet établissement – feu mon mari en a été le doyen pendant des années. Mais visiblement, peu s'en souviennent aujourd'hui, et l'administration aimerait récupérer ce bâtiment « à des fins plus productives ».

Elle regarde maintenant Janice droit dans les yeux.

— Je crois que mon fils pousse dans ce sens. Et qu'il aimerait que cette « nouvelle initiative de cohérence » porte son nom.

Janice la regarde, sidérée, sans savoir quoi dire. Et le naturel reprend le dessus :

— Vous avez dû avoir une vie très intéressante. Je suis sûre que vous, vous avez une histoire à raconter.

Elle demande alors, comme en mode pilote automatique :

— Voulez-vous que je nous fasse un café ?

La vieille dame se penche en avant et se hisse sur ses pieds.

— Non, regardez plutôt mes livres. Ils vous diront tout ce que vous avez besoin de savoir sur moi. Commencez par là.

Elle désigne une pile sur ce qui doit être une table de salle à manger.

— Je vais faire le café.

Sur ce, elle traverse la pièce de son pas traînant. Janice remarque qu'elle n'essaie pas de remplir et d'allumer la bouilloire, mais qu'elle s'assoit sur un tabouret près de l'évier. Elle se demande si la mère de M. NonNonPasMaintenant lui accorde un petit moment de réflexion. Janice se rappelle avec la force de l'évidence qu'elle peut encore dire au revoir et s'en aller. Mais elle peut aussi le faire après avoir regardé les livres sur cette table. Et depuis qu'elle est entrée dans cette pièce, elle est curieuse de jeter un œil à cette impressionnante collection.

De nombreux volumes sont empilés sur la table – mais ce n'est rien par rapport à tout ce qui se trouve dans la pièce. Il y a des livres en français, et, pense-t-elle, en russe. Des classiques anglais – toute une série de superbes exemplaires reliés de cuir des *Chroniques du Barsetshire* de Trollope. De lourds volumes sur le Caravage et le Bernin. Des livres à propos du mur d'Hadrien et un guide sur les thermes romains à Herculanum. Vers le bas de la pile se trouvent d'autres ouvrages d'art, concernant cette fois des artistes modernes.

— Alors?

Sans que Janice l'ait remarqué, la mère de M. NonNonPasMaintenant s'est rapprochée et s'est assise à un bout de la table.

— Vous avez beaucoup voyagé et beaucoup lu, visiblement.

Janice relève la tête et contemple le reste de la pièce.

— Vous vous intéressez à l'art, à l'histoire, et vous et/ou votre mari parlez russe et français.

— Tous les deux, oui. Enfin… avant.

Janice se dit que c'est le moment de partir: cette pause, ce changement d'ambiance sont en train de se refermer sur elle. Et elle ne veut pas passer plus de temps que nécessaire avec cette drôle de dame.

Soudain, un rire lui échappe; elle vient d'apercevoir un livre d'art moderne.

— Qu'y a-t-il? demande la vieillarde, mais Janice pense qu'elle le sait déjà.

Elle est convaincue d'être en train de passer une sorte de test. Elle brandit l'ouvrage et en lit le titre à haute voix. C'est un livre d'un artiste contemporain: *Ta Salive est ma combinaison de plongée dans l'océan de la douleur*.

Un petit rire moqueur s'élève au bout de la table.

— Oui, je l'ai acheté afin de ne jamais oublier à quel point certains peuvent être cons.

Sans réfléchir, Janice lui demande alors:

— Avez-vous déjà rencontré Decius?

— Decius qui?

Janice se sent maintenant ridicule. Que va-t-elle dire? *Je connais un fox-terrier qui, dans mon imagination, parle aussi mal que vous. Et vos sourcils ressemblent beaucoup aux siens.*

— Non, rien… C'est le chien de votre fils, c'est tout.

La vieille femme pose les deux mains sur la table et penche sa tête au-dessus en se mettant à souffler et siffler bizarrement. Janice se demande s'il s'agit d'une crise d'asthme et si elle devrait aller chercher un médicament quelconque. Mais elle se rend bientôt compte qu'il s'agit en fait d'une crise de rire, et d'une vraie. La vieillarde finit par se redresser en s'essuyant les yeux et lui dit :

— Donc Tiberius a appelé son chien Decius. Ah, son père se serait régalé ! Mon mari s'intéressait beaucoup à l'Antiquité romaine, ajoute-t-elle en guise d'explication.

Tiberius ?! Janice ne veut pas aller sur ce terrain-là. Elle ne veut pas que les méchants aient une histoire. Elle ne veut pas imaginer un petit garçon allant à l'école avec un prénom pareil, ou se demander pourquoi ce garçon, une fois devenu grand, a donné à son chien le nom d'un empereur romain. (Un pied de nez à son père ? Ou un souvenir ému de lui ?) Elle se demande soudain si, en voulant donner son nom à la « nouvelle initiative de cohérence », il pense à Tiberius ou à son nom de famille – celui de son père.

Janice se lève. Elle n'a vraiment pas besoin de ça.

— Je vais devoir y aller, dit-elle en prenant son sac.

Mais la mère de Tiberius n'en a pas fini avec elle.

— Une dernière question. Une question d'île déserte.

Avisant l'expression de Janice (probablement celle d'une souris prise dans un piège), elle s'empresse de poursuivre :

— Si vous deviez n'emporter qu'un seul livre, un roman, sur une île déserte, lequel choisiriez-vous ?

— *La Foire aux vanités.*

Elle ne comptait pas répondre, mais les mots sont sortis tout seuls.

La mère de Tiberius paraît surprise. Puis elle hoche la tête, lentement.

— Bon choix. Quantité d'histoires dans l'histoire. Bien écrit, beaucoup d'humour, délectable sens du ridicule, et sacrée galerie de personnages.

Janice n'apprécie guère cette analyse froide de son livre préféré et se rapproche de la porte.

— Mais, dites-moi : êtes-vous une Becky Sharp ou une Amelia ?

Janice ne dit rien, craignant de lâcher un « À votre avis ? » plein de hargne. Elle aimerait tant ressembler à Becky Sharp, mais elle sait qu'elle n'est que cette pauvre Amelia.

Elle a maintenant regagné la porte dans le couloir, mais apparemment, la vieille femme ne veut pas la laisser partir et la talonne sans relâche, bon an mal an.

— J'ai une histoire merveilleuse pour vous. Oui, je pense que c'est l'histoire parfaite, rien que pour vous. Elle parle d'une fille, enfin, d'une femme, comme Becky Sharp. Nous l'appellerons d'ailleurs Becky, pour plus de commodité. C'est l'histoire de deux princes et d'un indigent. Enfin, l'un était un vrai prince destiné à devenir roi, et l'autre n'en était pas vraiment un. Vous comprenez déjà que cette histoire sera pleine d'intrigues et de mystère.

Janice enjambe le kimono violet et slalome entre les valises et les écureuils empaillés.

Derrière elle, sa poursuivante ne faiblit pas.

— Becky, notre héroïne, a grandi à Paris, une ville vraiment splendide. Sa mère était modiste et son père clerc de notaire. Elle avait deux grands frères, de braves garçons courageux qui la protégeaient et devinrent soldats.

Janice a maintenant franchi la porte. Par simple habitude, elle se retourne pour prendre congé de la mère de Tiberius.

— Bien sûr, c'est de Becky que nous parlons. Et toute cette histoire de famille, de frères et de courage, n'était évidemment que mensonges…

Sur ce, elle claque la porte au nez de Janice.

9

En quête d'une héroïne

C'est jeudi, et Janice se trouve devant un immeuble de style Art déco bien entretenu. Elle tente de se concentrer sur l'histoire de la femme qui habite là, au rez-de-chaussée, mais celle de Becky ne cesse de s'immiscer dans ses pensées. À quel propos a-t-elle menti ? Et pourquoi la vieille femme a-t-elle dit qu'il s'agissait d'une histoire pour elle ?

Alors qu'elle retire ses chaussures d'un habile mouvement pour marcher pieds nus sur la douce moquette de pure laine double épaisseur, Janice est frappée par le contraste entre ce hall d'entrée et celui de la belle-mère de Mme OuaisOuaisOuais. Ici, tout est blanc ; tout est impeccable. Elle entend Carrie-Louise appeler depuis la petite cuisine à droite de la porte d'entrée.

— Janice... C'est vous ? Il va vraiment falloir être très gentille avec moi aujourd'hui, ma chérie.

Carrie-Louise parle très lentement et détache soigneusement les syllabes de chaque mot. Son « vraiment » ondule en se déroulant, tremblant comme ses mains qui ne peuvent plus rester immobiles, même posées sur ses genoux. Elle émerge de la cuisine avec des mouvements calmes et sûrs – étrangement décalés avec sa voix et ses mains. Quand Janice pense à Carrie-Louise, c'est toujours l'expression « tirée à quatre épingles » qui lui vient à l'esprit. Ce n'est pas le genre de femme qui porterait un chapeau avec des cerises moisies. Ses vêtements tombent sur une silhouette légèrement épaissie par l'âge, mais qui évoque une ligne autrefois gracieuse et élancée. Les photographies dans les cadres argentés que Janice dépoussière chaque semaine témoignent de cette beauté à couper le souffle, quand elle était jeune. Janice ignore l'âge de Carrie-Louise, mais elle suppose qu'elle doit avoir bien plus de quatre-vingts ans, presque quatre-vingt-dix. Pas loin de l'âge de... mais elle n'a aucune envie de penser à l'autre.

Carrie-Louise est repartie, avec son rire ondulant et son discours lent et aristocratique :

— Il faut me pardonner... si je suis un peu pataude aujourd'hui, ma chérie. Un peu comme une vieille tortue. Hier soir... J'ai *tellement* bu... que j'aurais dû être avec les gens de la rue... sous les ponts. Vraiment.

Elle hoche la tête et lève un sourcil vers Janice.

— Et aujourd'hui, nous allons avoir la visite de Mavis.

Mavis est la plus vieille amie de Carrie-Louise. Elles se sont rencontrées lors de leur premier jour à l'internat et, des décennies plus tard, elles se sont installées dans des banlieues voisines de Cambridge – plus de temps qu'il n'en faut pour devenir expertes dans les petites manies de l'autre. Et même si toutes deux se déplacent beaucoup plus lentement qu'à l'époque où elles fendaient l'air sur le terrain de crosse, elles sont toujours promptes à repérer une faiblesse naissante chez l'autre. En ce moment, Mavis aime faire étalage de sa mobilité supérieure devant Carrie-Louise : « Madère en mai, juste quelques jours de marche dans les jardins, ce sera très stimulant. Quel dommage que ce soit trop pour toi maintenant... On s'amusait bien tous les quatre, n'est-ce pas, quand Ernest était encore parmi nous ? Nous pensons toujours à vous quand nous sommes là-bas, au milieu des fleurs. » Mavis ne va pas jusqu'à se vanter de son robuste mari, George. Si elle le faisait, Janice pense que Carrie-Louise pourrait éclater de rire. À vrai dire, Janice s'étonne que celle-ci ne se serve jamais de George pour moucher son amie. Mais peut-être serait-ce tout simplement inutile. Parce qu'elles savent très bien, toutes deux, que Mavis est mariée depuis plus de cinquante ans à l'homme le plus ennuyeux du monde.

Pour cette visite, Carrie-Louise feuillette son livre de recettes et s'oriente vers un vieux classique. Tout le monde sait que Mavis ne sait pas cuisiner.

— Et si nous préparions… de délicieuses petites madeleines ? dit-elle en gloussant, ravie de son idée.

Mavis n'a jamais pu réussir ces délicats petits gâteaux français.

— Excellente idée.

La tête dans le placard de l'entrée, Janice ne peut s'empêcher de sourire en attrapant l'aspirateur.

— Laissez-moi juste le temps de rafraîchir le salon d'abord, et je m'occupe des madeleines. Comme ça, je garderai un œil sur la cuisson ensuite, en nettoyant la cuisine.

Un pacte tacite veut que, ces temps-ci, Mavis ne soit pas au courant que c'est Janice qui prépare les gâteaux un peu difficiles à réussir. Janice sait que son employeuse n'a pas à s'inquiéter. Mavis la considère comme étant du genre à acheter ses gâteaux sous vide. Cela lui donne une idée :

— Est-ce que ça vous ferait plaisir qu'on fasse deux variétés de madeleines ?

Carrie-Louise lâche un rire enchanté.

— Oh, oui… on peut ?

Elle passe la tête par la porte du salon, où Janice est en train de brancher l'aspirateur.

— Ça devrait… lui en boucher un coin.

Carrie-Louise retourne dans la cuisine. Janice l'entend ouvrir et fermer les placards en bavardant gaiement toute seule, jusqu'à ce que le bruit de l'aspirateur couvre tous les autres. Plus tard, alors qu'elle retape chaque coussin de tapisserie bleue et blanche sur le canapé, elle entend chanter et se demande si l'étendue et la profondeur de la personne de Carrie-Louise peuvent vraiment tenir dans une seule histoire. Elle abandonne cette pensée avec le dernier coussin qu'elle remet à son parfait emplacement sur le canapé. L'ordre est une chose importante. (Parfois, elle pense que c'est la seule chose qui empêche la panique de l'envahir.) Les règles sont importantes également. Elle ajuste le coin d'un des coussins. Sa règle est : une personne, une histoire. Et mieux vaut avoir une seule histoire qu'aucune.

Celle de Carrie-Louise est l'une des plus anciennes de la collection de Janice. Elle l'a découverte très tôt, bien avant de devenir une collectionneuse sérieuse (elle était en train de nettoyer les joints et Carrie-Louise était assise sur le bord de la baignoire). C'est une belle histoire, qu'elle ressort quand elle veut se rassurer sur le fait que, pour certaines personnes, l'amour peut durer toute une vie.

Lorsqu'elle était beaucoup plus jeune, un jour qu'elle se promenait dans le quartier des théâtres de Londres, Carrie-Louise avait vu un homme se faire attaquer par une bande armée de battes de base-ball. Hormis l'horrible tableau qu'elle avait sous les yeux, la rue était totalement déserte. Carrie-Louise avait fouillé dans son sac et attrapé la première chose qui lui était tombée sous la main – sa carte de fidélité du magasin Harvey Nichols, en l'occurrence. Brandissant ce petit bout de plastique en l'air, elle avait couru vers eux en hurlant « Police ! ». Les hommes avaient pris la fuite, mais pas avant de lui avoir décoché un coup de batte sur le côté du crâne. L'impact l'avait assommée et elle s'était effondrée sur place. En revenant à elle, elle vit le visage d'un jeune médecin qui s'était joint aux gens sortant du théâtre, et qui formaient maintenant un attroupement autour des deux silhouettes gisant à terre.

Janice se souvient de la profonde satisfaction dans la voix de Carrie-Louise lorsqu'elle lui avait dit, tout en tambourinant contre la baignoire avec ses talons :

— Oh, ma chérie, j'ai cru que j'étais morte et que j'étais au paradis. C'était vraiment le plus délicieux des hommes, et il me tenait la main en me disant que tout irait bien et qu'il ne me quitterait pas.

Le rire de Carrie-Louise avait rempli la petite salle de bains.

— Il avait raison sur ce point. Et je me suis dit « Oh, toi, je ne te laisserai pas partir non plus », alors je me suis accrochée. Et je lui tenais encore la main, cinquante ans plus tard.

Elle avait soupiré et, d'une voix totalement dépourvue de rire, ajouté :

— Je lui ai tenu la main jusqu'à la fin, vous savez.

« Pourtant, avait-elle poursuivi, et Janice avait entendu le sourire revenir dans sa voix, ça ne plaisait pas à mon Méchant Papa. Il s'est montré absolument épouvantable dans cette histoire. Ernest n'était qu'un modeste interne à l'époque ; pas du tout ce que Méchant Papa avait en tête pour moi. Mais j'ai continué à tenir fermement sa main et, au bout du compte, personne n'a pu dire que ce n'était pas une réussite. Même Méchant Papa a dû admettre qu'Ernest s'occupait très bien de moi.

Janice savait qu'il s'agissait là d'une allusion pudique aux trop nombreuses visites à l'hôpital de Carrie-Louise au fil des ans. (« Bien trop ennuyeux pour en parler, ma chérie. ») Elle comprend maintenant que ce sont les dommages à long terme causés par sa blessure initiale qui, selon les neurologues, sont à l'origine de la détérioration irréversible de son élocution et de sa motricité.

Lorsqu'elle revisite mentalement l'histoire de Carrie-Louise, il lui arrive de modifier quelques petits détails (souvent en y ajoutant un deuxième médecin qui s'occupe de l'homme qui a été agressé). Mais il y a une chose qu'elle ne modifie jamais. Il s'agit de la phrase « Je lui ai tenu la main jusqu'à la fin, vous savez ». Janice ne se souvient pas de la dernière fois où quelqu'un lui a tenu la main.

La minuterie du four l'arrache à ses pensées. Alors qu'elle évalue la levée de ses madeleines, elle se dit que l'histoire de Carrie-Louise ne se résume peut-être pas à un seul événement, mais au courage dont elle a fait preuve tout au long de sa vie. Un courage particulier qui l'a poussée à courir vers le danger et qui l'a maintenue fermement quand elle faisait face aux conséquences physiques de son acte. Ne devrait-elle pas s'inspirer de Carrie-Louise ? Après tant d'années à épousseter et à polir ses affaires, Janice espère qu'un peu du courage de cette femme est passé en elle.

Les sourcils froncés, elle dispose les deux variétés de madeleines en parfaite symétrie sur le plus beau plateau de la maison. De jolis gâteaux dans un ordre parfait. Puis elle s'enveloppe d'un tablier blanc et plaque un sourire sur ses lèvres. Tandis qu'elle noue le lien du tablier autour de sa taille, ce sourire se détend et devient plus naturel. La seule chose qu'elle ait, c'est l'instant présent, et, face au courage de Carrie-Louise, elle pense que le moins qu'elle puisse faire est de continuer à jouer le jeu. Lorsque Mavis apparaît, une partie de ce jeu consiste pour Janice à jouer le rôle d'une fidèle servante – telle une domestique d'un drame des années 1950. Elle pense interpréter ce rôle plutôt bien. Carrie-Louise y met cependant des limites, comme le jour où elle lui a reproché d'avoir fait une révérence – que Janice avait exécutée une fois, pour l'amuser. La plaisanterie avait trop bien fonctionné et Mavis s'était retrouvée sous une pluie de miettes recrachées ; ce qui, bien sûr, n'avait fait qu'accentuer le fou rire de Carrie-Louise. Janice lisse son tablier et ses cheveux et se dit que, quoi qu'il arrive, Carrie-Louise pourra toujours dire qu'elle a été l'héroïne de sa propre histoire. Ah, si seulement elle pouvait en dire autant d'elle-même !

En poussant la porte du salon et en entendant la voix plate et blasée de Mavis en train de décrire son récent voyage dans les îles Anglo-Normandes, Janice relève le menton et prend une décision.

10

Toute histoire devrait être améliorée chaque fois qu'elle est racontée

Quand elle monte dans le bus, Janice regrette de porter de gros écouteurs vert fluo. C'est idiot, elle le sait, mais lorsqu'elle voit que c'est le professeur de géographie qui conduit, elle regrette d'avoir les cheveux plaqués contre la tête, écrasés par deux grosses oreillettes vertes qui doivent lui donner l'apparence d'une grenouille. Il hoche la tête gentiment en la voyant mais ne dit rien. Pourquoi lui dirait-il quelque chose ? De toute évidence, elle ne peut l'entendre. Mais rien dans son comportement n'indique non plus qu'il la considère comme une femme à qui il aurait envie de parler, et l'idée qu'il puisse soupirer en même temps que les portes qui se referment est franchement ridicule. Janice sent ses paumes devenir moites d'embarras, et elle se répète intérieurement : « Personne ne le sait. Ne t'en fais pas, personne ne le sait. Il n'en a pas la moindre idée. » Le pire, c'est qu'il est encore plus charmant que dans son souvenir. C'est vrai qu'il ressemble à un prof de géographie – approchant de la retraite, certes ; le genre d'homme à avoir dans son bureau des photos de lui et de ses étudiants, tout sourire, à mi-chemin de l'ascension du mont Snowdon ou du Ben Nevis. Elle avance dans le bus. Il ne sert plus à rien de le regarder. Cela ne fait que la fragiliser davantage – et elle n'a pas besoin de ça, ce matin.

Elle met sa musique et essaie de se concentrer. Les écouteurs sont neufs (achetés récemment avec une partie du bon d'achat John Lewis offert par Simon), et elle sait qu'elle va en avoir besoin, avec ce qui l'attend. Ils sont bien moins chers que ceux de Mike – probablement en promotion à cause de leur couleur verte, pense-t-elle –, mais ils lui suffisent amplement. Elle espère qu'ils l'aideront à tenir la promesse qu'elle s'est faite quand elle était chez Carrie-Louise. Elle a soigneusement établi sa playlist sur Spotify. Un mix dansant qui commence par Sam Cooke (sympa, tranquille pour démarrer, jolie mélodie) et Stealers Wheel (rythmé, irrésistible), puis George Ezra (entraînant, joyeux), suivis d'un mélange éclectique où se côtoient Walk The Moon, T. Rex, Paolo Nutini et d'autres. Lorsqu'elle sera parvenue à « Mustang Sally » des Commitments, elle espère que rien ne pourra l'arrêter et qu'elle sera prête à faire face à la mère de Tiberius. Car elle a quelque chose à lui dire. Quatre choses, plus précisément.

Elle a essayé d'en discuter avec Mike, mais il a la tête ailleurs. Il est déjà rempli de ce qu'il fera par la suite. Elle ne comprend pas bien ce que cela implique exactement ; il parle de « finaliser des négociations », « mettre les dossiers en ordre » et « la tenir au jus ». Rien de tout cela n'inspire confiance à Janice, mais elle s'efforce de rester positive et encourageante, sans laisser paraître son cynisme. La seule chose qu'il ait semblé retenir dans ce qu'elle disait est le nom du père de Tiberius. Apparemment, c'était un homme important – pas seulement au sein de l'université, mais au niveau national – qui a reçu de nombreux honneurs et distinctions au cours de sa vie.

— Tu savais qu'il avait été chef du MI6, ou un truc dans le genre ?

Non, elle ne le savait pas, mais en repensant aux livres en russe, cela ne l'avait pas surprise. Ce qui l'avait naturellement amenée à repenser à son épouse. Avait-elle été espionne, elle aussi ? Honnêtement, on pouvait tout imaginer d'une femme comme elle.

Elle avait beaucoup pensé à elle, ces derniers jours : le kimono violet, les provocations, cette magnifique pièce ancienne remplie de livres, et, même si cela lui coûtait de l'admettre, cette histoire intrigante à propos de Becky. Elle a également repensé à ce regard perçant et à cette question : « Quelle est votre histoire ? » Cela inquiète Janice bien davantage que son incroyable impolitesse. Mais au bout du compte, ce n'est qu'une vieille dame de quatre-vingt-douze ans... Pourquoi lui ferait-elle peur ? Janice pourra toujours partir, quand elle veut. Ce n'est pas comme si la vieille risquait de lui courir après. Mais elle est mal à l'aise et ne parvient pas à se décider. Devrait-elle prendre ce travail ? Mme OuaisOuaisOuais lui a laissé un message annonçant que sa belle-mère serait d'accord pour l'embaucher. Janice ne l'a pas rappelée et, par chance, Mme OuaisOuaisOuais était sortie lorsqu'elle est revenue depuis pour faire le ménage chez elle ou sortir le chien.

En se promenant dans les champs, elle a essayé de dresser le bilan des pour et des contre avec Decius, mais, pour une fois, elle n'a pas pu interpréter son expression. On dirait parfois qu'il pense « Essaie donc, ce n'est qu'un boulot parmi d'autres. Pourquoi s'inquiéter alors qu'il y a tant de choses bien plus importantes dans la vie – comme moi ? ». D'autres fois, le verdict semblait sans appel : « Qu'elle aille se faire foutre, cette vieille bique. » Peut-être que lui non plus ne parvient pas à se décider.

Elle finit par se rappeler la promesse qu'elle s'est faite chez Carrie-Louise – essayer de trouver le courage de prendre davantage son existence en main, et, peut-être, devenir ainsi l'héroïne de sa propre vie. Cette idée l'aide à prendre sa décision : elle acceptera ce travail si et seulement si la vieille bique donne la bonne réponse à quatre de ses questions.

Janice arrive devant la porte avec David Bowie dans ses écouteurs. Elle croit fermement qu'elle peut le faire. La vieille dame qui ouvre la porte est tout à fait différente de la folle en kimono violet et chapeau rouge d'il y a quelques jours. Le vieux velours côtelé est toujours là, roulé au-dessus des chevilles, mais ses cheveux courts et blancs sont peignés et ses ongles impeccables. Ah, la coquine – tout cela était donc une partie de sa mise en scène. Janice se lance avant de perdre son assurance :

— Merci de m'avoir proposé le travail, mais avant d'accepter, j'aimerais vous poser quatre questions.

La mère de Tiberius la regarde, la tête légèrement inclinée sur le côté.

— Allez-y.

— Me raconterez-vous l'histoire de Becky ?

— Oui.

Jusqu'ici, tout va bien.

— S'agit-il d'une histoire vraie ?

Cette question est importante, car Janice ne collectionne que des histoires vraies. Elle a longuement réfléchi à ce sujet. Elle pense que les histoires doivent être issues de la vraie vie, car cela la convainc que tout peut arriver, qu'il existe une force et une bonté extraordinaires en tout individu, et, par conséquent, que l'espoir est toujours permis.

— Oui, c'est une histoire vraie. Mais comme toute histoire racontée plusieurs fois, il y aura çà et là de petites exagérations.

Cela ne dérange pas Janice. Elle est même plutôt cliente des exagérations, qu'elle gobe avec ravissement ; parce qu'elle comprend l'art et les règles de toute narration. Elle opine du chef.

La vieille femme continue :

— Au fil des narrations successives, quelques détails supplémentaires ont pu être intégrés à l'ensemble – pour ajouter de la couleur, dirons-nous. Je partage l'avis de la romancière et suffragette Mary Augusta Ward, selon lequel « toute histoire devrait être améliorée chaque fois qu'elle est racontée » mais j'estime qu'en effet les faits essentiels du récit doivent être exacts.

Elle bouge un peu sur sa canne tout en parlant et Janice devine que la station debout doit lui être pénible. Elle voudrait lui dire « Allons plutôt nous asseoir et parler à l'intérieur », mais elle sait que si elle s'interrompt maintenant, elle ne finira jamais.

— Troisième question ?

— Me laisserez-vous vous aider à ranger vos livres ?

— Oui.

La plus délicate, maintenant. Au début, elle avait pensé demander une rémunération délirante pour ses heures de ménage en quatrième question, mais cela ne la mettait pas à l'aise. Or il est crucial pour son bien-être de conserver une morale irréprochable, et tout particulièrement dans ses rapports avec cette étrange femme. Au lieu de quoi, elle lui dit alors :

— J'accepte ce travail si vous m'appelez Janice. Et si je peux vous appeler Mme B.

— Ce n'est pas une question, crache la vieille femme.

Son visage est impavide, mais Janice pense que le frémissement au coin gauche de sa bouche pourrait bien être un sourire contenu.

— Je sais que ce n'est pas vraiment une question. Mais est-ce que ça vous embête ?

— Ça changerait quelque chose, si ça m'embêtait ?

Enhardie par Paulo, David, John, Paul, Ringo et George, Janice répond :

— Non.

— Alors appelez-moi Mme B.

Sur ces mots, elle effectue une subtile révérence et ferme à nouveau la porte au nez de Janice.

La quatrième question – qui était en effet une déclaration de condition plus qu'une question en soi – revêt de l'importance aux yeux de Janice, pour trois raisons. Premièrement, pour toutes ces années où Mme OuaisOuaisOuais l'a appelée « Mme P. ». Elle sait que celle-ci va être outrée quand sa belle-mère lui dira que Janice l'appelle Mme B. Et elle est absolument certaine que Mme B. le lui dira – parce qu'une authentique emmerdeuse comme elle ne saurait agir autrement. La deuxième raison, c'est que Mike parle déjà à tout le monde de la dernière cliente de Janice, une grande dame, épouse de l'ancien chef du MI6, et qui sera bientôt une amie proche. Le fait qu'elle la dévalorise en l'affublant d'un tel surnom va irriter son mari au plus haut point. Et enfin, la troisième raison est une simple petite revanche pour la remarque « Que pourriez-vous être d'autre qu'une femme de ménage ? ». Pour une fois, Janice veut que ce soit la femme de ménage qui ait le dernier mot.

Ses jambes tremblent lorsqu'elle repart. Elle ne sait pas comment elle a pu y arriver. Mais il faut reconnaître que cela fait du bien. Elle remet les écouteurs sur ses oreilles et pousse le volume.

Depuis l'autre côté de la route, le chauffeur du bus (qui n'a jamais été professeur de géographie mais a bel et bien gravi les monts Snowdon et Ben Nevis) regarde la femme aux écouteurs verts (qui a aussi de beaux yeux et un fessier fort attrayant) se mettre à sautiller légèrement en faisant un pas de côté sur le trottoir, avant de s'éloigner. Il donnerait cher pour savoir ce qu'elle écoute. Puis ses yeux reviennent se poser sur la route, il referme les portes du bus, et, avec elles, exhale un petit soupir.

11

Choisir son histoire à soi

Decius est à l'étage, dans la chambre d'Adam, et Janice en bas, en train de prendre le café avec Fiona.

— Merci pour le gâteau d'anniversaire. Il m'a fait penser au livre *Les Elfes et le Cordonnier*, quand je l'ai vu. Vous avez lu cette histoire, étant enfant?

Non, Janice ne l'avait pas lue. Il y avait d'autres sortes d'histoires, à l'époque.

— Tant mieux s'il vous a plu. J'espère que vous ne m'en voulez pas d'être entrée pour le mettre dans la maison de poupée?

— Oh, non, pas du tout, la rassure Fiona. Et puis, ça a permis à Adam de rencontrer… comment s'appelle-t-il, déjà? Decius?

Elle lève des yeux anxieux vers le haut, comme si elle espérait surveiller son fils à travers le plafond qui les sépare.

— C'est grec, ou quelque chose comme ça?

— Non, c'est le nom d'un empereur romain.

Elle s'abstient d'ajouter «donné par un homme appelé Tiberius». Elle préfère parler d'autre chose avec Fiona.

— J'ai dit à Adam qu'il pourrait peut-être promener Decius avec moi de temps en temps… Est-ce que vous seriez d'accord?

— Bien sûr.

Fiona se penche pour resservir du café mais, une fois les tasses remplies, elle ne se rassoit pas ; son regard reste perdu sur les surfaces noires et lisses. Janice regrette de ne pas être en train de dépoussiérer les stores vénitiens ou d'astiquer le plan de travail. Elle sait que Fiona se confierait plus facilement si elle semblait occupée. C'est souvent ainsi que fonctionne sa collecte d'histoires – sans être une règle en soi, plutôt une astuce. Puisque ce n'est pas envisageable en cet instant, elle reste assise sans rien dire, immobile.

— C'est très dur pour lui, sans John. Je fais de mon mieux, mais il n'est pas vraiment disposé à en parler. J'ai réussi à le convaincre d'aller voir un psy ; malheureusement, il a refusé d'y retourner après la première séance. Il a dit que le psy était « un crétin qui gobait toutes les conneries qu'il lui a débitées ».

Fiona relève les yeux et essaie de sourire.

— Je crois que John... euh, Adam, pardon.

Elle s'interrompt tout net.

— Mon Dieu, je suis désolée, je n'arrête pas de l'appeler John. J'imagine que ça ne doit pas aider.

Elle hausse les épaules en s'efforçant toujours de sourire.

— Bref, il m'a raconté qu'il avait dit au psy tout ce que celui-ci voulait entendre, et que c'était un crétin de l'avoir cru. Avant d'ajouter que son père l'aurait traité de pauvre type.

Elle secoue la tête. Elle ne sourit plus.

— Mais quand vous êtes venue avec Decius, l'autre jour, il était tout excité. Il m'a expliqué à quoi l'on voyait qu'un fox-terrier était de pure race. Il voulait que je vous appelle, pour que vous le rameniez.

Janice est consternée ; voilà plus d'une semaine déjà qu'elle a présenté Decius à Adam.

— N'hésitez pas à m'appeler. Je peux facilement passer et aller chercher Decius. Il n'y a que moi qui le promène, vous savez. Adam peut venir avec moi aussi souvent qu'il le souhaite.

Elle se demande si ce ne serait pas une bonne chose qu'Adam gagne un peu d'argent pour ça ; elle pourrait lui donner une partie de la somme que lui paie Mme Ouais-OuaisOuais pour sortir le chien. Puis elle se dit que ce n'est pas l'argent, la question. Seulement l'amour. Et ça, c'est une chose qui ne s'achète pas.

Fiona recommence à fixer les tasses de café pleines. Janice n'ose prendre la sienne, bien qu'elle en ait très envie.

— Ce qu'il y a, c'est que je ne voudrais pas qu'il se définisse ainsi… Je ne veux surtout pas qu'il soit pour toujours le garçon dont le père s'est suicidé.

Voilà, c'est là, sur la table, avec les tasses à café bleu canard (d'une poterie locale) et l'assiette de cookies au beurre et aux noisettes de chez Waitrose.

— Je n'arrête pas de lui dire, reprend Fiona. Que ça ne doit pas être ce qui le définit.

— Et qu'en dit Adam ?

— Il dit que ça ne marche pas comme ça. Qu'on ne choisit pas son histoire personnelle.

Que peut dire Janice ? Qu'elle a bien peur qu'Adam ait raison ?

— Et vous ? s'enquiert-elle doucement.

— Oh, moi, fait Fiona, en soupirant. Vous savez, je crois que j'ai commencé ce travail pour me punir, en quelque sorte. En me forçant à faire quelque chose d'aussi douloureux – comme si ça pouvait compenser le fait que j'aie laissé tomber John et Adam.

Janice fait non de la tête, mais Fiona l'ignore et continue :

— C'est drôle mais, finalement, je trouve que ça m'aide de travailler avec des personnes en deuil. J'ai même dirigé des cérémonies pour d'autres suicidés… Ma mère ne comprend pas comment je peux supporter ce travail, mais c'est comme si ça m'aidait à considérer que ça fait partie de la vie. Et que je ne relègue pas John dans l'ombre. Ça me permet de parler de lui, et les gens savent que je comprends leur douleur.

Janice se rend compte que Fiona est à des kilomètres d'elle. Elle se résigne à l'idée de boire son café froid. Cela n'a aucune importance.

Et Fiona de poursuivre :

— Je crois que c'est peut-être plus facile pour moi, parce que j'ai vu ce qui arrivait à John. J'étais au courant de sa dépression, des médicaments qu'il prenait, j'ai vu ses jours de doute et de désespoir. Nous avons caché tout cela à Adam, autant que nous le pouvions. De mon côté, même si son acte a représenté un choc absolu, je m'y attendais un peu depuis des années.

Elle lève les yeux vers Janice.

— Cela dit, y penser n'est absolument pas la même chose que le vivre réellement. Ça ne vous prépare aucunement à encaisser le choc, mais après coup, vous avez au moins un contexte. Je pense qu'Adam n'a pas tout cela. Pour lui, John était le meilleur papa du monde, et il a choisi de le quitter. Comment voulez-vous qu'il donne un sens à ce drame ?

Janice n'a pas de réponse à fournir, même si, quelque part, elle se demande si Adam ignorait totalement ce que traversait son père. Comme elle le sait d'expérience, les enfants captent bien plus de choses que leurs parents ne le croient.

Puisqu'elle ne peut s'expliquer cela, et encore moins l'expliquer à Fiona, elle pense à deux choses qu'elle peut faire :

— Si ça vous va, j'emmènerai Decius pour une longue promenade demain, après l'école.

Puis, toujours pragmatique, elle ajoute :

— Et après ça, je pourrais peut-être dégivrer votre congélateur ? J'ai vu qu'on ne pouvait presque plus refermer la porte, tellement il y a de glace.

Pendant le trajet en bus ce soir-là (pas de prof de géographie en vue ; peut-être travaille-t-il uniquement le matin ?), elle pense à Fiona. Elle comprend qu'exercer ce métier particulier soit une aide pour elle. Elle se souvient de l'histoire d'une jeune femme (une amie de John, le fils de Geordie) qui, après plusieurs fausses couches, avait fini par renoncer à essayer d'avoir des enfants. Avec son mari, un zoologiste, ils avaient déménagé au Botswana, et aujourd'hui, c'est une femme qui met les éléphants en colère. C'est là tout un art, car elle peut avoir pour mission de les agacer légèrement, de les irriter un peu plus, de les énerver franchement voire, comme pourrait dire Decius, de leur foutre la rage. Tout cela sans se faire piétiner, bien entendu. Son mari étudie la façon dont les éléphants communiquent en se servant de leurs oreilles et, apparemment, la colère est l'émotion la plus facile à évaluer. La dernière fois que Geordie lui a parlé d'elle, il lui a dit que son mari et elle avaient maintenant un bébé de neuf mois.

Janice essaie d'avoir une méthode analytique et scientifique dans sa collection d'histoires – comme ce couple qui étudie les mouvements des oreilles d'éléphants – mais la vérité, c'est qu'elle raffole des fins heureuses. Malheureusement, elle a du mal à imaginer comment Fiona va pouvoir en trouver une pour Adam.

12

Toute histoire a un début

Lors de sa deuxième visite chez Mme B., Janice a débarrassé le couloir de tout ce qui l'encombrait. La tâche s'est révélée relativement aisée. Elle avait raison : l'université disposait effectivement de locaux que sa nouvelle employeuse pouvait utiliser. En discutant avec les concierges et agents d'entretien (une petite dame entre deux âges, comme elle, faisant toujours une confidente facile et rassurante), elle a compris que l'administration de l'établissement espère qu'il s'agira là du premier pas pour que Mme B. prenne d'autres dispositions et, peut-être, avec un peu de chance – « parce que c'est vraiment une emmerdeuse de première » –, pour qu'elle déménage. Elle s'est abstenue de tout commentaire à ce sujet, préférant rester évasive et neutre (exception faite d'un regard entendu devant le terme « emmerdeuse de première »). Elle s'est abstenue plus encore de mentionner que de nombreux chefs de guerre romains (ainsi qu'elle l'avait lu dans les livres de Mme B.) avaient souvent recours à la diversion, ce qui leur donnait le temps de consolider leurs positions pour mieux se préparer à la bataille. Quoi qu'il en soit, on avait trouvé un local de stockage et Janice avait persuadé Mme B. de se séparer de quelques billets de 20 £ pour rémunérer les deux étudiants qui avaient déménagé ses affaires.

La cuisine prend davantage de temps, et Janice tente encore de gratter les derniers morceaux de nourriture solidifiée sur le plan de travail quand la vieille dame commence à tourner autour d'elle. Elle passe de chaise en chaise, s'asseyant chaque fois un peu plus près. Elle commence avec quelques politesses que Janice présume être assez inhabituelles pour elle :

— Avez-vous beaucoup de route à faire pour venir ici, Janice ?

— Non, nous habitons dans un village limitrophe de Cambridge. Je viens en bus.

— Où avez-vous grandi, avant de vivre ici ?

— À Northampton, principalement.

— Ah, un coin célèbre pour ses chaussures, me semble-t-il.

Janice ne dit rien mais lève un sourcil en la regardant.

L'échauffement s'arrêtera là avant d'entrer dans le vif du sujet. Janice n'a pas réclamé l'histoire de Becky, alors qu'elle a hâte de l'entendre. Mme B. n'a pas abordé le sujet non plus, même si Janice est certaine qu'elle a très envie de la raconter. C'est un peu devenu un jeu entre elles. Mme B. est la première à céder ce jour-là, ce qui surprend Janice. Mais peut-être qu'à quatre-vingt-douze ans elle n'a plus de temps à perdre avec ces bêtises.

— Alors, vous voulez entendre l'histoire de Becky, ou pas ?

Janice ne peut s'empêcher de la regarder avec un grand sourire.

— Vous savez bien que oui, dit-elle.

Et d'ajouter, en manière de remerciement :

— Voulez-vous que je vous prépare un chocolat chaud ?

Elle a découvert que Mme B. raffole du chocolat noir à soixante-dix pour cent de cacao, sous toutes ses formes. Mais cette attention est trop pour la vieille dame, qui semble vouloir rétablir une forme d'équilibre après avoir été percée à jour de la sorte.

— Non, merci. Vous croyez que j'ai envie de finir avec des fesses comme les vôtres ?

Elle fixe Janice, la défiant de répliquer face à cette muflerie.

Janice continue de gratter et lance, désinvolte :

— Je vous reconnais bien là, Mme B.

Elle croit entendre un petit grognement, sans trop savoir s'il s'agit d'un rire ou d'une indignation étouffée.

Puis elle la prend en pitié et saisit la perche qui lui a été tendue :

— Alors, dites-moi, sur quels points Becky mentait-elle ?

— Oh, sur presque tout. Mais elle a bel et bien grandi à Paris…

— Quand était-ce ? l'interrompt Janice.

— Dans les années 1890. Allez-vous écouter cette histoire, oui ou non ? lance Mme B. avec un regard noir.

Janice ne dit plus rien et la regarde s'installer plus confortablement sur sa chaise.

— Ce n'était pas une famille heureuse, du moins pour Becky. Je pense qu'elle se sentait un peu comme une étrangère au sein de sa propre famille. Paris était une ville magnifique à cette époque, juste avant l'aube d'un nouveau siècle, une ville de parcs et de boulevards, pleine de soleil et de doux parfums. Mais bien sûr, comme très souvent dans la vie, tout dépendait du milieu dans lequel vous étiez né. Et Becky était issue des bas-fonds. Sa mère n'était pas modiste et ne tenait pas une boutique vendant d'exquises créations, et son père n'était pas le membre estimé d'un prestigieux cabinet d'avocats. En réalité, sa mère était bonniche.

Mme B. ne peut s'empêcher d'ajouter :

— Un peu comme vous.

Janice comptait mettre du lait à chauffer pour lui préparer un chocolat malgré son refus, mais se ravise maintenant.

— Quant à son père, continue Mme B. après une pause, c'était un simple cocher. Elle n'avait pas de grands frères vaillants qui deviendraient un jour soldats. Je crois que, plus tard, Becky pourrait en émouvoir plus d'un aux larmes quand elle décrirait la mort de ses *deux* frères pendant la Première Guerre mondiale. Elle avait une sœur cadette dont elle était affreusement jalouse – je pense que celle-ci s'intégrait parfaitement, voyez-vous –, et un petit frère aux cheveux blonds aussi joufflu que joyeux… Avez-vous des frères et sœurs, Janice? s'enquiert-elle soudain.

— J'ai une sœur, oui, répond-elle sans réfléchir, avant de poursuivre plus lentement, plus prudemment: Elle vit au Canada maintenant. Elle a cinq ans de moins que moi, elle est infirmière en pédiatrie; son mari est médecin.

— Et vous la voyez souvent?

— Pas vraiment. Ils viennent en Angleterre tous les deux ans environ et, bien sûr, nous nous voyons toujours à ce moment-là – à Londres, le plus souvent.

Elle s'abstient de préciser que sa sœur ne tient pas spécialement à voir Mike, et que c'est mieux ainsi.

— Je suis allée la voir là-bas pendant trois semaines il y a deux ans, et c'était…

Elle ne parvient pas à finir sa phrase, sentant un changement soudain chez Mme B. Brusquement, la vieille dame semble plus alerte, tel un chat traquant sa proie. Et ce n'est pas un matou quelconque. En dépit de son apparence chétive et frêle, Janice sait qu'elle a affaire à un gros félin. Peut-être pas à un lion, mais à un dangereux prédateur tout de même – comme un jaguar, par exemple.

— Vous disiez? relance Mme B. avec une politesse peu habituelle.

— Je disais que ç'avait été un très beau voyage, conclut Janice en partant nettoyer la salle de bains.

Au moment où elle s'apprête à partir, Mme B. reprend son récit comme si leur conversation n'avait pas été interrompue. Elle est maintenant assise dans son fauteuil habituel, près du feu électrique.

— Le petit frère de Becky faisait la joie et la fierté de ses parents. Quelle que soit leur fatigue après une longue journée de travail, le petit les remplissait d'allégresse chaque jour. Certains bébés sont ainsi. Leur bonheur semble venir d'une source extérieure, sans lien avec leur famille ou l'environnement matériel. Et ces enfants-là répandent la joie comme une lumière brillant dans un coin sombre. Quand ses parents étaient au travail, Becky, en tant qu'aînée, avait la responsabilité de veiller sur le petit dernier. Elle l'aimait plus que quiconque dans la famille, mais, quand il eut quatre ans, cet amour commença à s'effilocher. C'était une jeune fille qui avait envie d'explorer la ville et de se créer, dans sa tête, des univers différents, plus excitants. Raison pour laquelle elle était en train de regarder par une fenêtre de l'étage en rêvant de belles robes et de carrosses, au lieu de s'occuper de lui, quand une grosse voiture de livraison s'engouffra dans leur rue étroite et renversa son petit frère, l'envoyant rouler dans le caniveau.

Janice a commencé à enfiler sa veste.

— Que lui est-il arrivé ?

Mme B. ne répond pas, et elle pense qu'elle ne l'a pas entendue.

— Mme B., est-il mort ?

Toujours pas de réponse, mais un léger ronflement monte maintenant du fauteuil. Janice ne saurait dire si la vieille femme fait semblant ou non ; au cas où, elle referme la porte derrière elle sans faire de bruit.

Pour une fois, lors du trajet retour en bus, elle n'a pas le temps de guetter les histoires autour d'elle. Qu'est-il arrivé au frère de Becky ? Elle présume que ce seront de mauvaises nouvelles, mais elle aimerait tout de même en être sûre. Les parents lui ont-ils mis cela sur le dos ? Quel âge avait-elle alors ? Elle se dit que cela importe peu quand on est enfant, car on ne se définit jamais comme étant jeune. On est seulement soi, et prêt à endosser toutes les responsabilités, toute la culpabilité, sans se rendre compte que tout cela est bien trop grand pour vous et que seuls des adultes devraient avoir à porter un tel poids.

Mais elle n'était pas comme Becky, n'est-ce pas ? Elle avait protégé sa sœur, pas vrai ? Elle ne cesse de repenser à cela, ainsi qu'à un autre incident qui s'était produit à la fin de son séjour au Canada – lequel avait *réellement* été un beau voyage, se dit-elle. Le dernier soir, sa sœur avait sorti de son bureau un vieux stylo-plume et avait écrit sur une belle feuille blanche, à l'attention de Janice :

Je me souviens de ce que tu as fait.

Après quoi, elle avait posé son stylo, s'était levée du bureau et avait préparé leur repas.

13

Toutes les histoires se finissent par la mort

— Alors, qu'est-il arrivé au frère de Becky, Mme B. ?

Janice retire son manteau dans le couloir après s'être arrêtée pour prendre le courrier de son employeuse à la loge du concierge. Elle y a aussi appris quelque chose qui devrait intéresser la vieille dame. Mais cela peut attendre. D'abord, elle veut des nouvelles du petit garçon. Elle s'attend au pire.

Mme B. ne dit rien et continue de feuilleter le *Times* de la veille, qu'elle a ouvert sur la table devant elle. Janice ne s'est pas encore attaquée aux nombreuses piles de livres qui s'élèvent un peu partout dans la pièce, mais elle a débarrassé la grande table en chêne près de la fenêtre afin que Mme B. ait un endroit où se poser et manger – et lire le journal.

Celle-ci ne répond toujours pas.

Janice attend.

En repensant à sa dernière visite, elle est de moins en moins convaincue que la vieille dame se soit endormie, et de plus en plus sûre qu'elle a entendu sa question sur le petit frère de Becky. Il semble clair qu'elle ne souffre ni de problème d'audition ni de compréhension.

Toujours rien.

Janice s'agace ; elles ont passé un marché.

— Madame B., vous avez promis. Vous avez promis de me raconter l'histoire de Becky.

— Je n'ai rien promis, et ne me parlez pas comme si vous aviez six ans. Nous ne sommes pas dans une cour de récréation.

Elle crache ses mots avec mépris, rappelant à Janice la femme habillée de violet du premier jour.

— Cela dit, continue-t-elle plus posément, je vous ai dit que je vous raconterai l'histoire de Becky, et je le ferai.

Et la vieille dame d'ajouter, comme si le moindre mot lui coûtait :

— J'ai passé une mauvaise nuit et j'ai mal au dos et aux jambes. Je vous parlerai quand les antidouleurs auront commencé à faire effet.

Elle baisse les yeux sur son journal.

— J'ai aussi eu la diarrhée, alors vous serez gentille de changer mes draps.

Elle tourne une autre page du journal, mais Janice n'est pas dupe : Mme B. rougit.

— Je vais vous faire une bouillotte.

Janice en a repéré une en haut d'un placard.

— Ensuite je m'occuperai du lit et je ferai une lessive.

Mme B. émet un marmonnement sans relever les yeux.

Janice remet rapidement de l'ordre dans la chambre mansardée, que son occupante semble avoir essayé de ranger un peu – même si enlever les draps était visiblement au-dessus de ses forces. L'odeur est forte, mais elle a vu pire. Elle s'est occupée de Geordie, une fois, quand il avait une gastro-entérite. Mme B. a un appétit de moineau, alors que Geordie…

Après avoir mis les draps dans la machine à laver, Janice retourne auprès de la vieille dame, maintenant assise dans son fauteuil habituel, et lui propose une tasse de camomille. Mme B. accepte avec un « Merci, Janice » soufflé d'une voix éteinte.

Janice commence à s'inquiéter. Elle se demande si son employeuse est vraiment malade et si elle devrait appeler un médecin, ou si elle est seulement gênée. En lui apportant son infusion, elle décide de tenter une expérience :

— Je parlais avec Stan à la loge du concierge, tout à l'heure, et il m'a dit que votre fils avait soumis des plans au service de l'urbanisme local, afin de convertir votre maison en espace multimédia de réalité virtuelle interactive. Si j'ai bien compris, dit-elle en observant attentivement la frêle vieillarde. Je crois que l'idée est de « créer une symbiose entre apprentissages anciens et nouveaux, préserver la structure externe tout en allant vers la révélation de l'intérieur ». Stan m'a laissé jeter un œil à ce projet.

On dirait que Mme B. vient de recevoir une décharge électrique.

— Quoi ? Oh, j'aurais dû le noyer à la naissance, ce petit fumier !

L'expression choquée de Janice n'échappe pas à la vieille dame, maintenant remontée comme un coucou dans son fauteuil.

— C'est une façon de parler, Janice. Jamais je ne mettrais mon fils dans un sac en toile lesté de briques pour le jeter dans la Cam.

À la manière dont elle le dit, Janice ne peut s'empêcher de penser que cette simple évocation procure une intense satisfaction à la mère de Tiberius.

— Je ne sais pas ce qui me choque le plus : le fait qu'il agisse ainsi derrière mon dos, ou qu'il emploie un langage aussi débile. On peut dire que l'argent dépensé pour son éducation a été un beau gâchis, tiens. Comment ce garçon peut-il manquer d'âme à ce point ? Quand je pense à son père…

Mme B. reste silencieuse quelques instants.

— Bon, je vais réfléchir à cela. Merci de me l'avoir signalé. Maintenant, je suppose que vous voulez savoir ce qui est arrivé au frère de Becky.

Janice entreprend de ranger une armoire juste à côté du fauteuil de la vieille femme. Avec le temps, le meuble semble avoir servi de fourre-tout géant pour recueillir vis égarées, torches, clés, vieilles cartes postales et autres babioles. Chez Janice, il y a un tiroir dans la cuisine qui contient toutes les choses qui « pourraient servir un jour ». Ici, il y en a une armoire entière.

— Évidemment, il est mort, déclare Mme B. d'un ton parfaitement détaché.

Janice lève le nez de son rangement.

— C'est bien ce que je pensais...

— Bien sûr, toutes les histoires se finissent par la mort. Et malheureusement, la sienne, d'histoire, aura été très courte.

— Et Becky, alors ?

Mme B. se met plus à l'aise dans son fauteuil et plaque la bouillotte contre son ventre.

— Je pense surtout qu'on devrait penser à la réaction des parents. Le père, la mère du petit... Perdre un enfant est une chose terrible, et en perdre un comme lui... eh bien, c'est dur d'imaginer ce qu'ils ont pu ressentir. Vous ne pensez pas, Janice ?

Janice se tourne, surprise de se voir demander son avis. Elle comprend alors que Mme B. cherche surtout à voir son visage, à vérifier si ces mots sur la perte d'un enfant touchent une corde sensible. La vieille chouette rusée... Janice se détourne afin de ne rien laisser paraître. Mais elle a retenu l'avertissement.

— Oui, je suis d'accord, se contente-t-elle de répondre.

La vieille dame renifle et continue :

— Les parents de Becky étaient pauvres, peu éduqués, mais cela ne changeait rien à la force de leur amour. Le fait d'avoir une vie difficile et d'avoir déjà croisé la mort et la misère n'altérait en rien l'amour qu'ils portaient à leur petit garçon. Ils l'aimaient même d'autant plus que celui-ci avait, pendant un bref moment, illuminé leur vie d'une lueur toute particulière. Cela leur avait donné un aperçu de ce qui était bon et étincelant, reléguant dans l'ombre le reste de leur existence misérable. Sans leur fils adoré, tout réapparaissait soudain à la lumière crue et impitoyable de la réalité. Et où qu'ils regardent, ils voyaient seulement Becky. Bien vivante, elle.

— Alors, qu'ont-ils fait ?

— Ne supportant plus de la voir, ils l'envoyèrent au couvent. Avez-vous connu les sœurs de la Miséricorde, Janice ?

Cette fois, Janice ne se tourne pas pour répondre.

— Suffisamment, répond-elle.

— Exactement. On aurait du mal à trouver pire, dans le genre bande de mégères bigotes et hypocrites.

En entendant ces mots, Janice ne peut s'empêcher de se retourner.

— Elles ne sont pas toutes mauvaises, se sent-elle obligée de dire pour défendre sœur Bernadette.

Mme B. la dévisage quelques instants.

— Vous avez raison, et c'est une forme de paresse intellectuelle que de se laisser aller à des généralisations. Mais je pense que dans l'intérêt de notre histoire, nous pouvons partir du principe que les religieuses auxquelles Becky a été confiée étaient une bande de vieilles garces.

La vieille dame laisse échapper un gloussement.

— Bien des années plus tard, elle est passée devant le bâtiment qui avait abrité le couvent en question. C'était désormais un garage. Elle éprouva une immense satisfaction à y entrer et à demander à essayer la plus grosse et la plus chère de leurs voitures motorisées, une rouge.

— Combien de temps est-elle restée au couvent ?

— Oh, de nombreuses années, et pendant tout ce temps, les sœurs n'ont eu de cesse de faire de sa vie un enfer. À la moindre occasion, elles rappelaient à cette pauvre enfant qu'elle avait le sang de son frère sur les mains et ne méritait pas d'arpenter cette terre. Que son cas était au-delà de toute rédemption. Que seul l'enfer l'attendait. Il est tout aussi vrai qu'au cours de ces années Becky a fait tout ce qu'elle pouvait pour leur pourrir l'existence. N'oublions pas que nous parlons tout de même de Becky.

« Le jour de son quinzième anniversaire, elle a été renvoyée. Comme vous pouvez l'imaginer, nul n'a jamais sérieusement envisagé l'éventualité que Becky puisse rester et prononcer ses vœux. Si les religieuses avaient eu le sens de l'humour, elles se seraient tapé sur les cuisses en hurlant de rire à cette idée. Elles lâchèrent simplement Becky dans la rue et refermèrent la lourde porte en bois derrière elle, puis elles allèrent à la chapelle, s'agenouillèrent et offrirent une prière de remerciement. J'aime à penser que c'est à cet endroit que la voiture rouge allait plus tard stationner, dans toute sa splendeur vulgaire. Mais mon imagination m'emporte peut-être un peu… Je crois toutefois que, depuis leur position dans la chapelle, la nuque ployée dans leur prière, elles ont entendu le rire de Becky de l'autre côté de la porte.

— Que lui est-il arrivé après ?

— Elle est entrée au service d'une riche famille aristocratique. Et nous avons maintenant un merveilleux exemple des histoires que Becky était capable de tisser. Je me demande ce qu'elle a fini par croire elle-même… Était-elle un membre estimé de la famille, aimée de tous, en particulier du fils cadet (dans les histoires de Becky, il y avait souvent un fils cadet amoureux) ? Ou bien était-elle juste la domestique de l'étage, chargée de vider les pots de chambre nauséabonds de la famille ? Quoi qu'il en soit, cela n'a pas duré longtemps et, peu de temps plus tard, notre Becky, alors âgée de seize ans, revenait frapper à la porte de ses parents.

— Habitaient-ils toujours au même endroit ?

— En effet, et quand elle a frappé, sa mère est descendue ouvrir, et…

— Et ?

Janice a fini de ranger mais ne veut pas bouger. Elle se dit qu'elles doivent former un curieux couple, vues ainsi – une vieillarde maigrichonne perdue dans son vieux fauteuil en cuir usé, et une petite bonne femme en tablier défraîchi assise à ses pieds.

— Sa mère l'a longuement regardée, a offert une prière à la Vierge Marie et s'est signée.

— Après tout ce temps ? Elle n'a pas pu lui pardonner ?

— C'est qu'il y a une chose que vous ne voyez pas, mais qui a tout de suite sauté aux yeux de la mère de Becky : sa fille était enceinte jusqu'aux dents.

— Ah.

— La mère a pris la fille par la main et l'a ramenée de force chez les sœurs de la Miséricorde, mais celles-ci n'ont pas voulu lui ouvrir. À mon avis, elles ont couvert le bruit des coups à la porte en entonnant « *Sileat omnis caro mortalis* », ce qui veut dire, si votre latin est un peu rouillé, « Que toute chair mortelle garde le silence ».

— Qui était le père ?

— Je pense que nous ne le saurons jamais. J'ai du mal à croire la déclaration de Becky, selon laquelle c'était un jeune fils de la famille d'aristos. Mais il me semble que, pour juger des histoires fantaisistes que pouvait raconter Becky, nous ne devons pas oublier qu'elle était à peine plus qu'une enfant. Qui avait été abandonnée par sa famille, maltraitée par les religieuses, et jetée à la rue. Je ne serais pas du tout étonnée qu'elle ait été violée – après tout, elle n'avait personne pour la protéger. À vrai dire, je pense que si nous avions entendu la jeune Becky nous narrer ses incroyables mésaventures, cela ne nous aurait pas fait rire du tout.

— Qu'a fait sa mère ensuite ?

— Que fait une mère dans de telles circonstances ? Qu'aurait fait la vôtre, si vous étiez rentrée à la maison enceinte ?

Janice se demande si sa mère l'aurait seulement remarqué. Naturellement, elle ne le dit pas à Mme B. Elle n'a aucune envie de parler de sa mère avec elle. Elle se relève et décide qu'il est temps de reprendre la main dans cette discussion.

— Comment vous êtes-vous rencontrés, votre mari et vous ?

Mme B. lève les yeux, surprise, mais Janice sait qu'elle a tapé dans le mille. On dirait un chat avec une pelote de laine ; la vieille dame ne peut pas résister.

— Je n'oublierai jamais la première fois que j'ai vu Augustus…

Augustus, Tiberius, Decius – Janice voit un motif émerger.

— Je venais d'arriver à Moscou et devais retrouver mon contact dans un salon de thé en bordure du fleuve. Je n'avais jamais connu un froid pareil et pendant quelques minutes, juste après être entrée, je n'avais conscience que d'une chose : la chaleur humide sur mon visage. Je n'y voyais rien, avec la vapeur des samovars, à part l'éclat rouge et or de leurs surfaces émaillées qui se reflétaient dans le miroir doré derrière le comptoir. Et puis, je l'ai vu. Et dès cet instant, j'ai su.

— Tout de suite ?

Janice oublie momentanément que cette femme était peut-être une espionne.

— Oui. Pourquoi ? Vous ne croyez pas au coup de foudre ?

Elle n'exclut pas l'idée. Mais pas pour elle, en tout cas. Que dire ?

— Je crois que je…

Elle s'apprête à ajouter que cet élément figure souvent dans les histoires de sa collection, mais elle s'arrête à temps.

— Que faisiez-vous à Moscou ?

— À votre avis ? Vous êtes une femme intelligente, Janice, en dépit de tous vos efforts pour laisser croire le contraire.

Un peu cruel, se dit-elle, mais au moins Mme B. ne la prend-elle pas pour une imbécile.

— Je suppose que vous savez que mon mari est devenu directeur du MI6. Il était mon responsable en URSS lorsque nous nous sommes rencontrés. J'avais étudié le français et le russe à Cambridge, après la guerre, et j'ai été recrutée pour jouer un rôle mineur dans notre opération à Moscou. On sous-estime souvent les femmes, à l'époque comme aujourd'hui. Mais j'aime à penser qu'à ma petite échelle j'ai servi à quelque chose.

Elle gâche alors ce laïus aux accents solennels en lâchant, toute guillerette :

— Et c'était tellement excitant ! Jamais je ne me suis sentie aussi vivante.

— Combien de temps êtes-vous restée à Moscou ?

— Cinq ans en tout, puis Augustus et moi nous sommes mariés. À partir de là, ç'a été la fin : je n'avais plus le droit de travailler, pas comme je l'aurais aimé, en tout cas. Au fil de son évolution professionnelle, nous avons été mutés dans différents pays du monde, et j'avais certains devoirs en conséquence. Devoirs que je n'appréciais pas particulièrement… Mais je n'ai jamais regretté de l'avoir épousé, pas un seul instant. Et il a dit avoir ressenti la même chose en me voyant émerger de la vapeur dans ce salon de thé.

Et la vieille femme d'ajouter, un peu gênée :

— Vous savez, Janice, j'étais bien différente autrefois… Je n'ai jamais été une beauté, mais Augustus disait toujours que j'avais beaucoup de charisme.

— Eh bien, ça n'a pas changé, dit Janice en la regardant.

Mme B. lève les yeux vers elle, surprise, et répond à mi-voix :

— Merci, ma chère.

Janice se détourne pour dissimuler son émotion. Elle est surprise, touchée, et cet épisode lui confirme une fois de plus que c'est par les histoires des gens que l'on parvient le mieux à les connaître. Mais quelle est l'histoire de Mme B. ? Une histoire d'espions ? L'histoire d'une femme ayant été une espionne frustrée pendant seulement cinq ans de sa vie ? Ou bien s'agit-il d'une simple histoire d'amour ? Elle a tendance à privilégier cette dernière option. Et se demande si, dans l'intensité de cet amour, il y avait assez de place pour Tiberius.

Le fait de parler de ce mari et d'espionnage fait penser Janice à autre chose – occultant momentanément tout ce qui concerne Becky.

— Dites-moi, Mme B., votre mari et vous deviez avoir un carnet d'adresses bien fourni... Êtes-vous bien conseillée à propos des projets de l'université ?

— Je ne suis pas idiote, aboie la vieille femme, qui regrette visiblement de s'être laissée aller à un peu de douceur. Évidemment que j'ai cherché du conseil juridique, mais tout ce que j'entends, c'est « d'un côté ceci, de l'autre cela ». Blablabla. Le problème, à mon âge, c'est que presque tous les amis à qui j'aurais pu demander conseil sont morts.

Elle se met à pianoter sur l'accoudoir de son fauteuil.

— Bien sûr, il y a toujours Mycroft...

— Qui est Mycroft ?

Un petit rire monte dans sa gorge.

— Augustus l'appelait toujours comme ça. En vérité, il s'appelle Fred Spink, mais Augustus a toujours dit que c'était l'homme le plus intelligent qu'il ait jamais connu. Un type de petite taille, tout ce qu'il y a de plus banal d'apparence, mais qui a été conseiller juridique pendant des années au MI5. Il est à la retraite depuis longtemps, bien sûr, mais je crois qu'il est toujours de ce monde. J'aurais lu son avis de décès dans le *Times* s'il était mort. Oui, je pourrais passer un coup de fil à Mycroft.

Mme B. sourit.

— Je crois qu'il a toujours eu un faible pour moi.

Elle semble soudain regretter cet aveu, et Janice ne s'étonne pas de l'entendre brusquement changer de ton :

— Eh bien, allez-vous rester plantée là ou comptez-vous faire un peu de ménage, un jour ?

Janice entreprend de cirer le parquet, et il n'est plus question ni d'espionnage ni de Becky. Alors qu'elle s'apprête à partir, son employeuse l'interpelle :

— Au fait, je me disais... C'est intéressant que le concierge – comment disiez-vous qu'il s'appelle ? Stan ? Enfin, que ce Stan se confie à vous.

Janice se demande ce qui va suivre, et comment Mme B. a pu vivre ici tant d'années sans connaître le nom du concierge, qui travaille dans cette loge depuis son adolescence.

— Je me disais que vous seriez dans une position parfaite pour obtenir des informations...

— Ainsi que je l'ai fait, souligne Janice.

— Oui, ainsi que vous l'avez fait, ma chère.

Janice n'est pas dupe. Ce « ma chère » est tout calculé, sans rapport avec le « ma chère » spontané de tout à l'heure. La vieille chouette veut quelque chose.

— Maintenant que j'y pense, comme vous faites le ménage chez Tiberius, vous pourriez tout à fait entendre une conversation ou tomber sur des papiers qui pourraient être utiles...

— Non !

Le ton est aussi brusque que celui que Mme B. prend souvent.

— J'ai des règles très strictes concernant mon travail. Jamais je n'espionnerai votre fils.

Elle faillit ajouter « Vous n'avez pas honte ! », mais se ravise. C'est inutile. Mme B. est aussi rouge qu'au moment où elle a avoué avoir souillé ses draps.

14

Un moment parfait

— Oh, c'est vous !

Les mots sont sortis tout seuls de sa bouche, et elle ne peut pas les ravaler. Elle imagine les trois syllabes flottant au-dessus de la tête du chauffeur de bus, comme du linge suspendu à un fil. Elle pense à Geordie et regrette de ne pouvoir, comme lui, les décrocher pour y accrocher une bonne vieille formule à la place. N'importe quoi. « Un aller pour Riverside » ferait l'affaire. Après tout, c'est là qu'elle veut se rendre, pour aller chercher Decius et retrouver Adam. Seulement, elle ne s'attendait pas à voir le professeur de géographie, absorbée qu'elle était par tout autre chose – la grossesse de Becky, en l'occurrence. Pour Dieu sait quelle raison, elle a l'impression que c'est la faute de Mme B. Ce n'est pas juste. Elle ne pensait pas à lui. Ce n'est pas son trajet habituel, et c'est le milieu de l'après-midi.

— Je peux vous aider ?

Il lui sourit, et cela la déstabilise plus encore. Depuis combien de temps est-elle plantée là ? Elle entend un « Allez, avancez » derrière elle, et le charme est rompu. Elle poinçonne son ticket et s'installe sur le siège le plus éloigné possible dans le bus. Son cœur bat comme un piston de moteur.

Après le deuxième arrêt, elle change de place et avance un peu. Il ne peut pas la voir, elle en est presque sûre, mais elle, en revanche, peut maintenant apercevoir son épaule gauche. À l'arrêt suivant, elle avance encore d'une rangée. Toujours invisible mais, de là, elle voit une grande partie de son dos.

Elle regarde autour d'elle, craignant que des passagers ne l'observent. Ce n'est pas le cas. Elle pense à Mme B. émergeant de la vapeur dans un salon de thé moscovite. Une espionne allant à un rencard avec un espion. Une histoire chargée de romance, sans aucun doute. Mais ça ? Quelle mouche l'a piquée ? C'est un jeudi après-midi terne et froid, et elle vient de monter dans un bus et de se ridiculiser.

Elle se rappelle soudain une de ses histoires qui la laisse toujours dans un certain dilemme. Elle l'aime bien – après tout, cette histoire se finit bien – mais il demeure toujours un point d'interrogation à la fin. Quelque chose qui menace de déstabiliser son système.

Arthur Leader a plus de quatre-vingts ans. Elle fait le ménage chez lui de temps en temps, lorsque sa femme de ménage habituelle, Angela, est en congés. C'est un homme qui aime l'ordre et la routine ; elle ne peut pas le lui reprocher – elle aussi, elle aime ça. Un jour qu'elle repassait ses chemises, il lui a raconté comment il avait rencontré sa femme.

La future Mme Leader était allée au cinéma avec son petit ami de l'époque, quand, en retournant à la voiture de celui-ci, ils se sont rendu compte qu'elle avait été fracturée et que l'imperméable du petit ami avait été volé. Ils débattirent de l'opportunité de se rendre à la police et finirent par convenir de passer au poste du coin. Le jeune policier à l'accueil était l'inspecteur Leader. Il avait regardé la jeune femme devant lui (remarquant à peine l'homme qui l'accompagnait) et aimé ce qu'il voyait – une jolie brune en robe blanche éclatante à rayures bleu ciel. Il commença à prendre la déposition, expliquant au petit ami qu'ils allaient garder le véhicule afin que l'équipe technique puisse l'examiner. Tout en manœuvrant l'épaule de chemise d'Arthur sur la planche à repasser, Janice n'avait pu s'empêcher de sourire – ah, comme les choses avaient changé ! Le vieil homme lui confia alors qu'il avait pris la main de la jolie brune dans la sienne pour l'aider à déposer ses empreintes digitales – à des fins d'élimination lors de l'enquête. Au moment où il pressait les doigts tachés d'encre de celle-ci sur la carte, le sort en était jeté. Son cœur était captif. Une fois la déposition soigneusement enregistrée – l'inspecteur Leader était toujours fort consciencieux, et il ignorait alors que cette qualité l'aiderait à gravir les échelons jusqu'à devenir commissaire en chef –, il avait demandé une voiture pour ramener chez elle la jolie brune (et son cœur avec). Il s'assura que l'agent qui conduisait le véhicule de police veille à bien noter l'adresse où elle habitait – même s'il l'avait déjà enregistrée en prenant sa déposition. Plus tard, il n'avait cessé de se vanter d'avoir retrouvé l'imperméable, mais volé la fille. Ce n'est qu'à l'enterrement de sa femme, des décennies plus tard, que la sœur de celle-ci confia à Arthur qu'en rentrant du poste de police, ce soir-là, elle avait annoncé à sa sœur qu'elle ne pourrait pas aller s'installer avec elle en Australie, comme prévu, parce qu'elle venait de rencontrer l'homme qu'elle allait épouser.

Le dilemme que cette histoire laisse à Janice est le suivant : peut-être que, parfois, l'important n'est pas d'avoir une histoire dans sa vie ; peut-être que l'important, c'est d'y trouver un moment parfait. Ce moment dans un poste de police de Bournemouth. Cet après-midi glacial dans un salon de thé russe. Elle imagine ses mots suspendus en l'air : « Oh, c'est vous », puis elle revoit le sourire. Parce qu'il lui a bel et bien souri. Elle ne s'illusionne pas au point de croire qu'il s'agit d'un moment parfait. Mais c'est un moment tout de même. C'est seulement en montant l'allée pour aller chercher Decius qu'elle se rappelle être une femme mariée.

Lorsqu'elle arrive, la porte d'entrée est entrouverte, et sa première pensée est que Decius a pu sortir et se trouve peut-être quelque part sur la route. Elle entre précipitamment et balaie la pièce du regard avant de pousser un soupir de soulagement – elle entend déjà le léger claquement de ses griffes sur le parquet, et le voit bientôt débouler de la cuisine. Il court vers elle, ses petites pattes effectuant ce drôle de pas de ballerine qui la fait toujours sourire. Il la regarde puis tourne les yeux vers la porte ouverte derrière elle, l'air de dire « Détends-toi. Tu me prends pour un corniaud, ou quoi ? ».

Alors qu'elle caresse sa petite tête bouclée et le rassure, Janice entend une discussion en provenance du salon :

— Je ne comprends pas pourquoi tu me fais des reproches.

C'est la voix de Mme OuaisOuaisOuais.

— Mais non, je ne fais de reproches à personne…

Là celle d'un Tiberius bien agacé (elle aimerait pouvoir encore penser à lui sous le nom de M. NonNonPasMaintenant, mais c'est du passé, désormais).

— … simplement, le fait est que ça complique un peu plus les choses.

— Mais tu m'as dit de trouver quelqu'un pour l'aider chez elle, argue Mme OuaisOuaisOuais, visiblement très irritée, elle aussi.

— Je sais, mais je ne croyais pas que quelqu'un accepterait ce boulot, surtout pas Mme P. Je veux dire, elle est tellement… tellement fade et insignifiante. Et tu sais comment est mamoune. J'étais persuadée qu'elle la boufferait toute crue avant de la foutre dehors.

Janice est abasourdie. Comment ose-t-il ?! Et il appelle sa mère « mamoune » !

— Attends, Tibs : tu veux qu'elle ait quelqu'un pour l'aider, oui ou non ?

Tibs !?

— Ce que je veux, c'est qu'elle parte de cette maison. Ce n'est pas sûr pour elle, là-bas, toute seule. Tu sais bien qu'elle peut à peine marcher. Et ces escaliers, une source d'accident permanente.

— Dans ce cas, on pourrait peut-être faire installer un monte-escalier ?

— Arrête tes conneries, tu veux ? aboie Tiberius sur un ton qui rappelle à Janice celui de sa mère. C'est un bâtiment classé.

— Je pensais juste que…

— Eh bien, ne pense plus. Je dois trouver une solution pour régler ça… Cet endroit devrait servir à l'université ; c'est ce que papoune aurait voulu. Et ça n'a rien à voir avec l'argent. Il ne faut même pas qu'elle en entende parler.

Janice est au-delà de s'étonner du mot « papoune » ; elle est encore sous le choc d'avoir été qualifiée de « fade et insignifiante ». Et qu'est-ce que c'est que cette histoire d'argent ? Elle a du mal à tout saisir.

Tiberius poursuit sur sa lancée :

— Quand on pense à cet espace incroyable, dont le collège ne peut rien faire… et qu'elle se traîne là-dedans, toute seule. Je ne serais pas surpris que sa petite cheminée électrique se mette à merder, un de ces quatre, et qu'elle foute le feu à tout le bâtiment. Je sais que c'est ma mère, mais, sans déconner, quelle plaie, putain !

Peut-être est-ce de lui que Decius tient son langage vert ?

D'un ton plus modéré, Tiberius ajoute alors :

— Bon, je ferais bien d'y aller. Il ne faudrait pas que je loupe mon train.

En un mouvement, Janice se redresse et se faufile par la porte restée ouverte. Elle la referme sans un bruit sous le regard ahuri du petit chien et appuie sur la sonnette. Sa main tremble.

C'est une Janice bien moins loquace que de coutume qui se promène dans les champs avec Adam. Mais celui-ci ne doit même pas s'en rendre compte, trop occupé qu'il est à faire courir Decius et à lui créer des obstacles à sauter, comme s'il l'entraînait pour le prochain steeple-chase des fox-terriers. Elle sent son cœur s'alléger peu à peu en l'entendant parler au chien et commenter ses exploits ; décidément, c'est encore un petit garçon. Et pendant cette demi-heure au moins, elle a la conviction qu'il a déposé son lourd fardeau. Elle le regarde galoper entre les fourrés, lancer des bâtons, crier des encouragements à Decius pour qu'il effectue un tour complet. À sa manière humble et inattendue, c'est un moment parfait.

Sans quitter des yeux l'enfant et le chien qui jouent, elle se repasse la conversation qu'elle vient de surprendre. Inutile de se mentir : c'était une forme d'espionnage. Elle est heureuse qu'Adam soit si occupé – cela lui laisse le temps de cogiter. Tiberius a-t-il raison ? Est-il bien raisonnable de laisser Mme B. vivre là, toute seule ? Et cet endroit ne devrait-il pas être mis à la disposition des étudiants, plutôt que réservé à une vieille dame grincheuse ? L'idée ne lui plaît pas beaucoup, mais son fils est peut-être dans le juste. Qu'en aurait pensé son cher mari ? Elle n'a que le son de cloche de Mme B. à ce sujet. Et que pouvait bien signifier cette histoire d'argent ? Quel argent ? Et s'il y en a, peut-être pourrait-elle se permettre de vivre dans un endroit agréable et plus pratique pour elle ? Les images de la vieille dame se faisant expulser de chez elle par son fils pour intégrer une maison de retraite malodorante peinent à s'inscrire dans son esprit.

Ses pensées dérivent ailleurs. Ce sourire, dans le bus… Elle ne peut s'empêcher d'y revenir. C'était un beau sourire, cordial. Elle s'est peut-être sentie bête, mais elle ne pense pas que le chauffeur qui ressemble à un professeur de géographie se soit moqué d'elle. On aurait plutôt dit qu'il partageait quelque chose avec elle. Sauf qu'elle n'a aucune idée de ce que cela peut être.

15

La plus vieille histoire du monde

Mike s'en va étonnamment tôt ce matin, et passe devant elle dans l'entrée en brandissant sous son nez une poignée de chemises cartonnées.

— J'y vais, le monde m'attend !

Janice sourit machinalement à cette petite blague maintes fois répétée. Elle ne sait toujours pas ce qu'il mijote, mais elle suppose qu'il doit avoir des entretiens d'embauche (au moins), car il ne cesse de disparaître précipitamment, ces jours-ci. Elle est heureuse de se retrouver seule, car cela lui permet d'être tranquille dans la chambre pour choisir ce qu'elle va mettre aujourd'hui.

La tâche n'est pas simple. Il lui faut une tenue compatible avec le fait d'avoir la tête plongée dans des toilettes à récurer, mais qui dise également – au cas où vous tomberiez sur un chauffeur de bus qui ressemble à un prof de géo : *je suis une femme sympathique ; je ne serai jamais canon, mais je pense être encore potable ; je suis du genre à aimer la randonnée, et je pourrais faire le mont Snowdon si vous n'allez pas trop vite* ; et *je ne suis pas de celles qui disent n'importe quoi sans réfléchir*. Tout cela sans avoir l'air d'une mule déguisée en cheval, ni d'avoir consacré trop de temps à choisir sa tenue.

Carrie-Louise l'accueille avec ces mots :

— Mais… dites-moi, ma chérie… On dirait que… vous avez changé quelque chose. Ce sont… vos cheveux ? Ou autre chose ? En tout cas… j'approuve !

Janice a envie de la serrer dans ses bras. Ce matin, c'est le Hell's Angel qui conduisait le bus – « Bonjour, ma belle. » Elle a oscillé entre soulagement et déception. Mais pour l'heure, elle a d'autres préoccupations : Mavis est attendue pour le café ; il va donc falloir se mettre aux fourneaux.

Janice pose son marteau de tapissier et tire sur le tissu du repose-pied qu'elle répare pour Carrie-Louise. Elle travaille dans la salle à manger et, bien que les portes de séparation soient fermées dans le salon, elle entend clairement la conversation entre les deux vieilles amies. Elle a savouré cet échange, mais, pour être honnête, elle pense que Mavis est en train de gagner des points. Malgré les florentins maison proposés sur le plus beau plateau, Mavis a réussi à faire étalage d'un prochain voyage à bord de l'*Orient-Express*, d'une visite à Glyndebourne et de son cours de « danse et mobilité ». Carrie-Louise a répliqué avec un : « Juste ciel… cinq jours en train avec George… Non, non… ce sera merveilleux, ma chérie. » C'est alors que Mavis a abattu sa carte maîtresse, en sortant un nouveau smartphone de son sac à main. Carrie-Louise craint la plupart des formes de technologie, et Mavis s'est empressée de lui parler de diverses applications et des joies d'Audible.

— Ce serait tellement bien pour toi, maintenant que tu ne peux plus sortir autant.

Le téléphone de Mavis vient de sonner (« Ring My Bell » d'Anita Ward).

— Oh, Josh est terrible… Il n'arrête pas de changer ma sonnerie.

C'est un coup gagné d'avance pour Mavis, sachant que ses petits-enfants habitent à Worthing, dans le Sussex, alors que ceux de Carrie-Louise sont à Melbourne, à

16 000 kilomètres d'ici. Mavis passe un moment à bavarder avec sa fille. Janice trouve cela assez impoli et envisage de remettre son tablier blanc pour aller leur resservir du café. Elle pourrait même se fendre d'une petite révérence à Carrie-Louise pour lui remonter le moral.

Elle s'est inquiétée pour rien. Mavis raccroche, et Carrie-Louise contre-attaque directement :

— C'est drôle, ma chérie... tu avais l'air tellement... différente.

— Comment ça ?

— Là, tout de suite... avec... ton nouveau téléphone.

— Ah, bon ? fait Mavis, déroutée.

— Oui, oui... très... différente.

— Mais qu'est-ce que tu veux dire par là ?

— Je ne sais pas... tu étais... différente... quand tu parlais à ta fille.

— Mais comment ça, différente ?

— Je n'en sais rien, ma chérie... Différente, c'est tout, répète Carrie-Louise.

— D'accord, mais qu'est-ce que tu as trouvé de *différent*, exactement ? s'obstine Mavis, qui commence à se mettre un peu en rogne.

— Eh bien, tu étais...

— Oui ? s'impatiente Mavis.

— Enfin, tu étais... vraiment, vraiment... gentille.

Janice reprend ses clous de tapissier et son marteau pour masquer son rire. L'issue de la partie est claire : Carrie-Louise vient de l'emporter par KO.

Janice arrive en avance chez Mme B., afin de s'arrêter un petit moment à la loge du concierge pour voir Stan. Elle lui a apporté des florentins de chez Carrie-Louise. Ils échangent d'abord quelques banalités autour d'un café : le match entre Arsenal et Liverpool hier soir, s'il risque d'y avoir de la neige ou non, et qui sera la danseuse étoile dans

Les Sylphides quand Stan ira à Covent Garden ce week-end. Avec sa femme, Gallina, ils adorent ce ballet. Janice aborde ensuite le sujet Mme B.

— Vous avez dû connaître son mari quand il était doyen ici ?

— Absolument. Il est resté parmi nous pendant pas mal d'années. Un type bien. Discret, cela dit. Mais je suppose que c'est normal, vu le boulot qu'il faisait avant. On a été obligés d'augmenter la sécurité à pleins de niveaux quand il est arrivé.

— Mais il vivait ici, là où elle habite actuellement ?

Elle hoche la tête en direction du logement de Mme B. Elle ne peut se résoudre à l'appeler Mme B. devant Stan – ce serait manquer de respect à la vieille dame.

Il opine du chef.

— Oui, oui, ils habitaient là tous les deux. C'est drôle, elle était beaucoup moins pénible à l'époque. Un peu prétentieuse quand même, mais bon, c'était ce genre de couple, vous savez...

Janice acquiesce et attend.

— À mon avis, ils n'avaient pas tellement besoin des autres.

Janice reste silencieuse. Elle sent qu'il a autre chose à dire.

— J'ai toujours eu un peu pitié de leur fils. Je veux dire, c'est un vrai connard, mais parfois, quand il était jeune, on aurait dit qu'ils remarquaient à peine qu'il était là.

— Est-ce que vous savez quelles dispositions ont été prises pour la maison, à la mort du mari ?

— Ah, ça, je ne pourrais pas vous dire. Je crois que c'était assez compliqué, une affaire de testament ou de contrat... Mais franchement, je n'en sais pas plus.

Janice veut savoir une dernière chose :

— Quand je ne suis pas là, le reste de la semaine, est-ce que d'autres personnes viennent s'occuper d'elle ?

— Pas vraiment, non. Son fils vient à peu près une fois tous les quinze jours. Avant, sa femme venait aussi, mais Madame lui en a fait voir de toutes les couleurs, alors elle ne vient plus.

— Et si quelque chose arrivait… Il y a des alarmes incendie et… tout ce qu'il faut ?

Stan hoche la tête.

— Plutôt, oui. Les règles de sécurité sont très strictes pour les bâtiments aussi anciens. C'est la même chose dans la plupart des vieilles universités.

Il tousse et se redresse sur sa chaise.

— En fait, elle ne le sait pas, mais je jette toujours un œil sur elle quand je fais mes rondes. Juste un rapide coup d'œil par la fenêtre, histoire de m'assurer qu'elle n'est pas tombée, ou quelque chose comme ça. Donc ne vous inquiétez pas trop.

Elle se demande s'il ne va pas prendre sa main pour la tapoter, mais finalement il se frotte juste les siennes, avec une certaine vigueur.

— En tout cas, j'ai l'impression qu'elle s'est un peu requinquée depuis que vous venez la voir. Si ça se trouve, la pauvre vieille se sentait simplement un peu seule.

Janice se demande si Mme B. mérite autant de compassion de la part d'un homme dont elle n'a même pas pris la peine de retenir le nom. En se levant pour partir, elle prend une décision.

— Merci pour le café, Stan. Vous risquez de me voir un peu plus souvent : j'ai décidé de répartir mes heures afin de venir deux ou trois fois par semaine au lieu d'une seule. Ça me convient mieux.

Stan lui coule un regard entendu mais ne dit rien.

Tout en passant le plumeau sur les étagères de la galerie, Janice repense à la discussion qu'elle a surprise entre Tiberius et sa femme. Mme B. est particulièrement grognon aujourd'hui ; elle lit en bas, plongée dans son fauteuil habituel. Janice se demande si elle a à nouveau passé une mauvaise nuit. Peut-être que cet endroit est trop grand pour elle ? Peut-être que son fils a raison ? Mais comment lui en parler alors qu'elle a affirmé avec force qu'elle ne rapporterait jamais rien de ce qu'elle pourrait entendre chez Tiberius ? Mme B. saurait forcément que quelque chose avait changé, et risquerait même de croire que Janice avait parlé à son fils derrière son dos.

Elle descend de la galerie et commence à épousseter en bas. Elle sent le regard de la vieille femme posé sur elle. Bientôt, celle-ci déclare :

— Vous êtes différente.

Janice poursuit son travail sans rien dire.

Lorsqu'elle se rapproche du fauteuil, Mme B. lui glisse sournoisement :

— On s'est fait belle pour aller retrouver son mari après, c'est ça ? J'imagine que vous allez jouer au bingo, puis au pub pour une de ces « soirées steak ».

Janice sait qu'elle essaie de la faire sortir de ses gonds. Elle ne lui donnera pas cette satisfaction.

— Je crois que c'est deux pour le prix d'un, le jeudi.

Janice continue d'épousseter. Mais quelque chose dans son visage, ou son attitude, a dû alerter Mme B. – la prédatrice.

— Ah, ce n'est donc pas votre mari. Je me trompe ?

Toute joie s'efface de sa journée. Elle se sent soudain pitoyable, minable, ridicule dans son pull rouge et son jean, un plumeau à la main.

— Je vais nettoyer la salle de bains.

Lorsqu'elle revient dans la grande pièce pour commencer à ranger les piles de livres, Mme B. lui a préparé un chocolat chaud. Elle en a renversé une bonne partie sur la table. Janice ne peut se résoudre à y toucher.

— Becky est donc sur le point d'être mère, commence Mme B.

Janice sait qu'elle l'observe, mais elle refuse de croiser le regard de la vieille femme qui vient de lui voler l'un des rares moments de bonheur qui n'appartiennent qu'à elle.

C'est d'une voix inhabituellement basse que Mme B. poursuit :

— Je suppose que l'accouchement n'a rien eu d'agréable... c'est rarement le cas... Becky a accouché dans l'un des pires hôpitaux de Paris. J'imagine que si Charles Dickens avait vu notre Becky de seize ans en franchir péniblement les portes, il se serait frotté les mains et aurait tout de suite pris sa plume. Mais bien sûr, nous parlons de 1907, et Charles était mort depuis presque quarante ans déjà.

Janice ne peut s'empêcher de remarquer que Mme B. parle de Charles Dickens comme s'il était un ami proche. Elle s'éloigne dans la pièce pour continuer son travail ; elle ne veut pas s'exposer à davantage de proximité.

La voix de Mme B. se fait plus forte :

— Je me demande si son père l'a conduite à l'hôpital dans son fiacre... Qui sait ce que cet homme pouvait avoir en tête ? Quoi qu'il en soit, Becky a donné naissance à une petite fille en bonne santé. Les choses auraient-elles été différentes s'il s'était agi d'un garçon ? Oui, je pense qu'un petit-fils aux boucles blondes aurait eu une place dans cette famille. Seulement, c'est une fille que Becky a eue, et on imagine ce que ses parents ont éprouvé à l'idée d'avoir une nouvelle Becky miniature à la maison. Ils se sont donc empressés de cacher le bébé et la disgrâce de leur fille dans une ferme à la campagne, loin de Paris et des yeux de tous. Quant à Becky, ils l'ont purement et simplement jetée à la rue.

Mme B. se penche pour allumer son feu électrique.

— Il me semble qu'à ce stade il serait difficile de ne pas avoir de la compassion pour Becky. Mais, comme on dit, ce qui ne vous tue pas vous rend plus fort… Becky a donc opté pour le seul métier qui s'offrait à elle, qui est aussi le plus vieux du monde : elle a commencé à arpenter le trottoir. Il a dû lui falloir beaucoup de courage pour se faire une place parmi les autres prostituées, s'arranger un peu dans l'obscurité d'un porche, prendre son premier client, tout cela avec le sourire aux lèvres – à mon avis elle n'aurait pas toléré de lâcher une seule larme devant les autres filles. Finalement, peut-être que l'éducation des religieuses lui aura été utile, de ce point de vue-là – comme je disais, ce qui ne vous tue pas vous rend plus fort.

« Becky a très vite compris qu'il existait une hiérarchie dans le monde qu'elle venait d'intégrer et, vu son tempérament, elle était bien décidée à gravir les échelons. Et le sort a toujours voulu qu'il y ait des femmes – des « Madames », comme on les appelle souvent – qui sillonnent le monde interlope en quête de filles débrouillardes comme Becky. Ces filles-là passaient aisément du statut de putain de base, dans la rue, à celui de prostituée de salon, jusqu'à devenir enfin pour certaines la crème de la crème : courtisane.

Janice aimerait connaître la différence entre les trois mais n'ose pas poser la question.

Mme B. marque une pause avant de poursuivre :

— Une fois recrutée, l'éducation de Becky a vraiment commencé. C'est au sein d'un établissement discret et élégant du XVIe arrondissement de Paris qu'elle a fait ses armes. Et je ne parle pas spécialement d'éducation en matière de pratiques sexuelles, comme vous pourriez l'imaginer, Janice, même si cela en faisait certainement partie également.

Janice plaque un livre avec fracas sur le dessus de la pile qu'elle est en train de trier.

— Le gros de son éducation comportait des cours d'élocution, de danse, d'habillement et de coiffure, afin de savoir paraître à son avantage en toutes circonstances. Elle apprit quel genre de chaussures à talons ou à bijoux attirait l'œil à la cheville, et quels parfums exotiques s'accordaient le mieux à telle ou telle occasion – ainsi qu'à quel endroit de son corps les appliquer. Becky s'épanouit dans ce rôle nouveau et insolite ; pour la première fois de sa vie, elle était l'élève la plus douée et la plus valorisée de sa classe. Elle progressa rapidement dans ses « études », découvrant les mystères de sa nouvelle profession : le moment précis où il fallait lentement baisser les cils, comment tendre la main avec langueur de façon à laisser entrevoir la chair tendre et blanche du poignet, quand incliner le menton pour couler un regard oblique et rieur. Oh, Becky adorait apprendre tout ça. La seule chose qu'on n'eut pas à lui apprendre, c'était à chanter ; les religieuses s'en étaient chargées, et Becky avait une très belle voix.

« Une fois formée de la sorte, Becky était censée "divertir" les clients de la maison, mais son monde ne s'arrêtait pas là. Par exemple, elle pouvait choisir de gratifier les Folies-Bergère de sa présence – la direction encourageait toujours les filles comme elle à se mêler à leur clientèle. Nous ne devons pas oublier que les Becky de cet univers parisien n'étaient nullement reléguées dans les bas-fonds de la ville ; les hommes qu'elles fréquentaient voulaient les exhiber devant tout le monde. Ce qui convenait parfaitement à Becky. Une journée typique, pour elle, pouvait commencer par une promenade à cheval au bois de Boulogne (elle adorait les chevaux), puis elle déjeunait au Café de Paris avant de se rendre au champ de courses. De toute sa vie, jamais elle ne s'était autant amusée. En fin d'après-midi, elle revenait "travailler" dans la discrète maison du XVIe arrondissement ; elle était devenue *une cinq à sept.*

Mme B. cesse de parler. Janice cesse d'épousseter. Elle voudrait savoir ce que cette expression française signifie, et elle sait que Mme B. a envie de le lui dire. Mais qu'elle la fait lanterner. Sauf que cette fois Janice n'a pas envie d'entrer dans son jeu.

— Vous préféreriez être prostituée ou femme de ménage ? demande soudain la vieille dame.

Janice se demande parfois s'il y a beaucoup de différence. Non, c'est absurde – nettoyer après les gens n'est tout de même pas la même chose que vendre son corps. Elle voudrait refouler l'idée qui suit, mais celle-ci lui vient tout de même : est-ce pire de vendre son corps que de se faire prendre puis lâcher, chez soi, par un homme cherchant un moyen pratique de se soulager ? Elle ne supporte plus de penser à cela, de se rappeler la brève copulation d'hier soir, dans le noir. Elle sait que Mme B. la regarde mais, à l'instar de Becky, elle ne laissera personne, et surtout pas cette femme, voir ses larmes. Elle regarde ailleurs sans répondre à sa question.

— Vous savez que vous êtes une femme exceptionnelle, Janice.

Cette fois, elle se retourne vivement, surprise.

— Je ne vous connais pas, donc j'ai eu tort de tirer des conclusions hâtives à votre sujet, et je m'en excuse. Cependant, je peux évoquer des faits. Et le fait est que vous êtes une femme de ménage exceptionnelle. Je crois aussi que vous êtes une femme exceptionnelle, tout court. Mais pour l'instant, contentons-nous des preuves et faits établis.

Elle ajoute sèchement :

— Personnellement, je pense que vous vous sous-estimez, mais je ne suis pas sûre que mon opinion vous importe – après tout, j'ai déjà montré que je pouvais être une vieille carne dure et insensible –, alors autant se fonder sur des faits établis plutôt que sur mon avis. Les faits, les voici : vous êtes une excellente femme de ménage ainsi qu'une pâtissière hors pair. Vous savez vous servir d'un fer à souder, d'un outil électrique multifonctions, et même, me semble-t-il, d'une tronçonneuse. Vous connaissez les rudiments de la tapisserie et fabriquez vous-même vos produits et votre matériel de ménage – même si je ne comprends pas bien pourquoi vous prenez la peine de nettoyer une maison de poupée. Même ma belle-fille est impressionnée par votre capacité à démonter et à nettoyer toutes les pièces de sa machine à café abracadabrante – ce que ni elle ni Tiberius ne sauraient faire. Un de vos employeurs a mentionné votre capacité à mettre à l'aise toutes sortes de gens, et a souligné tout particulièrement votre talent pour dénouer les conflits. Je ne vous embarrasserai pas en vous répétant tout ce qui a également été relevé concernant votre sensibilité et votre gentillesse extraordinaires.

— Mais... d'où est-ce que vous sortez tout ça ? s'exclame Janice, éberluée.

— Mon mari a été chef du MI6. J'ai moi-même effectué quelques missions secrètes, par le passé. Vous ne pensiez tout de même pas que j'aurais laissé une inconnue pénétrer chez moi sans me renseigner un minimum sur son compte ?

Janice ne peut s'en empêcher – elle sourit à Mme B. malgré elle.

— Franchement, Janice, je sais ce que vous valez en tant que femme de ménage mais parfois, je me pose des questions sur votre intelligence.

Mais un petit muscle caractéristique frémit au coin de sa bouche comme elle lâche ces mots.

— Désirez-vous un chocolat ?

C'est tout ce que Janice trouve à dire. Pour le moment, elle est en tout cas incapable de digérer tous les compliments que son employeuse vient de lui adresser.

— Oui, avec plaisir, et faites-en pour vous par la même occasion. J'ai essayé de vous en préparer un tout à l'heure, mais je crois que j'en ai mis la moitié par terre.

Une fois assise à table avec sa tasse de chocolat, Janice demande :

— Alors, dites-moi, qu'est-ce que c'est qu'une *cinq à sept*?

— L'expression vient du fait que c'est entre cinq et sept heures du soir que des hommes venaient à la discrète maison du XVIe, où ils choisissaient avec quelle fille ils aimeraient passer un bon moment. Je crois qu'il existait même des albums de photos montrant les différentes filles ; en fonction de leur attitude sur l'image, le client exprimait sa préférence. On envoyait alors un message à la fille, qui venait divertir son client.

— Un peu comme une commande chez Argos, en somme, intervient Janice.

— Argos ? C'est le magasin qui vend des choses sur catalogue, c'est bien ça ? Oui, comme chez Argos, alors. Je crois que les photos de Becky sur ce catalogue-là suggéraient une affinité pour le lesbianisme et le bondage – mais de là à dire qui d'elle ou du client était attaché, je ne sais pas.

Mme B. s'interrompt subitement, l'air songeur.

— En fait, peut-être que si, dit-elle lentement. Je crois qu'elle aimait dominer.

Elle regarde Janice et lui dit, énigmatique :

— Souvenez-vous de cela, Janice. C'est une chose qui reviendra plus tard dans notre histoire.

Elle boit quelques gorgées de son chocolat avant de reprendre :

— Passons maintenant de la transition de fille de salon à courtisane. En tant que fille de salon, elle était rattachée à une maison, mais l'objectif était de devenir indépendante – une courtisane, donc. Cependant, la bascule entre les deux statuts avait rarement lieu d'un seul coup ; il s'agissait plutôt d'un processus progressif. Il arrivait qu'un homme éprouve davantage qu'un intérêt passager pour une fille comme Becky. Il voulait être vu avec elle – souvent après les *cinq à sept* ; pour l'emmener dîner, ou à l'opéra, peut-être. Il se pouvait également qu'il souhaite la voir plus souvent, l'emmener déjeuner, aux courses, ou même l'installer dans son propre appartement. Il devenait alors un « homme important » pour elle. Cela dit, ces relations étaient rarement exclusives, et même quand une femme était devenue une courtisane pleinement indépendante, elle pouvait parfois revenir de temps en temps à son ancienne « maison » et y faire un peu de ce que nous pourrions appeler « des heures supplémentaires ».

— Et Becky, a-t-elle rencontré un « homme important » ?

— Oh, oui, et pas qu'un. Elle était rarement exclusive, mais selon les périodes certains comptaient plus que d'autres pour elle. Je peux vous citer l'exemple d'un homme qu'elle a rencontré dès le début de sa transition vers le statut de courtisane. C'était un homme marié de quarante ans, très riche. Sa famille avait fait fortune dans le commerce du vin et, si j'ai bien compris, approvisionnait, entre autres, le Vatican. Je suis sûre que cela a dû faire sourire Becky, et j'imagine combien les religieuses auraient été choquées si elles l'avaient su. Bref, cet homme l'a installée dans l'une de ses somptueuses demeures, où il avait une très belle écurie – je me rappelle vous avoir dit que Becky adorait les chevaux. Il l'emmenait en voyage au Maroc et à Venise. Je crois avoir également dit précédemment que ces hommes trouvaient un prestige considérable dans le fait d'être vus au bras d'une magnifique courtisane. Becky avait de superbes cheveux auburn, une bouche sensuelle et une silhouette à faire rougir les jeunes hommes – tandis que leurs mères faisaient le signe de croix. Ce n'était pas vraiment une beauté, mais…

— Elle avait beaucoup de charisme, ne peut s'empêcher de compléter Janice.

Mme B. lui coule un regard en biais.

— Comme je disais, c'était donc une femme extrêmement séduisante. Le couple était connu pour se disputer en public et, une fois, l'homme piqua une telle colère contre elle qu'il l'enferma dans la propriété. Mais Becky eut le dernier mot : elle sortit tous les chevaux des écuries et les laissa se balader dans la maison. Je l'imagine dans une belle robe en soie, en train de leur courir après à travers les pièces, riant aux éclats. Je me demande si elle en a monté un, à l'intérieur ? J'aime assez l'imaginer en train de pousser un chiffonnier Louis XV pour en faire une barrière. Au bout du compte, son caractère se révéla trop fort pour lui, et ils mirent fin à cette histoire. Je crois qu'il lui a laissé une belle pension.

— Même s'il ne la supportait plus ?

— Oui. Comme le bondage, cet élément reviendra plus tard dans notre histoire. Il faut savoir qu'il existait des règles strictes pour régir ce genre de relation.

Un peu comme pour le ménage, songe Janice malgré elle.

— Si un gentilhomme établissait un lien privilégié avec une personne comme Becky, il était censé se conduire avec générosité envers elle lorsqu'ils se séparaient.

Ah, non. Pas comme pour le ménage.

— Mais pour l'heure, nous allons devoir laisser Becky à Paris. Et il vaut mieux la laisser dans cette bienheureuse ignorance de l'époque, car à ce moment elle ignore encore la tempête qui se prépare. Une guerre approche. Il est également l'heure pour vous d'y aller. Sinon, vous allez rater votre bus.

Janice regarde sa montre. Elle a du mal à croire qu'il est déjà si tard.

— J'espère que vous n'imaginez pas être payée pour cette dernière heure ? lance Mme B. en reprenant son ton hargneux.

— Oh, non, loin de moi cette idée, Mme B.

Elle voit à nouveau le petit muscle caractéristique frémir au coin de sa bouche.

— Vous êtes sûre que je ne peux pas vous appeler Mme P. ? Ça sonne vraiment bien. Et je trouve que ça vous va à ravir.

Janice ne lui fait pas la grâce d'une réponse.

Alors qu'elle part chercher son manteau, la vieille dame annonce :

— Au fait, j'ai réussi à joindre Mycroft. Il vient me voir dans quinze jours. Je pense que vous serez ravie de le rencontrer.

Ah. Elle est donc censée être présente. La guerre arrive ici aussi, et Mme B. souhaite qu'elle fasse partie de son comité de guerre.

Janice enfile son manteau et empoche son argent. En refermant la porte derrière elle, elle pense à Tiberius et à l'inquiétude de celui-ci, probablement fondée, quant au fait de laisser sa mère seule dans cette maison. La femme qui aujourd'hui l'a humiliée, mais aussi profondément touchée. Si la guerre est déclarée, elle se demande de quel côté elle se positionnera.

16

Du grabuge en perspective

Le courrier est arrivé de bonne heure et il y a quantité de plis sur le paillasson : la kyrielle de factures habituelle, qui noue toujours un peu le ventre de Janice ; un catalogue montrant une vieille dame assise sur un monte-escalier, ce qui la fait sourire, car elle ne peut s'empêcher de penser à Becky ; et une carte postale de sa sœur. Elle pose le reste du courrier et s'assoit en bas des marches pour lire la carte postale. Elle vient d'Antigua, où sa sœur et son mari semblent passer un très bon séjour. Ses yeux suivent les boucles et les déliés familiers de l'écriture de sa sœur, plus que les lignes lui parlant d'une séance de plongée et du rhum local ; tout ce qu'elle voit, ce sont les mots *Je me souviens de ce que tu as fait.*

Elle est toujours assise là, le front plissé, quand Mike descend l'escalier.

— On prend un petit café ensemble avant d'y aller ?

Traduction : « Tu mettras deux sucres dans le mien et, tant que tu y seras, ajoute donc un ou deux petits gâteaux. » Ce qu'elle ne parvient pas à interpréter, en revanche, c'est ce qu'il y a derrière cette envie de partager un café. Elle ne se rappelle même pas la dernière fois qu'ils ont bavardé autour d'un café ou d'un verre. Un nouveau travail, peut-être ? Elle regarde les factures posées sur la petite table près de la porte et l'espère ardemment. Elle espère également que les nouveaux employeurs de Mike ne s'y prendront pas comme Mme B. pour se renseigner sur les précédentes expériences de son mari.

Il s'ensuit bientôt une des conversations les plus étranges qu'elle ait jamais eues avec lui. Quoiqu'elle estime plutôt qu'il s'agisse davantage d'un monologue, au vu de sa faible contribution.

Mike : Tu sais que j'ai toujours admiré la façon dont tu as géré ta carrière de femme de ménage.

Carrière ? Depuis quand s'agit-il d'une carrière ? Et depuis quand m'admires-tu ? La plupart du temps, tu es gêné que je sois femme de ménage, et si je vais rarement au pub avec toi, c'est parce qu'au bout de quelques pintes tu le montres à tout le monde en balançant des blagues – pas drôles – à mes dépens.

Mike : Tu es très pro, et je pense que c'est important quand il s'agit de la sphère domestique.

« La sphère domestique » ? Mais qu'est-ce que tu racontes ?

Mike : D'une certaine manière, tu es comme la marque parfaite : toujours fiable, toujours la même.

Tu as bu, ou quoi ?

À ce stade, elle parvient à demander :

— Mike… Où est-ce que tu veux en venir ?

— Tu vas comprendre.

— Quand ?

— Tu te poses peut-être des questions sur tous ces rendez-vous auxquels je me suis rendu.

— Eh bien, j'espérais que ce soit pour un travail. (*Mais je pense désormais aux Alcooliques anonymes.*)

— Un peu de patience, lui répond-il en attrapant son café, deux biscuits, et en se dirigeant vers la porte de la cuisine. J'ai encore quelques rendez-vous dans les jours à venir. Il se peut que je rentre tard un ou deux soirs, cette semaine.

Elle voudrait lui demander s'il a une liaison extra-conjugale, mais ne sait comment le formuler sans avoir l'air d'espérer une réponse positive. Mike est déjà dans le couloir et jette un regard derrière lui par la porte de la cuisine.

— C'est super qu'on ait parlé de ça. Tu as toujours été d'un grand soutien, j'en suis bien conscient, et je suis content qu'on fasse une bonne équipe, toi et moi.

Elle ne trouve aucune réponse possible à cela. On dirait le speech d'un coach en motivation à la noix. Peut-être est-ce pour ça, tous ces rendez-vous ? Seigneur, faites que ce ne soit pas ça, que Mike ne débute pas une activité de coach ou de conférencier, l'un des rares domaines où il ne s'est pas encore aventuré. L'homme aux mille métiers ? Elle n'ose même pas y penser. Elle imagine voir sa tête sur des affiches collées sur les réverbères et les vitrines vides, invitant les gens à venir l'écouter parler dans les salles municipales et les bibliothèques. Elle s'imagine ensuite suivre ce parcours avec Decius, en les arrachant une à une.

Elle marche jusqu'à l'arrêt de bus en se demandant si elle pourrait le cuisiner un peu afin de savoir ce qu'il a vraiment en tête. L'écouterait-il seulement ? Ça n'a jamais été son fort.

— Oh, c'est vous.

Janice était tellement perdue dans ses pensées qu'elle ne s'est même pas rendu compte que c'était le prof de géo qui conduisait, avant qu'il lui adresse la parole. Il répète « Oh, c'est vous » en lui souriant d'une manière qui la réduit immédiatement à l'état de chiffe molle.

— Justement, à ce propos… commence-t-elle.

Elle entend alors derrière elle s'élever l'inévitable « Avancez ! ».

— Dacodac ! lance-t-elle avant de s'engager dans le bus et de s'asseoir.

Quelle mouche l'a piquée ? Qui dit encore « dacodac », de nos jours ? Elle regrette de ne pas avoir Decius à ses côtés. Il aurait sûrement levé la tête pour la regarder, l'air de dire « Mais d'où tu sors des trucs pareils, sans déconner ? ».

Et que va-t-elle faire maintenant ? Devrait-elle essayer de lui dire quelque chose au moment de descendre ? Seulement, cela impliquerait de remonter jusqu'à la porte avant du bus plutôt que d'emprunter la porte centrale par laquelle les gens descendent habituellement. Elle pourrait peut-être lui faire un signe de la main depuis la porte latérale, en espérant qu'il se tourne pour la voir ? Mais saura-t-il à quel arrêt elle descend ? Elle essaie de penser à ce que Decius lui conseillerait et, bien qu'il se trouve à des kilomètres, elle parvient à imaginer son expression. Laquelle signifie clairement *Carpe diem*, ce qui est assez profond pour lui – n'oublions pas qu'il porte le nom d'un empereur romain.

Elle se lève à la dernière minute, juste avant l'arrêt ; elle a décidé de lancer un rapide « bonne journée à vous ! » en descendant. Lorsqu'elle arrive à la porte avant, il lève les yeux et sourit. Elle s'aperçoit alors avec horreur qu'il dispose de plusieurs écrans grâce auxquels il peut voir tout l'intérieur du bus. Elle les montre du doigt et, pétrifiée, dit seulement :

— Vous… vous voyez tout.

— Ouaip, fait-il avec un hochement de tête.

— Donc vous m'avez vue, l'autre fois.

— Ouaip.

— Quand je remontais dans le bus pour vous regarder.

— Ouaip.

Elle se tourne pour s'en aller, morte de honte.

— C'était le meilleur moment de ma semaine, dit-il posément.

Elle le regarde par-dessus son épaule, doutant d'avoir bien entendu.

— Et même, de mon année, ajoute-t-il d'un ton plus affirmé.

Elle note qu'il a un léger accent – écossais ? – et que ses yeux, qui semblent partager on ne sait quelle blague avec elle, sont d'une couleur entre le vert et le gris. Elle se demande si en plus d'aimer escalader le mont Snowdon, il est homme à aimer danser. Il lui vole alors sa réplique, si bien qu'elle se demande s'il l'avait lui aussi préparée :

— Bonne journée à vous.

Elle ne se souvient ni du trajet pour aller chercher Decius, ni de sa conversation avec Mme OuaisOuaisOuais. Elle sait qu'elle ne peut pas lui avoir jeté un « Cause toujours » à la figure, mais elle est sûre qu'elle le pensait. Une fois arrivée chez Fiona et Adam, elle commence à se ressaisir un peu. Elle remarque que Decius est particulièrement en forme aujourd'hui, et qu'il semble monté sur ressorts en attendant qu'Adam les rejoigne. Chaque fois qu'il touche le sol, il lève les yeux vers elle et semble lui sourire. Si un fox-terrier possède la capacité de rire, Janice pense que cela se manifeste ainsi. Elle sait ce qu'il ressent ; elle a envie de rire, elle aussi.

Fiona et Adam viennent tous deux lui ouvrir et, tandis qu'Adam et Decius se courent après, Fiona tapote le bras de Janice.

— Est-ce que ça vous ennuierait si Adam emmenait Decius faire le tour du pâté de maisons, tout seul ? Il n'ira pas loin. Je me disais qu'on pourrait prendre un café, pendant ce temps-là.

Janice se demande ce que Fiona veut lui dire. Elle sait qu'il y a quelque chose, mais elle sait également que ce ne sera jamais aussi tordu que la conversation de ce matin avec Mike.

— D'accord, dit-elle avant d'ajouter : Mais il faudra que Decius soit tenu en laisse.

Elle ne veut pas avoir à expliquer à Tiberius que son chien de pure race a disparu. Le garçon a toute sa confiance, mais elle le prévient tout de même :

— Ce n'est pas que je ne te fais pas confiance, Adam, mais Decius n'est pas mon chien, et je ne peux pas me permettre qu'il lui arrive quoi que ce soit. Je ne pourrais pas le supporter, ajoute-t-elle en riant pour finir sur une note plus légère.

Il la dévisage, et elle soupçonne que ce regard soit le même que celui qu'il a jeté à ce « crétin » de psy.

— Parce que vous croyez que je pourrais, moi ?

Sur ce, il s'éloigne, la laisse de Decius fermement enroulée autour de son poignet.

Fiona a déjà préparé le café et une assiette de biscuits. Elle avait donc anticipé ce moment, pense Janice, en se demandant ce qui va suivre.

Fiona tripote ses lunettes sur ses genoux pendant quelques instants.

— Je comptais y aller progressivement...

Elle relève les yeux et sourit avec autodérision.

— Vous savez, parler de la météo, tout ça. Mais en fait, ce que je veux savoir, c'est...

Son regard se tourne vers la fenêtre, dans la direction où sont partis Adam et Decius.

— ... À votre avis, est-ce qu'il va bien ?

Elle enchaîne précipitamment, oubliant qu'elle n'a pas encore servi le café :

— Il a l'air tellement content quand Decius vient, et pendant un petit moment, après être rentré, je retrouve le Adam que je connaissais. Je... je me demandais s'il vous avait dit des choses ? Je sais que je ne devrais pas vous poser la question. Il serait fou de rage contre moi... mais je m'inquiète tellement pour lui. Enfin, il se débrouille toujours très bien à l'école et tout le monde a été super avec lui. Il a deux copains au foot, mais je ne crois pas qu'ils soient très proches. Je lui ai dit qu'il devrait les inviter, et tout ce qu'il m'a répondu, c'est : « Pour quoi faire, venir jouer ici ? », avant de foncer dans sa chambre.

Fiona pleure maintenant. Pas à gros sanglots bruyants, mais des larmes glissent doucement et régulièrement sur ses joues, comme si elles connaissaient déjà le chemin.

— Et la seule personne à qui je pouvais parler et qui l'aimait autant que moi l'a abandonné, bon Dieu ! Et je ne sais pas quoi faire…

Janice s'est agenouillée devant la chaise de Fiona et prend ses deux mains dans les siennes.

— Il vous a, vous.

C'est tout ce qu'elle trouve à dire.

— Il a une mère qui l'aime et qui est toujours là pour lui.

Elle recule un peu, sans lâcher les mains de Fiona.

— Moi non plus, je ne sais pas ce que vous devriez faire. Je ne suis que femme de ménage, ajoute-t-elle sans réfléchir.

Son instinct a joué la bonne carte. Fiona a un petit rire.

— Au fait, j'y pense, merci pour la recommandation, dit Janice.

— Je vous en prie. C'était une vraie mégère au téléphone… Vous êtes sûre de vouloir travailler pour cette dame ?

Janice ne l'est pas, mais répond en guise d'explication :

— Elle était espionne, avant.

— Ah !

Fiona opine du chef comme si cela justifiait tout, alors que Janice sait pertinemment que non. Elle se rassoit sur sa chaise et leur sert un café cependant que Fiona attrape un mouchoir dans la boîte qu'elle garde toujours à portée de main pour ceux qui viennent de perdre un proche.

— Pratique, dit-elle en en tirant un.

N'ayant aucune idée de ce qu'elle peut dire, Janice se met à parler au lieu de réfléchir :

— Quand on va se promener, il y a des moments où je trouve qu'Adam est un garçon de douze ans comme les autres, qui joue avec un chien. Vous disiez que vous ne vouliez pas qu'il soit défini par la mort de John... Je ne connais pas la réponse à ce sujet, de savoir si nous pouvons choisir notre histoire ou non ; mais je peux vous dire que dans les champs, quand il joue avec Decius...

— Pff, quel nom idiot pour un chien, la coupe Fiona.

— Son maître s'appelle Tiberius.

— Ce n'est pas vrai ! Je ne sais pas lequel des deux me fait le plus pitié.

Janice a son idée à ce sujet mais s'abstient de la faire connaître.

— Bref, je voulais dire qu'à certains moments, quand Adam est en train de jouer, je vois très bien qu'il ne se résume pas à un enfant dont le père s'est suicidé.

Elle prononce ces mots sans détour, sachant que le temps des euphémismes du genre « nous a quitté » ou « n'est plus de ce monde » est passé.

— Il n'a pas oublié, bien entendu ; cela fait sûrement partie de lui autant que le sang qui coule dans ses veines, mais il parvient tout de même à trouver un peu de paix en vivant avec – si je peux me permettre de dire ça.

Fiona opine du chef.

— Je n'ai pas de réponse... et je ne sais pas qui peut en avoir. Mais quand je vois ce garçon, je pense sincèrement que ça va aller pour lui. Il y aura de plus en plus de moments heureux comme ça, dans sa vie.

Elle ajoute après une courte pause :

— Vous devriez venir avec nous de temps en temps.

Fiona exhale un soupir, comme si elle était soudain très fatiguée.

— Oui, ça me ferait plaisir.

Janice veut ajouter une dernière chose :

— Quand j'avais l'âge d'Adam, ma mère n'était pas très présente... J'aurais tout donné pour avoir une maman comme vous, vous savez.

— Oh, merci, répond Fiona.

Mais Janice voit bien qu'elle ne saisit pas la portée de ce qu'elle vient de lui confier, de la même manière qu'elle-même ne pourra jamais comprendre ce que cela fait d'avoir été mariée à un homme qui s'est donné la mort.

Lorsqu'elle ramène Decius chez lui, Mme OuaisOuaisOuais l'attend derrière la porte de service. Janice est épuisée, mais immédiatement sur ses gardes. Elle s'efforce de paraître aussi « fade et insignifiante » que possible. Son intuition lui souffle qu'il vaut mieux être sous-estimée pour affronter ce qui va suivre.

Pour une fois, elle déplore que Decius s'assoie si près d'elle. Son postérieur est posé sur sa chaussure gauche.

— Il vous aime beaucoup, hein ? dit Mme OuaisOuaisOuais d'un ton perplexe.

— Oh, c'est parce que je lui donne à manger, répond Janice avant de le regretter immédiatement.

— Vous savez qu'il suit un régime végétarien. J'espère que vous ne lui donnez pas de friandises, au moins ? s'enquiert la maîtresse, soupçonneuse.

— Oh, non, je parlais juste des jours où vous êtes absents tous les deux.

Janice s'efforce de paraître aussi transparente que possible. Elle lève aussi son pied afin que Decius saisisse l'idée et parte vers sa corbeille dans la cuisine.

Au contraire, il pose son arrière-train un peu plus haut sur la chaussure de Janice.

— C'est très gentil à vous de vous occuper de ma belle-mère comme vous le faites. Je sais qu'elle n'est pas facile…

Mme OuaisOuaisOuais laisse un blanc, comme une invitation pour que Janice renchérisse.

Une sorte de signal lumineux annonçant un danger s'allume dans la tête de Janice.

— Tout va bien. Bon, il faut que j'y aille, dit-elle précipitamment.

Mme OuaisOuaisOuais la talonne, se rapprochant de la porte.

— Il se passe beaucoup de choses entre l'université et ma belle-mère, en ce moment; c'est compliqué. Nous ne voulons pas que cela l'inquiète, alors si vous entendez parler de quoi que ce soit qui la perturbe – je veux dire, vous savez comment sont les personnes âgées... elles comprennent souvent de travers –, enfin, je pense que vous rendriez service à tout le monde en en parlant à mon mari. C'est lui qui s'occupe de tout ça, vous savez... procurations, pouvoirs, bref, tout organiser pour elle, comme elle ne gère plus vraiment ses affaires...

Janice s'efforce de ne pas laisser paraître sa stupeur et fixe l'oreille gauche de son interlocutrice avec une expression qu'elle espère aussi neutre que possible.

Mme OuaisOuaisOuais tripote l'un des nombreux zips couleur urine de son manteau (vert émeraude aujourd'hui, avec un motif de faisans morts).

— Donc n'hésitez surtout pas à aller lui parler, Mme P., reprend-elle avant d'ajouter d'un ton lourd de sous-entendu : Je sais qu'il vous en sera *extrêmement* reconnaissant.

Janice ne sait plus où se mettre; ce qui est sûr, c'est qu'elle ne parvient plus à regarder cette femme épouvantable. Elle baisse les yeux vers Decius. Son opinion sur Mme OuaisOuaisOuais est clairement inscrite sur son visage : « Espèce de pu... »

— Non! hurle Janice sans pouvoir se retenir.

Elle ne supporte pas ce mot.

Mme OuaisOuaisOuais recule comme si elle venait de se faire gifler.

Les deux femmes se dévisagent dans le silence stupéfait qui s'ensuit. Avec un temps de retard, Janice s'accroupit et se met à fourrager dans la gueule de Decius. *Pitié, joue le jeu*, le supplie-t-elle intérieurement. De son autre main, elle sort discrètement un mouchoir de sa poche, puis se redresse vivement, triomphante, telle une très mauvaise prestidigitatrice.

— Pardon. J'ai cru qu'il avait quelque chose de coincé dans la gueule.

Decius éternue, l'air dégoûté, et s'en va en trottant. Elle ne peut lui en vouloir.

— J'avais peur qu'il s'étouffe, ment-elle sans conviction.

Plus tard, postée au bord de la route, Janice appelle un taxi. Qu'importe ce que cela lui coûtera ; elle veut juste rentrer chez elle au plus vite. Elle prie pour que Mike soit à l'une de ses réunions à la noix, et qu'elle puisse avoir la maison pour elle toute seule. Alors qu'elle attend son taxi, il se met à neiger. Elle lève les yeux et laisse sa vision se brouiller en contemplant les flocons qui volètent dans la lueur du réverbère. Elle aimerait pouvoir en faire de même avec ses émotions. Il lui semble qu'aujourd'hui elle en a parcouru toute la gamme, et cela l'a totalement épuisée. Alors qu'elle essaie de se vider la tête, une pensée ne cesse de s'y immiscer : elle est presque sûre que, ce soir, Mme OuaisOuaisOuais dira à « Tibs » que, si insignifiante, qu'elle paraisse, Mme P. n'est peut-être pas si inoffensive que ça. Et elle s'en veut que cette idée la mette si mal à l'aise.

17

Les histoires doivent être racontées, sinon elles meurent

— Tu n'as pas un autre pull à te mettre ?

Même son mari a remarqué qu'elle porte son pull rouge préféré tous les jours depuis plus d'une semaine. Elle le lave tous les deux ou trois soirs et le fait sécher sur le radiateur de la salle de bains pour qu'il soit sec le lendemain matin. S'il est encore humide, elle le met quand même (leur sèche-serviette n'a jamais très bien fonctionné, bien qu'elle ait remplacé la valve de purge). Elle n'a pas vu le prof de géographie ce matin. Le Hell's Angel était là, en revanche, qui lui a lancé un énigmatique « Brecon Beacons[1], ma belle ».

Elle s'est installée dans le fond du bus, rouge comme une pivoine. Tout le monde savait-il qu'elle se demandait si le prof de géographie n'était pas en vacances ? Comme aurait dit sœur Bernadette, était-elle en train de « se donner en spectacle » ? Ou bien le chauffeur Hell's Angel était-il un copain du professeur de géographie, lequel lui aurait demandé de dire quelque chose à Janice ?

Elle s'interroge encore à ce sujet en posant une nouvelle pile de livres sur la table. Elle est chez Mme B., où elle a déjà rangé et classé la moitié de sa bibliothèque. Lors de ses dernières visites, les deux femmes semblent avoir adopté une

1. Les Brecon Beacons sont un massif montagneux du sud du pays de Galles.

forme de compagnonnage paisible qu'elle n'aurait jamais cru possible le jour où la porte s'était ouverte sur la vieille dame en kimono violet. Mme B. lui a demandé de créer un catalogue de ses livres et de ceux de son mari. Comme celle-ci ne possède pas d'ordinateur et ne compte nullement apprendre à s'en servir, Janice travaille sur un cahier à index d'un autre temps. Pour ce faire, elle doit s'asseoir sur une chaise Chippendale (authentique, effectivement) devant la grande table en chêne, et examiner scrupuleusement chaque ouvrage, tour à tour. Mme B. l'encourage à être précise : « Comment voulez-vous les cataloguer correctement si vous n'avez aucune idée de leur contenu ? »

Ainsi, une fois accompli le ménage nécessaire, Janice leur prépare à toutes les deux un café ou un chocolat chaud, selon l'humeur, et se met à lire. Mme B. s'installe à son tour dans son fauteuil préféré pour lire le *Times*, laissant parfois échapper un grognement ou un juron si l'article qu'elle est en train de lire l'exige. Janice aime non seulement examiner les mots et les illustrations de la bibliothèque, mais aussi sentir chaque livre entre ses mains. Ils sont tous différents : l'ADN du livre est révélé par le poids, le toucher et l'odeur du papier ; la couleur et la texture des pages de garde ; son dos plat au toucher ou arrondi comme la coquille d'un couteau-gaine ; elle aime la façon dont chaque gaufrage et chaque impression sont particuliers sous ses doigts ; et la façon dont chaque livre s'ouvre à sa manière, révélant le secret d'une histoire, d'un artiste ou d'une recette préférée. De sa chaise, elle peut voir le quadrilatère de gazon au-dehors, et observer les étudiants aller et venir. Stan lui adresse un signe de la main lorsqu'il passe devant elle et, lorsqu'elle lui répond, elle se rend compte que ces heures sont sans aucun doute les plus heureuses de sa semaine. Elle se corrige rapidement en imaginant la tête de Decius (« Trop mignon ! ») : ces deux moments-là sont ses plus heureux, à égalité.

Aujourd'hui, la lumière se déverse par la fenêtre treillissée, le soleil imprimant des motifs sur son pull cependant que celui-ci finit de sécher à même sa peau. Elle vient de tomber sur une histoire qu'elle a envie de partager avec Mme B. C'est également devenu une partie de leur routine – lire des passages à haute voix, à condition qu'il s'agisse de récits reposant sur des faits réels (conformément à ce que Janice attend de tout bon collectionneur d'histoires).

— Je crois que celle-ci va vous plaire, Mme B. Le personnage principal me fait penser à vous.

— Qu'est-ce que vous me chantez ? aboie la vieille dame – et Janice de penser que, décidément, elle ne changera jamais.

— L'histoire se passe au Perthshire. Votre mari était-il écossais ? Il y a beaucoup de livres sur l'Écosse…

— Il n'était pas plus écossais que vous. Il venait des alentours de Londres, dit-elle avant d'ajouter en grognant : Mais sa famille avait effectivement un pavillon de chasse dans les Highlands.

— Ah, d'accord.

— Allez, venez-en aux faits. Je n'ai pas de temps à perdre. Au cas où cela vous aurait échappé, je ne suis plus de la première jeunesse.

Janice sourit et commence :

— C'est l'histoire d'un comte qui a épousé une danseuse de revue. Cette femme était ce qu'on aurait appelé à l'époque une « demi-mondaine ». Elle n'était plus toute jeune, mais il l'aimait. Et elle l'aimait.

Janice a découvert une nouvelle règle de bonne pratique pour les collectionneurs d'histoires (maintenant qu'elle est prête à partager certaines d'entre elles). Il faut les raconter d'une manière particulière. Presque comme si elle les lisait à haute voix dans un énorme livre.

— Et dites-moi, suis-je le comte ou la gourgandine dans cette délicieuse histoire ?

— Oh, la gourgandine, sans aucun doute. Elle n'était pas spécialement belle, mais je crois qu'elle avait beaucoup de charisme.

Un instant, Janice se demande si Mme B. ne va pas s'étouffer avec son chocolat chaud.

— Les habitants de la région n'ont pas apprécié leur nouvelle comtesse et, malheureusement, ne lui ont pas réservé un très bon accueil. Ils trouvaient son apparence franchement embarrassante. Elle n'essayait nullement de s'habiller comme la comtesse douairière ou comme les sœurs du comte, mais choisissait des tenues de style théâtral qui, maintenant qu'elle avait davantage d'argent, étaient plus éclatantes et bariolées que jamais. La famille de son mari et la noblesse locale la snobaient, et les villageois se moquaient d'elle dans son dos – parfois même ouvertement. Plus ils riaient, plus elle se réjouissait de les choquer. Elle fit peindre son carrosse en rose vif et, au lieu d'y atteler les alezans que son mari lui avait offerts en cadeau de mariage, elle persuada un ami qui tenait un cirque ambulant de lui prêter ses zèbres. C'est avec cet attelage qu'elle se rendait à l'église, le comte joyeusement assis à ses côtés. Lorsque le vicaire prononça un sermon moralisateur sur les dangers de l'ostentation et de la vulgarité, elle retourna voir son ami du cirque et lui emprunta un tigre, qu'elle attacha tard dans la nuit aux portes de l'église afin que le pauvre homme ne puisse plus y entrer.

— Je ne vois pas pourquoi vous l'appelez le « pauvre homme ». Il me semble qu'il l'avait bien mérité.

— Je me doutais que cette femme vous plairait.

Janice coule un sourire oblique à Mme B.

— Mais son heure de gloire arriva lorsque le vicaire et la paroisse réalisèrent que la fenêtre principale de l'église nécessitait des travaux de rénovation très coûteux. L'un des vitraux représentant la Vierge Marie devait être remplacé. Le diocèse local n'ayant pas les moyens d'assumer ces dépenses, ils se tournèrent naturellement vers le comte, qui avait toujours eu un grand sens du devoir. Celui-ci leur répondit qu'il financerait le vitrail à condition que sa femme fasse partie du comité. Le vicaire ne pouvant guère refuser, il accepta donc la proposition de financement. Au moment de conclure, le comte ajouta que le rôle de sa femme au sein du comité serait de superviser la création du vitrail. Voilà comment, trois mois plus tard, lorsque les habitants du comté se rendirent à l'inauguration, ils se retrouvèrent devant un tableau représentant non la Vierge Marie, mais la haute en couleurs et voluptueuse comtesse.

Mme B. pousse un grand éclat de rire.

— *Ça*, c'est une excellente histoire pour votre collection.

Janice ne se souvient pas d'avoir dit à Mme B. qu'elle collectionnait les histoires – mais apparemment, ce n'était pas nécessaire.

Plus tard, alors que Janice prépare de la soupe, Mme B. lui tourne autour et vient finalement s'asseoir sur un tabouret près d'elle.

— Alors, sommes-nous prêtes pour les années de guerre de Becky ?

— Oh, je pense que oui, répond Janice en attrapant les oignons et la planche à découper.

— Je pense qu'aujourd'hui nous allons nous concentrer sur les premières années de la guerre, puisque c'est à la fin du conflit que le prince étranger entre en scène.

— Tiens, je l'avais oublié, celui-là.

Janice marque une pause puis ajoute :

— On parle bien du vrai prince ? Parce qu'il me semble que vous avez dit qu'il y en avait deux ?

— Oui, un vrai prince, qui allait devenir roi.

Tout en commençant à couper les oignons, Janice se dit que cette histoire commence de plus en plus à ressembler à un conte de fées.

— Et c'est une histoire vraie ? demande-t-elle, dubitative.

— Absolument.

— Donc, cette guerre. Nous parlons bien de la Première Guerre mondiale, n'est-ce pas ?

— Les religieuses seraient ravies de voir que tout ce qu'elles vous ont appris ne s'est pas envolé, ironise Mme B.

— Je n'ai jamais dit que j'avais été éduquée par des sœurs.

— Ah, non ? fait la vieille dame avec une désinvolture apparente.

Mais Janice n'oublie pas à quel genre d'animal elle a affaire.

— Donc, où était Becky quand la guerre a éclaté ?

— Toujours en train de prendre du bon temps à Paris. Pour ceux qui avaient de l'argent et de l'influence, la vie pouvait être étonnamment agréable en temps de guerre. Même si je crois qu'à un moment danser le tango a été interdit.

— Ç'a dû être terrible pour eux, répond Janice en imitant son ironie.

— Assez vite, Becky a décidé de contribuer à l'effort de guerre en aidant une baronne qui organisait des transports pour les médecins devant se rendre dans les hôpitaux. Je pense que Becky a dû apprécier de travailler avec une femme qui, dans des circonstances normales, l'aurait totalement ignorée. Notre Becky possédait maintenant une belle Renault flambant neuve – je me demande si elle l'avait achetée au garage installé à l'emplacement du couvent ? Je l'espère. Quoi qu'il en soit, elle offrit ses services et devint chauffeur pour les docteurs.

— Est-ce qu'elle s'approchait des zones de combat ?

— J'en doute fort. N'oubliez pas la première règle de Becky : toujours chercher ce qu'il y a de mieux. Je sais qu'elle avait emmené sa cuisinière personnelle et sa servante vietnamienne avec elle. Nous pouvons donc présumer qu'elle n'a pas vécu de choses trop difficiles.

Mme B. s'interrompt au milieu de son récit, l'air songeur.

— Je me demande si c'est une différence entre notre Becky et Becky Sharp ? Je ne me rappelle pas que Becky Sharp ait eu un quelconque intérêt pour ses gens de maison, qu'en dites-vous ?

Janice secoue la tête et commence à couper ses carottes en rondelles.

— C'est curieux, mais les servantes de Becky avaient rarement à redire sur son compte, c'était même souvent le contraire. Il semble qu'avec elles, au moins, elle se soit bien comportée. Je trouve cela intéressant.

— Quoi, que quelqu'un se comporte bien avec son personnel, vous voulez dire ? aiguillonne Janice malgré elle.

— Vous savez que vous ressemblez de plus en plus à Becky Sharp et de moins en moins à Amelia ?

Janice s'abstient de répondre ; toutes deux savent que la vieille dame vient de remporter cette partie.

Elle poursuit, plus guillerette que jamais :

— Hélas, son personnage de bienfaitrice ne tarda pas à s'étioler et, dès que le temps se fit plus froid, Becky trouva une excuse pour laisser tomber la baronne et ses bonnes œuvres. Je la soupçonne fortement d'avoir prétexté une maladie, car brusquement apparaît un jeune médecin lui disant que, pour sa santé, elle doit quitter le froid et s'installer dans la ville du Caire – alors très à la mode, et qui se trouve être une destination dont elle rêvait justement.

— Comment a-t-elle fait pour le convaincre ?

— On peut seulement l'imaginer. Une fois au Caire, Becky s'est liée avec un autre « homme important ». Marié, bien sûr, cette fois à un membre de la famille royale égyptienne. Je ne sais pas s'il avait une écurie de chevaux, mais cet ami égyptien possédait en tout cas une écurie de Rolls-Royce – ce qui, d'une certaine manière, a compensé la déception de Becky de ne pas pouvoir poursuivre son effort de guerre.

Les mots de Mme B. dégoulinent de sarcasme. Elle poursuit :

— Nous arrivons maintenant à un autre événement qui jette une lumière intéressante sur Becky et sur les choses à venir.

Elle s'arrête, changeant soudain de sujet :

— Vous allez vraiment faire cette soupe sans bouillon ?

— Oui, faites-moi confiance. Je suis femme de ménage, dit Janice avec un petit sourire. Alors, c'était quoi, cet événement ?

— Ça s'est passé dans un souk, au Caire. Elle était sortie avec son ami égyptien quand on a tenté d'assassiner celui-ci – une fois parmi d'autres, me semble-t-il. Alors que l'aspirant assassin se jetait vers son ami, Becky s'est interposée entre eux et lui a sauvé la vie.

— Elle devait beaucoup l'aimer, suggère Janice.

— C'est là que je voulais en venir. Je crois que Becky – mais ce n'est que mon opinion personnelle – établissait de meilleures relations avec les hommes en tant qu'amis plutôt qu'amants. Elle a eu des hommes dans sa vie pour le prouver.

— Quoi, des hommes qui étaient des amis plutôt que des amants ?

— Oui. Mais je pense que cet événement en dit long, car il est clair qu'elle tenait cet ami égyptien en haute estime – et une fois de plus, je vous demanderai de vous souvenir de ceci à mesure que notre histoire se déroule.

— Mme B., on dirait que vous vous lancez dans un récit des *Mille et une Nuits*, plaisante Janice.

C'est un commentaire totalement désinvolte, mais la réaction de la vieille femme l'est beaucoup moins. Elle se tourne vivement sur son tabouret et fixe soudain Janice avec un regard pénétrant.

— Que voulez-vous dire par là ?

Mme B. semble profondément surprise, et Janice ne comprend absolument pas pourquoi. Elle renonce à comprendre, une autre idée lui venant en même temps :

— Bien sûr, Becky aurait aussi pu être lesbienne, et ne coucher avec les hommes qu'à des fins professionnelles, non par préférence personnelle.

Mme B. semble se détendre.

— C'est exact. N'oublions pas le catalogue. Et il y avait d'autres albums ou catalogues à consulter – dans lesquels je crois que la sodomie était ajoutée à son portfolio, avec le lesbianisme et sa disposition à jouer les dominatrices.

— C'était au Caire, tout cela ?

— Non. Du fait de l'été égyptien horriblement chaud, Becky est retournée à Paris.

— Pour raison de santé, je présume, dit Janice avec un sourire en coin.

— Tout à fait. Une fois rentrée à Paris, Becky a rompu avec sa protectrice d'origine et pris attache avec une autre – celle-là tenait un établissement très haut de gamme, peut-être le plus élitiste de la capitale. Becky prit également un appartement et un salon privés. C'est dans cette sphère que Becky a pu commencer à fréquenter des hommes titrés ainsi que d'autres très fortunés. Elle eut parfois la chance d'en trouver qui avaient les deux.

Mme B. regarde sa montre.

— Le temps passe… Nous la laisserons là, pour aujourd'hui.

— Mme B., je ne peux m'empêcher de vous poser la question à propos de la fille de Becky : qu'est-elle devenue ?

— Elle vit toujours à la ferme.

— Est-ce que Becky allait lui rendre visite régulièrement ?

— Jamais.

Janice touille lentement la soupe.

— À quoi pensez-vous ? demande Mme B.

— Alors, de tout ce temps, elle ne l'a jamais vue ? Elle avait pourtant de l'argent, n'est-ce pas ?

— Oui, on peut dire qu'avec le temps elle avait amassé un joli pactole et quantité de biens.

Mme B. hoche la tête sans quitter Janice du regard.

— Pourquoi est-ce que ça vous contrarie autant?

Que peut-elle dire? Que ça change tout, pour elle? Elle a l'impression d'avoir regardé un film, d'avoir vu la vie de Becky comme un pur divertissement, et, subitement, de tomber de haut. Elle avait même ri à l'évocation du tango interdit, alors qu'à quelques kilomètres de là, des hommes se faisaient assassiner par milliers.

Et tout le temps où Becky ne joue plus à être Becky, il y a une fille là-bas, une enfant qui vit, qui respire, et qui voudrait sa mère. Comment peut-on ignorer un enfant? Cette question, elle se l'est posée bien des fois auparavant. Elle sent les yeux de Mme B. sur elle. Et parvient seulement à dire:

— Je crois que j'oubliais que tout ça était vrai et que Becky avait un côté plus sombre...

— Qu'est-ce que vous espériez? Vous vouliez une histoire vraie... Les gens sont compliqués, rien n'est jamais tout noir ou tout blanc. Qu'est-ce que vous voulez, à la fin? demande Mme B. avec impatience.

Janice a l'impression de vouloir dire quelque chose, mais qu'elle n'y arrivera pas. Il ne s'agit pas de sa mère; elle sait que cela doit rester enterré, là où c'est. Non, il y a autre chose, bien plus proche dans le temps, et c'est ce qui la dévore maintenant. Elle essaie encore:

— Dans mes histoires... parce que je collectionne les histoires...

Elle se sent soulagée de l'avoir dit à haute voix.

— J'aime que les gens normaux fassent des choses inattendues, qu'ils soient courageux, drôles, gentils... Je sais bien que ces gens ont des défauts, bien sûr... c'est la vie.

Elle commence à faire les cent pas dans la cuisine, essayant d'articuler, de saisir la chose qu'elle s'efforce de dire.

— Mais c'est réconfortant de trouver de la bonté et de la joie dans leurs histoires. Des gens ordinaires, qui essaient juste de vivre normalement et de faire de leur mieux. Vous, vous parlez de prendre une personne qui serait complètement égoïste, un vrai méchant, et vous dites : « Oui mais, attendez, elle a des qualités aussi. »

Janice serre les poings en arpentant l'espace.

— Ça marche dans les deux sens, ne soyez pas naïve, Janice. Les gens méchants, ou appelez-les comme vous voudrez, ne sont jamais entièrement mauvais.

La vieille femme semble maintenant un peu en colère.

— Alors, qu'est-ce que *vous* voulez me dire, à la fin ? répète-t-elle, avec davantage de gravité.

Janice la regarde avec un sentiment proche de l'effarement. Elle se sent singulièrement agitée, comme si quelque chose rampait sous sa peau. Et soudain, les mots jaillissent :

— Je sais que ce que vous dites devrait me satisfaire doublement – mais voyons, les méchants peuvent être gentils aussi, parfois. Sauf que je n'ai pas envie d'entendre ça. Lorsque c'est dans un livre, ça passe – j'apprécie que Becky Sharp soit hargneuse et mauvaise, avec quelques qualités pour faire passer la pilule.

Une fois lancée, Janice se rend compte qu'elle ne peut plus s'arrêter :

— Mais quand c'est une histoire vraie, j'ai l'impression que je ne supporte pas d'entendre dire « Allons, il n'est pas si mauvais que ça ». Parce que dans la vraie vie, oui, dans ma vie, je dois déjà vivre avec ce qui est mauvais, jour et nuit.

Son cœur bat la chamade, elle l'entend battre à ses oreilles, la poussant à continuer :

— J'ai passé des années et des années à me dire « Allons, ce n'est ni noir ni blanc. D'accord, il se fait des films, il fait du mal aux gens, il est égoïste, il laisse tomber les autres, c'est un mauvais père, il ment, il exagère, il dépense l'argent que je gagne en astiquant les sols, et après ça il me méprise de faire ce métier. » Et j'ai passé autant de temps à me répéter « Mais tout de même, il n'est pas si mauvais », en essayant de voir ce qu'il y avait de positif chez lui : « Il trouve tout le temps du travail, il ne reste jamais longtemps au chômage, il ne me frappe pas, il ne me trompe pas, nous avons passé des vacances en famille ensemble, il est assez joyeux, ses amis du pub semblent l'apprécier, et il sort les poubelles si je le lui demande. » Eh bien, vous savez quoi ?

Janice a conscience d'être maintenant en train de crier.

— Ça ne suffit pas. Ça ne suffit pas, bordel de merde ! Alors quand on me dit « C'est une question d'équilibre » ou « Attendez, cette personne dont vous dites du mal a tout de même des qualités », je ne le supporte pas, parce que ça fait *des années* que j'essaie d'être raisonnable en faisant ce que vous me dites de faire maintenant. « Oh, ce n'est pas tout noir ou tout blanc, Janice. » Sauf que parfois, quand vous avez déjà dépensé toute votre énergie à essayer de peser le pour et le contre, de voir le positif dans votre situation de merde, vous n'avez aucune envie qu'une vieille femme qui ne vous connaît pas vienne la ramener pour vous demander de relativiser. Parfois, vous avez juste envie de grimper sur le toit et de hurler que tout ce merdier est insupportable, et que vous n'en pouvez plus.

Elle tremble sans pouvoir se contenir et, l'espace d'un instant, elle se demande si elle ne va pas vomir dans l'évier. Elle se met alors à tourner en rond comme un animal pris au piège, puis finit par s'accroupir. Elle n'a pas l'impression d'être en train de pleurer mais elle sent que son visage est mouillé et qu'elle a de la morve sur la lèvre supérieure. Elle se passe une main sur le visage et pense à Fiona, mais refuse de la laisser entrer. Sinon, elle sera bientôt assaillie par la culpabilité, la situation étant bien plus grave pour elle – pourquoi Janice devrait-elle pleurer alors que Fiona vit des choses bien plus difficiles, en comparaison ? Mais elle ne peut pas non plus essayer de se convaincre en permanence que d'autres en bavent plus qu'elle.

Elle se rend compte qu'elle a juste envie de se rouler en boule devant l'évier et de poser sa tête sur le carrelage froid, alors elle le fait.

Elle sent bientôt une main osseuse sur son épaule et entend une voix si différente de celle de Mme B. qu'elle la prend pour celle de quelqu'un d'autre. Cette voix dit :

— Venez vous asseoir près du feu, je vais vous servir un cognac.

Elle se demande brièvement où cette personne a dégoté cette grande couverture bleue et se rend compte que c'est bel et bien Mme B. qui a dû monter et descendre l'escalier en colimaçon pour aller la chercher. Lorsqu'elle la regarde, son visage est livide.

— Nous allons en prendre des doubles doses, et plusieurs. Et je me joins à vous, déclare la vieille femme.

Janice ne sait pas trop qui aide qui, mais les deux femmes parviennent bientôt près du feu électrique et Mme B. la pousse dans le vieux fauteuil de son mari, puis l'enveloppe dans la couverture. Elle s'installe à son tour dans le fauteuil d'en face et tire vers elle un sac Sainsbury's en plastique, dont elle sort deux mugs et une bouteille de cognac.

— J'espère que ça ne vous dérange pas de boire dans des tasses. J'avais peur de casser les verres, si je les trimballais là-dedans avec la bouteille.

— Je peux boire à la bouteille, dit Janice en toute sincérité.

Elle a cessé de trembler, mais elle a l'impression d'être rescapée d'un accident de voiture.

Mme B. lui tend une tasse remplie de cognac.

— Eh bien, ça nous change, dites donc, dit-elle.

Janice se met à rire, et Mme B. aussi, mais elle ne sait pas vraiment si elles rient ou si elles pleurent.

18

La maison, c'est là où est le cœur

Elle se réveille en regardant un plafond crème inconnu. Un étrange gargouillement s'échappe des tuyaux d'eau chaude, et elle tourne la tête en direction du son. D'un coup d'œil à son téléphone, elle voit qu'il est 7 h 14. Elle est dans l'une des chambres du collège, une chambre double avec des meubles évoquant ceux que l'on ne trouve plus désormais que dans les recycleries solidaires. Démodés, mais non dépourvus d'âme. Le lit dans lequel elle est couchée a beau être étroit et dur, elle ne voudrait être nulle part ailleurs.

C'est Mme B. qui s'est occupée de la loger hier soir, en appelant Stan (dont elle se souvenait enfin du prénom) pour lui ordonner de mettre à disposition une des chambres d'invités – qu'elle paierait, naturellement. Janice avait vu Stan lui jeter un regard inquiet cependant qu'elle se tenait recroquevillée dans le fauteuil de Mme B, enveloppée dans sa couverture bleue.

— Janice a fait un petit malaise, avait expliqué la vieille dame.

L'intéressée s'était efforcée de ne pas rire en entendant cela ; c'était tellement bizarre, et le cognac faisait encore son inévitable effet.

Stan avait voulu appeler une ambulance ou un médecin, mais Mme B. lui avait soufflé en aparté : « C'est juste la mauvaise période du mois. »

La réaction de Stan lui avait donné envie de rire à son tour : il s'était littéralement rué vers la porte. Une fois le concierge parti, Mme B. avait confié à Janice que ç'avait été un stratagème infaillible pendant sa courte carrière d'espionne :

— En plus, c'est fou ce qu'on peut cacher dans une serviette hygiénique. Naturellement, elles étaient bien plus grandes, à l'époque, avait-elle ajouté avec un regret évident.

Cela les avait fait rire, et Mme B. leur avait servi un autre cognac.

Elle n'avait pas questionné Janice, ni au sujet de son mari ni de sa crise de larmes ; en revanche, elle avait insisté pour appeler Mike elle-même afin de lui dire où se trouvait sa femme. Janice avait remonté la couverture jusque sous son menton tandis que Mme B. prenait son téléphone. Si elle avait pu s'enfoncer les doigts dans les deux oreilles sans paraître encore plus bête, elle n'aurait pas hésité à le faire.

Elle avait regardé la frêle vieillarde au velours retroussé délivrer ses instructions. Tout en parlant, elle balançait ses petits pieds, et Janice comprit qu'elle s'amusait beaucoup. La performance de Mme B. était digne d'une grande-duchesse, chacun de ses mots tranchant comme un éclat de verre. Elle n'avait toléré aucun argument et avait à peine laissé Mike en placer une.

Sa femme avait eu un léger vertige, rien de grave – juste un peu de surmenage, peut-être. Elle allait rester à l'université, où elle serait son hôte, afin de lui épargner un trajet en bus. Non, il n'était pas utile qu'il vienne la chercher en voiture ; elle ne voulait pas qu'il se donne cette peine.

Janice se doutait que son mari serait impressionné par cet échange avec Mme B. Lorsqu'il irait au pub, ce soir, ce serait devenu « une longue discussion avec cette grande dame ». Elle ne serait pas surprise d'entendre bientôt qu'ils allaient passer Noël avec elle, cette année.

C'est seulement quand Janice s'était levée pour aller se coucher que Mme B. lui avait posé une question :

— Pardonnez mon indiscrétion, Janice, mais pourquoi ne quittez-vous pas votre mari ? N'hésitez pas à me le dire si la question vous paraît déplacée.

Que répondre à cela ? La pitié ? Une forme d'expiation pour avoir été complice de l'envoi de Simon dans une école lointaine ? Elle n'était même pas sûre que l'un ou l'autre de ces arguments tienne la route. Elle avait répondu :

— Ça ne me dérange pas que vous posiez la question, et si je le savais, je crois même que je vous répondrais.

Sur le pas de la porte, elle s'était retournée et avait dit :

— Merci, lady B.

Mme B. lui avait littéralement aboyé dessus :

— Appelez-moi comme ça une fois de plus et je vous appelle Mme P. !

Couchée dans son petit lit de pensionnaire, les yeux rivés au plafond, Janice ne parvient pas à mettre le doigt sur la raison pour laquelle elle ne quitte pas Mike. Parce que s'il y a bien une chose qui est ressortie de la crise de la veille, c'est clairement sa conviction de vouloir le faire. Au lieu de chevaucher une énorme balançoire à bascule pour tenter de maintenir l'équilibre dans sa vie, elle l'a quittée d'un coup et a laissé un côté frapper le sol dans un fracas assourdissant. Ce qui n'est pas sans lui procurer un certain soulagement.

Elle ne pense pas rester par pitié. Ce puits-là s'est tari. Simon est un adulte maintenant, plus un jeune garçon. Si elle doit vraiment faire quoi que ce soit pour se racheter, il lui suffit de lui tendre la main, et non de rester plantée là, à regarder Mike. Il y a aussi les finances, bien sûr. Un jour, Mike a réhypothéqué leur maison sans le lui dire, il reste donc encore quelques années de traites, mais ils ont des économies. Pas beaucoup, parce que, une fois de plus, Mike a le chic pour y piocher quand ça lui chante, mais elle a tout de même réussi à sauvegarder quelques milliers de livres sterling. Problème : où irait-elle ? Il n'y a pas suffisamment d'argent pour un crédit *plus* un loyer. Les quelques amis qu'elle compte n'ont pas les moyens de l'aider – et elle n'oserait leur demander. Elle pourrait prendre un poste d'employée de maison logée sur place, mais est-ce vraiment ce qu'elle souhaite ? Se retrouver à la disposition de quelqu'un comme Mme OuaisOuaisOuais, vingt-quatre heures sur vingt-quatre ? Et comment quitter Decius ? Le simple fait d'y penser la tétanise. Et puis, il y a Fiona et Adam. Elle souhaite garder le contact avec eux également. Sans oublier Mme B., et des gens comme Carrie-Louise et Geordie.

Au bout d'une heure, elle a la tête farcie de problèmes qui semblent tourner en rond sans jamais se rapprocher d'un début de réponse. Le cognac d'hier soir ne doit pas l'aider non plus. Elle repense à la conversation avec Mme B. qui a tout déclenché. La vieille femme savait-elle que quelque chose devait sortir ? Était-ce volontairement que son doigt osseux avait appuyé sur l'une des briques branlantes qui soutenaient bon an mal an le monde bancal de Janice ? Cela n'aurait rien de surprenant.

Et le monde de Mme B., alors ? N'avait-elle pas un dilemme bien à elle, également ? Tiberius possédait-il des qualités cachées ? Janice ne peut toujours pas envisager de parler à la vieille dame de la conversation qu'elle a surprise chez son fils. En dépit de toute son arrogance, peut-être que M. NonNonPasMaintenant se soucie réellement de ce que son père désirait, et qu'il souhaite sincèrement créer un héritage académique en son nom. Peut-être qu'il ne trouve pas le sommeil la nuit à force de se demander si sa mère ne va pas tomber et se tuer chez elle ? La vieillarde fait-elle preuve d'égoïsme en refusant de considérer une autre option ? Là encore, l'esprit de Janice tourne en rond, sans apercevoir la moindre ébauche de réponse.

Lorsqu'elle sort de la chambre, Mike l'attend avec Stan dans la loge du concierge. Les deux hommes parlent football, et elle imagine que la prochaine fois qu'elle viendra, Stan lui dira que son mari est un type sympa. Elle se prend à espérer que Stan ait un ami dans l'école où Mike a brièvement occupé le poste de concierge. Cela pourrait lui épargner une discussion où elle devrait se montrer positive et enthousiaste au sujet de son mari, alors qu'elle aurait juste envie de se contenter d'un « Désolée, Stan, mais vous ne savez vraiment pas de quoi vous parlez. »

— Allez viens, Jan, on rentre à la maison.

Visiblement inquiet, Mike l'accompagne à la voiture en portant son sac. Elle sait qu'il est sincère à cet instant, et, sans même s'en rendre compte, elle est de retour sur la balançoire. Son mari n'est pas si mauvais bougre ; certains hommes l'auraient laissée rentrer toute seule en bus. Elle doit se forcer à se rappeler que c'est son argent à elle qui paie la voiture et l'essence qu'ils mettent dedans. Mais cela ne l'aide pas vraiment, car elle se juge alors égoïste : elle ne devrait pas tenir ce genre de comptes – le mariage est censé être un effort collectif.

Janice monte dans la voiture et s'appuie contre le froid de la vitre. Elle a mal à la tête et se sent totalement épuisée. Elle ferme les yeux et écoute Mike parler sans l'écouter. Il pose une main sur son épaule.

— C'est ça, dors, repose-toi, lui dit-il.

Après quoi, il allume la radio et écoute les derniers résultats de cricket – à plein volume.

Lorsqu'ils arrivent à la maison, elle dit qu'elle va sortir. Elle a le sentiment que rien ne pourrait lui permettre de franchir cette porte, pas même une grande poussée dans le dos pour la propulser de l'autre côté de ce seuil.

— Je vais aller prendre l'air et promener le chien.

Avec Mike, elle dit toujours « le chien » pour parler de Decius. Ceci afin que Mike ne se moque pas de son nom et que celui-ci ne devienne pas l'objet de blagues récurrentes au pub. Elle espère que Decius lui pardonnerait, s'il savait.

— On ne prend même pas un petit café ?

Non, Mike, fais-le toi-même, ton foutu café. Elle ne dit pas cela à haute voix et se demande pourquoi elle ne parvient pas à verbaliser sa rage. Une rage qui suinte d'elle désormais. Elle n'a qu'une envie : qu'on lui fiche la paix. Au lieu de quoi, elle lui prend les clés, remonte dans la voiture et s'en va.

Ce que Janice aime, avec les chiens (enfin, avec Decius en tout cas), c'est que ce sont de formidables baromètres d'humeur. Aujourd'hui, il ne sautille pas et ne court même pas après Dieu sait quelle odeur irrésistible. Il marche près d'elle, comme si tout autre comportement n'était pas digne de sa petite personne. De temps à autre, il lève le museau pour la regarder, et elle sait à sa gueule en biais et à l'inclinaison de sa tête qu'il essaie de la faire rire : « Reste avec moi, ma jolie, et je ferai de toi une starlette. » Comme cela ne fonctionne pas et qu'elle s'assoit, exténuée, sur un banc au bord de l'eau, il monte sur ses genoux (sans même essayer de sonder sa poche en quête de quelque friandise) et la laisse enfouir son visage dans son pelage.

En ramenant Decius chez lui, elle prie pour que Mme OuaisOuaisOuais soit sortie. Elle est sortie, effectivement ; malheureusement, Tiberius est dans la cuisine, en train de boire un café en lisant sur sa tablette.

— Bonne promenade ? demande-t-il en levant les yeux sur elle un instant avant de revenir à sa tablette.

C'est la première fois qu'il lui adresse la parole en quatre ans. Elle éprouve alors un fort sentiment d'intrusion et se reprend juste à temps pour marmonner « Oui, merci », avant de s'en aller. Elle qui pensait qu'il serait agréable de pouvoir un jour échanger quelques mots avec lui ; voilà qu'elle regrette maintenant de ne plus être invisible à ses yeux.

Sur le chemin de la maison, elle s'arrête sur une aire de repos au bord de la route et, sans savoir pourquoi, y passe un temps indéfini à fixer le pare-brise, sans rien voir d'autre que les gouttes qui, une à une, s'y rassemblent. Elle n'a pas envie de rentrer chez elle, mais elle sait qu'elle n'a pas d'autre endroit où aller. Alors elle reste là, à regarder les gouttes couler sur la vitre jusqu'à ce qu'un bus la dépasse, projetant une gerbe d'eau sur le côté de la voiture. Elle pense un instant au professeur de géographie, mais ne ressent que l'amère déception d'un enfant à qui l'on viendrait de dire que les contes de fées ne sont que des délires absurdes.

Elle finit par se garer dans l'allée. Mike l'attend. Elle voit tout de suite qu'il est inquiet, et se sent à nouveau coupable. En sortant de la voiture, elle se rend compte que ce sentiment a occupé toute son existence : la culpabilité.

Mike la regarde marcher jusqu'à la porte. Il ne lui demande pas pourquoi elle a mis tant de temps à rentrer, mais elle voit bien que son comportement le perturbe. Il ne lui demande même pas « Qu'est-ce qu'on mange, ce soir ? ».

— Je monte, dit-elle en accrochant son manteau dans le couloir. Je ne me sens pas très bien.

— Ne t'en fais pas pour le dîner, dit-il, comme si cela devait forcément être la préoccupation principale de Janice. J'irai chercher un truc à emporter.

Elle envisage un instant de lui dire : « On n'a pas les moyens. Ni pour le repas à emporter, ni pour tes pintes au pub en chemin, quand tu iras le chercher. » Mais elle est au-delà de ça.

Elle se fait couler un bain et se plonge dans l'eau chaude. Pendant un moment, elle immerge tout son corps ainsi que sa tête dans cette chaleur, et elle trouve un certain réconfort dans la façon dont l'eau étouffe tous les sons alentour. Elle entend Mike fermer la porte d'entrée et démarrer la voiture comme s'il était à plusieurs maisons de là. Elle refait surface et bascule la tête en arrière. Elle cherche une histoire qui l'aidera. Elle finit par en trouver une. Il lui en faut une qui l'emmène loin de cette maison. Elle baisse les épaules pour les mettre sous l'eau chaude et s'imagine la raconter à Mme B.

C'est l'histoire d'un homme qui fabriquait des avions. Il savait que ce n'était pas son vrai métier, mais c'est ce que disaient ses enfants à l'école quand on leur demandait ce que faisait leur papa dans la vie. Plus tard, c'est également ce que diraient ses petits-enfants lorsqu'on leur demanderait s'ils étaient de la même famille que lui. « Oui, il s'appelle Gramps, et il fabrique des avions. » Comme il avait un nom bizarre et était devenu un célèbre homme d'affaires que l'on voyait souvent dans les journaux, c'était une question à laquelle ils avaient l'habitude de répondre.

L'homme qui ne fabriquait pas d'avions fabriquait en réalité un petit élément que l'on trouvait dans la plupart des avions. Cet élément leur permettait de rester en l'air plus longtemps, en utilisant moins de carburant ; par conséquent, il en vendit une grande quantité et devint immensément riche. Ce que la plupart des gens ignoraient – et il s'abstenait bien de le dire –, c'est que cet homme avait peur de prendre l'avion. C'était même la raison qui l'avait initialement poussé à imaginer cet élément : améliorer la sécurité des avions. S'il voyageait, il aimait prendre le bateau, et beaucoup de gens pensaient qu'il faisait cela par souci écologique. Ce n'était pas faux (et il était fier que son invention réduise la consommation de carburant), mais ce n'était pas la raison principale de son amour des bateaux.

Beaucoup de journalistes ayant écrit à propos de cet homme pensaient que l'aviation et la protection de la planète constituaient les deux histoires de sa vie. On estimait qu'étant riche et accompli, il avait bien droit à deux histoires au lieu d'une.

Mais sa véritable histoire, c'était celle d'un homme qui adorait le chant des oiseaux. C'est en effet ce qui le rendait le plus heureux, et il cherchait toujours à en entendre autant que possible. Par conséquent, il ne dépensait pas son argent dans des demeures fastueuses ou des voitures de sport (et encore moins dans des jets privés). Non ; son argent, il l'utilisait pour acheter tous les enregistrements de chants d'oiseaux qui existaient, et lorsqu'un exceptionnel lot fut un jour mis en vente sur le territoire britannique, il annula sa participation à deux comités d'administration et à un déjeuner avec le ministre des Transports pour assister aux enchères et l'acquérir.

Une fois qu'il eut acquis cet enregistrement rarissime (les autres acquéreurs potentiels n'avaient aucune chance face à lui), il dépensa presque autant d'argent pour le faire remastériser et obtenir ainsi un son optimal. Après quoi, il s'acheta un grand bateau de plaisance et l'équipa d'enceintes haut de gamme. Puis il invita tous ceux que cela intéressait à se joindre à lui pour passer leurs dimanches après-midi à naviguer sur le lac près de chez lui en écoutant le chant des oiseaux.

Janice s'endort dans son bain en imaginant la mélopée des oiseaux et le clapotis de l'eau contre la coque du bateau.

Elle se réveille en entendant la porte s'ouvrir brusquement. Mike jette un œil dans la salle de bains.

— Ça va ? demande-t-il gaiement.

De la baignoire, elle sent l'odeur de la bière.

— Tu te sens mieux ?

Sans attendre la réponse, il entre et vient poser une tasse de café sur le bord de la baignoire.

— Je me suis dit que ça te ferait plaisir.

Il attend.

— Merci, dit-elle en buvant une gorgée.

Le café contient du lait et deux sucres. Comme Mike l'aime.

19

Il ne faut jamais raconter une histoire à un sourd

Les jours suivants s'écoulent dans un cycle répétitif : debout à l'aube, départ de bonne heure pour éviter Mike, et une petite marche jusqu'à l'arrêt de bus – elle ne guette plus le professeur de géographie ; un café dans un pub puis autant de tâches ménagères qu'elle le peut ; promenade avec Decius – seule perspective qui la motive de toute sa journée –, puis retour à la maison – tard. Au lit dans la chambre d'amis – tôt. Et même chose le lendemain. Elle n'est pas encore retournée chez Mme B., mais elle pense souvent à elle. Mike va et vient, et, quand il est à la maison avec elle, il se montre soit enjoué, soit maussade. Elle ne saurait dire lequel des deux la déprime le plus. Elle sait qu'elle devrait avoir de la peine pour lui, lui parler, même, mais une phrase qu'elle a lue dans l'un des livres de Mme B. en le rangeant ne cesse de lui revenir : « Ne racontez jamais votre histoire à un sourd. » Jamais elle n'a pu raconter la sienne à Mike.

Jeudi est de retour. Aujourd'hui, la conductrice du bus est une jeune femme asiatique avec deux longues tresses nouées par des rubans orange. Comme toujours, les portes du bus s'ouvrent dans un soupir, puis frémissent en se refermant derrière elle. Alors que le bus repart, laissant Janice sur le trottoir, elle lève les yeux vers l'immeuble d'appartements de style Art déco bien entretenu, de l'autre côté de la route. Qu'elle a déjà vu mille fois.

Il y a une chose, en revanche, qu'elle n'avait jamais vue auparavant. Le professeur de géographie se trouve devant les grandes portes qui donnent sur le hall d'entrée. Les lumières du bâtiment l'éclairent comme s'il était sur scène. Il porte un pantalon noir et une sorte de paire de baskets marron. Sa veste (qui paraît appropriée pour gravir le mont Snowdon) est bleu marine. Il tient entre le pouce et l'index d'une main la lanière d'un casque de vélo, et lève à demi son autre main vers Janice avant de la laisser retomber. Même à cette distance, elle voit qu'il essaie de sourire, mais que cela ne fonctionne pas tout à fait. Un coup de vent soudain vient agiter le casque qui se met à se balancer devant lui, sans faire bouger pour autant ses cheveux gris coupés très courts – ainsi que les aurait un authentique professeur de géographie.

Janice voit tout cela en quelques secondes, et pourtant, elle a l'impression d'être plantée là, de l'autre côté de la chaussée, depuis des heures. Elle va devoir traverser la route. Elle essaie de se concentrer, d'être prudente – c'est ainsi que des accidents se produisent : les gens sont distraits, s'engagent sur la chaussée, et… bam ! Dans une imagerie assez comique, elle se voit percutée et projetée en l'air par un car, puis mourir sur place avant même d'avoir pu parler au chauffeur de bus, et ne peut s'empêcher de rire malgré elle. Il doit le voir, de son côté, car il se tient un peu plus droit et lui sourit à son tour. Elle regarde prudemment à droite, à gauche, et traverse la rue. Le court trajet jusqu'à la porte de l'immeuble lui fait l'effet d'un défilé sur un podium – mais c'est le podium qu'elle voit dans ses rêves, celui où elle est poussée au beau milieu d'un défilé de mode en n'ayant d'autre choix que de le traverser en portant sa serpillière et son seau. Dans ce rêve, elle porte toujours ses vêtements les plus laids, et jamais son pull rouge.

C'est avec ces pensées qu'elle parvient à la porte, et, comme elle ne réussit pas à penser à autre chose, et parce qu'elle espère que cela le fera sourire (il a à nouveau l'air inquiet), et parce qu'elle estime que ces mots leur appartiennent à eux deux, elle dit :

— Oh, c'est vous.

Il lui sourit et répond timidement (avec un léger accent écossais, effectivement) :

— J'espère que cela ne vous ennuie pas ?

— Comment saviez-vous que je serais là ?

— Je suis conducteur de bus.

— Je le sais...

Elle voudrait lui demander s'il a aussi été professeur de géographie, mais ce n'est pas le moment.

— Mais comment saviez-vous que je serais là aujourd'hui ?

— C'est jeudi, dit-il comme si cela tombait sous le sens.

Elle le dévisage, décontenancée. Lui semble à nouveau inquiet.

— Ne vous en faites pas, je ne suis pas du genre à suivre ou à harceler qui que ce soit. Je suis juste assez calé pour tout ce qui est horaires... Déformation professionnelle, sûrement.

Il hésite, puis ajoute :

— Et je vous conduis depuis sept mois déjà.

— C'est vrai ? dit-elle, sidérée.

Il rit.

— Je me disais bien que vous ne m'aviez pas remarqué.

Sept mois ? Comment ai-je fait pour ne pas remarquer plus tôt cet homme si charmant ? pense Janice. Mais ce qui sort de sa bouche est bien différent :

— Je suis femme de ménage.

Immédiatement, elle se demande pourquoi elle a dit cela. Elle sait que si Decius était là, il la fixerait avec son air de dire « Mais ressaisis-toi, nom de Dieu ! ».

Le professeur de géographie répond simplement :

— Oui, je sais.

— Comment le savez-vous ?

— Je suis conducteur de bus.

Il est vraiment, *vraiment* charmant, mais tout cela commence à devenir bizarre.

Il rit en avisant l'expression de Janice.

— On entend toutes sortes de choses quand on conduit un bus. C'est ce qui me plaît dans ce métier. Les gens vous surprennent tout le temps. Je suppose que c'est un peu comme conduire un taxi, sauf que c'est plus gros et qu'on n'a pas à dire aux gens ce qu'on pense de tel ou tel sujet. J'ai entendu au moins deux personnes dire que vous êtes la meilleure femme de ménage de Cambridge.

Il paraît soudain penaud.

— J'ai lu votre nom sur votre carte de bus… Mais je n'ai pas cherché votre adresse pour passer devant chez vous, ou quoi que ce soit de ce genre.

Elle sait qu'il dit cela avec légèreté, pour plaisanter, mais cette idée lui fait l'effet d'une douche froide la ramenant à la réalité. C'est jeudi, il fait un froid de gueux, le vent lui plaque les cheveux sur le visage, et elle est mariée à l'homme aux mille métiers. Et elle ne voit pas d'issue. Malgré sa crise chez Mme B., malgré ce qu'elle éprouvait il y a deux secondes encore, elle sait qu'une partie d'elle-même est encore bloquée dans le monde alternatif de Mike. Dans ce monde, elle devrait s'estimer heureuse d'être avec lui, heureuse même d'être la cible de ses blagues. *Tu prends ça beaucoup trop au sérieux, Jan, arrête, détends-toi un peu. Où est passé ton sens de l'humour ?* Elle se demande si elle aurait un espoir d'y échapper si elle n'était pas également enchaînée à un souvenir qui lui affirme, plus fort que Mike ne pourrait jamais le faire, qu'au fond elle ne mérite pas mieux. Et cela lui donne envie de pleurer, parce qu'elle aime énormément regarder cet homme, mais la vérité, c'est qu'il s'agit seulement d'un rêve.

— Je me demandais si nous pourrions aller prendre un thé ensemble, quelque part, un de ces quatre ?

Il dit cela comme s'il s'attendait à ce qu'elle refuse.

Et peut-être est-ce pour cette raison, à cause de l'angoisse dans ses yeux, qu'elle s'entend alors répondre :

— Oui, avec plaisir.

Il semble franchement surpris.

— Super, alors… super !

Elle a dit oui, en toute sincérité, mais elle éprouve maintenant le besoin de préciser :

— En fait, c'est compliqué… je suis mariée.

Elle ne peut se résoudre à prononcer les clichés « Mais nous faisons chambre à part », ou « Mon mari ne me comprend pas ». Si bien qu'elle s'entend répéter :

— C'est compliqué.

Avant d'ajouter :

— Je suis désolée.

— D'accord, dit-il lentement en regardant le casque de vélo entre ses mains. Vous savez, on peut très bien être deux amis qui se retrouvent pour prendre un thé. Et tout se passera bien, ne vous inquiétez pas. Je ne suis pas vraiment ce qu'on appelle un homme à femmes.

Oh, il est gay. Elle ne l'avait pas vu venir, ce coup-là.

Il lit dans ses pensées.

— Non, non, je ne suis pas gay, se justifie-t-il en riant un peu. Simplement, j'ai plusieurs amies femmes, et… enfin, comme vous dites, c'est compliqué.

Son visage se détend.

— Je pourrais vous raconter tout ça autour d'un thé… Bref, je voulais juste dire que je ne suis pas un type louche.

— Juste un chauffeur de bus, dit Janice.

Il opine du chef.

— Qui serait ravi de prendre un thé avec une femme de ménage.

C'est seulement en ouvrant la porte de l'appartement de Carrie-Louise qu'elle se rend compte qu'elle ne connaît pas le nom du professeur de géographie.

20

Contre vents et marées

Adam lui parle d'une bande dessinée de science-fiction dont il fait la collection. Elle est touchée qu'il lui en parle comme si elle pouvait avoir un avis sur ce sujet, et elle espère que ses réponses ne la trahissent pas. Elle pense s'en sortir plutôt bien jusqu'au moment où il lâche, impatient :

— Non, lui est dans *Descender*. Tu confonds avec *Mass Effect*.

Elle était en train de penser à l'endroit que le professeur de géographie pourrait suggérer pour prendre le thé, et à ce qu'elle allait mettre. Elle s'efforce de paraître suffisamment gênée par sa réponse et pose quelques questions à propos de *Descender*.

Adam éclate soudain de rire et secoue la tête.

— En fait, tu es comme maman. Je parie que, toi aussi, tu regardes *Inspecteur Barnaby*.

Ce n'est pas dit avec colère, juste avec l'étonnement de la jeunesse que des adultes puissent aimer ce genre de chose. Il détale maintenant chercher un bâton pour Decius, qui regarde Janice avec son expression « Pas trop tôt ! », puis se lance à toute allure après le garçon. Elle est heureuse que Decius surveille son langage en présence d'Adam.

Tandis que l'enfant court devant elle, elle pense à Simon. Son truc à lui, c'était *Star Wars*. C'est fou à quel point les jeunes garçons peuvent être captivés par le moindre détail des univers qu'ils se choisissent comme obsession, se dit-elle – avant de songer que c'est un peu fort, de la part d'une femme qui collectionne les histoires et en conserve toute une bibliothèque imaginaire dans sa tête. Elle sort alors son portable de sa poche et, sans réfléchir, appelle son fils.

— Salut, m'man.

Elle ne parvient pas à interpréter son intonation. Est-il content qu'elle l'appelle ? Cela la renvoie à sa posture habituelle – la culpabilité –, car elle ne lui a pas téléphoné depuis des semaines.

— Comment vas-tu ? Quelque chose m'a fait penser à *Star Wars*, et donc à toi.

Elle se réjouit d'entendre un sourire dans sa voix comme il répond :

— Qu'est-ce qui t'a fait penser à ça ? *Voussa croire voussa peuple mourir ?*

Elle ne saisit pas du tout la référence. C'était déjà le cas quand, étant gamin, il a commencé à citer des passages de films, mais, un peu comme avec Adam, l'important ne semble pas être ce qu'il dit – plutôt le simple fait qu'ils se parlent. Elle s'étonne soudain de ne pas l'avoir compris avant.

— Je suis désolée de ne pas avoir appelé, tu sais…, commence-t-elle.

— Ne t'en fais pas pour ça. Je n'ai pas fait beaucoup d'efforts non plus. Écoute, je ne peux pas trop te parler pour le moment, je dois filer en réunion.

Janice ne peut s'empêcher de se sentir gênée et déçue.

— Oh, bien sûr… tu es au travail. J'aurais dû t'envoyer un texto.

— Non, non, pas de problème. Tu seras dispo, ce week-end ? Je pourrai t'appeler, et on prendra le temps à ce moment-là.

Sa bonne humeur revient aussitôt.

— Oui, avec plaisir, quand tu voudras.

Se rappelant soudain l'atmosphère à la maison, elle ajoute :

— Appelle-moi sur mon portable.

Tout en raccrochant et en poursuivant sa marche, elle regarde Adam, qui se dispute une grosse branche avec Decius. Une énorme vague d'affection pour lui l'envahit alors. Il aura donc fallu qu'un garçon de douze ans lui rappelle que nous devrions toujours continuer de parler à nos enfants.

Depuis leur conversation autour du café, Fiona s'est jointe à quelques-unes de leurs promenades, et Janice est heureuse de constater que le regard qu'elle pose sur son fils semble avoir changé. Au début, Fiona a bombardé Adam de questions. Elle semblait éprouver le besoin de maintenir un flux de discussion permanent – un peu comme Janice le fait elle-même avec lui, se rend-elle compte. Ensuite, avec le temps, un ordre plus naturel semble s'être mis en place : Fiona et elle bavardant et traînant derrière cependant qu'Adam et Decius couraient devant. Peu à peu, elle a vu les épaules de Fiona se détendre, et elle a remarqué que la mère ne scrutait plus le moindre geste de son fils. Elle pense que Fiona a vu ce qu'elle-même voit : un garçon de douze ans heureux de jouer avec un chien. Bien entendu, ce n'est pas le tableau complet de l'état d'esprit d'Adam, mais elle pense que cela redonne de l'espoir à sa mère.

La seule chose qui entache son souvenir de ces promenades est un petit incident relevant entièrement de sa faute. Et c'est une chose qu'elle ne peut expliquer ni à Fiona ni à Adam. Decius le Chien de cirque était en équilibre sur les genoux d'Adam, puis sur ses deux pattes (brièvement) tandis qu'Adam se couchait sur le dos dans l'herbe où était posé son manteau. Fiona et Janice faisaient le public sur un banc voisin, applaudissant quand il le fallait et discutant en même temps des prochains ajouts à la maison de poupée du grenier. Janice avait alors vu Adam sortir un sachet de sa poche et en tendre le contenu en guise de récompense à Decius. Elle ne se rappelle même pas avoir bondi du banc mais, l'instant d'après, elle était devant Adam et lui arrachait le sachet des mains en criant :

— Sors-lui ça de la gueule, tout de suite ! Il en a mangé ou pas ?

Elle avait écarté le chien de l'enfant et vérifié l'intérieur de la gueule de l'animal avec une angoisse plus qu'évidente.

Fiona était alors venue la rejoindre et avait posé une main sur son épaule.

— Ce n'est rien, Janice. Ce sont des friandises pour chien. C'est moi qui ai autorisé Adam à en acheter. Est-ce que Decius aurait une allergie particulière à un quelconque aliment ?

Janice avait regardé l'enfant, livide, puis sa mère, très calme, en ne cessant de répéter :

— Les chiens ne doivent pas manger de chocolat. Ils ne peuvent pas, c'est interdit.

Fiona avait laissé sa main sur l'épaule de Janice et dit, comme pour calmer un enfant :

— Tout va bien, Janice. Ce n'est pas du chocolat. Il n'y a pas de problème.

Plus tard, elle s'était excusée auprès de la mère et de l'enfant, sans se répandre sur les raisons de cette explosion d'angoisse. Comment l'aurait-elle pu ? La promenade suivante avait été un peu plus crispée que les précédentes mais, très vite, dans leur admiration collective de Decius le Fabuleux, l'atmosphère s'était détendue, et l'on ne reparla plus jamais de l'incident.

Après avoir ramené le chien chez lui, Janice décide d'aller dans le centre de Cambridge. Il lui reste encore une belle somme sur le bon d'achat John Lewis offert par Simon à Noël, et elle aimerait trouver quelque chose de nouveau à mettre pour le jour où le professeur de géographie l'invitera à prendre le thé.

Elle a pensé à cela toute la journée et s'est dit qu'elle aimerait porter une jupe. Elle en porte rarement, et ne veut pas aller à ce rendez-vous en étant vêtue d'une manière qui lui rappelle qu'elle récure des cuvettes de WC pour gagner sa vie. Elle a deux jupes dans sa garde-robe, qui sont assez flatteuses et pas trop habillées. Sa veste en cuir devrait bien aller avec l'une des deux – et elle pourrait mettre son pull rouge, en haut. En revanche, elle a de gros doutes concernant les chaussures à porter pour compléter la tenue. Elle pense que son bon d'achat John Lewis devrait lui permettre de s'offrir une paire de bottes noires, si elle les choisit avec soin.

La femme qui vient l'aider a la petite trentaine et lui désigne bientôt un modèle de bottes qui pourraient convenir sans faire exploser son budget. Alors qu'elle revient avec une pile de boîtes, la vendeuse est abordée par une femme d'une quarantaine d'années qui brandit une botte unique – similaire au modèle que Janice a vu. La cliente est extrêmement fine et toute vêtue de noir. Cela stresse Janice immédiatement – il lui est déjà arrivé d'avoir du mal à faire entrer ses mollets dans des bottes. Un jour, un jeune vendeur s'était littéralement couché pour essayer de remonter la fermeture éclair sur une jambe qui, de toute évidence, ne tiendrait jamais dans la petite bande de cuir dont il essayait de l'envelopper. Il semblait avoir pris cette tâche comme un défi personnel – qu'il avait perdu –, et être totalement inconscient de l'embarras monstrueux de sa cliente. Juste ciel, cela va-t-il recommencer aujourd'hui ? Si ces bottes vont à la bourgeoise maigrichonne, elles ne pourront jamais faire le tour du mollet rondelet de Janice.

Cette cliente lui rappelle Mme OuaisOuaisOuais. Elle a déjà essayé de s'accaparer la vendeuse qui sert Janice – comme si celle-ci n'existait pas.

Elle essaie à nouveau :

— Vous ! Vous pouvez venir m'aider.

Ce n'est pas une question.

Janice a envie de serrer la vendeuse contre son cœur comme elle refuse poliment :

— Un instant, madame, je finis de m'occuper de cette cliente.

Cela n'empêche pas la bourgeoise de lui lancer depuis l'autre bout du magasin :

— Mais dites-moi... est-ce qu'elles vont friper ? Est-ce que ces bottes vont friper ? Parce que j'en ai acheté une paire, avant, du cuir italien, et mes jambes sont tellement fines qu'elles ne tiennent pas.

Janice sourit à la jeune vendeuse qui l'aide à enfiler une paire de jolies bottes en cuir et daim noirs.

— Je n'ai jamais eu ce problème-là, moi.

— Moi non plus, lui confie la jeune femme avec un sourire entendu.

Janice sent leur complicité se confirmer tandis que la femme en noir crie à travers le magasin :

— Est-ce que vous pensez que mes jambes sont trop fines ? C'est ça, le problème, ou pas ? Parce que je ne veux pas que ces bottes *fripent*, moi.

— Je suis à vous dans une minute, madame, dit la vendeuse en coulant un clin d'œil à Janice.

Janice se dit qu'elle adore cette fille. Elle lui a déjà trouvé une super paire de bottes en solde, et ne s'est pas laissé entraîner par cette cliente tellement plus exigeante – et plus riche, certainement. Alors qu'elles parviennent à remonter la fermeture sur la botte que Janice essaie – c'est serré, mais ça va –, elle lui confie son histoire sur le vendeur qui s'était couché à ses pieds dans le magasin.

La vendeuse se relève brusquement, ce qui semble déclencher un nouvel assaut du côté de la bourgeoise.

— Dites-moi, vous. Vous ! Est-ce du cuir italien ?

La jeune femme tourne la tête vers la cliente mais revient aussitôt à Janice.

— J'ai le même souci que vous avec les bottes, dit-elle.

Sur ce, elle plonge brusquement en avant. Janice recule sur son siège, surprise.

— J'ai longtemps joué au squash, explique-t-elle en prenant une autre pose.

On dirait maintenant une joueuse essayant d'attraper une balle difficile. Puis elle se relève.

— C'est bon pour la forme, mais ça muscle énormément les jambes. À force de plonger tout le temps, à droite, à gauche.

Janice a un petit rire.

— Je comprends. Moi, par contre, je n'ai pas cette excuse.

La jeune femme lui sourit.

— Je trouve que ces bottes vous vont parfaitement, dit-elle avant d'ajouter, tout bas : Je jouais dans l'équipe d'Angleterre.

Elle se détourne soudain de Janice.

— À nous, madame. Que puis-je faire pour vous aider ?

En sortant de chez John Lewis avec ses bottes *et* une jolie histoire, Janice entend encore la voix grincheuse de la cliente :

— Mais vous êtes sûre qu'elles ne vont pas *friper* ?

21

L'heure de passer à l'action

Janice franchit la porte plus vite qu'elle ne l'a fait depuis des années. Elle veut cacher la boîte qui contient ses nouvelles bottes. Tout en montant l'escalier quatre à quatre – sans que Mike soit en vue –, elle repense à la jeune femme du grand magasin. Peut-être que ce qui compte, dans la vie, n'est pas d'avoir une histoire ? Peut-être vaut-il mieux avoir fait une chose dont on peut être fier, avec le recul ? Une chose dont on a l'impression qu'elle nous définit. Elle pense à son voisin, M. Mukherjee. Il tient un pressing, mais il a aussi joué au cricket pour l'équipe de l'Inde quand il avait seize ans. La jeune vendeuse sourit-elle quand elle se rappelle avoir joué au squash pour son pays, en se disant « Oui, j'ai fait ça, *moi* » ? Elle espère que cette pensée la soutenait quand elle a dû s'occuper de Mme Bottes-fripées.

Elle entend Mike sortir du salon et entre rapidement dans la chambre d'amis. Stupeur : elle ne peut pas pénétrer à plus d'un mètre au-delà de la porte. Toute la pièce est encombrée de cartons. Il y en a des piles partout, sur le lit, sur la commode, sur le sol. Elle voit que ses livres, ses écouteurs et ses pulls ont été abandonnés en tas, par terre, près du lit.

— Coucou, chérie. Jan, descends, j'ai un truc à te dire. Ne t'en fais pas pour les cartons, je vais t'expliquer.

Elle ramasse ses affaires et les dépose soigneusement sur sa boîte à chaussures, qu'elle range sur l'un des plus gros cartons. Elle sait que le fait de ranger lui offre simplement un petit temps de répit. Peut-être que Mike a trouvé un boulot dans la vente, et qu'il s'agit là de son stock ? Peut-être que c'était pour ça, tous ces rendez-vous – du blabla commercial pour vendre des trucs ? Cette idée la jette dans le désarroi – il ne s'est jamais essayé à la vente jusqu'ici. Mais quoi qu'il en soit, ces cartons ne resteront pas ici. C'est sa chambre *à elle*. Elle n'est peut-être pas capable de le quitter, mais jamais elle ne retournera dans leur chambre, dans leur lit.

— Viens donc, Jan. Il y a du nouveau. Le nouveau départ qu'il nous faut. Une nouvelle aventure.

Peut-être souhaite-t-il qu'ils aillent vivre ailleurs ? Si c'est le cas, il pourra y aller tout seul ; et elle, rester ici. Elle sait qu'elle en espère un peu trop. Autant descendre et en avoir le cœur net.

Mike est assis à côté d'un carton dans le salon, mais elle ne voit pas ce qu'il contient. Elle s'assoit sur le canapé. Si ça se trouve, il a déjà commencé à faire ses valises ?

Elle s'aperçoit soudain qu'elle n'a rien bu ni mangé depuis des heures.

— Avant que tu commences, Mike, j'aimerais *beaucoup* prendre un thé.

— Tu pourras nous en faire un dans quelques minutes. Ou, mieux, on pourra aller au pub pour fêter ça.

Elle se prend à espérer qu'il parte vivre en Nouvelle-Zélande. C'est la destination la plus lointaine qu'elle puisse imaginer.

— Je sais que tu n'as pas trop le moral, ces derniers temps, commence-t-il. Eh bien, j'ai concocté quelque chose qui devrait te donner le petit coup de fouet dont tu as besoin. En fait, j'ai brainstormé avec une équipe qui te montre comment le fait d'être franchisé peut vraiment te placer au cœur d'une communauté et que, bien sûr, une fois que tu es intégré, les opportunités commerciales suivent tout naturellement. Si tu te fondes là-dessus en élargissant ton portefeuille-produit, la suite logique est une croissance exponentielle.

D'accord, il ne s'agit donc pas de coaching en motivation ou de conférences de développement personnel ; mais ça n'a pas plus de sens pour autant. Qu'est-ce que c'est que cette histoire de franchise ? Les espoirs de Janice de voir Mike partir pour les antipodes s'amenuisent. Elle lève les yeux vers le plafond en repensant à tous ces cartons. Tout cela pourrait bien avoir coûté beaucoup d'argent.

— Qu'est-ce qu'il y a dans ces cartons, Mike ?

— Attends, laisse-moi terminer.

Il s'est rembruni, mais prend une grande inspiration et affiche de nouveau le masque du Mike joyeux.

— Tu sais, c'est grâce à toi que j'ai eu cette idée, et je tiens sincèrement à t'en remercier.

Elle a conscience de le regarder d'un air ahuri.

— La sphère domestique… continue-t-il avant de rire en grimaçant. Pardon pour le jargon. Une des choses qu'on me répétait sans cesse était « Fais simple, Mike ». Donc, pour dire les choses simplement : je vais lancer une nouvelle affaire, géniale, et qui combinera nos talents respectifs.

Il vient s'asseoir à côté d'elle. Il essaie de lui prendre la main, mais elle esquive prestement.

— Qu'est-ce qu'il y a dans ces cartons, Mike ?

C'est tout ce qu'elle veut savoir pour le moment.

— Oui, bon, il vaut peut-être mieux commencer par là, en effet. Pas la peine de perdre du temps alors qu'on a tout là, juste devant nous.

Il ouvre le carton et en sort une kyrielle de produits ménagers. D'une marque dont Janice n'a jamais entendu parler.

— C'est quoi, ça ? demande-t-elle, mortifiée.

Ça y est, elle voit où il veut en venir.

— C'est une panoplie complète de produits ménagers haut de gamme.

Avisant son expression, il ajoute précipitamment:

— Ce n'est pas ce que tu penses...

Il n'a aucune idée de ce qu'elle pense. S'il le savait, elle ne serait pas assise là, à l'écouter déblatérer ses insanités.

— Je n'ai pas seulement acheté les produits qui constituent, disons, la matière première du commerce ménager; j'ai aussi beaucoup réfléchi à ce qui constitue la valeur ajoutée de la branche: les instruments ménagers. Lorsque je développerai cette activité sous forme de franchise, c'est là-dessus que je gagnerai beaucoup d'argent.

Il sort maintenant du carton un fourre-tout en tissu floral aux teintes fluorescentes. Le motif rappelle à Janice l'un des affreux manteaux de Mme OuaisOuaisOuais. Il ouvre la fermeture éclair du sac et le montre à sa femme. Il contient cinq énormes brosses à dents électriques, chacune avec une tête d'une taille différente. Le corps des brosses est orné des mêmes couleurs criardes que l'imprimé floral du sac.

— Et donc? lâche-t-elle, mal à l'aise.

— Associée à nos produits de nettoyage, cette gamme complète de brosses électroniques va révolutionner les tâches ménagères.

Janice ne sait pas par où commencer. Elle opte pour sa plus grande préoccupation: les produits de nettoyage ont l'air vraiment bon marché, mais ces brosses pourraient bien avoir coûté beaucoup plus cher.

— Qu'est-ce que tu as fait, Mike? Combien a coûté ce lot?

— Je savais que tu serais négative. Tu ne vois jamais la situation dans son ensemble.

Il sort l'une des brosses comme pour la lui passer, mais il a tout de même le bon sens de se raviser.

— Combien, Mike?

— La gamme de produits ménagers était en promotion et a représenté un investissement initial de seulement 750 livres, que nous allons largement amortir.

Il semble maintenant plus nerveux.

— Les brosses, par contre, sont de ma propre conception. Elles ont donc forcément nécessité un investissement plus important.

— Combien, Mike?

— Chaque pack se vend au détail à 59,99 livres, les recettes générées dépasseront donc largement l'investissement initial. Nous allons gagner plus du double de ce que cela a coûté.

— Combien, Mike?

Elle n'éprouve aucune émotion. Rien que du froid.

— Évidemment, j'ai dû acheter en gros, mais j'ai réussi à faire baisser le prix à 29 livres.

— Combien, Mike?

Elle s'imagine, figée sur son canapé en cuir bon marché, sorte de miss Havisham[1] entourée de produits ménagers, disant tous les soirs à son mari: «Combien, Mike?»

— L'investissement initial était de 29 000 livres...

— Quoi? Bon sang, Mike, c'est la totalité de notre épargne! Comment as-tu pu faire ça?

Elle commence à trembler. Tout ce travail, toutes ces heures... Et il ne lui en a même pas parlé.

— Tu ne regardes pas les choses sous le bon angle, Jan. Plutôt que de voir cet investissement comme une dépense, il faut le voir comme un gain net de plus de 30 000 livres.

— As-tu moyen de renvoyer tout ça et de récupérer notre argent? demande-t-elle précipitamment.

— Redescends sur terre, Janice. Ce n'est pas comme ça que ça marche, les affaires. C'est de l'import en gros, et si tu n'étais pas une simp...

1. Miss Havisham est un des personnages principaux du roman *Les Grandes Espérances* de Charles Dickens.

Il s'interrompt avant de dire « simple femme de ménage ». Puis continue.

— Si tu avais le sens des affaires, tu saurais que pour obtenir le meilleur tarif, il faut payer d'avance, avant l'expédition par bateau. Ce ne sont pas des trucs que tu vas acheter au Tesco du coin.

— Je sais qu'on ne trouve pas ça chez Tesco.

— Ah bon ?

Il semble déconcerté, puis reprend espoir :

— Ah, je vois que tu commences à comprendre. Je pensais que ça prendrait un peu de temps, mais je savais que tu…

— Par contre, on les trouve chez Lidl.

— Quoi ?

— C'est là que j'ai acheté mon matériel. Il m'a coûté 7,99 livres. Et ça peut être utile, en effet, pas pour tout, mais ça marche très bien pour enlever les dépôts de calcaire de la pomme de douche, par exemple.

Mike n'a pas l'air très intéressé par son histoire de pomme de douche. Il a l'air dépité. Mais il faut lui reconnaître une qualité : il a l'art de rebondir.

— Je pense que tu n'as pas très bien compris, Janice : ce matériel-là est de bien meilleure qualité. Mais surtout, il est dans des couleurs que les femmes adorent. Et, ajoute-t-il, retrouvant son assurance, tu oublies la cerise sur le gâteau : la pochette de transport, aussi pratique que séduisante.

— Mais qu'est-ce que tu racontes ? Personne ne se promène avec son matériel de ménage.

Il la fixe d'un air étrangement triomphant.

— C'est faux. Toi, tu le fais, parfois.

— Mike. Je suis femme de ménage, putain.

Elle s'aperçoit maintenant que le sentiment de froid qu'elle éprouvait est en fait une colère intense et glaciale.

— Je le sais, que tu es femme de ménage, bordel ! riposte-t-il, toute allégresse envolée. Tu crois que ça me plaît, à moi, que ma femme soit bonniche ? Tu me parles comme si je n'avais pas réfléchi sérieusement à tout ça…

Elle le dévisage, n'en croyant pas ses oreilles.

— Mais c'est le cas, Mike.

— Pas du tout. J'ai fait des recherches, et je sais qu'il y a un vrai potentiel. J'ai même cru – et c'est peut-être là que j'ai été bête – qu'on pourrait faire ça ensemble. Tu te rends compte : avec tous les contacts que tu as, on pourrait vendre mes produits à tous tes employeurs, et à tout leur réseau de relations !

Mike fait maintenant les cent pas dans la pièce. Il est grand et costaud, et la pièce paraît soudain très petite autour de lui. Il lâche un coup de pied rageur dans un carton pour l'écarter de son passage.

— Eh oui, j'ai fait des recherches, figure-toi ! J'ai même téléphoné à certains de tes clients pour les interroger. Et laisse-moi te dire qu'ils n'étaient pas tous aussi négatifs que toi.

— Tu as fait *ça* ?

Le ton de sa voix l'arrête net. Il n'a jamais entendu sa femme parler ainsi.

Elle a maintenant l'impression que sa rage forme des éclats de glace acérés qui risquent de lui transpercer la peau. Elle se lève, et, instinctivement, Mike recule d'un pas. Elle aperçoit furtivement leur reflet dans le miroir : lui, grand et vacillant ; elle, petite et tendue comme un arc, tous ses muscles bandés.

— À *qui* est-ce que tu as parlé ?

Elle *doit* le savoir, quand bien même elle devrait le frapper pour lui faire cracher le morceau.

D'un seul coup d'œil, il comprend qu'il a tout intérêt à lui répondre.

— C'étaient les quatre premiers de ton répertoire, dans ton portable.

Le fait de parler semble lui donner un regain de courage. Il se redresse et bombe le torse.

— Je ne vois pas pourquoi tu en fais toute une hist…

Mais le regard qu'elle lui jette l'arrête.

— Mike, je te quitte.

Ces mots prononcés, elle sent soudain le calme l'envahir. Quoi qu'il arrive ensuite, elle se sera libérée de cela. Elle préférerait encore dormir sous un pont plutôt que passer une heure de plus avec cet homme.

Elle sort du salon et va chercher une valise sous l'escalier. Puis passe de pièce en pièce, rapide et efficace, pour rassembler les affaires qu'elle veut emporter. À l'étage, elle prend un grand sac fourre-tout dans l'armoire et fait de même avec ses vêtements et articles de toilette. Un seul problème se présente : les livres. Elle ne peut pas tous les prendre, et elle ne sait lesquels choisir. Elle remplit une vieille caisse de vin de ses romans préférés. Elle reviendra chercher les autres plus tard. Pour le moment, elle préfère ne pas se demander où diable elle va entreposer tout cela. Elle n'a que le peu d'argent disponible sur son compte courant.

Mike apparaît en bas de l'escalier.

— Allez, c'est bon, Jan… Arrête un peu, tu veux ? On va discuter de tout ça. Le projet a peut-être besoin d'être un peu peaufiné, mais tu verras que j'ai raison.

Elle ne répond pas et se contente de l'ignorer tout en terminant sa sélection d'affaires à emporter.

— Allez, viens donc, on va prendre un café.

Cette dernière phrase entame d'un coup son calme tout neuf.

— Tu sais quoi, Mike ? Va te le faire tout seul, ton foutu café.

Pour une fois, elle le dit à haute voix.

— Et je te signale que je ne prends pas de sucre dans mon café, et que je n'en ai jamais pris !

— Bon Dieu, Janice, ne me dis pas que c'est à cause de ça ? Parce que je ne te fais pas ton café comme tu l'aimes ? lance-t-il, en la regardant depuis le bas des marches.

— Ça n'a rien à voir avec ce *putain* de café! rugit-elle soudain.

Ça y est, elle a enfin trouvé sa lionne intérieure, se dit-elle. Et sans avoir besoin de sa musique et de ses écouteurs.

— Je te quitte parce que tu nous as toujours laissés en rade, Simon et moi. Parce que tu trouves toujours le moyen de me donner l'impression que toutes tes erreurs sont ma faute, que je ne suis rien et que je devrais être contente d'avoir un mari comme toi. J'ai systématiquement fait tout ce que je pouvais pour nous maintenir à flot pendant que toi, tu passais de petit boulot en petit boulot. Bon sang, Mike, tu crois vraiment que je n'avais pas envie d'autre chose? Mais j'ai continué, encore et encore, et malgré ça, malgré tout le mal que je me donne, tu me fais toujours sentir que je devrais avoir honte, que je ne suis « qu'une femme de ménage ».

— Mais c'est vrai, tu *n'es* qu'une femme de ménage.

Elle voit bien qu'il ne dit pas cela pour la blesser, qu'il s'agit simplement de ce qu'il pense d'elle, et elle se demande comment elle a pu mettre tout ce temps pour s'en rendre compte. Le calme revient. Son fils, lui, ne lui a jamais donné le sentiment de n'être « qu'une femme de ménage ». Même avec ses hautes études et ses amis bourgeois, il n'a jamais laissé penser cela. Et tout à coup, elle se rappelle que, non loin d'ici, il y a un chauffeur de bus qui a envie de prendre le thé avec une femme de ménage.

Avec le calme de la certitude, elle répète:

— C'est fini. Je te quitte, Mike.

— Mais… tu ne peux pas faire ça!

Il gravit les marches deux à deux.

Brusquement, la peur la saisit. Une peur terrible, qui lui coupe le souffle et la parole. Elle recule devant lui en se protégeant de ses deux bras.

Son expression arrête Mike dans son élan. Visiblement stupéfait, il bredouille d'une voix grave:

— Jan… je ne voulais pas te frapper. Tu sais bien que je ne ferais jamais ça.

Elle se redresse, le cœur battant la chamade. Puis parvient à murmurer :

— Oui, je sais.

— Qu'est-ce qui se passe, Jan ? Écoute, on doit pouvoir arranger ça.

Le ton est implorant. Brusquement, Janice se sent plus fatiguée qu'elle ne l'a jamais été de toute sa vie.

— Non, Mike. Ma décision est prise : je te quitte.

Elle rassemble ses affaires et les descend maladroitement dans l'escalier. Assis en haut, Mike la regarde partir. La dernière chose qu'elle fait est d'attraper la carte postale de sa sœur, toujours posée sur la console de l'entrée.

22

Un récit de voyage

Janice roule dans les alentours de Cambridge pendant une heure. Elle ne suit aucun trajet particulier, elle se contente de tourner alternativement à droite, puis à gauche, jusqu'à être complètement perdue. Perdue, oui, c'est le bon mot. Pour l'heure, elle est incapable d'entrer dans des considérations d'ordre pratique, comme trouver un endroit où passer la nuit. Elle a très peu d'argent. Peut-être pourrait-elle dormir dans la voiture ? Ou bien essayer de se dégoter un Bed & Breakfast bon marché ?

Lorsqu'après un grand virage elle débouche sur une vaste étendue de champs qui ne recèlent que quelques granges abandonnées, elle ralentit et se gare sur le bas-côté. Comment Mike a-t-il pu faire cela ? Qu'ont pu penser de lui – et d'elle – les employeurs de Janice ? Cela la chamboule beaucoup plus que la question de l'argent. Parce que c'était son monde à elle, son univers privé. Elle pense à sœur Bernadette et aimerait que celle-ci soit là en cet instant, à murmurer à son oreille ; mais il n'y a que le souffle du vent sur la voiture et le grincement des clôtures près des granges. Elle songe alors que Mme B. lui rappelle sœur Bernadette – la petite nonne souvent irascible. Elle pense à la couverture bleue dont Mme B. l'a enveloppée. Pourrait-elle se rendre chez elle ? Malheureusement, c'est le problème avec l'univers privé qu'elle s'est construit, celui que Mike a désormais violé : dans cet univers, elle n'est effectivement qu'une femme de ménage. Et en cet instant, il n'y a plus de lionne intérieure pour lui dire qu'elle est davantage que cela, et pas de sœur Bernadette pour lui suggérer de se tourner vers ses employeurs afin de leur demander de l'aide. Elle se force à consulter son répertoire professionnel – cette liste que Mike lui a volée. Il faut qu'elle les appelle et s'excuse de ce qu'il a fait. Elle l'imagine en train de fouiller dans son sac pour y pêcher son téléphone et copier les numéros de sa liste tandis qu'elle… faisait quoi ? Cuisinait ? S'occupait du linge sale ? Les yeux rivés sur la silhouette sombre des bâtiments de ferme, elle écoute le vent. Elle se dit que si jamais, *si jamais* sa pauvre petite souris intérieure, si prompte à la culpabilité, devait un jour lui suggérer de revenir avec Mike, il faudrait qu'elle se rappelle ce moment, assise dans sa voiture, dans l'obscurité près des granges désertes. Elle sait que cela suffira.

Janice attrape son téléphone. Il faudra le faire, tôt ou tard. Mike a dit : les quatre premiers noms. Elle espère juste que Mme OuaisOuaisOuais ne fait pas partie du lot. Elle se sent capable de tout supporter, mais pas de passer ce coup de fil-là. Elle effleure l'écran, et son portable s'illumine.

C'est embêtant, mais pas autant qu'elle le redoutait. Sa colère se rallume tout de même comme elle découvre les noms concernés – tout cela est affreusement plus réel maintenant. Sur cette liste figurent : le major Allen, Mme B., le Dr Huang et Geordie. Oh, Mike a dû adorer cette dernière conversation, à coup sûr. Elle n'ose imaginer les flagorneries qu'il a dû servir à cette star internationale. Elle l'appellera en dernier.

Elle commence par appeler Mme B. – au moins celle-ci connaît-elle un peu le style du mari. Janice se demande s'il l'a appelée avant ou après la fois où elle a craqué. Mme B. n'a rien mentionné indiquant que Mike l'ait contactée pour essayer de lui fourguer ses produits ménagers. Mais en tant qu'ancienne espionne, celle-ci a l'habitude de garder certaines choses pour elle. Elle sent ses paumes devenir moites quand elle lance l'appel. La sonnerie retentit sans que personne réponde. Elle commence à s'inquiéter, puis se rappelle que Mme B. ne répond pas toujours au téléphone. Tant pis. Elle attendra de la voir en personne.

L'appel au major Allen est plus fructueux, et la fait même rire. Il l'arrête avant qu'elle ne s'engage dans des explications particulièrement pénibles :

— Inutile de m'en dire plus, Janice. J'ai tout de suite compris. Mon fils m'avait mis en garde contre ce genre de pratiques, et ils en parlent souvent, dans *Telegraph*. Je crois qu'on appelle ça du « hameçonnage ». J'ai su que c'était louche dès que je l'ai entendu parler, alors j'ai posé le téléphone et je suis allé me préparer un thé. Je me suis dit que j'allais le laisser exploser sa note de téléphone. Vous avez été piratée, ma chère, n'est-ce pas ? Il faudrait changer le mot de passe sur votre portable. Mon fils dit qu'en général, c'est suffisant.

Janice approuve, dit qu'elle va suivre ce conseil et raccroche.

L'histoire du major Allen est ce qu'elle appelle une demi-histoire. Dans sa chambre d'amis, celui-ci entrepose 214 boîtes de chaussures. Elle le sait, car elle les a comptées. Dans chaque boîte se trouve une magnifique paire de chaussures pour femme. Il l'invite régulièrement à les regarder et à les admirer. Toutes sont en pointure 36 (le major Allen, lui, chausse du 46), et aucune n'a jamais été portée. Jusqu'à présent, il ne lui a jamais confié pourquoi il collectionnait ces chaussures (en pointure 36), et Janice ne le lui a pas demandé. Ce n'est pas ainsi que fonctionne sa collecte d'histoires. Celles-ci doivent être offertes spontanément. Les seules exceptions à cette règle sont les histoires recueillies dans un bus ou dans un café. Ces dernières incluant souvent un élément de son imagination à elle,

Janice les autorise à échapper à la règle qui prévaut habituellement. Mais elle les classe quelque part entre la fiction et la non-fiction, pas avec les véritables histoires.

La suivante sur la liste est le Dr Huang. L'appel se révèle plus délicat. Janice sent dans sa voix que son employeuse a trouvé le coup de fil de Mike inconvenant et déplacé, et qu'elle en veut à Janice d'avoir laissé son mari accéder à son numéro. Janice la comprend parfaitement. Elle se dit que la seule chose qui doit la retenir de rompre leur contrat, c'est que le Dr Huang ne l'emploie que depuis peu, après avoir attendu ses services pendant plusieurs mois. Janice ne connaît pas encore l'histoire de cette femme, mais elle pense que cela pourrait avoir un lien avec les superbes orchidées qu'elle fait pousser dans son jardin d'hiver – le temps le dira.

Une fois arrivée au nom de Geordie, elle s'aperçoit qu'elle a froid et qu'elle grelotte. Elle allume le chauffage et prend une veste plus chaude sur la banquette arrière. Cela ne la réchauffe pas vraiment pour autant. Geordie répond à la première sonnerie, mais il semble préoccupé et elle se demande si elle le dérange ou s'il l'entend correctement. Elle aimerait être en mesure de voir le côté drôle de la situation – assise dans sa vieille voiture, à côté d'une grange, à hurler ses excuses à un ténor mondialement connu. Mais en parlant, elle entend soudain sa voix se briser. Geordie doit l'entendre aussi, car il perd brusquement son ton distrait.

— Ne vous en faites pas, ma belle, je vois des tas de lèche-culs dans ma branche, vous savez.

Ce qui ne fait que confirmer à Janice que l'appel de Mike était clairement racoleur, en plus d'être déplacé et désagréable.

Le silence se fait sur la ligne et elle se demande si elle peut respirer sans que Geordie ne se rende compte qu'elle sanglote.

— Vous êtes toujours là, ma belle ?

Elle hoche la tête, même s'il ne peut pas la voir. Elle a peur que sa voix ne la trahisse.

Un nouveau blanc se fait, puis le timbre sonore et rassurant de Geordie éclate à nouveau :

— Dites-moi, Janice, vous pourriez me rendre un grand service ? Est-ce que vous êtes dispo, là ?

— Je suis dans ma voiture.

Elle parvient à répondre sans pleurer mais sa voix n'est qu'un murmure. Elle n'est même pas sûre que Geordie l'ait entendue.

— Excusez-moi, j'attendais mon taxi, et je le vois qui arrive. Je pars au Canada, on a une tournée qui commence samedi...

Elle entend quelqu'un l'appeler au loin.

— C'est ici ! J'arrive dans une minute, dit-il avant de s'adresser à nouveau à elle : Pardon, Janice. En fait, j'aimerais beaucoup que quelqu'un veille sur ma maison en mon absence. Est-ce que ça vous intéresserait de le faire ? Ce serait pour trois semaines... si ce n'est pas trop vous demander ? Vous savez comment est Annie, avec ses plantes ; elle ne me le pardonnerait jamais, si je les laissais crever.

Janice ne pense pas que ce soit l'éventualité de laisser mourir les plantes de son épouse décédée qui le pousse à lui faire cette proposition. Tous deux savent pertinemment que Janice vient régulièrement jeter un œil sur la maison quand il part en tournée.

Elle ne peut plus s'arrêter de pleurer maintenant ; elle sait – et elle pense que Geordie le sait aussi – qu'il vient de lui lancer une bouée de sauvetage. Ce qui n'est pas si étonnant de la part d'un homme venu à Londres à pied, et qui a lui-même reçu l'aide d'un vagabond pendant ce périple.

Une fois que les sanglots s'apaisent assez pour lui permettre de parler, elle parvient à dire :

— Bon voyage à vous. Ma sœur vit au Canada.

— Ah bon, où ça ?
— À Toronto.
— Super ! Elle n'a qu'à venir nous voir. Donnez-moi son e-mail, je lui enverrai deux invitations pour le spectacle. Et dites-lui de passer me faire un coucou en loges après, hein.
— Je n'y manquerai pas, croasse-t-elle. Merci beaucoup, Geordie.
— C'est moi qui vous remercie, pour le service. Vous avez la clé. Faites comme chez vous, vraiment.

Sur ce, il raccroche, et elle se retrouve seule dans la voiture, à trembler de froid, d'épuisement et de soulagement.

En arrivant chez Geordie, elle trouve la lumière du porche allumée et un petit mot à son attention coincé au bord du miroir de l'entrée :

Le lit est fait pour vous dans la chambre d'amis côté rue. Une bouteille vous attend dans le réfrigérateur. À dans trois semaines ! G.

Janice descend de la voiture ses sacs et sa caisse de livres, et les dépose dans l'entrée. Une fois la porte fermée derrière elle, elle écoute le calme qui règne dans la maison. Le doux tic-tac de l'horloge à pendule, le léger craquement des tuyaux (Geordie a laissé le chauffage allumé), et, mieux encore, se mêlant gentiment à tout cela, le doux silence. Elle s'assoit sur la chaise de l'entrée, savourant ce calme exquis. Elle pense à l'homme qui ne fabriquait pas d'avions et se dit qu'en cet instant elle ne troquerait ce calme contre aucun chant d'oiseau, fût-il le plus beau au monde.

Au bout d'un moment, elle s'aventure dans la cuisine, une grande pièce où domine une peinture d'un doré pâle. Le mobilier est en vieux pin avec, sur le buffet, les assiettes rouges et bleues qu'Annie collectionnait autrefois. Il y a également quantité de pots de couleurs vives contenant des plantes. Elle se souvient qu'Annie lui avait dit en avoir acheté une grande partie lors d'un voyage au Mexique avec Geordie. Elle regarde la photo d'Annie sur l'étagère du milieu – une grande et belle femme aux longs cheveux bruns. Geordie l'avait rencontrée lors d'un tour de chant en Amérique, où elle travaillait sur la publicité de ses concerts. Un jour, Annie avait dit à Janice qu'elle avait passé sa petite enfance dans un orphelinat, et qu'elle ignorait presque tout de ses origines. « Mais regardez un peu ces cheveux, je dois avoir du sang cherokee. » Janice se demandait si le fait qu'elle ait été orpheline expliquait que Geordie et elle aient décidé d'avoir une famille si nombreuse. Ils ont eu six enfants, maintenant tous éparpillés aux quatre coins du globe. Janice observe la photo de cette épouse et mère tant aimée, morte du cancer la veille de ses soixante ans.

— Merci, Annie, dit-elle à mi-voix.

Soudain, elle se rend compte que le bruit qu'elle entend par moments ne vient pas des radiateurs, mais de son ventre. Elle meurt de faim. Elle ouvre le réfrigérateur mais n'y trouve pas grand-chose, à part quelques bocaux de petits oignons, du beurre, des confitures, un demi-litre de lait et une bouteille de champagne. Un post-it à son nom est collé sur la bouteille. Elle referme la porte. Une tasse de thé, peut-être. Elle n'est pas sûre d'avoir envie de festoyer. Elle regarde dans le congélateur et constate que Geordie y a empilé des plats cuisinés. Un bref passage au micro-ondes, et ce sera prêt ; elle en achètera un autre demain pour le remplacer. En attendant que l'eau chauffe dans la bouilloire, elle jette un œil aux plantes d'Annie, même si elle sait que toutes se portent bien. Geordie a à cœur de s'en occuper avec le même amour passionné que celui dont il a fait preuve pour tenter de sauver leur propriétaire à la main verte. Janice sait qu'il ne laissera rien mourir d'autre dans cette maison.

— Sauf moi, peut-être, ma belle. Et ce jour-là…

— Je sais, Geordie, termine-t-elle souvent à sa place. Ils trouveront la partition de *La Bohème* enroulée autour de votre cœur.

En son for intérieur, elle pense que cette partition sera nouée avec une mèche des magnifiques cheveux de sa femme.

Un vieux lecteur de CD occupe le coin du buffet, à côté de la plante araignée. Les disques préférés d'Annie sont rangés juste à côté. Ses goûts la portaient vers des musiques veloutées, apaisantes – des artistes comme Frank Sinatra, Nina Simone, Ella Fitzgerald et Louis Armstrong. Janice ne se sent pas prête à danser, mais partante tout de même pour écouter cela. Elle prend un disque au hasard ; c'est une compilation de vieux standards.

Elle s'assoit sur la grande chaise en pin usée de Geordie et sirote son thé. Un sourire lui échappe en entendant Frank Sinatra chanter « Il part aujourd'hui ». Certes, celui-là part à New York, pas dans une maison de la banlieue chic de Cambridge, mais l'idée est là.

— Moi aussi, Frank, dit-elle, et elle se réjouit d'entendre sa voix plus posée, plus forte, moins proche de celle d'une femme au bord des larmes.

Lorsque débute la prochaine chanson, elle pose sa tasse de thé et marche jusqu'au congélateur en esquissant un petit pas de danse – elle va se choisir un repas tout prêt. Mais la musique l'emporte. Avant de parvenir à la porte, elle tournoie sur la plante des pieds et fait un pas de côté dans la cuisine. Après tout, comme le souligne Nat King Cole, les ennuis l'attendent peut-être, mais elle aura toujours la musique et la danse.

23

À la recherche de Shéhérazade

Elle se réveille en entendant le bip d'un texto qui arrive sur son portable. Pendant quelques instants, elle ne sait pas où elle est. La lumière est différente. Une lueur douce, couleur pêche, filtre au travers des rideaux. Elle a dû dormir très tard. En regardant mieux les rideaux, elle y distingue un motif de pivoines et de fleurs de pêcher. Oui, cela lui revient, c'est un tissu choisi par Annie. Le lit est doux, moelleux. Le matelas semble l'envelopper, et elle se rappelle le lit si dur de la chambre à l'université. Totalement à l'opposé de celui-ci, si ce n'est que dans les deux cas, elle était heureuse de se trouver là.

La pensée du message qui vient d'arriver la tire de ces considérations embrumées. Est-ce Mike ? Est-ce ainsi que cela va se passer dorénavant ? Chaque fois qu'un texto arrivera sur son portable, va-t-elle se demander si c'est lui, et en avoir le ventre noué ? Elle a entendu dire que l'on pouvait personnaliser les sons signalant les messages en fonction de leur expéditeur. Peut-être qu'Adam saurait lui montrer comment faire. Elle se pelotonne un peu plus profondément dans la chaleur de la couette en réfléchissant au son qu'elle pourrait employer pour son mari. Au bout du compte, elle se dit que toutes ses idées sont un peu trop cruelles et qu'un bruit de pet ne serait pas très approprié, car les gens pourraient croire que cela vient d'elle. Tout en riant de sa bêtise, elle décide de consulter son téléphone ; autant affronter cela avec le sourire aux lèvres.

Que diriez-vous du Copper Kettle, en face de King's College, demain à midi ?
Le Conducteur de bus, alias Euan.

Oh, mon Dieu ! Il y a matière à cogiter, et pas qu'un peu.

D'abord, est-elle libre ? Elle fera en sorte de l'être. Elle commencera le travail de bonne heure. Elle imagine le major Allen encore au lit tandis qu'elle s'affaire autour de lui. Cela la fait sourire plus encore.

Ensuite, le lieu : elle adore le café qu'il a choisi. Il possède une jolie vue.

L'heure : midi ? Compte-t-il prendre un café ou déjeuner ? Peut-être joue-t-il la carte de la sécurité – un café pour commencer, avant de voir comment les choses se passent ?

A-t-elle pensé à prendre ses bottes neuves ? Oui, elles sont dans la voiture.

Sa jupe, son pull rouge, sa veste ? Dans le sac au pied du lit.

Elle apprécie qu'il ait fait un usage correct de la ponctuation dans son message. Peut-être aime-t-il lire, lui aussi ?

Pas de symbole de bisou ou autre en fin de message ? Très bien vu ; cela l'aurait un peu effrayée.

Elle garde le meilleur pour la fin : Euan ? Que pense-t-elle de ce prénom ? Elle le trouve assez joli. Euan, c'est le nom d'un homme qui aime randonner en campagne et connaît le nom de tous les arbres. Il est même possible qu'il ait un jour enseigné la géographie.

Elle s'empresse de lui répondre.

Oui, avec plaisir. Janice, alias la Femme de ménage.

Elle ne tient plus en place maintenant. Il faut qu'elle se lève et qu'elle s'active. Elle n'a pas de travail aujourd'hui (deux des familles chez qui elle fait le ménage sont parties au ski). Et elle ne veut pas penser à des choses pragmatiques, comme : que fait Mike en ce moment ? Comment va-t-elle s'y prendre pour le reste de ses affaires ? Que fera-t-elle lorsque Geordie rentrera chez lui ? Tout cela peut attendre. Pour l'instant, elle va profiter de son temps dans un bon bain avec un livre et une tasse de café – préparé comme elle l'aime. Elle remercie encore Geordie intérieurement.

Janice pense alors à Simon. Elle devrait le remercier pour les bottes. Elle espère pouvoir lui parler ce week-end – même si elle ne sait pas vraiment ce qu'elle lui dira. En attendant, elle lui envoie un petit mot :

Je viens juste d'utiliser ton bon d'achat John Lewis. Je le gardais pour me faire plaisir, et il m'a permis de m'acheter de belles bottes noires. Merci encore. Bisous, Maman.

Content que tu aies trouvé quelque chose qui te plaît. Bisou, Simon.

Voilà enfin un baiser qu'elle accepte sans crainte. Elle se demande si elle va se remettre à pleurer.

Son téléphone sonne au moment où elle sort de la baignoire. C'est Stan. Malgré la chaleur du bain, un frisson la parcourt subitement.

— Je pense que vous feriez bien de venir.

— Oh, non, Stan ! Que se passe-t-il ?

Pitié, non, pas ça. Elle aurait dû passer ce coup de fil, hier soir.

Visiblement, Stan perçoit la panique dans sa voix.

— Rien de très grave, rassurez-vous, mais… enfin, je crois que ce serait mieux si vous veniez. Je ne savais pas qui appeler à part vous.

C'est seulement en montant dans sa voiture, les cheveux encore mouillés, que Janice se demande pourquoi Stan n'a pas appelé le fils de Mme B.

Le concierge l'escorte promptement jusqu'à la porte de la vieille dame, la petite porte en bois qui donne sur le carré d'herbe. Il ne lui fournit aucune explication sur ce qui s'est passé et se contente de lui dire :

— Je ne peux rien en tirer, elle ne cesse de me dire d'aller me faire foutre.

Janice pénètre seule dans la grande pièce de vie.

— Allez vous faire foutre, vous aussi.

Un court silence.

— Oh, c'est vous.

Tout d'abord, Janice ne voit pas Mme B. Puis, elle s'aperçoit que celle-ci est assise sous la table en chêne. Elle est adossée contre le pied central, les jambes tendues devant elle. On dirait une toute petite poupée négligée que quelqu'un aurait posée là. Ses cannes sont à l'autre bout de la pièce. Possiblement là où elles sont tombées quand leur propriétaire les a jetées.

— Oh, Mme B., laissez-moi vous aider. Vous ne pouvez pas rester assise là.

— Je n'ai pas envie de vous dire d'aller vous faire foutre, Janice. En vérité, vous êtes l'une des rares personnes à qui je ne peux pas dire cela, mais je vous prie de me laisser tranquille.

— Mais vous n'êtes pas tranquille. Je suppose qu'il s'est passé quelque chose… Je pourrais vous aider, et… je pourrais… je ne sais pas, vous préparer un chocolat chaud, peut-être ?

Elle était sur le point de dire « et vous pourrez tout me raconter », mais elle craint que Mme B. ne trouve cela condescendant, et elle ne veut pas risquer de mettre en péril son statut de personne que la vieille dame refuse d'insulter. Elle en est trop fière.

— Oh, lâchez-moi la grappe, Janice.

Bon. Cela n'aura pas duré bien longtemps.

— Un chocolat chaud ? Pour qui me prenez-vous ? Pour une gamine ? J'ai quatre-vingt-douze ans, je vous le rappelle, et je suis la seule à avoir été diplômée de cet établissement avec la mention « Excellent ». Pour votre gouverne, sachez que c'est grâce à *mes* contacts que mon mari a eu son poste ici, et non l'inverse. Je parle quatre langues, je possède un QI exceptionnellement élevé, et j'ai autrefois tué un homme en l'étranglant avec une ceinture, après avoir neutralisé son comparse qui essayait de me trucider. Celui-ci, je l'ai eu en lui administrant un somnifère. Alors ce n'est pas une nounou qui me propose un bon chocolat chaud qui va me faire changer d'avis.

Janice est totalement décontenancée. Elle ne sait pas quoi dire. Mme B. a donc tué un homme !

La vieille dame s'enfonce un peu plus loin sous la table et semble maintenant parler toute seule. Janice entend juste un marmonnement d'où émergent quelques mots :

— Un grand sac aurait fait l'affaire, bordel… quel toupet, sans blague… le petit enfoiré…

Cela lui rappelle la soirée où elle est restée dormir ici. Mme B. serait-elle ivre ? D'un ton plus léger, elle lui demande :

— Dites-moi, Mme B., auriez-vous remis le nez dans le cognac ?

— Comment osez-vous, Janice ? Comment osez-vous, nom de Dieu ! Vous n'allez pas vous y mettre, vous aussi !

Mme B. postillonne de rage et s'appuie sur le sol avec ses paumes pour tenter de se redresser sous la table.

En dépit de la tirade, Janice ne supporte pas de voir ça ; désireuse de l'aider, elle s'approche d'un pas.

— N'approchez pas ! Je me demande bien pourquoi je n'ai pas gardé un des fusils d'Augustus à portée de main, tiens. Comme ça je fermerais les portes, et je vous descendrais tous, autant que vous êtes !

À peine a-t-elle fini de prononcer ces mots qu'elle fond brusquement en larmes.

Les sanglots secouent son petit corps frêle tandis que sa tête bascule sur sa poitrine et que ses mains échouent par terre. Elle semble totalement vaincue.

Janice fait volte-face et monte quatre à quatre l'escalier en colimaçon ; là-haut, elle attrape la couverture bleue et une boîte de mouchoirs à côté du lit. Quelques secondes plus tard, elle est à genoux sous la table près de Mme B., la penche en avant – comme une poupée – et l'enroule dans la couverture. Elle laisse les mouchoirs à côté d'elle puis tire deux coussins du fauteuil, qu'elle cale autour de la vieille femme. L'espace d'un instant, elle songe à la hisser de force dans le fauteuil, mais son intuition lui souffle que Mme B. trouverait cela humiliant. Au moins a-t-elle réussi à la mettre un peu plus à l'aise.

Janice reste là un moment, recroquevillée à ses côtés en lui tenant la main. La vieillarde ne la retire pas et, au bout d'un moment, elle lui rend une légère pression.

— Un mouchoir ? propose Janice en tendant la boîte.

— Oh, lâchez-moi la grappe, répond Mme B. tout en prenant un mouchoir pour se moucher bruyamment.

Janice finit par demander :

— Vous avez balancé vos cannes jusque là-bas ?

— C'est bien possible.

— Vous déteniez également le record du monde de lancer de javelot ? Vous l'avez oublié sur votre petite liste ?

Mme B. émet un petit grognement et ne peut s'empêcher d'ajouter :

— En fait, je faisais de la course de haies.

— Vous voulez bien me dire ce qui s'est passé ?

La vieille dame ferme les yeux et soupire.

— Eh bien, s'il le faut…

Elle ajoute ensuite d'une voix plus douce :

— Ça ne vous dérange pas qu'on reste sous la table ? Je ne sais pas pourquoi, mais je trouve ça apaisant.

Janice est du même avis ; avant ce jour, elle n'avait jamais remarqué que la lumière qui traverse le verre ancien de la grande fenêtre jette des ombres sur le mur et les rayonnages de la galerie de l'étage. D'ici, c'est un peu comme les regarder de sous la surface de l'eau.

Mme B. commence, sans lâcher la main de Janice :

— Mon mari, Augustus, aimait beaucoup le bon vin, et au cours de nos années de voyages, nous avons constitué une cave, petite mais intéressante. Elle représente les pays dans lesquels nous avons vécu, et plusieurs bouteilles et millésimes correspondent à des événements précis qui ont été importants pour nous. Nous les gardons, ou plutôt, les gardions, devrais-je dire, dans le grand placard du couloir.

Janice sait cela, en partie, car elle s'est aventurée dans ce placard avant que Mme B. lui fasse comprendre, sans la moindre ambiguïté, qu'elle ne devait pas y toucher.

— Aujourd'hui, mon fils, Tiberius…

Mme B. ferme les paupières, comme si le fait de prononcer ce prénom lui coûtait.

— Il est venu et a emporté tout le vin.

— Oh, Mme B…, lâche Janice malgré elle.

— Il a fait cela parce qu'il croit, ou plutôt, il *dit* qu'il croit que j'ai un problème de boisson. Il a trouvé la bouteille de cognac et les tasses dans le cabas du supermarché et, après avoir fouillé, il a aussi trouvé une bouteille de vin dans ma chambre.

Janice imagine le tableau : Tiberius retournant frénétiquement toute la maison devant sa mère, impuissante, démunie. Ce tableau n'est pas joli à voir.

— Mais vous n'êtes pas alcoolique, Mme B. Je pourrais lui expliquer, pour les tasses, et chaque fois que je fais le ménage dans votre chambre, je vois bien que jamais vous n'y montez de vin.

— Vous avez raison. Je me suis mise au lit avec une bouteille particulière, hier, parce que c'était notre anniversaire de mariage. C'était un rouge que nous avions acheté ensemble lors d'un séjour à Bordeaux.

Janice porte furtivement une main à sa bouche. Elle sent ce que cela coûte à la vieille femme de révéler ces détails personnels.

— Vous n'êtes pas obligée de m'en dire plus, vous savez. Vous devez sûrement pouvoir faire quelque chose pour les récupérer, non ?

Mais tout en posant la question, Janice se demande comment. Mme B. est incapable physiquement d'aller les reprendre. Pourrait-elle l'aider, d'une manière ou d'une autre ?

— Le vrai problème, Janice, ce n'est pas de savoir si je bois ou non. Franchement, à quatre-vingt-douze ans, si j'avais envie de descendre deux bouteilles par jour, ce serait mon affaire et point final. Non, tout cela, c'est avant tout un stratagème de la part de mon fils pour me virer des murs du collège. *Mon* collège.

Decius. Qu'arriverait-il à Decius ? Cette soudaine pensée la pétrifie. Deux minutes plus tôt, elle était prête à débouler chez Tiberius en exigeant le retour des bouteilles chez leur propriétaire. Elle s'était même imaginée les chargeant dans sa voiture pendant que Mme OuaisOuaisOuais se serait absentée avec son mari. Mais maintenant ? Elle revoit la drôle de démarche de Decius, sur la pointe des pieds, ses sourcils hirsutes et broussailleux, et se remémore le plaisir qu'elle éprouve quand elle enfouit son visage dans son pelage. Comment pourrait-elle le quitter ? Elle sait que si Tiberius avait vent de ses conspirations avec sa mère, elle serait renvoyée sur-le-champ. Elle pense qu'une fois encore elle devrait proposer de parler à Tiberius de la bouteille de cognac vide – parce que cette fois, c'était sa faute à elle. Mais elle n'ose le faire, au cas où Mme B. la prendrait au mot.

Celle-ci lui tapote la main comme pour la réconforter – ce qui ne fait qu'aggraver l'embarras de Janice.

— Ne vous en faites pas, Janice. C'est une histoire entre mon fils et moi. Et n'oublions pas Mycroft.

— Mycroft ?

Elle l'avait oublié, celui-là.

— Ah, oui, Mycroft.

— Oui, il vient me voir après-demain, et je vous serais fort reconnaissante d'être là. Je crois également que d'ici là, nous aurons une meilleure idée de ce que mon fils manigance au sujet de mon logement. J'ai engagé un agent double.

Cette idée semble ragaillardir Mme B. qui s'assoit un peu plus droite sous la table.

— Qui ça? demande Janice sans pouvoir réprimer un ton incrédule.

— M. Stanley Torpeth.

— Qui ça? répète Janice, en même temps qu'elle commence à comprendre. Oh, Stan. Vous qui ne connaissiez même pas son prénom, ne peut-elle s'empêcher d'ajouter.

— Grossière erreur de ma part, confesse Mme B. avec une moue coupable. Il faudra que je pense à m'excuser de l'avoir insulté. Même si ce n'est rien par rapport à ce dont il a l'habitude, continue-t-elle, l'œil soudain plus pétillant.

— Je ne vous suis plus, là…

— La femme de Stanley, Gallina, est russe. Il a promis de me la présenter, un de ces jours. Il me tarde vraiment. Apparemment, elle possède un tempérament hors du commun. Vous savez, la langue russe est extrêmement expressive – il y a une infinité de façons de blasphémer et de merveilleuses nuances avec lesquelles on peut jouer.

Janice appuie sa tête contre le pied central de la table.

— Décidément, vous êtes un sacré numéro, Mme B. Ah, au fait, j'ai quitté mon mari.

— Cela ne me surprend pas le moins du monde, ma chère. Lorsqu'il m'a téléphoné, j'étais certaine que vous alliez le faire. Mais les choses ont parfois besoin d'aller à leur propre rythme; il ne faut pas les brusquer, quoi qu'en pense notre entourage.

— Est-ce pour cette raison que vous ne m'en avez pas parlé ?

— Je n'en ai pas parlé parce que je ne pense pas que la valeur d'une femme se mesure à la conduite ou à la moralité de son mari. Augustus et moi avons toujours été très clairs à ce sujet. Certes, nous nous aimions profondément, mais nous étions chacun des individus très indépendants. Et ce n'est certainement pas à *vous* de vous excuser pour quoi que ce soit qu'il ait fait. Quant à savoir si je pense que votre mari mérite d'être fouetté dans la rue, à genoux, en cilice de pénitent, c'est une tout autre affaire.

Janice voudrait embrasser la vieille dame assise près d'elle, mais elle se contente d'étreindre brièvement sa main et de lui proposer à nouveau une tasse de chocolat.

— Oui, c'est une excellente idée, et nous pourrions même nous installer dans les fauteuils maintenant. Je ne sens plus mon cul.

Janice va chercher les cannes et aide Mme B. à se relever. Une fois cette dernière installée dans son fauteuil, Janice se rend en cuisine.

— Il ne reste vraiment plus rien à boire, Mme B. ? M'est avis qu'une petite goutte de cognac ne vous ferait pas de mal, après le choc que vous venez de subir.

— Malheureusement, non. Tiberius s'est montré affreusement draconien dans sa quête de la moindre bouteille d'alcool. Je crois que le fait qu'il en ait trouvé sous l'évier n'a pas aidé… Il n'a pas paru convaincu par mon explication quand je lui ai dit que j'en rangeais là parce que les autres placards sont trop hauts pour moi.

— Mais enfin, pourquoi diable ne pourriez-vous pas ranger vos bouteilles où ça vous chante ? Ça ne regarde personne d'autre que vous, tout de même !

— Hélas, mon fils s'emploie visiblement à ce que ça regarde d'autres gens que moi. Et comme il a du mal à me faire partir d'ici sous le seul prétexte de mon infirmité, il compte désormais me faire passer pour une soularde. Heureusement, nous avons Stanley qui garde une oreille active, et il y a Mycroft.

Janice est tentée de lui proposer d'aller faire quelques courses pour elle, dont une bouteille de cognac pour corser un peu son chocolat. Mais qu'arriverait-il si Tiberius débarquait ? S'il la prenait la main dans le sac ? Lorsque Mme B. lui dit « Ne vous mêlez pas de ça, Janice. Je ne veux pas mettre votre travail en péril », Janice pense qu'elle sait désormais ce qu'éprouvait Judas.

Une fois qu'elles sont assises dans les fauteuils près du feu, la vieille dame lui demande :

— Alors, avez-vous envie d'en apprendre davantage sur Becky – peut-être pas aujourd'hui, mais lors de votre prochaine visite ? Ou bien estimez-vous que son personnage est tellement vicié qu'il ne présente plus d'intérêt ?

— Oh, Mme B., ça ne marche pas comme ça. Vous savez bien pourquoi cette histoire m'intéressait.

— En partie, oui, mais je crois aussi qu'il y a beaucoup de choses que vous ne me dites pas.

Janice scrute Mme B. par-dessus le bord de sa tasse de chocolat.

— Je sais exactement à quoi vous jouez.

— Ah, oui ? Éclairez-moi, je vous prie, répond Mme B. en essayant d'arborer le masque de l'innocence.

— Vous ne pensiez pas que je serais d'accord pour venir travailler chez vous, alors vous m'avez pondu une histoire, celle de Becky, en pensant que je voudrais en savoir plus, n'est-ce pas ?

— Eh bien, ça a fonctionné, pas vrai ? glousse joyeusement la vieille femme.

— Shéhérazade ! lance Janice, abattant sa carte maîtresse. J'ai remarqué que vous étiez mal à l'aise quand j'ai parlé des *Mille et une Nuits*. Alors je me suis penchée sur le livre.

— Dont l'histoire est… ?

— Celle d'un sultan qui fut tellement dévasté par la trahison de sa première épouse qu'il la tua. Après quoi, il prit une nouvelle épouse, vierge, pour une nuit seulement, et le lendemain matin, il la tua également. Tout cela afin de ne plus risquer de souffrir. Lorsque Shéhérazade eut la malchance d'être à son tour choisie comme épouse, elle passa la nuit à raconter au sultan un conte fabuleux. Celui-ci était tellement captivé par l'histoire qu'il ne la tua pas, car il voulait qu'elle poursuive son récit la nuit suivante. Ce qu'elle fit, ainsi que la nuit d'après, jusqu'à ce que – comme dans toutes les bonnes histoires – ils tombent amoureux ; et ils vécurent heureux et eurent beaucoup d'enfants.

Janice ne peut s'empêcher de se sentir un peu fière d'elle.

— Et donc, je suis Shéhérazade ? s'enquiert Mme B. en lui souriant.

Janice a du mal à déchiffrer son regard, mais elle sent que la vieille dame mijote quelque chose.

— Ah, si les bonnes sœurs pouvaient entendre ça, elles rougiraient jusqu'aux oreilles, fait Mme B. en secouant la tête.

— Quoi ?

Janice se méfie. Cette vieille maligne a toujours plus d'un tour dans son sac.

— Vous devriez être bien plus rigoureuse dans vos recherches, déclare l'ancienne espionne dotée d'un diplôme universitaire avec mention « Excellent ». Shéhérazade n'a pas raconté la même histoire au sultan tous les soirs. Elle lui racontait à chaque fois un conte différent, et c'est le recueil de toutes ces histoires superbes et mystiques qui a donné ce que nous appelons aujourd'hui les *Mille et une Nuits.*

Mme B. balance ses petits pieds d'avant en arrière – signe certain qu'elle s'amuse énormément.

— Shéhérazade était une conteuse, mais c'était avant tout une collectionneuse d'histoires.

La vieille dame pose sur Janice un œil pétillant.

— C'est vous qui êtes Shéhérazade, Janice, sans aucun doute.

24

Une île de livres

Le major Allen ne semble pas perturbé le moins du monde par l'arrivée précoce de Janice ; il en est déjà à sa deuxième tasse de café, penché sur les mots croisés du *Telegraph*.

— Toujours réveillé à six heures, debout à six heures trente au plus tard. J'ai gardé ça de mes années dans l'armée. Même régime pour l'entraînement de nos hommes. Grosse commission à sept heures, et c'est parti pour la journée.

Il tousse et retourne à ses mots croisés ; Janice se demande s'il regrette cette ultime confession.

Elle s'attaque au ménage avec rapidité et minutie, et songe qu'elle doit cette efficacité à ses années d'expérience. Tout en roulant en boule les draps qu'elle vient de retirer du lit du major pour les emporter à la buanderie, elle pense à Shéhérazade. Cette femme était donc une collectionneuse d'histoires. Janice sait qu'elle aussi commence à acquérir un certain savoir-faire en la matière, ainsi que pour les raconter, semble-t-il. N'en a-t-elle pas fait profiter Mme B. ? Mais… Shéhérazade ? C'est un prénom tellement beau, exotique, enivrant. Alors que Janice est celui d'une femme de ménage en train de charger une machine à laver avant de s'emparer d'une serpillière pour nettoyer le thé renversé et les taches de porridge sur le sol d'une cuisine. On est bien loin de Shéhérazade…

Elle repense au commentaire de Mme B. selon lequel elle ne lui dit pas tout. Bien sûr que c'est vrai. Mme B. le sait, et Janice le sait. A-t-elle jamais cru être réellement une femme sans histoire ? Après tout, elle est Shéhérazade (elle s'habitue à cette idée) et elle apprécierait que *tout le monde* ait une histoire à raconter. Mais peut-on choisir son histoire ? Elle pense à Adam. Elle espère qu'il pourra se choisir une histoire différente. Et si lui le peut, elle le peut sûrement, elle aussi, non ?

Elle revoit le jeune garçon courant dans le pré avec Decius, la veille. Cela ne l'emplit pas du sentiment de joie qu'elle éprouve habituellement. Quelque chose rôde en elle – une peur terrible que ces précieux moments soient menacés.

Decius a fait preuve d'un entrain particulièrement marqué quand elle l'a ramené jusqu'à la maison. Pour une fois, il paraissait hermétique à son humeur. Sur le pas de la porte, comme elle détachait sa laisse, il avait tourné la tête pour lui lécher la main avec une expression semblant dire : « Toi et moi, c'est l'équipe parfaite, ma belle. » Elle avait eu du mal à le regarder en face. De la même manière qu'elle n'avait pas pu regarder toutes les caisses de vin empilées dans le couloir, près de la porte du bureau de Tiberius. L'espace d'un instant, elle avait songé à prendre une bouteille pour la rapporter à Mme B. – une en moins, il ne le remarquerait probablement pas ? Puis elle avait entendu le tac tac tac caractéristique sur le parquet, et s'était rappelé ce qu'elle risquait de perdre. Elle était alors partie précipitamment.

Il est 12 h 05 quand elle arrive au café. Elle a traîné un moment un peu plus loin dans la rue, près du marché, afin d'arriver à cette heure précise. Pas trop tard, mais pas trop tôt non plus. Ces cinq minutes de retard attestent de ce qu'elle n'est pas trop impatiente, sans pour autant manquer de politesse et de ponctualité. Euan est déjà installé à une table près de la fenêtre, où il a bu la moitié d'une tasse de thé. Elle voit cela en une ou deux secondes, ainsi que le pantalon sombre – le même genre que la dernière fois, mais kaki au lieu de noir – et le beau pull noir avec un zip. Il se lève et lui sourit, et cette drôle de sensation revient dans le ventre de Janice. Elle se félicite encore d'avoir acheté ces bottes, et se rappelle que c'est une femme jouant au squash dans l'équipe d'Angleterre qui les lui a vendues. Cette idée la soutient comme elle traverse la pièce pour aller vers lui.

Au début, tout est facile : quel café désire-t-elle prendre, quelque chose à manger, la vue est superbe d'ici, il y a tellement de vélos, est-il venu à vélo aujourd'hui, non, vous avez pris le bus alors (blague sur le fait qu'il l'ait conduit ou non), il dit habiter près d'Ely.

Puis, silence. Elle touille son café. Il regarde sa tasse vide. Elle se dit que ce devrait être plus simple que ça – elle a presque cinquante ans, et lui semble en avoir cinquante-cinq. Il ne paraît pas juste qu'à leur âge, où ils devraient avoir dépassé tout cela, leur adolescent intérieur se réveille soudainement, s'étire et s'exclame : « Oh là, là, c'est trop gênant, tout ça ! »

« Ressaisis-toi, bordel ! » Janice pense au fox-terrier qu'elle aime tant. Et puis, l'une des personnes auprès de qui Mme B. a pris ses références n'a-t-elle pas déclaré qu'elle savait mettre les gens à l'aise ? Peut-être en est-elle capable – y compris pour elle-même ?

— C'est un accent écossais, si je ne m'abuse ? lance-t-elle.

— Je pense que le prénom Euan me trahit aussi un peu.

Il lève les yeux et lui sourit à nouveau.

— Ma famille est originaire d'Aberdeen, mais nous avons déménagé quand j'avais sept ans et j'ai grandi dans la vallée de la Wye, entre le pays de Galles et l'Angleterre, pas loin de Hay-on-Wye. Vous connaissez ?

— Non, mais j'ai toujours eu envie d'y aller.

L'échange devient plus facile. Et elle a réellement envie de lui poser la question suivante – pas juste pour entretenir une conversation polie.

— J'ai entendu parler du salon du livre qui se tient là-bas. Vous y êtes déjà allé ?

Pitié, pitié, pitié, dis que tu aimes lire.

— Bien sûr, je leur filais même un coup de main, quand j'étais jeune, pour aider les gens à se garer.

Oui, mais est-ce que tu aimes lire ?

— ... et j'y retourne maintenant presque tous les ans. C'est une bonne occasion de revoir les vieux potes et...

Il voit que la tasse de café de Janice est vide.

— Vous en voulez un autre ?

— Avec plaisir, répond-elle alors qu'elle ne pense qu'à une chose : *Y vas-tu pour les potes ou pour les bouquins ?*

Euan interpelle la serveuse et commande un autre café, ainsi qu'un autre thé. Quand il pose à nouveau les yeux sur elle, elle sait que son impatience doit se lire sur son visage. Elle doit ressembler à Decius quand il espère qu'elle a apporté les friandises pour chien au poulet.

— Qu'est-ce qu'on disait ? Ah oui, le salon du livre... C'est un super événement pour la ville, il y a des concerts, des stands de restauration, des buvettes. Un esprit de fête, quoi. Il y a des gens qui détestent ça et louent leur maison pour aller ailleurs pendant cette période...

Il s'arrête tandis qu'une jeune femme vient débarrasser leur table. Il lui tend les deux tasses vides.

— Donc, oui, il y en a qui vont prendre l'air dans les hauteurs des collines d'à côté, mais moi, j'adore. Il faut dire que j'ai toujours aimé lire. Je me suis pris des coups à l'école à cause de ça, mais bon...

Il hausse les épaules avant de poursuivre :

— Mon père soignait toujours mes petits bobos après ça, et on essayait d'en rire. Peut-être qu'il se sentait coupable.

Euan sourit.

— Après tout, c'est sa faute si je me mettais dans le pétrin : il tenait une librairie.

Janice s'imagine se lever, se pencher au-dessus de la table, poser ses deux mains en coupe sur les joues de cet homme merveilleux, l'attirer à elle et l'embrasser sur la bouche avec vigueur. Au lieu de quoi, elle lui demande ce qu'il aime lire.

L'heure suivante passe, et le café se transforme en déjeuner. Elle apprend qu'il adore Hemingway mais a du mal avec Fitzgerald – l'écriture est belle, mais les histoires sont-elles crédibles ? Elle est tentée de lui dire qu'elle collectionne les histoires, mais se ravise. Elle découvre ensuite qu'en ce moment il lit beaucoup de livres d'un écrivain mexicain, et elle pense à Annie et à ses cache-pots colorés. Pendant le dessert (bien sûr qu'ils veulent un dessert, tous les deux), ils débattent de ce qui est préférable entre être un auteur prolifique ou bien écrire une seule œuvre magistrale comme *Ne tirez pas sur l'oiseau moqueur*.

Ils commandent ensuite des cafés et le flux de la conversation s'interrompt. Il consulte sa montre – c'est bon, il a encore un peu de temps devant lui. Elle se rend aux toilettes. Quand elle revient à leur table, la magie semble s'être évaporée et elle se rend compte qu'elle est assise face à un quasi-inconnu. Elle sait si peu de choses sur lui. Tout à coup, elle prend affreusement conscience de son âge, de son physique, de ses mains qui ont tout de celles d'une femme de ménage. Et voilà que son adolescente intérieure surgit à nouveau, tire une chaise et marmonne : « OK… et je dis quoi, maintenant ? »

Elle prend conscience que la discussion sur la littérature leur a fourni un terrain commun – une île sur laquelle se promener ensemble, facilement, agréablement. Mais ils ne peuvent rester là indéfiniment. Seulement, elle ne sait pas où aller maintenant. Elle se sent coincée et sait que parler à nouveau de littérature ne fera qu'accentuer ce malaise.

— J'ai quitté mon mari.

Pourquoi a-t-elle dit cela ? Quelle mouche l'a piquée ? C'est comme si elle venait de sauter de leur île pour faire un plongeon dans l'eau glacée.

— Ah… d'accord… Est-ce que ça va ?

Elle voit bien qu'il ne sait comment digérer cette information. Comment pourrait-il en être autrement ? Pour l'instant, ils sont de simples connaissances ayant convenu de se retrouver pour prendre un thé – devenu un déjeuner, en l'occurrence. L'hésitation embarrassée d'Euan crève les yeux, et Janice est gênée pour lui. Peut-il se permettre de demander ? Devrait-il demander ? Se formalisera-t-elle ? Finalement, il relève les yeux et fait ce qu'elle a fait lors de leur première rencontre : revenir en terrain sûr, avec une discussion plus anodine.

— Et vous, alors ? Où avez-vous grandi ?

Elle se détend ; elle peut répondre à cette question. Du moins, en partie.

— J'ai grandi à Northampton. Nous nous sommes installés au Royaume-Uni quand j'avais sept ans.

Il hoche la tête, notant la petite similitude dans leurs histoires respectives – le même âge que celui auquel il est arrivé à Hay-on-Wye.

— Je suis née en Tanzanie, mais nous avons déménagé à Durham quand mon père a obtenu un poste de professeur au département d'archéologie de l'université de Durham. Ils étaient très intéressés par ses travaux sur les gorges d'Olduvaï.

— J'ai lu des choses là-dessus. C'est le site préhistorique où l'on a trouvé les plus vieux fossiles humains, si je ne m'abuse ?

Elle acquiesce d'un signe de tête tout en pensant que c'est son amour pour ces gorges, plus que ses années d'enseignement à Durham, qui constituent le cœur de l'histoire de son père.

— Mais vous avez atterri à Northampton ?

Le regard de Janice se perd par la fenêtre, bien au-delà des vélos et des bâtiments.

— Mon père est mort quand j'avais dix ans. Un cancer du pancréas. Ça a été très rapide, ajoute-t-elle.

Elle ne sait toujours pas si cela a été une bonne ou une mauvaise chose. Ses yeux se posent à nouveau sur Euan. Elle est heureuse qu'il n'ait pas prononcé les mots habituels dans cette situation – « Je suis désolé. » Elle a assez de désolation pour deux.

— Nous avons déménagé à Northampton parce que ma mère voulait rester au Royaume-Uni, et qu'elle avait une sœur là-bas.

— Elle y vit encore ?

— Non, elle est morte il y a quinze ans.

Cette fois, il cède au réflexe :

— Je suis désolé.

Elle le lui concède. Parce qu'elle, elle n'est pas désolée. Elle sait que c'est horrible, et elle trimballe une montagne de culpabilité à cause de cela. Heureusement, elle avait déjà de solides fondations pour l'accueillir – un énorme soubassement de roche sur lequel poser cette montagne.

Janice se rend compte que, si leur précédente conversation s'était déroulée à un volume normal, ils parlent maintenant en chuchotant. Elle pensait pourtant pouvoir le faire, mais non ; elle n'y arrive pas.

— Avez-vous des frères et sœurs ? s'enquiert-il.

— J'ai une sœur, parvient-elle à répondre alors que l'envie de partir la saisit.

Tout cela ne sert à rien. Ça ne marchera jamais. Elle se lève, et il en fait de même un instant plus tard. Il tend à demi une main vers elle, comme pour… Quoi ? L'empêcher de s'en aller ? Prendre sa main ? Mais son bras retombe aussitôt. Elle lui jette un regard furtif, juste le temps de voir qu'il fronce les sourcils, l'air soucieux.

— Je dois y aller, dit-elle en se tournant pour prendre son sac accroché à sa chaise.

— Écoutez, Janice…

Cette fois, il tend vraiment une main vers elle. Il ne la touche pas, mais cette main plane quelque part entre eux deux et reste là.

— Est-ce qu'on pourrait recommencer ? On n'est pas obligés de parler de la famille, vous savez. On pourrait parler littérature. Et uniquement de ça.

Elle pense à l'île de livres qu'ils se sont trouvée ; elle veut y retourner, plus que n'importe où au monde. À sa grande surprise, elle lui dit alors :

— Je collectionne les histoires. Je ne parle pas des histoires qu'on trouve dans les livres – même si j'en ai quelques-uns –, mais les histoires des gens. Des gens ordinaires.

Elle ne sait pas comment l'expliquer autrement.

— Je fais pareil avec les conversations.

Il semble embarrassé, comme s'il avait déposé un paquet de biscuits industriels au milieu de gâteaux faits maison.

— Ce ne sont pas de vraies histoires en tant que telles. Juste des choses que j'entends qui me font réfléchir, ou rire…

Sa voix faiblit.

Il se reprend :

— Alors, on pourrait parler bouquins et échanger sur nos histoires… Même si les miennes ne sont… pas vraiment…

Parce qu'il se donne du mal et parce qu'elle se rend compte qu'elle ne supporte pas l'idée de ne jamais le revoir, elle l'interrompt :

— Oui, ce serait chouette.

Il lâche un soupir, épuisé comme un homme qui vient de gravir le mont Snowdon.

En partant du café, elle ne peut s'empêcher de se demander quelle est l'histoire d'Euan. Elle espère qu'il la lui dira, la prochaine fois qu'ils se verront. Sauf que, s'il le faisait, ce ne serait pas très juste ; car jamais elle ne lui dira la sienne.

25

Lire entre les lignes

Mme B. est assise à la table en chêne, à côté d'un petit homme replet. Son visage est ridé comme une pomme restée trop longtemps dans la coupe à fruits. Il est vêtu de manière très ordinaire, et si Janice devait deviner quel était autrefois son métier, elle dirait qu'il est issu d'une longue lignée de plombiers.

— Voici Mycroft, déclare Mme B. en invitant Janice à se joindre à eux. Et voici Janice, ajoute-t-elle en inclinant la tête vers elle.

Le petit homme se lève d'un bond, avec une célérité étonnante pour son âge. Il tend une main à Janice.

— Fred, je vous en prie. Pas de ça entre nous. Je m'appelle Fred Spink. Ravi de faire votre connaissance, Janice.

Il ne dit pas «J'ai beaucoup entendu parler de vous», mais c'est tout comme, et Janice a la certitude qu'ils étaient en train de parler d'elle juste avant qu'elle arrive. Elle ne peut s'empêcher de se demander ce que Mme B. a pu dire.

Celle-ci l'arrache à ses pensées.

— Arrête un peu tes bêtises, Fred. Tu seras *toujours* Mycroft pour moi.

Janice se rend compte avec stupeur que Mme B. est en train de flirter. Cette vieille chipie est encore capable d'être frivole!

Mycroft glousse et rougit, ressemblant de plus en plus à une pomme.

— Allons, un peu de tenue, Rosie. Sinon, je raconte à Janice ce qui s'est passé à Madagascar.

Rosie ?! Janice tire une chaise pour s'asseoir à la table. Elle regrette qu'il n'y ait plus de vin dans cette maison – elle aimerait beaucoup entendre « ce qui s'est passé à Madagascar » autour d'un verre ou deux. Mais bien sûr, il n'y en a pas. Le souvenir du vin perdu assombrit son humeur, tout comme la déclaration suivante de Mycroft :

— Maintenant, avant de nous laisser emporter, je suggère que nous nous attaquions à la question qui nous occupe.

Il tire vers lui quelques papiers posés sur la table et chausse une paire de lunettes à monture argentée.

— J'ai longuement parlé à Stanley et j'ai lu toute la documentation que tu m'as envoyée, Rosie.

Janice ne peut s'en empêcher ; elle est à nouveau distraite. Elle essaie de s'imaginer en train d'appeler Mme B. « Rosie », mais n'y parvient pas. Elle ne l'a jamais envisagée comme une femme dotée d'un prénom – et certainement pas d'un prénom de petite fille. Si elle avait dû lui en choisir un, elle aurait opté pour quelque chose comme Drusilla, ou Méduse – c'était bien la femme avec des serpents en guise de cheveux, n'est-ce pas ? Mais… Rosie ? Une femme nommée Rosie ne peut pas tuer un homme.

— Janice, auriez-vous l'obligeance de nous accorder votre attention, ou est-ce trop vous demander ? gronde Mme B.

Mycroft poursuit :

— J'ai également réussi à consulter la documentation détenue par l'université, et disons que…

Son regard se porte vers le coin le plus éloigné de la pièce.

— Il se *peut* que j'aie eu la chance d'obtenir un aperçu de la correspondance électronique entre les parties intéressées.

Son regard est encore plus vague que quelques secondes plus tôt.

— Autrement dit, tu as réussi à pirater leur système, traduit Mme B. tandis que ses pieds commencent à se balancer joyeusement sous la table.

— Oh, voilà un talent qui dépasse de loin mes capacités, et je nierais avec véhémence cette déduction, si elle devait être suggérée, répond Mycroft avec un coup d'œil par-dessus ses lunettes tout en bougeant la tête d'un côté à l'autre pour regarder ses interlocutrices tour à tour.

Les pieds de Mme B. se balancent toujours.

— Mais tu connais quelqu'un qui sait le faire.

— Une fois de plus, tes suggestions vont bien au-delà de mes compétences. Après tout, je ne suis qu'un fonctionnaire à la retraite, vivant tranquillement avec ma femme à Sevenoaks. La chose la plus excitante que je fais ces temps-ci est d'assister à la réunion mensuelle de notre groupe d'ornithologie local. Savez-vous que nous avons récemment observé à Sheerness une fauvette du désert qui avait quitté sa voie de migration ?

Mais Mme B. n'est pas dupe.

— Alors, qu'est-ce qu'ils disaient, ces e-mails ?

— Oui, en avez-vous des copies que nous pourrions lire ? demande Janice.

Mme B. et Mycroft tournent la tête à l'unisson pour dévisager Janice. Le vieil homme vient lui tapoter la main.

— Ma chère enfant… on ne garde jamais de trace écrite.

Il secoue la tête avec un air de doux reproche.

— Je vais résumer. Les principaux faits sont les suivants : Augustus, en sa qualité de président d'une fondation d'éducation créée par son arrière-grand-père, a fait un don substantiel à l'université quand il en était le doyen.

Il marque une pause et regarde Janice.

— Vous ne le savez peut-être pas, Janice, mais les revenus de la famille d'Augustus provenaient de l'importation et de la distribution de spiritueux et autres boissons enivrantes. Une entreprise fort lucrative, en particulier à la fin du XVIIIe siècle. Toutefois, l'arrière-grand-père d'Augustus a connu un « chemin de Damas » lorsqu'il a été arrêté – en tant que simple témoin innocent, très probablement…

Les yeux de Mycroft se tournent une fois encore vers les chevrons à l'autre bout de la pièce.

— … au cours de ce que l'on appellerait ultérieurement le Scandale de Cleveland Street. La police a fait une descente dans un bordel où n'officiaient que des hommes, et a arrêté un certain nombre d'individus extrêmement renommés, parmi lesquels un duc, me semble-t-il. L'arrière-grand-père d'Augustus n'a jamais été accusé de quoi que ce soit, mais son nom circulait à bas bruit dans les clubs de Londres. C'est à ce moment-là qu'il a lancé une grande campagne publique contre les causes du vice, et en particulier les ravages de la boisson…

Mme B. l'interrompt.

— Augustus a toujours dit qu'il était le plus crétin de tous ses ancêtres. Pas à cause de ses prédilections, mais pour avoir attaqué les fondements mêmes qui avaient fait la fortune de l'entreprise.

— Que s'est-il passé ? demande Janice, impatiente de savoir.

Mycroft poursuit :

— Il a investi une somme énorme dans une fondation à visée éducative. Au début, il s'agissait de promouvoir un mode de vie abstinent, mais, au fil du temps, ce principe a été assoupli pour inclure diverses formes d'éducation. Par chance pour les siens, l'arrière-grand-père d'Augustus est décédé peu après d'une attaque cérébrale, ce qui a permis d'éviter la ruine de la famille.

— Combien la fondation a-t-elle donné à l'université ?

— Environ quarante millions de livres, répond Mme B. à Janice.

— Waouh !

Mycroft se penche en avant et joint les mains en un petit chapiteau devant lui.

— Et c'est là qu'Augustus a pu faire la preuve de son talent de diplomate et de négociateur.

Il se tourne vers sa vieille amie.

— C'était vraiment un homme remarquable, ma chère.

— Je sais, Fred, répond doucement Mme B.

Mycroft toussote et reprend son récit :

— Dans les termes de la dotation, il n'est pas fait ouvertement référence à cette propriété…

Ne jamais laisser de trace écrite. Janice apprend vite.

— Toutefois, certaines formulations suggèrent qu'il y avait, disons, des conditions à respecter. En lisant entre les lignes, il semble que l'université n'ait nullement rechigné à les accepter, considérant le montant du capital donné, et que les « conditions » étaient loin de léser l'établissement. La documentation fait référence à un autre don, plus personnel – ou plutôt une sorte de prêt, devrais-je dire. En l'occurrence, Augustus autorisait le collège à percevoir les intérêts d'une somme de deux millions de livres sterling qu'il avait placée dans un autre fonds. L'implication est claire – quoique non explicite, avouons-le : les revenus que l'université toucheraient seraient une compensation pour permettre à Rosie de vivre ici jusqu'à la fin de sa vie. Cette clause a été rédigée au moment où Augustus a reçu son dernier diagnostic de cancer – lorsqu'il a su que cette fois, il était en phase terminale.

— Votre mari a veillé à ce que vous puissiez rester entre ces murs, conclut Janice.

Mme B. se contente d'un hochement de tête. De toute évidence, elle est incapable de parler.

— Elle peut donc bel et bien rester ici ? demande Janice en regardant Mycroft.

Elle s'aperçoit qu'elle ne sait pas comment appeler Mme B. devant son ami. Jusqu'ici, elle s'en est sortie en utilisant un simple « elle » par-ci, par-là. « Mme B. » lui semble déplacé, et l'idée de l'appeler Rosie trop grotesque. Elle se demande combien de temps elle va pouvoir continuer ainsi.

Mycroft étudie à nouveau les chevrons du plafond.

— Il s'agit de respecter les dispositions de l'accord… Selon les termes de cet accord, elle peut assurément rester, mais si elle part volontairement, ou parce qu'elle n'est plus apte à vivre ici, les deux millions de livres sterling reviennent à la succession d'Augustus, puisque ce fonds était en son nom propre. Et cette partie de la succession sera logiquement léguée à son fils, Tiberius.

— Alors Tiberius veut faire main basse sur les deux millions ?

Janice commence à comprendre l'allusion à l'argent que Tiberius avait faite. Mais celui-ci avait pourtant dit que tout cela n'était *pas* une question d'argent, non ?

— Cet argent, est-ce qu'il veut s'en servir pour créer une sorte de… Une sorte d'hommage à son père ?

Mycroft n'a jamais été aussi fasciné par les poutres du plafond.

— Ah, c'est certainement ce qu'il veut faire croire à l'administration de l'université. Et celle-ci n'est que trop heureuse de participer à ce projet. Après tout, ils apprécieraient fort de récupérer ce bâtiment et de bénéficier de l'investissement suggéré par Tiberius… Seulement…

Mme B. se charge de finir pour lui :

— Seulement, tu as découvert que Tiberius n'a aucune intention de donner cet argent à l'université, et que les plans qu'il a élaborés ne sont qu'une façade pour obtenir leur soutien.

Il sourit un peu tristement à la femme de son vieil ami.

— Je crois que, comme le dit le dicton populaire, « Vous pouvez penser cela, mais je ne peux pas le commenter ».

La lumière du soleil de fin d'après-midi se reflète dans les verres de ses lunettes, empêchant Janice de voir ses yeux.

Tous trois se réadossent sur leurs chaises.

— Alors, qu'est-ce qu'on fait ? demande-t-elle à Mycroft en regardant Mme B., toujours silencieuse.

Janice se demande dans quelle mesure la trahison de Tiberius affecte sa mère. Le savait-elle ? S'en était-elle doutée ? Tout ce qu'elle a entendu dire à propos du bâtiment n'était donc que du baratin. Ou peut-être que son fils serait heureux que l'université récupère les lieux – sans toucher pour autant à son argent. Mais que prévoit-il pour sa mère, le cas échéant ? Elle n'irait certainement pas vivre avec eux.

Le vieil homme poursuit son explication :

— Les informations que Stanley m'a transmises indiquent que Tiberius encourage l'université à rassembler des éléments pour prouver que tu n'es pas seulement infirme, mais que tu représentes un risque pour toi-même et pour le logement que tu occupes, en raison de ton addiction à l'alcool. Il espère ainsi pouvoir te faire expulser.

Mme B. les regarde tour à tour et secoue la tête.

— Je sais que je dois vous paraître idiote de vouloir rester ici…

— Pas du tout, ma chère, pas du tout.

Mycroft retire ses lunettes et se frotte les yeux.

— Vous devez penser que mon fils a droit à cet argent…

— Rosie, permets-moi de te couper. Rappelle-toi que j'étais l'un des exécuteurs testamentaires de Tiberius. Nous savons tous deux pertinemment que Tiberius a été fort bien loti.

— Oui, mais il a toujours eu des goûts de luxe…

Elle se tait et contemple les étagères remplies de livres qui tapissent la pièce. Elle semble y chercher quelque chose.

— Ce qu'il y a, c'est que je me rends compte qu'Augustus me manque de plus en plus à mesure que le temps passe, et non l'inverse ; et c'est ici, où nous avons vécu ensemble, tellement heureux, que j'ai parfois l'impression de le sentir encore auprès de moi. Quand je m'assois en face de son vieux fauteuil, je m'imagine presque qu'il est encore à mes côtés, et j'ai peur de le perdre totalement si je pars m'installer ailleurs.

Janice voit une larme rouler doucement sur la peau parcheminée de sa joue. C'est à cet instant qu'elle se décide. Si la guerre doit être déclarée, elle sait quel sera son camp. Après tout, Stan est déjà agent double ; elle sera en bonne compagnie. Il faudra juste qu'elle se montre très prudente. Elle essaie de ne pas penser à Decius. Elle aimerait pouvoir se dire que ce n'est qu'un chien, mais elle sait qu'elle n'y arrivera jamais.

— Que puis-je faire pour vous aider ? demande-t-elle, affichant clairement son allégeance.

Mycroft regarde sa vieille amie et tend la main gauche pour prendre celle de Mme B. dans la sienne. De l'autre main, il tire un bloc-notes vers lui et attrape un stylo pour y noter quelques mots. Il le passe à Janice.

— Pour commencer les hostilités juridiques, je suggère que nous nous inspirions de cet ouvrage. Je suppose que vous en trouverez un exemplaire dans cette bibliothèque.

Janice a classé plus des deux tiers des livres de Mme B., et elle est certaine de n'avoir vu aucun livre de droit dans sa collection. Elle jette un coup d'œil au papier et fronce les sourcils en avisant le titre qui y est inscrit. Puis, tout s'éclaire. Sans réfléchir, elle vient tapoter l'épaule de Mme B. et lui dit :

— Oh, je crois que ça va vous plaire.

Elle se réjouit de voir une étincelle d'excitation dans les yeux que la vieille dame pose sur elle.

Elle ne lui en dira pas plus avant d'avoir gravi l'escalier de la galerie et trouvé là-haut ce qu'elle cherche. Elle sait exactement où il se trouve. Elle l'a placé là elle-même, entre *Barnabé Rudge* et *David Copperfield.* Elle revient avec l'exemplaire relié de cuir de *Bleak House* de Charles Dickens et le donne à Mycroft. Elle ne résiste pas à la tentation de glisser un petit commentaire :

— Jarndyce contre Jarndyce, me semble-t-il.

L'œil aiguisé de Mme B. passe du visage de Janice à celui de Mycroft, et ses pieds commencent à s'agiter d'avant en arrière.

— Ah, c'est ça, l'idée ? J'espère que tu ne vas pas me mettre sur la paille, Mycroft ?

— À la différence des avocats de *Bleak House*, qui ont passé des dizaines d'années à débattre du sort de la fortune des Jarndyce, tant et si bien qu'au bout du compte il n'en restait plus rien, ma prestation sera entièrement bénévole.

— Tu ne peux pas faire ça, Fred. Augustus n'aurait jamais accepté, tu le sais bien.

— Ce que je sais, c'est qu'il aurait certainement été navré qu'il soit nécessaire d'en arriver à de tels recours contre son propre fils. Mais je crois qu'en revanche il se serait réjoui à l'idée que je me lance dans une affaire aussi tordue. Oh, oui, ça lui aurait beaucoup plu.

Janice pense que Mme B. pleure à nouveau, mais elle sourit en même temps.

— Crois-tu qu'il y ait moyen de récupérer le vin ? demande-t-elle.

— Hélas, j'ai bien peur qu'en l'espèce ce soit une cause perdue. Nous ne devons en aucune manière fournir le moindre argument, si minime soit-il, qui puisse être employé par la partie adverse pour soutenir leur thèse selon laquelle tu serais une vieille dame infirme et accro à la bouteille.

Mycroft fouille dans sa poche et en sort son portefeuille.

— Cela ne signifie pas pour autant que nous n'ayons pas d'autres moyens d'arriver à nos fins. Janice, serait-ce abuser de ma part si je vous demandais d'aller chez le caviste du coin afin que nous puissions trinquer à notre nouvelle coalition ? Je crois que nous devrions également inviter Stanley à se joindre à nous. Habituellement, je ne suis pas homme à me courroucer outre mesure, mais j'avoue que, lorsque j'ai appris que Tiberius s'était emparé du précieux vin de Rosie et d'Augustus, j'ai vu rouge – ma femme pourra en témoigner.

Janice se dirige vers le placard près de l'évier pour y prendre le nécessaire.

— Un seau ? s'étonne Mycroft.

— Eh bien, personne dans cet établissement n'a à savoir ce que nous faisons, et qui prêterait la moindre attention à une femme de ménage entre deux âges portant un seau ?

— Oh, vous, vous allez faire une bonne espionne, déclare Mme B. tandis que Janice part en direction de la porte.

26

Le prince étranger

C'est avec fermeté que Mycroft refuse un second verre de vin.

— Un seul pour moi, merci. Je conduis, et Elsie va s'inquiéter si je tarde trop.

Un peu plus tard, il demande à Janice si elle aurait la gentillesse de le raccompagner jusqu'au parking des visiteurs. Elle sent qu'il ne s'agit pas seulement de lui éviter de se perdre.

— J'espère que vous ne m'en voulez pas de ce petit tête-à-tête, Janice. Je voulais juste vous remercier de veiller ainsi sur Rosie. Elle n'est pas aussi forte qu'elle voudrait nous le faire croire. Voici mes coordonnées, si vous avez besoin de moi.

Il lui tend une petite carte blanche. Janice s'attend presque à y lire « Spink & Fils, Plombiers de père en fils depuis 1910 ». À la place figure simplement un numéro de téléphone, rien de plus. Bien sûr – jamais de trace écrite. Tout en acceptant la carte, elle se rend compte qu'elle a le même problème avec lui qu'avec Mme B., tout à l'heure. Elle ne peut se résoudre à l'appeler Mycroft, ou Fred, et Monsieur Spink lui paraîtrait encore plus absurde. Elle évite donc de le nommer d'une quelconque manière.

— Le plus triste dans tout cela, Janice, c'est que cette histoire cause à Rosie un stress énorme et inutile, alors que Tiberius et l'université auraient très bien pu attendre patiemment quelques années supplémentaires pour récupérer leur argent et leur bâtiment. J'espère que Rosie vivra au moins cinq ans de plus, mais nous nous devons d'être réalistes avec ces choses-là. C'est la raison pour laquelle j'ai fait en sorte qu'Andrew, mon fils, dont je suis fier de dire qu'il m'a emboîté le pas professionnellement, soit entièrement au courant de notre affaire. Il reprendra volontiers le flambeau de l'affaire... disons... Jarndyce contre Jarndyce, si je devais moi-même casser ma pipe. Il aimait beaucoup Augustus et lui est extrêmement reconnaissant d'avoir réglé pour lui un certain problème en Mongolie, impliquant un cochon et un dromadaire volé. Une erreur de jeunesse, bien sûr, mais les autorités de là-bas ne voyaient pas les choses de cet œil-là.

Janice (la collectionneuse d'histoires) se demande si elle pourra convaincre Mycroft de lui raconter un jour celle de son fils.

Le vieil homme ouvre la portière de sa voiture. Il se tourne vers elle au moment de se baisser pour s'asseoir dans le véhicule.

— Je crois que ce qui me chamboule le plus, dans tout cela, c'est de voir qu'on ose mentir à une femme aussi forte et la malmener de la sorte, juste parce qu'elle est vieille. Et le fait que ce soit son propre fils qui agisse ainsi me choque au-delà des mots.

Il secoue la tête et referme la portière. Janice songe qu'au moins les problèmes qu'elle a avec Simon viennent juste de la distance qui s'est établie entre eux, et ne sont pas ancrés dans une forme d'aversion ou de tromperie.

En repassant devant la conciergerie, elle voit que Stan est de retour à son poste. Il lui coule un clin d'œil complice à son passage. En arrivant à l'angle qui donne sur le carré de gazon, elle consulte son portable et constate qu'elle a reçu quatre nouveaux textos de Mike. En plus des huit reçus précédemment. Leur ton varie, parfois affectueux (*cc mon cœur écrit moi tu me manques*), parfois irrité (*il fo kon se vois c pas normal se ki se passe*), ou carrément autoritaire (*je veux la voiture maintenant!!!!!*). Elle est surprise qu'il ne lui ait pas encore envoyé un *keskon mange ce soir?* Après lui avoir simplement indiqué qu'elle allait bien et était chez un ami, elle n'a répondu à aucun de ses messages. Pour la voiture, elle verra ça plus tard. Elle s'en veut un peu de l'en priver, mais elle a dû s'en passer elle-même pendant tellement longtemps qu'elle estime que cela ne fera pas de mal à Mike d'attendre le bus sous la pluie pendant un moment. Elle a pris le temps de faire deux choses concernant leur relation: appeler la banque pour s'assurer qu'il ne puisse obtenir le droit à un découvert sur leur compte, et essayer de contacter leur société de crédit immobilier. Cette dernière tentative s'est révélée infructueuse, car les informations de contact sur le site web la renvoyaient continuellement à la page des questions fréquemment posées, au lieu de lui donner un numéro de téléphone ou une adresse électronique qu'elle pourrait utiliser. Elle tient à s'assurer que Mike ne pourra pas réhypothéquer leur maison – une fois de plus.

Elle a également reçu un message d'Euan, et ils ont convenu de se retrouver le lendemain soir pour boire un verre dans un pub au bord de la rivière. En ouvrant son message, elle a senti la panique monter en elle, mais elle s'est répété qu'elle devait s'en tenir aux livres et aux histoires, et que tout irait bien. Et il semble que cela fonctionne, car elle attend maintenant ce moment avec une grande impatience.

De retour chez Mme B., elle la trouve en train de l'attendre près du feu électrique. Elle leur a servi à chacune un autre verre de vin et Janice se résout à laisser sa voiture ici pour la nuit et à rentrer en bus. Elle se demande si Euan travaille parfois le soir ou la nuit.

— Êtes-vous prête pour le prochain épisode des aventures de Becky ? demande la vieille dame en s'installant plus confortablement dans son fauteuil.

— Entrée en scène du prince étranger ?

— En effet.

— Mme B., avant que nous commencions… est-ce que ça va ?

— Ah, parce que je suis de nouveau Mme B., maintenant ? J'ai bien vu que vous n'osiez pas m'appeler ainsi, ni autrement d'ailleurs, quand Mycroft était là.

— J'hésitais à vous appeler Rosie.

Mme B. ignore cette réponse et boit une gorgée de vin, mais Janice aperçoit le petit frémissement éloquent d'un côté de son visage.

— Nous avons donc laissé Becky profitant des plaisirs de Paris qui, malgré la guerre – nous sommes en 1917 –, restait un endroit très agréable à vivre pour qui avait de l'argent et des contacts, ce dont Becky ne manquait pas. Nous la rejoignons pour déjeuner à l'hôtel Crillon, qui donne sur la place de la Concorde. Je l'imagine en train de décortiquer une pince de homard en contemplant la place, où, un siècle plus tôt, Marie-Antoinette a été envoyée à la guillotine et débarrassée de son fardeau d'ennuis mondains.

— Mme B., vous devenez très lyrique, commente Janice en prenant son verre de vin.

— Voilà ce qui arrive quand on passe un certain temps en compagnie de Shéhérazade.

C'est au tour de Janice de contenir un sourire.

— Becky est rejointe à table par un vieil ami qui souhaite lui présenter quelqu'un. Comme vous le savez, il y avait certaines règles dans son monde, surtout en ce qui concernait l'étiquette entourant les présentations. Un nouveau « prétendant », appelons-le ainsi, avait besoin d'une tierce personne pour faire la première avance. C'est donc l'ami de Becky qui procède aux présentations ; son compagnon était un jeune homme d'une vingtaine d'années, même si Becky aurait pu le croire encore plus jeune. Un beau garçon, mince et réservé. Le prince étranger.

— D'où venait-il ? Est-ce que j'ai pu entendre parler de lui ?

— Nous y viendrons. Il s'assit près d'elle et ils entamèrent une conversation. Le jeune homme n'avait jamais particulièrement aimé le français, mais il le parlait assez bien. Son allemand était bien meilleur. Après un déjeuner léger, il s'ensuivit ce que le prince décrirait plus tard comme « trois jours de bonheur absolu ». L'après-midi, ils partirent en voiture dans la campagne endormie et verdoyante, loin des combats. Ils dînèrent ensemble à Montmartre, allèrent au cinéma et, chaque matin, traversèrent le bois de Boulogne sur des chevaux de l'écurie de Becky. Lorsqu'ils constatèrent que les clubs de nuit du centre de Paris fermaient tôt, en raison de la guerre, ils se rendirent, comme beaucoup d'autres, dans des maisons isolées de la banlieue parisienne où ils pouvaient boire et danser jusqu'au bout de la nuit. Sans oublier les fameux *cinq à sept*, naturellement.

— Le prince était donc devenu un « homme important » pour elle ?

Mme B. acquiesce d'un hochement de tête.

— Comment pourrait-on en vouloir à Becky ? Non seulement il était jeune et séduisant, mais il était prince et extrêmement riche. Cela nous amène à une autre règle de *la courtisane* : jamais un prince ne se serait abaissé à quelque chose d'aussi sordide que de donner de l'argent liquide pour les services de Becky. Mais il offrait d'autres compensations. Le prestige, bien sûr, et aussi des cadeaux comme des bijoux ou des vêtements ; il pouvait lui faire envoyer des fleurs ou un flacon de parfum de luxe. Il pouvait aussi écrire à « *Mon bébé* », comme le fit ce jeune prince, en lui déclarant son amour et en parsemant ses pages de mots tendres et enfantins. En retour, Becky lui envoyait les chocolats qu'il aimait, et de la littérature érotique, qu'il finirait par fort apprécier. Mais je vais un peu trop vite. Pour l'instant, nous sommes toujours à Paris, le couple a passé trois jours de bonheur ensemble, et il est temps pour le prince de retourner à ses obligations.

— Où est-il parti ? Vous avez dit qu'il parlait très bien l'allemand…

— Je suppose que vous imaginez déjà un jeune parent de l'empereur Guillaume II, avec ses bottes noires typiquement germaniques posées sur le sofa de l'hôtel Crillon. Vous auriez en partie raison – ils étaient en effet de la même famille. Le père du prince, le roi, était le cousin de l'empereur. Le prince de notre histoire est le prince de Galles.

— Vous parlez du prince Edward, celui qui avait fait scandale avec Mme Simpson ?

Mme B. opine du chef, visiblement ravie de son petit effet.

— Vous plaisantez ?

La vieille dame se contente de sourire, et son expression rappelle à Janice celle de Decius quand il lui rapporte un bâton particulièrement gros.

— Quand vous parliez d'un prince « étranger », je pensais plutôt qu'il serait égyptien, par exemple, comme l'amant précédent de Becky.

— Un Anglais ne pourrait-il donc pas être un étranger ? Vous me surprenez, ma chère, dit Mme B. en arquant un sourcil broussailleux.

— Arrêtez, vous savez très bien que je ne suis pas comme ça. J'ai beau avoir quitté la Tanzanie quand j'étais très jeune, je me souviens parfaitement de ce genre d'étrangers – les Anglais qui venaient visiter les sites de fouilles avec mon père.

— Vous êtes donc née en Tanzanie, et votre père était archéologue… Les gorges d'Olduvaï, peut-être ?

Janice n'arrive pas à croire qu'elle vient de tomber dans le piège de Mme B. Une preuve de plus qu'il ne faut jamais sous-estimer une ancienne espionne diplômée avec la mention « Excellent » et qui a déjà tué un homme – quel que soit l'âge de celle-ci.

Elle s'en ouvre à la vieille dame :

— Vous êtes rusée, Mme B. Je m'en suis doutée dès la première fois que je vous ai vue, dans ce ridicule kimono violet.

L'intéressée lui sourit comme si Janice venait de lui faire le plus beau compliment imaginable.

— Eh bien, voulez-vous en savoir davantage sur Edward et Becky, oui ou non ?

— Vous savez bien que oui, répond Janice en leur versant le reste du vin. Je ne savais pas qu'il avait eu d'autres maîtresses… Même si cela n'a finalement rien de surprenant, mais c'est toujours de Mme Simpson qu'on entend parler.

— Edward, un garçon tout sauf précoce, était plutôt du genre à se révéler sur le tard… Quelques années avant de rencontrer Becky, on l'avait envoyé passer quelque temps dans une famille en France. Je crois que l'idée était de lui faire découvrir un monde plus sophistiqué, si je puis dire. Je crains que ces Français n'aient trouvé notre Edward très ennuyeux : il se couchait de bonne heure, et son seul véritable intérêt était le sport – le tennis, le polo, l'équitation, la voile et le golf. Les projets visant à l'attirer dans le monde du vin, des femmes et des chansons échouèrent lamentablement, tout comme les tentatives de la famille de l'introduire dans une société plus cultivée. Ce nigaud trouvait les déjeuners avec les grands et les beaux esprits atrocement ennuyeux, et il préférait de loin frapper une balle sur un court ou un terrain.

« Cependant, sur le chemin qui allait le mener à rencontrer Becky, il fut mis en lien avec une femme agréable que l'on avait encouragée à prendre le prince en main. C'est ce qu'elle fit, et le résultat se révéla tout à fait remarquable. Edward décida soudain qu'il aimait les femmes – autant que le sport –, et il commença à rattraper le temps perdu. Son enthousiasme pour le sexe opposé n'était pas toujours du meilleur goût ; il méprisait celles qu'il qualifiait de « laides comme le péché », et nombre de ses commentaires sur les femmes étaient à la fois humiliants et insultants. Toutefois, lorsqu'il rencontrait une fille qu'il trouvait attirante, il pouvait se montrer charmant et attentif. Il est intéressant de noter que beaucoup de ceux qui l'ont rencontré ont rapporté que le prince avait une façon de vous accorder son attention qui pouvait être très flatteuse. Ceux qui le connaissaient mieux savaient qu'en réalité il ne gardait que peu de souvenirs de ces rencontres.

« Cela dit, il ne fait aucun doute que son déjeuner avec Becky lui fit forte impression. Il était affectivement immature, et bien sûr, comparé à Becky, totalement novice en matière de sexualité. Ceci explique peut-être qu'il ait mordu à l'hameçon à ce point. Je pense que l'on peut dire sans se tromper qu'il s'agissait là de sa première véritable passion. Il est intéressant de noter que, plus tard, il s'est rapproché de femmes très dominantes, à qui il demandait même de lui mettre « une bonne correction ». Qui sait si ce n'est pas Becky, dans son personnage de dominatrice, qui lui aura mis le pied à l'étrier, si j'ose m'exprimer ainsi ?

— Êtes-vous *sûre* que tout cela est vrai, Mme B. ? J'ai du mal à y croire.

— Les faits ont été rapportés par de nombreux historiens. Je ne fais que vous les relater sous leur meilleur jour.

Janice hoche la tête ; elle-même se sent de plus en plus l'âme d'une conteuse, en plus d'une collectionneuse.

— Est-ce que tout cela vous donne une idée du genre d'homme qu'était Edward ? demande Janice, fascinée par ce nouveau personnage.

— Il était probablement assez séduisant à cette époque – un jeune garçon de vingt-trois ans, timide et plutôt doux. Lorsqu'il est devenu un homme, je pense que vous auriez trouvé en lui suffisamment d'éléments pour en faire le méchant de n'importe quelle histoire. Il était égocentrique, vaniteux et cupide. Plus tard, lors de l'abdication, il mentit éhontément sur sa richesse pour tenter de faire financer sa nouvelle vie par le pays. Il pouvait se montrer capricieux et rancunier à l'égard des personnes qu'il avait prises en grippe. Il était aussi incroyablement têtu ; on disait de lui que, bien qu'il ressemblât à une gazelle, il tenait beaucoup plus du cochon. Même ses meilleurs amis ne l'auraient pas qualifié d'homme intelligent et, comme vous le savez certainement, il a manifesté plus tard un intérêt plus que malsain pour le fascisme qui se développait alors en Allemagne et en Italie. Le racisme et le sexisme sont devenus ses compagnons quotidiens. Son courtisan le plus expérimenté et son Premier ministre ont tous deux déclaré qu'ils pensaient qu'il ferait un roi désastreux – et l'histoire leur a donné raison. Mais comme pour tout personnage, tout méchant, il y a toujours une autre facette.

— Quelle était donc cette autre facette ?

— Je pense que le mieux est de vous raconter une petite anecdote. Pendant la Première Guerre mondiale, le rôle d'Edward était essentiellement administratif et consistait surtout à remonter le moral des troupes. Il trouvait la plupart de ces tâches extrêmement fastidieuses et, comme nous le verrons, il profitait de la moindre occasion pour s'échapper à Paris ou à l'endroit où Becky séjournait. Cependant, le matin de cette petite anecdote, il devait aller rendre visite à des soldats blessés au combat. Dans cet hôpital se trouvaient des hommes qui avaient reçu des blessures épouvantables, certains ayant perdu des membres, la vue, d'autres ayant subi de terribles blessures au visage. Alors qu'Edward se promène dans les salles, un commentaire anodin de l'un des médecins révèle qu'on ne lui montre qu'une partie des patients. Ceux qui présentaient les blessures au visage les plus horribles étaient tenus à l'écart. Edward insiste alors pour rendre visite à ces soldats et, lorsqu'il tombe sur un homme qui osait à peine le regarder – un homme tellement défiguré qu'il ne ressemblait presque plus à un être humain –, il se penche vers lui et embrasse l'homme sur ce qu'il restait de sa joue.

Janice doit soudain refouler des larmes. Mme B. l'observe attentivement.

— Exactement, se contente-t-elle de dire.

Après une pause, elle ajoute :

— Je sais que vous aimez les histoires qui révèlent la façon dont le talent, la bonté et le courage se cachent souvent dans l'ordinaire. Vous me permettrez donc quelques anecdotes qui nous donnent l'espoir que nos méchants sont rachetables. J'aime m'accrocher à cette idée.

Janice se demande si elle pense à son fils. En regardant le visage de son amie – car la pensée la frappe soudain que Mme B. est bel et bien son amie –, elle détecte la tristesse gravée dans ses rides.

— Du moment que vous ne me demandez pas de retourner avec mon mari et de le racheter... Parce que ça, ça n'arrivera jamais.

Elle dit cela pour faire sourire Mme B. – cela fonctionne –, et parce qu'elle le pense sincèrement.

La vieille dame se redresse un peu dans son fauteuil.

— Donc, pour en revenir à Becky et son nouvel « homme important »... Ils étaient ensemble dès qu'ils le pouvaient, et il était de notoriété publique que Becky était l'« amie » du prince de Galles – sa maîtresse, autrement dit. Lorsqu'il était contraint de passer du temps avec le roi et la reine pendant leur visite en France, il trouvait tout de même le moyen de se rendre en voiture motorisée jusqu'à Deauville, où elle résidait maintenant, pour rentrer à l'aube.

S'il se trouvait plus loin, il lui écrivait, des lettres pleines de niaiseries enfantines et d'indiscrétions – des critiques à l'égard du roi et autres informations censées être confidentielles sur l'avancement de la guerre.

Mme B. secoue la tête.

— Comme je vous l'ai dit, Edward n'a jamais brillé par son intelligence.

— Et c'était là son moindre défaut.

— Effectivement. Et cela continua jusqu'à ce qu'Edward, qui n'en était encore qu'à l'aube de la découverte de sa sexualité, rencontre une autre femme. Cette fois, il s'agit d'une Anglaise croisée à Londres et mariée à un député britannique. Les lettres indiscrètes, mal écrites et centrées sur lui-même sont désormais adressées à cette dernière, et, dans son esprit, Becky doit désormais appartenir au passé. Il se rend à Paris après la déclaration de paix et ne rend pas visite à Becky, qui y réside à nouveau. Il n'a pas essayé de la contacter, n'a pas mis fin à leur relation comme un gentleman est censé le faire. Il ne l'a pas traitée selon les règles en vigueur pour une *courtisane*.

— Il l'a traitée comme une bonniche.

— Précisément. Et c'était une erreur, car comme nous le savons toutes deux, Becky était une femme au tempérament redoutable.

Mme B. étouffe un bâillement.

— C'est là que nous allons devoir laisser Becky pour le moment, se déchaînant dans son appartement, jetant sa porcelaine de Sèvres contre les murs, et mettant en lambeaux une chemise de soie qu'Edward lui avait offerte.

— Elle ne déchire pas ses lettres ?

Un petit rire s'échappe de la gorge de la vieille dame.

— Bien sûr que non ! Notre Becky était aussi maligne qu'Edward était idiot.

Plus tard, alors que Janice va jeter un œil à sa voiture avant d'aller prendre le bus, elle repense à ce besoin de Mme B.

d'offrir une possibilité de rachat aux méchants. Elle n'aime pas penser ainsi, mais c'est une très vieille dame… A-t-elle vraiment envie de finir ses jours en conflit avec son fils? Janice veut bien croire que Mme B. pourrait pardonner à Tiberius d'avoir menti et manigancé pour rafler l'argent; mais d'avoir pris son vin, si précieux, de la faire passer pour une alcoolique et de fomenter tout cela prétendument pour son père, l'homme qu'elle adorait? Janice a du mal à croire qu'elle puisse passer l'éponge là-dessus. En outre, elle ne parvient pas à imaginer Tiberius en train d'embrasser un homme ayant la moitié du visage arrachée. Mais de toute évidence, Mme B. tient à cet espoir de rédemption pour ses méchants à elle.

Et elle-même, Janice, que veut-elle? Elle n'en sait rien. L'évocation des étrangers faite tout à l'heure par Mme B. lui rappelle l'époque où elle se sentait à son tour étrangère en Angleterre – avec certains souvenirs plus douloureux que d'autres. Elle vit à Cambridge et dans ses environs depuis presque trente ans, et, bien qu'elle n'ait pas le sentiment de se trouver au mauvais endroit, elle a parfois l'impression d'être une étrangère dans sa propre vie.

Elle essaie de démêler l'écheveau de cette pensée quand elle arrive dans la rue où est garée sa voiture. Il faut qu'elle vérifie si elle doit payer un nouveau ticket de stationnement. Elle regarde autour d'elle, à l'emplacement où sa voiture était garée, mais il n'y a plus qu'un vide – sa voiture n'est pas là. C'est alors qu'elle la repère, au bout de la rue, en train de s'éloigner. L'arrière de la tête du conducteur ne laisse aucun doute possible: c'est Mike.

27

Un verre avant une histoire

Janice est en retard à son rendez-vous avec Euan, loin de ses cinq minutes stratégiques – une bonne demi-heure déjà. Le genre de retard qui fait paniquer celui qui attend – « OK, elle m'a posé un lapin. Qu'est-ce que je croyais, aussi ? » Sans la voiture, elle a dû se rabattre sur le bus et a mal lu les horaires.

Il l'attend à une table près du feu et se lève aussitôt qu'il la voit. Une fois les excuses prononcées (elle) – « Ce n'est pas votre faute, c'est celle du chauffeur » (lui) – et les boissons commandées (lui), ils s'installent. La chaleur du feu est brûlante après sa course de l'arrêt de bus jusqu'ici, et Janice sent à nouveau son adolescente intérieure grogner et recommencer à s'éveiller. (*Oh là là… c'est TROP gênant !*) Mais, cette fois, elle a une arme. Elle sort un livre de son sac à main (et, ce faisant, décoche un taquet sur la tête de l'ado) pour le tendre à Euan.

— Vous m'avez dit ne pas l'avoir lu, alors je vous l'ai pris quand je suis allée à la bibliothèque.

— Merci, c'est super.

Elle espère que cette initiative quelque peu audacieuse de sa part effacera l'affront de son retard. Parce que la conclusion inévitable de ce geste est : oui, j'ai pensé à toi ; j'ai pris sur mon temps pour te trouver quelque chose qui te ferait plaisir ; *et,* comme c'est un livre de bibliothèque, nous allons devoir nous revoir pour que tu puisses me le rendre. Elle espère que ce n'est pas trop, mais Euan semble enchanté. Alors qu'ils parlent de livres évoquant la Seconde Guerre mondiale – période à laquelle se déroule le roman qu'elle vient de lui passer –, elle remarque qu'il en caresse et tapote la couverture. Elle ne peut s'empêcher d'envier un peu ce livre.

Ils commandent bientôt d'autres boissons et décident de se partager une planche de fromage et de charcuterie. Il n'est donc pas végétarien – on ne sait jamais, avec ces types qui aiment gravir des montagnes.

— Vous n'avez jamais été prof de géographie, par hasard ?

Elle a dû boire son premier verre de vin un peu vite, se dit-elle. Il rit à cette question.

— Je ne l'ai pas vue venir, celle-là, répond-il en lui souriant. Est-ce que ce serait un bon point pour moi d'avoir été prof de géographie, ou est-ce que je vous rappelle un prof que vous détestiez ?

Janice avale une grande gorgée de vin ; elle ne peut plus se défiler maintenant.

— C'est que, la première fois que je vous ai vu dans le bus, je me suis dit que vous ressembliez à un prof de géographie.

Il éclate de rire et secoue la tête.

— Mais j'aime les profs de géographie ! ajoute-t-elle précipitamment.

Il rit de plus belle.

— Comment ça ? Tous ?

Euan la regarde et semble prendre une décision.

— Vous disiez que vous collectionnez les histoires des gens… Est-ce que ça vous dirait que je vous raconte une des miennes ?

— Combien en avez-vous ?

Elle repasse en mode collectionneuse : une personne, une histoire.

— Je dirais… quatre, peut-être. Mais j'aimerais beaucoup parvenir à cinq.

Que veut-il dire par là? Il ne peut pas en avoir autant; cela ne respecte pas les règles. Deux pensées troublantes lui viennent alors: d'abord, pourquoi avoir instauré de telles règles? Et ensuite, cette cinquième histoire pourrait-elle avoir un rapport avec elle?

— Eh bien, dites-moi: à combien d'histoires ai-je droit? Tout le monde en a plus d'une à son actif, n'est-ce pas?

Elle se sent soudain complètement décontenancée. Une personne, une histoire – telle est la règle. Mais pourquoi? Est-ce afin de lui permettre de classer les histoires dans sa tête? De ne pas céder à la panique? Mais maintenant qu'elle a quitté Mike, la panique est-elle encore présente? La réponse est oui, parfois, mais pas en permanence. Oui, quand elle pense au retour imminent de Geordie. Oui, quand Mme B. met le doigt sur un point particulièrement sensible. Oui, quand elle pense à sa sœur. Mais ici, dans ce pub, avec cet homme?

— Vous avez le droit à autant d'histoires que vous le voulez.

Tout en formulant cette nouvelle idée rebelle, la voix de sœur Bernadette, qui ne s'était pas fait entendre depuis longtemps, lui revient tout à coup: «Puisque tu as été sage, offre-t'en une autre, Janice» Une autre quoi? Une autre gorgée de vin? Sûrement pas. Sœur Bernadette a toujours été très claire sur les méfaits de l'alcool. Une autre histoire, alors? Voilà une idée réellement révolutionnaire – plutôt que d'être la femme sans histoire (ou avec une histoire qu'elle se refuse à dire), peut-être pourrait-elle s'en écrire une nouvelle?

Elle regarde Euan qui attend patiemment, ignorant tout de la petite révolution qu'il vient d'initier.

— Ah, je vois ce que vous mijotez. Vous pensez qu'en gardant le silence suffisamment longtemps, je vais toutes vous les raconter. Bien tenté. Mais non, vous n'aurez pas tout d'un seul coup. Je vais commencer par celle qui me rapproche le plus d'un professeur de géographie, puisque vous semblez avoir un faible pour eux. Elle est assez sympathique, modestement. Et se finit bien.

— Vous en avez d'autres qui se finissent mal ?

Elle sait qu'elle ne devrait pas poser la question mais ne peut s'en empêcher.

— Une, oui, dit-il brièvement avant de boire une gorgée à sa pinte.

Il semble attendre, pensif, avant de se décider. Les yeux baissés sur son verre, il dit alors :

— J'ai une histoire triste, en effet. Peut-être que je vous la raconterai, un jour. Disons que je la mets en quatrième position sur ma liste (il lève les yeux vers elle), ou en cinquième, parce que c'est une part importante de qui je suis. Mais d'autres choses se sont produites dans ma vie...

Il s'interrompt, son verre à la main, et fait tourner sa bière lentement. Puis il prend une profonde inspiration et regarde Janice.

— Avant, j'étais pilote sur un bateau de sauvetage au large de l'Irlande. Notre famille avait toujours travaillé dans la pêche, jusqu'à ce que mon père décide qu'on devait déménager. Mais après avoir quitté l'école, je suis allé vivre en Irlande et j'ai recommencé à travailler sur des bateaux. J'ai d'abord été bénévole pour la RNLI[1], puis j'ai obtenu un poste de pilote sur l'un des plus gros bateaux de sauvetage. J'ai adoré ça. La lumière, la mer, l'immensité des vagues et des horizons... Et j'avais des copains formidables. Mais ce jour-là, une tempête a surgi, littéralement de nulle part. Bien sûr, nous suivions son évolution, mais elle a tourné et changé de direction. Nous étions à la recherche d'un yacht en difficulté. Nous avons fini par le trouver, mais...

1. La *Royal National Lifeboat Institution* est une association dont la mission est le sauvetage des personnes en danger dans les eaux des îles Britanniques.

Il s'interrompt au milieu de sa phrase.

— Au bout du compte, nous avons récupéré les parents et la petite fille, mais nous avons perdu le garçon, leur fils. Quelque chose a changé en moi à ce moment-là. Pourtant, je savais que nous avions tous fait de notre mieux… Je suppose que c'était la mort de trop. Lorsque nous sommes revenus de cette mission, j'ai quitté mon poste. C'était il y a dix-huit ans. Je n'ai jamais repris la mer depuis.

Janice regarde Euan incliner lentement sa pinte d'un côté et de l'autre, faisant tournoyer le liquide doré à l'intérieur. Elle pense aux histoires qu'elle collectionne et à la séduction que l'inattendu exerce habituellement sur elle. Mais il y a tellement de souffrance dans celle-ci. N'aurait-elle pas établi toutes ces règles et catégories en guise de bouclier contre la souffrance? C'est pourtant une folie de croire qu'elle puisse l'éviter. Elle ne peut pas la reléguer au fin fond de sa bibliothèque et ne garder que les histoires à la fin heureuse.

Il relève les yeux avec un demi-sourire.

— Je sais qu'on ne se connaît pas beaucoup… D'habitude, je ne raconte pas cet épisode de ma vie, mais puisque nous parlons d'histoires, je voulais vous la dire parce que c'est justement le genre d'épisode qui ne rentre *pas* dans mes récits personnels. Ce qui ne veut pas dire que je n'y pense pas; simplement, je veux avoir mon mot à dire dans les histoires que je garde. Vous comprenez?

— Vous pensez qu'on peut écrire son histoire?

Janice pose la question pour Adam, et parce qu'elle a besoin de se dire qu'il y a toujours de l'espoir.

— J'espère bien, oui. De toute façon, pour moi, il y a *des* histoires, pas juste *une*, n'oubliez pas. Et puis, ça me plaît bien de conduire des bus. Même si je suis un véritable emmerdeur sur les questions de sécurité – certains de mes collègues m'appellent même « Checkpoint Charlie ».

Euan va au bar leur chercher un autre verre et elle l'observe de dos, essayant de l'imaginer en mer, responsable d'un bateau et de la sécurité d'un équipage. Elle visualise facilement la scène, sans bien savoir pourquoi. Un flux de pensées éparses la traverse comme elle le regarde. Pourquoi était-ce son père qui le consolait ? Où était sa mère ? Et quelle est cette histoire triste qu'il préfère garder pour lui ? Elle essaie également de l'imaginer petit garçon, explorant les rayons de la librairie de son père.

De retour à leur table, il semble avoir laissé toute mélancolie derrière lui et elle lui sourit en retour comme il s'assoit face à elle.

— Bon, maintenant je vais vous raconter une de mes histoires, celle qui me rapproche le plus d'un prof de géo.

Il marque une pause pour soigner son effet.

— Je suis le conducteur de bus voyageur.

— Comme tous les conducteurs de bus, non ? demande-t-elle en riant.

— Non, pas comme ça. Je n'ai jamais enseigné la géographie mais j'adore les cartes et j'aime aller dans des endroits que je ne connais pas. Surtout ceux que j'ai découverts dans des livres que j'aime. Je ne sais pas si vous le savez, mais on manque cruellement de conducteurs de bus dans ce pays. Et quand on a l'expérience que je possède, on peut facilement se faire embaucher par une boîte qui envoie des renforts lorsque les compagnies de transports en commun en ont un besoin en urgence. Un peu comme un super-héros conducteur de bus, mais sans les collants, dit-il en souriant. Alors je garde toujours un œil sur ce genre de mission et quand j'en trouve une dans une région qui me plaît, je mets mon vélo dans le train et j'y vais. La boîte me loge dans un pub ou un Bed & Breakfast et, quand je ne travaille pas, je me balade à pied ou à vélo. Je visite les endroits dont j'ai entendu parler dans les bouquins. Il y a quelques semaines, par exemple, j'étais dans les Brecon Beacons ; l'été dernier, je suis monté dans le Northumberland, voir le mur d'Hadrien.

Il boit une gorgée de bière.

— Ça vous va, comme histoire? Elle est valable ou pas?

— C'est une très jolie histoire.

Elle le pense sincèrement. Sans réfléchir, elle lui demande alors:

— Est-ce que vous faites ça tout seul? Je veux dire, vous n'êtes pas marié, ou…

L'adolescente intérieure est de retour (probablement pour se venger de ce coup de tête). «Oh, là là! Il va savoir que je suis intéressée… c'est trop gênant… il va croire que je veux me marier avec lui.» Pour ne rien arranger, sœur Bernadette revient également. «Mais c'est le cas, pas vrai, Janice?» Elle pense à Mme B. émergeant de la vapeur d'un salon de thé russe. S'agit-il d'un «moment parfait» comme celui-là? Non, ce n'est pas possible. Celui-là était totalement romantique; celui-ci est seulement embarrassant.

Il lui sourit comme s'il pensait la même chose qu'elle, et elle descend une bonne partie de son nouveau verre de vin.

— Non, je n'ai jamais été marié. Mais ça, c'est lié à une autre histoire. Pour l'instant, vous n'en saurez pas plus. Je vous en raconterai une autre la prochaine fois qu'on se verra.

Elle pense à Shéhérazade, qui s'attachait son amoureux avec la promesse d'une nouvelle histoire. Si Mme B. était là, elle rirait à s'en décrocher la mâchoire, Janice en est certaine.

— À vous maintenant. Je vous ai raconté une de mes histoires, dites-moi une des vôtres.

Il lui sourit, ignorant ce qu'il vient de faire.

Elle baisse les yeux vers ses mains et s'aperçoit que ses doigts sont fermement entremêlés, comme si, avec chaque main serrant l'autre de toutes ses forces, elle avait une chance de ne pas tanguer. Mais le danger est bel et bien là. Que croyait-elle? Ses ongles ont beau s'enfoncer dans sa chair, elle est en train de glisser.

Euan lance alors les mots qui vont la rattraper dans sa chute :

— Pardon, Janice. Ne vous sentez surtout pas obligée de me dire votre histoire… Si vous le voulez bien, racontez-moi plutôt une de celles que vous avez collectées. D'accord ?

Elle contemple le livre posé sur la table, et cela la stabilise. Elle passe en revue sa bibliothèque intérieure. Il s'y trouve plusieurs histoires ayant leurs racines dans la Seconde Guerre mondiale. Elle espère que Euan ne se formalisera pas si elle lui livre un récit à la manière d'une lecture dans un grand livre d'histoire – comme elle le fait pour Mme B. –, car elle sait que cela va la calmer.

Elle se lance :

— C'est l'histoire d'un Italien qui a découvert comment retirer les traces de moisissures de presque toutes les surfaces. Histoire qui plairait à toute femme de ménage scrupuleuse, ajoute-t-elle.

Elle précise cela afin de le rassurer, et se rassurer en même temps – les choses sont revenues sur les rails, ce sont bien la femme de ménage et le conducteur du bus qui se retrouvent autour d'un verre afin de parler histoires et littérature.

— Pendant la Seconde Guerre mondiale, on envoya l'Italien se battre en Afrique, mais il n'était pas un très bon soldat ; avant la guerre, il avait appris le métier de charpentier et possédait bien plus de compétences en ce domaine. Il fut bientôt capturé et transféré en Angleterre, dans un camp de prisonniers du Lake District. Là, on l'envoya travailler dans les fermes du coin et dans les bois environnants. Il avait le sentiment de manquer de loyauté envers la terre qu'il avait laissée derrière lui, mais la vérité, c'est qu'il aimait la campagne où il vivait désormais. Il aimait les collines caméléon qui changeaient de couleur avec le soleil, et les forêts qui murmuraient avec le vent. Et il aimait les gens qu'il rencontrait – les fermiers, les villageois, les commerçants, même les gardiens de prison –, et eux aussi l'aimaient bien. C'était le genre d'homme qu'il est difficile de ne pas apprécier. Il s'est également lié d'amitié avec les autres prisonniers italiens, dont certains, comme lui, se sont sentis comme chez eux à un moment où ils se croyaient perdus.

« Mais les personnes qui l'aimaient le plus étaient celles qui ne pouvaient pas le voir. Il s'agissait des enfants. Bien sûr, ils le voyaient passer devant eux sur le chemin de l'école, et ils l'apercevaient gravir les collines au milieu des moutons. Mais ils ne le voyaient jamais travailler sur les cadeaux qu'il leur laissait dans la forêt. Ils ne surent jamais que c'était lui qui sculptait pour eux des animaux dans de vieilles souches et de vieux troncs d'arbres. Ils ne voyaient que les blaireaux, les renards et les lapins qui apparaissaient, comme par magie, pour jouer avec eux dans les bois.

« À la fin de la guerre, l'homme qui dirigeait le camp vint voir l'Italien et lui demanda d'aider ceux qui voulaient rester en Angleterre à trouver du travail. Il connaissait maintenant la plupart des personnes susceptibles d'offrir un emploi à ces hommes, et les Italiens comme les Anglais lui faisaient confiance. C'est ce qu'il fit, et avec une efficacité remarquable – peut-être trop, au bout du compte. Après quelques semaines, il avait trouvé un poste adapté à chacun de ses compatriotes. À tous, sauf à lui-même ! Ne voulant pas quitter la région qu'il considérait désormais comme la sienne, il se mit à éplucher tous les jours le journal et tomba finalement sur une petite annonce de la marque Cleenyzee, qui recherchait des représentants de commerce. Il ne connaissait rien aux tâches ménagères et n'avait jamais entendu parler de la nouvelle gamme de produits de nettoyage Cleenyzee, mais il postula, et on lui donna le poste. Très vite, il sut comment enlever les taches collantes avec un fer à repasser, et la meilleure façon d'éliminer la moisissure de presque n'importe quel support. Il apprenait vite.

« Ce que l'Italien aimait le plus dans son travail, c'est qu'il pouvait se déplacer dans la campagne qu'il aimait, et parler aux gens qu'il aimait. La plupart de ses clients l'invitaient à prendre une tasse de thé, en particulier ceux qui étaient seuls et n'avaient pas reçu de visite depuis plusieurs jours. L'Italien était heureux de passer les voir et de faire quelques courses pour eux – et leurs maisons n'avaient jamais été aussi propres. Une vieille dame à qui il rendit un jour visite étant trop faible pour utiliser les excellents produits Cleenyzee qu'elle lui achetait, il lui fit lui-même une démonstration et nettoya ainsi toute sa maison. La semaine suivante, il revint et effectua la même démonstration. La semaine suivante, il lui montra comment remettre en place une tringle à rideaux lorsqu'elle était tombée. Et la semaine suivante, comment réparer une fuite dans une toiture percée.

« Lorsque la vieille dame mourut, elle légua sa maison et son terrain à l'Italien, et c'est là qu'il vécut jusqu'à ses quatre-vingt-cinq ans – jusqu'à sa mort. Les gens du coin disaient toujours que la maison de l'Italien était la plus propre de toute la vallée. »

Janice regarde autour d'elle. Elle est légèrement déconcertée de se retrouver assise dans un pub. Et plus surprise encore de constater qu'Euan a cessé de tapoter le livre de la bibliothèque, et qu'il lui tient maintenant la main.

28

Jamais de trace écrite

Janice est dans le grenier avec Fiona, en train de regarder les dernières améliorations apportées à la maison de poupée.

— Alors, qu'est-ce que vous en pensez ? s'enquiert Fiona.

— Je trouve ça magnifique, mais... pourquoi ?

— Pourquoi une fromagerie ?

Janice hoche la tête. Jebediah Jury (pompes funèbres) a déménagé, et la nouvelle enseigne affiche : « Fiona Jury : » Il y a un espace blanc à l'endroit où était autrefois inscrit « Pompes funèbres » en lettres d'or.

— J'ai toujours eu envie de tenir une fromagerie, depuis la fois où j'ai vu un magasin incroyable à Bath avec John, lors d'un week-end en amoureux.

Dans les salles du rez-de-chaussée, où s'empilaient auparavant les cercueils, on trouve maintenant des buffets et des tables chargés de meules et de tranches de fromage miniatures. Sur une petite table, une caisse minuscule a été installée auprès de deux balances couleur or.

— Je n'ai pas encore décidé si j'y ajoute de la charcuterie, des plats cuisinés et, peut-être, des gâteaux. C'est pour ça que j'ai laissé le blanc sur l'enseigne. Je me disais que ça pourrait être simplement : « Fiona Jury : Traiteur. » Qu'en pensez-vous ?

— Vous pourriez aussi mettre des tables et des chaises dehors et servir du café et des gâteaux, suggère Janice, imaginant déjà des tables couvertes de nappes à carreaux rouges et blancs devant la vitrine.

— Ah oui, bonne idée, approuve Fiona en scrutant l'intérieur du petit commerce.

— Et le nom ? demande Janice. On imagine mal un Jebediah en train de déguster un café crème et des brownies.

— Exactement, dit Fiona en se rasseyant et en regardant Janice. D'où mon nom. C'est ma boutique, et elle sera tenue par une femme. Une femme qui se débrouillera pour la faire tourner toute seule.

Janice n'a ni le temps de sourire ni de verser une larme – Adam et Decius déboulent brusquement dans la pièce.

— Alors, vous venez ou pas ?

Decius fait des bonds sur place à côté d'Adam. Sérieusement, ce chien pourrait avoir sa place dans un cirque. Janice l'imagine debout, en équilibre, ses deux pattes arrière sur un ballon. L'intéressé la regarde et lui jette alors un de ces regards semblant dire « Arrête ton délire, meuf ».

C'est mérité.

— Alors, ça te plaît, les changements que ta maman a faits dans la maison de poupée ? préfère-t-elle demander à Adam.

Celui-ci la regarde comme si elle était dérangée.

— Mouais, fait-il, mais Janice voit bien qu'ils sont en territoire *Inspecteur Barnaby* – du genre « comment vous pouvez aimer ce truc-là ? ».

Elle sourit pour elle-même et leur emboîte le pas en direction de l'escalier. Juste avant qu'ils quittent le grenier, Fiona lance :

— Au fait, j'ai eu une idée pour Adam aussi. Je vous le dirai tout à l'heure, si l'occasion se présente, quand il ne sera pas là.

Janice a quelque chose à dire à Fiona, elle aussi. Elle voudrait l'informer que son ami Euan (le conducteur de bus voyageur) se joindra peut-être à eux lors d'une prochaine promenade. Elle veut présenter Euan à Decius. Elle se demande comment se passera cette rencontre.

Plus tard, alors que Janice entre chez Mme B., elle se rappelle que ni Fiona ni elle n'a confié à l'autre ce qu'elle comptait lui dire.

Mme B. est assise dans son fauteuil habituel et semble d'excellente humeur.

— Des nouvelles de Mycroft ? demande Janice en sortant de son seau une bouteille de gin Hendricks et trois de tonic.

Elle a évité le vin, ne sachant quoi acheter en l'absence de conseil de Mycroft. Mais elle se rappelait avoir vu une bouteille de Hendricks sur un plateau avec des verres, sur l'une des étagères de la bibliothèque.

— Comme je crois vous l'avoir déjà dit, vous êtes une femme de ménage *exceptionnelle*, déclare Mme B. en avisant la bouteille de gin. Vous me direz combien je vous dois.

— Je crois que c'était plutôt une *femme* exceptionnelle, non ? répond Janice en déposant les bouteilles sur le plateau.

La vieille femme ne répondant rien à cela, elle répète :

— Et du côté de Mycroft, des nouvelles ?

Mme B. se frotte les mains.

— Oui, quelques nouvelles, en effet. On se prend un petit gin tonic pour en discuter ?

— Un chocolat chaud, pour commencer ? suggère Janice en guise de compromis.

Elle n'est pas sûre que ses règles professionnelles l'autorisent à boire de si bonne heure.

— Si vous insistez.

Tout en se dirigeant vers la cuisine, Janice se demande quel mal il y aurait à prendre un gin tonic avec son amie à quatorze heures. Aucun, certainement. Depuis qu'Euan a bousculé ses règles de collectionneuse (une personne, une histoire), elle se surprend à remettre en question nombre de principes qu'elle avait autrefois gravés dans le marbre.

— Alors, Mycroft ? relance-t-elle encore en tendant à Mme B. sa tasse de chocolat d'une main, et en prenant son plumeau de l'autre.

— Vous ne m'accompagnez pas ? demande la vieille dame avec un coup d'œil vers le vieux fauteuil de son mari.

— Dans un petit moment, peut-être.

Comment lui dire qu'elle doit rester un minimum professionnelle ? Elle a besoin d'avoir l'impression de mériter l'argent qu'elle gagne. Geordie va bientôt rentrer, son compte en banque est au plus bas et elle n'a toujours pas pu avoir d'interlocuteur à la société de crédit au sujet de l'hypothèque de la maison.

Mme B. grogne un peu mais explique enfin :

— Mycroft va lancer une attaque sur deux fronts. Il est entré en contact avec le comité qui supervise la partie résidentielle des actifs de l'université, et il m'assure qu'il leur a fourni une liste de questions juridiques qui devrait les occuper jusqu'à Noël. Il m'a dit qu'il avait même cité une ligne d'une loi datant de l'époque d'Henri VIII.

Les pieds de Mme B. commencent à se balancer de droite à gauche.

— Je ne serais pas du tout surprise qu'il ait inventé cette loi. Cet homme possède vraiment un sens de l'humour diabolique.

Janice ne peut s'empêcher de demander sur le ton de l'innocence :

— Comme la fois où vous étiez tous les deux à Madagascar ?

Mme B. pouffe dans son chocolat chaud.

— Oh, vous ne m'aurez pas comme ça, il va falloir être plus subtile, Janice. Comme je le disais, Mycroft tente également une autre approche. Il semble qu'il soit membre du même club que le doyen actuel. Ils ont discuté de leur intérêt commun pour l'ornithologie autour de quelques bouteilles de Château Margaux.

Mme B. lève les yeux et contemple fixement les chevrons du plafond.

— Augustus disait toujours qu'une des plus grandes forces de Mycroft, c'est qu'on ne le voit jamais venir.

Elle regarde Janice et émet un petit gloussement.

Une fois que Janice a terminé le ménage, elle accepte la proposition de prendre un verre de gin tonic et s'assoit dans le fauteuil en face de Mme B.

— Alors, nous en étions à Becky et ses lettres… Qu'a-t-elle fait ensuite ?

— Elle a écrit au prince. Nous devons nous rappeler qu'il s'agit d'une femme avec un tempérament bien trempé…

La vieille femme ne peut résister à une nouvelle digression :

— Savez-vous qu'un jour, elle a frappé un de ses amants en public avec une cravache ? Apparemment, c'était pourtant un homme d'une grande douceur, mais cette fois, c'en était trop, même pour lui. Il l'a laissée dans le restaurant, est monté dans sa voiture et a refusé de la laisser prendre place à son côté. Becky a alors ouvert la portière du côté conducteur, jeté le pauvre chauffeur sur le gravier, puis a démarré la voiture et a ramené son amant chez lui. Quelle femme !

Mme B. boit une gorgée de son gin tonic.

— Vous pouvez donc imaginer le genre de lettre qu'elle a écrite au prince de Galles… Non seulement celui-ci l'avait larguée sans un mot, mais il n'avait pas agi en gentleman – c'est-à-dire en lui offrant une compensation. En ouvrant cette lettre, il a dû craindre que le papier qu'il tenait entre ses mains ne s'enflamme. Becky lui rappelait les termes de leur correspondance précédente et certaines expressions choisies qu'il avait employées, ainsi que ses commentaires sur le roi, entre autres.

— Je parie qu'elle aurait aimé voir sa tête quand il l'a lue.

— Oh, certainement. Dès lors, le prince de Galles n'avait plus d'autre choix que de faire appel à ses conseillers. Il a même été question de consulter sir Basil, des renseignements généraux. On se mit à parler tout bas de la « femme de Paris » derrière les portes closes de Londres et de Windsor. Quand on le questionna sur cette correspondance, Edward reconnut qu'elle « n'avait brûlé aucune de ses lettres », et qu'il pensait qu'elle était « du genre 100 000 £ ou rien ». Oubliant tous les petits surnoms doux et enfantins qu'il lui octroyait auparavant, il commença à appeler Becky « la chose ».

— Ce qui devait lui faire une belle jambe, observe Janice.

— Tout à fait d'accord avec vous, opine Mme B. Je ne suis pas du même avis que certains historiens sur la suite. D'aucuns disaient que Becky comptait faire chanter le prince. Pour ma part, je ne crois pas qu'elle l'ait jamais réellement envisagé. C'était une femme riche, et elle gagnait son argent grâce au patronage des hommes fortunés. J'ai du mal à croire qu'elle ait pu risquer de compromettre ses futurs revenus avec un acte qui, s'il avait été connu, aurait effrayé et repoussé les autres hommes. Il aurait été stupide de tuer la poule – ou plutôt, le coq – aux œufs d'or, si vous me permettez cette métaphore un peu tortueuse.

— Vous pensez qu'elle cherchait juste à se venger ?

— Oui, je pense qu'elle voulait juste le faire payer de n'avoir pas respecté les règles du jeu. En tout cas, je ne crois vraiment pas qu'elle ait agi de la sorte sous le coup de la souffrance due à cette rupture. À mon avis, elle n'a jamais été très attachée à Edward ; il était juste un moyen d'arriver à ses fins.

— Et que s'est-il passé ensuite ?

— Oh, ça va vous plaire… ou peut-être pas…

Janice hausse un sourcil interrogateur tandis que Mme B. continue :

— Notre Becky s'est mariée. Elle a choisi un homme fortuné…

— Bien entendu.

— … un officier de l'armée de l'air dont le père était directeur de l'hôtel Crillon ainsi que d'un grand magasin.

— J'espère qu'elle a eu droit à des réductions.

— C'était un mariage mal assorti, et Becky elle-même savait que cela ne durerait pas. Son mari était porté sur la littérature, l'opéra, les soirées tranquilles. Et Becky…

— Pas du tout.

— Allez-vous cesser de m'interrompre? Servez-nous donc plutôt un autre verre.

Janice sourit et s'exécute.

— Le mariage offrit à Becky trois choses qu'elle désirait: un nom d'épouse respectable, de l'argent, et cela lui permit de faire venir sa fille à Paris.

Janice lève les yeux tout en servant le deuxième verre.

— Elle l'a donc ramenée à la maison!

— Un certain temps, en tout cas.

Janice se rend compte que Mme B. l'observe avec attention.

— Oh, non… Ne me dites pas qu'elle l'a laissée se faire écraser, elle aussi?

Mme B. a un petit sourire triste.

— Non. Au bout d'un moment, elle s'est rendu compte que ni la maternité ni le mariage ne lui convenaient. Elle a divorcé de son mari, qui est parti au Japon en laissant à Becky une somme d'argent considérable. Et elle a envoyé sa fille dans un pensionnat en Angleterre.

— Ah.

Janice ne sait pas trop quoi penser de cela. N'est-ce pas la même chose que ce que Mike et elle ont fait avec Simon?

— Avez-vous envoyé Tiberius en pensionnat? demande-t-elle.

— Bien sûr. Il a fréquenté le même établissement que celui où était allé son père.

— Quel âge avait-il ?
— Huit ans.
Janice sent la vieille femme se raidir un peu dans son fauteuil.
— Vous désapprouvez cela ? Nous avons fait ce qui était le mieux pour lui. C'était une école avec une excellente réputation, et le bon choix pour lui.
Janice se demande qui Mme B. essaie de convaincre.
— Il n'a peut-être pas fréquenté l'école primaire locale, comme vos enfants l'ont sans doute fait, mais nous avons cru faire ce qu'il y avait de mieux pour lui, répète-t-elle, sur la défensive.
La colère de Mme B. est palpable. Mais celle de Janice aussi.
— Vous croyez peut-être, parce que je suis pauvre et femme de ménage, que je ne voulais pas ce qu'il y a de mieux pour mon fils, moi ? Eh bien, figurez-vous que notre fils, Simon, est parti à douze ans dans une école du même genre. Pourquoi pensez-vous que j'ai commencé à faire des ménages ? Même avec une bourse, nous avions besoin du moindre centime que je pouvais gagner.
Elle renverse son verre sur la table.
— Mais moi, au moins, je suis capable de reconnaître que je ne suis pas sûre d'avoir fait le bon choix. Je ne m'accroche pas à l'idée que, parce que son père y est allé avant lui, c'était forcément la bonne chose à faire.
Et comme elle est maintenant très en colère, elle s'emporte et lâche sans pouvoir se contenir :
— Et au moins, je n'ai pas appelé mon fils Tiberius. Savez-vous à quel point les enfants peuvent être cruels entre eux ?
Un lourd silence se fait.
Il dure, s'éternise, et Janice n'ose pas bouger, de peur que son fauteuil ne grince.
Mme B. toussote.

— Ses meilleurs copains s'appelaient Algernon et Euripide.

Janice ne peut s'en empêcher : elle éclate de rire.

— Je suis désolée, Mme B.

— Désolée de quoi, que nous ayons donné des prénoms aussi ridicules à nos enfants ?

Elle n'attend pas de réponse.

— Non, c'est moi qui devrais m'excuser. Je suppose que vous aurez deviné que l'éducation de Tiberius est un sujet sensible pour moi. Je ne suis pas toujours sûre qu'Augustus et moi ayons pris assez de temps pour lui. Je pense que j'ai essayé de me convaincre que c'était la conséquence logique de notre mode de vie nomade, à déménager d'un pays à l'autre. Mais la vérité, c'est qu'Augustus et moi étions comblés ensemble, et je me rends compte maintenant que cela a dû être difficile pour notre fils.

— En avez-vous déjà parlé avec lui ? s'enquiert Janice.

— Non. Et vous, avez-vous parlé à… je crois que votre fils s'appelle Simon, c'est bien ça ?

Janice secoue la tête.

— Eh bien, décidément, nous faisons la paire, pas vrai ? lance Mme B. en venant tapoter le bras de Janice.

Ce soir-là, elle décide de rentrer chez Geordie à pied. Ce n'est pas loin, et elle a envie de prendre ce temps pour réfléchir. Ont-ils fait ce qu'il fallait pour Simon ? Elle se rend compte qu'elle ne lui a même pas encore dit qu'elle avait quitté son père. Ils ont juste échangé quelques mots ce week-end, mais la conversation a été écourtée par l'arrivée d'amis de Simon à son appartement.

Elle compose son numéro.

— Salut, maman, comment ça va ?

— Ça va. Tu as cinq minutes ?

— Oui. Qu'est-ce qui se passe ?

Elle sent l'inquiétude dans sa voix. Par où commencer ? Leur famille avait beau ne pas être parfaite, elle constituait tout de même un socle de stabilité, un endroit où il pouvait revenir si besoin – ce qui, bien sûr, n'est jamais arrivé.

— Maman ?

— J'ai quitté ton père.

Silence.

— Simon ? Tu as entendu ?

— Vous allez vous rabibocher. Comme toujours.

Essaie-t-il de l'encourager à revenir ? Elle sent que, pour une fois, elle doit être tout à fait honnête avec lui.

— Non, Simon. Je l'ai quitté, et je ne retournerai jamais avec lui.

Un nouveau long silence se fait, et elle se demande si la ligne a été coupée. Puis elle entend son fils pousser un profond soupir.

— Eh bien, il était grand temps, si tu veux mon avis !

— Quoi ?

Elle n'arrive pas à croire ce qu'elle vient d'entendre.

— Oui, tu m'as bien entendu, maman.

Il marque une pause.

— Je ne sais pas si tu te rends compte de ce que ça a été pour moi de le voir te traiter de cette manière pendant toutes ces années. Je sais parfaitement qui a toujours recollé les morceaux et arrangé les choses, crois-moi. Et je suis désolé, maman… j'aurais dû te soutenir davantage et mieux entretenir notre relation, mais j'étais tellement fâché que tu acceptes de subir tout ça sans broncher.

— Ah, oui ?

Elle a conscience que le ton de sa voix est à la fois incrédule et plein d'espoir.

— Mais oui ! Je croyais que je n'avais pas mon mot à dire. Il te traitait comme de la merde, et moi, j'aurais voulu que tu lui tiennes tête, que tu te rebelles ! À la fin, je ne supportais plus de voir ça.

— Mon Dieu, Simon, je suis désolée.

— Arrête, maman, tu n'as pas à être désolée de quoi que ce soit. Tu as été super… Je regrette juste que tu ne t'en sois pas rendu compte. Ça me rendait dingue de le voir te convaincre que sa façon de considérer les choses était toujours la bonne. C'est pour ça que je ne le vois plus beaucoup. Je n'ai aucune envie d'être entraîné dans ses délires à la con.

— Je peux te poser une question ?

— Bien sûr, tout ce que tu veux.

— Est-ce que tu as souffert d'être envoyé en pension ? Est-ce que tu m'en as voulu d'avoir laissé faire ça ?

— Oh non, pas du tout. J'ai adoré le pensionnat. C'est vrai que c'était un peu dur au début, de ne pas rentrer à la maison, tout ça. Mais ça m'a donné l'occasion de savoir qui j'étais. Je suis encore super pote avec les pensionnaires que j'ai connus là-bas, et quand j'y étais, je pouvais faire du sport tous les jours, et c'est tout ce qui m'importait à cet âge-là.

Elle a du mal à croire tout ce qu'elle entend. Pourquoi ne lui a-t-elle jamais posé la question auparavant ? Elle se sent déjà plus légère – comme si elle avait dix ans de moins.

— Tu crois qu'on pourrait déjeuner ensemble un de ces jours, si je venais à Londres ?

Malgré le soulagement, elle se sent encore hésitante et avance à pas mesurés.

— Bien sûr, maman, ça me ferait très plaisir. Mais ça va, toi ? Où est-ce que tu crèches ? Tu es encore à la maison ou pas ?

— Pour le moment, je garde la maison d'un ami en son absence.

Le doute envahit Simon ; visiblement, il connaît bien son père.

— Dis-moi, il ne peut pas vider les comptes en banque, j'espère ? Ou contracter des dettes ?

Elle s'abstient de lui dire qu'il l'a déjà fait. Mais elle le rassure en lui expliquant que son nom à elle ne figure plus sur les cartes de crédit du compte joint depuis des années.

— Et l'emprunt pour la maison ?

Elle ne peut s'empêcher d'admirer la pertinence de son fils.

— J'essaie de contacter la société de crédit à ce sujet afin qu'il ne puisse pas récupérer d'argent sur l'hypothèque, mais je n'arrive à joindre personne.

Simon éclate de rire au bout du fil.

— Quoi ? Qu'est-ce qu'il y a ?

Elle se sent sourire, sans savoir pourquoi.

— Tu sais ce que je fais comme boulot, maman ?

— Eh bien, pas vraiment, non, reconnaît-elle avec honte. Quelque chose à la City, mais…

— Je travaille à la Financial Conduct Authority. Je ne vais pas pouvoir discuter de ton dossier, même si j'ai dû participer à l'évaluation du contrat sur lequel repose votre prêt hypothécaire. Par contre, si tu me donnes le nom de la boîte de crédit, je te trouverai le numéro de téléphone de quelqu'un à qui parler. Et tu pourras appeler de ma part. Ça t'aiderait ?

— Oh, oui.

Elle se sent soudain beaucoup moins seule.

— Et, maman ?

— Oui ?

— Viens me voir bientôt, d'accord ?

Une fois la communication terminée, elle se demande si Mme B. pourrait se sentir aussi bien qu'elle après une conversation avec Tiberius. Elle en doute un peu.

29

Les petites voix

La voiture n'est pas dans l'allée quand elle arrive à la maison, et elle espère que cela signifie que Mike est sorti. Elle a eu très peu de nouvelles de lui depuis qu'il a repris la voiture, juste quelques textos. Un premier d'abord (*je t'AV dis ke j'AV besoin de la voiture*), puis un autre, tard le soir (*Je ne croyais plus en l'amour, mais après avoir vu ton sourire, j'ai retrouvé la foi. Je t'aime, je pense à toi, tu me manques*). Elle l'imagine soûl, faisant un copié-collé trouvé sur Internet. La ponctuation et l'orthographe correctes le trahissent. Le lendemain matin, le vrai Mike fait son retour : *iléou le fert a repassé*. Elle a cru l'avoir vu passer au bout de l'allée de Geordie, le soir précédent, mais elle se dit qu'elle a dû rêver – après tout, beaucoup de gens conduisent de vieux breaks, et elle ne lui a pas dit où elle était.

La maison est totalement silencieuse, et elle sait tout de suite qu'il n'est pas là. Rapidement, elle rassemble les vêtements et les livres qu'elle est venue chercher et les empile dans le grand sac qu'elle a pris en venant ici en bus. C'est Euan qui conduisait, et elle s'est assise à l'avant, près de lui. Il s'est montré intransigeant sur le fait qu'elle ne s'assoie pas trop au bord de son siège, et elle l'a imaginé à la barre d'un bateau de sauvetage, veillant sur son équipage. Il lui a proposé de la déposer où elle le voudrait, jusque devant sa porte si elle le désirait. Lorsqu'elle a souri en lui demandant ce que les autres passagers en penseraient, il lui a répondu : « C'est moi le chef, dans ce bus. » Ils doivent se retrouver un peu plus tard, cet après-midi, pour aller promener Decius. Cette perspective stresse un peu Janice, d'une bonne et d'une mauvaise manière. Elle a parlé à Euan de son amour pour un fox-terrier, mais ne l'a pas prévenu que le langage de celui-ci laissait à désirer.

Après avoir pris ce qu'il lui fallait dans la penderie et dans la bibliothèque, elle ouvre la porte de la chambre d'amis. Les cartons sont toujours là, mais certains sont maintenant ouverts. Elle se demande ce que Mike va faire de tout ce stock qu'il – ou plutôt, qu'elle – a acheté. Elle hésite à prendre quelques brosses, avant de se dire qu'elle ne saurait même pas quoi en faire. Elle jette un rapide coup d'œil dans le reste de la maison. Ce n'est pas aussi désordonné qu'elle s'y attendait, mais la saleté règne. Elle s'efforce de se convaincre que ce n'est plus son problème puis sort le fer à repasser du placard près de la cuisinière et le pose sur la table de la cuisine avec un mot pour Mike. Elle ne veut pas qu'il pense qu'elle est venue ici en douce – après tout, elle a entièrement le droit d'être là. Pour finir, elle consulte le courrier, où elle ne trouve que quelques factures. Il faudra qu'ils en discutent à un moment ou à un autre, ainsi que de ce qu'ils vont faire de la maison. Simon lui a transmis un numéro pour appeler la société de crédit, et la femme à qui elle a parlé s'est montrée très serviable, lui proposant même de lui fournir les lignes directrices décrivant les procédures et les exigences légales relatives à leur situation. Une nouvelle fois, cela lui a donné l'agréable impression de ne pas être seule. La même chose était arrivée à bien d'autres couples, ils s'en sortiraient.

C'est avec une certaine nervosité qu'elle approche de la porte de Mme OuaisOuaisOuais, après avoir demandé à Euan de l'attendre au bout de l'allée. Elle ne veut pas que ces gens entachent son nouveau bonheur, ne serait-ce que d'un seul regard. Car, oui, il s'agit bel et bien de bonheur, elle a accepté de se le dire. Elle ne veut pas se monter la tête en se demandant si elle a maintenant un « moment parfait » à se remémorer, mais peu importe. Ce qu'elle sait, c'est que le chauffeur de bus qui n'a jamais été professeur de géographie la rend heureuse. Et elle essaie de ne pas regarder au-delà de cela, car, lorsqu'elle le fait, Nat King Cole se met à chanter dans sa tête « Les ennuis pourraient bien t'attendre... ». Elle préférait les murmures de sœur Bernadette.

Mme OuaisOuaisOuais ouvre la porte et se détourne sans avoir accordé un seul regard à Janice. Elle est au téléphone.

— Ouais, ouais, ouais... Je sais, ouais.

Elle disparaît alors dans la cuisine tandis que Decius déboule en dérapant sur le parquet. Janice suppose qu'il meurt d'impatience de fuir Mme OuaisOuaisOuais, lui aussi. En allant chercher la laisse au crochet, elle aperçoit Tiberius dans le « cube » – un volume vide et nu de forme cubique attenant à la cuisine. La porte coulissante est à moitié ouverte, et elle le voit entrer et sortir du cube, faisant les cent pas. Il est aussi au téléphone, et semble de méchante humeur.

— Eh bien, dis-lui de se démerder. Vous le voulez ou pas, ce bâtiment, à la fin ?

Pause.

— Le doyen a dit *quoi* ?

Elle entend le bruit de la corbeille à papier qui valse dans le cube.

— Mais qu'est-ce qu'il en a à foutre, lui, putain ?

Nouvelle pause.

— Son conseiller juridique ? Tu te fous de moi, là.

Janice sait maintenant de qui Decius tient son langage grossier. Elle pense aussi qu'Augustus avait raison : personne ne voit jamais Mycroft venir.

Soudain, Tiberius relève les yeux et voit Janice qui l'observe. Elle n'a aucun endroit où se cacher et la situation ne laisse aucune ambiguïté : elle était en train de l'écouter. Il la regarde, puis regarde Decius, et elle à nouveau, avant de refermer la porte coulissante avec fracas.

Elle tremble maintenant, et elle sait que le regard de Decius reflète le sien. « Oh, merde », se dit-elle.

— Ça va ?

Euan est visiblement inquiet en la voyant redescendre l'allée, Decius trottant à ses côtés.

— Partons d'ici.

Ils marchent en silence quelques minutes, puis elle se rend compte qu'elle n'est pas obligée de garder cela pour elle. Elle est tellement habituée au désintérêt et au mépris de Mike qu'il lui faut un moment pour penser qu'elle peut tout à fait partager cela avec quelqu'un, et que ce quelqu'un marche justement à côté d'elle. Elle raconte donc à Euan qu'elle travaille pour Mme OuaisOuais-Ouais, les surnoms qu'elle leur a donnés, et comment elle a fait la connaissance de Mme B. L'histoire de cette dernière prend beaucoup plus de temps à raconter, tout comme celle de Becky. Quoique fasciné par Becky, il est un peu perdu.

— Attendez… Elle s'appelle vraiment Becky, ou non ?

Janice lui parle de son amour pour *La Foire aux vanités* et de la façon dont Mme B. a choisi pour elle une histoire vraie avec une héroïne (si l'on peut l'appeler ainsi) qui ressemble à la Becky Sharp de Thackeray.

— Vous pourriez effectuer une recherche. Je suis sûr qu'on trouverait son vrai nom. Mais peut-être que Mme B. vous le dira ?

Janice tente de lui expliquer qu'elle préfère rester sur le nom de Becky – cela compte à ses yeux, car c'est ainsi que l'histoire a commencé. Elle avoue cependant qu'elle aimerait beaucoup voir une photo d'elle.

Elle laisse de côté certains éléments de son récit – son « craquage », les tentatives de Mme B. pour connaître sa vie, Shéhérazade, et le fait que la vieille dame ait tué un homme. Mais elle relate presque tout le reste et découvre en Euan un auditeur vivant et attentionné. Il rit quand elle espère qu'il va rire et lui tient la main quand elle relate les épisodes plus difficiles. Il n'essaie pas de lui donner des conseils mais ne néglige pas ses inquiétudes non plus. Lorsqu'ils arrivent devant la porte de chez Fiona et Adam, il regarde Decius, puis Janice.

— Je pense que vous avez raison d'être prudente, dit-il simplement.

Elle remarque qu'il semble inquiet pour elle.

Elle sonne à la porte et, tandis qu'ils attendent, Euan s'accroupit et gratte la tête du chien. Elle le regarde attentivement, soudain anxieuse.

— J'espère que ça va lui plaire, dit Euan en sortant un sachet de sa poche.

Janice n'a pas besoin de répondre – Decius le fait à sa place et escalade déjà les genoux d'Euan.

— Vous disiez qu'il aimait les morceaux de poulet… C'est un euphémisme !

— Espèce de vendu ! lance-t-elle à Decius en riant.

Il agite la queue pour la forme et lui lance un bref regard par-dessus son épaule, semblant hausser un sourcil en lui disant « Toi-même ! ».

Fiona les invite à entrer et bavarde avec eux dans le hall pendant qu'ils attendent Adam, parti se changer à l'étage. Elle ne vient pas avec eux aujourd'hui, elle a rendez-vous avec une famille en deuil. Cependant qu'ils discutent, les yeux de Fiona oscillent sans cesse entre Janice et Euan et, lorsque Adam arrive et qu'ils se dirigent vers la porte, elle regarde Janice et lève les pouces dans le dos du nouveau venu.

— Pourquoi tu mets les pouces en l'air, maman ?

Adam commence à faire une démonstration de signes de rappeur à sa mère, puis lève les yeux au ciel et s'éloigne en secouant la tête.

Janice a un peu parlé à Euan de Fiona et d'Adam, mais elle ne lui a rien dit de la maison de poupée et de son interprétation personnelle selon laquelle celle-ci serait une allégorie du processus de deuil. Une fois arrivés dans les prés, Euan et Adam se mettent en quête d'un bâton à lancer à Decius. Elle saisit des bribes de leur conversation. Apparemment, Euan y va doucement. Il commence par quelques commentaires sur le foot, auxquels Adam répond avec un enthousiasme modéré. Le garçon évoque ensuite une bande dessinée de science-fiction, mais Euan ne s'aventure pas sur ce terrain (ce qui est sûrement une sage décision). Ce dernier mentionne alors une série Netflix, qui provoque un certain flux de discussion, suivi d'un silence. Et puis, Euan décroche le jackpot. Adam lui parle d'une nouvelle série de documentaires animaliers qu'il a vus, sur les grands fauves, et c'est parti. Euan n'a pas encore vu toute la série, mais il vient juste de lire un livre sur la réintroduction des lions dans l'est du Rwanda.

Pendant qu'ils discutent, s'arrêtant parfois pour lancer un bâton à Decius, Janice les regarde et s'interroge : si un cœur peut être brisé, est-il possible de le réparer… peut-être pas tout à fait à l'identique de ce qu'il était auparavant, mais au moins pour qu'il ne soit plus en mille morceaux ? Elle pense à John et regrette qu'il ne puisse pas voir son fils en ce moment précis. Les pieds dans l'herbe humide jusqu'aux chevilles, elle se demande aussi si elle retournera un jour en Tanzanie. Cela n'a jamais été possible jusqu'ici, en raison des circonstances et du coût d'un tel voyage, sans parler du désintérêt de Mike pour la question. Mais elle était une petite souris, à l'époque. Peut-être qu'en étant plus lionne elle trouverait le moyen de le faire. En cet instant, dans ce pré de Cambridge où flotte la brume montant de la rivière, elle se dit qu'elle aimerait beaucoup voir les lionnes de Tanzanie.

En dépit de l'intérêt de cette conversation avec Euan, il est clair qu'Adam estime maintenant avoir assez bavardé; il ne tarde pas à partir en courant devant eux avec Decius. Euan revient marcher aux côtés de Janice et ils poursuivent leur promenade sur le sentier sans rien dire. Leurs silences sont de plus en plus naturels, mais parfois ils redeviennent pesants. En regardant Adam, Janice se dit qu'il serait temps de parler du sujet des enfants, mais elle sait qu'Euan n'en a pas, elle tâtonne encore de son côté avec Simon, et n'est pas encore prête à s'ouvrir de cela. Ils marchent donc en silence – tous deux conscients que leurs ados intérieurs sont de retour. Ils se sont moins manifestés dernièrement, mais réapparaissent tout de même de temps à autre. En ce moment, ils grattent le sol du bout de leur chaussure en marmonnant: «Tu veux parler d'quoi... Chaipas... Tu veux parler d'quoi... Chaipas...»

Soudain, Euan se tourne et envoie promener les ados dans les hautes herbes:

— Ça vous dirait que je vous parle des conversations que je collectionne?

— Oh, oui.

Elle en a très, très envie.

— On entend toutes sortes de choses dans le bus... Ce ne sont pas des histoires comme les vôtres, mais elles m'amusent ou me font réfléchir. Les deux, parfois. Comme cette femme pasteur qui disait à une amie: «Le problème, quand on est pasteur, c'est que lorsqu'on demande aux gens comment ils vont, ils vous le disent vraiment.» Ça m'a fait réfléchir à ce que devait être la vie de cette femme, et je me demande si quelqu'un lui demande jamais comment elle va, elle, avec un réel intérêt.

Janice lui offre un sourire d'encouragement. Elle voit bien qu'il est un peu stressé. Elle trouve touchants ces moments de timidité. Elle est aussi frappée par le fait qu'il est totalement différent quand il conduit son bus – plein d'aisance et d'assurance. Elle pense au jeune homme qui avait la responsabilité d'un bateau de sauvetage et bataillait contre les vagues. Peut-être que les gens l'impressionnent davantage que les éléments déchaînés.

— Continuez, dit-elle.

— L'autre jour, il y avait une maman dans le bus qui emmenait son fils se faire vacciner, et elle essayait de lui expliquer comment ça fonctionnait – vous savez, le fait qu'on vous inocule un peu de la maladie, et qu'après ça votre corps apprend à la combattre. Et là, son gamin lui dit : « C'est pour ça que je n'attrape jamais de rhume. » « Comment ça ? », demande la mère. Et le môme de lui répondre que c'était parce qu'il se curait le nez et mangeait tout le temps ses crottes de nez.

Janice rit et Euan marche un peu plus vite, ses muscles se détendant comme il parle. En regardant ses enjambées, elle l'imagine fermement campé sur le pont d'un bateau qui tangue.

— Un soir, il y avait deux jeunes types dans le bus, qui se connaissaient visiblement depuis longtemps. Des connaissances plus que des amis, je dirais – d'anciens camarades d'école, peut-être. J'en ai reconnu un tout de suite, un artiste. Sorti de Cambridge, mais qu'on voit souvent à la télé… Vous savez, celui qui porte tout le temps un chapeau en feutre bleu. Bref, l'autre type lui posait des questions sur sa dernière exposition et il se met à plaisanter en disant qu'il aurait dû acheter un de ses tableaux à ses débuts. L'artiste lui répond : « Eh bien, achètes-en un maintenant ; ce sera encore un bon investissement. » L'autre gars rigole et lui dit en substance qu'il n'aura jamais les moyens de se payer une toile. Et juste après, il lui demande : « Par contre, je peux t'acheter ton chapeau ? », et ajoute en blaguant que ça, il aura peut-être les moyens de se l'offrir. Un peu plus tard, quand l'artiste était sur le point de descendre à son arrêt, il s'est retourné, a crié dans le bus « Eh, Jimmy ! », et il lui a lancé son chapeau avant de sauter du bus. Je vois Jimmy sur ma ligne presque toutes les semaines, et il porte toujours le chapeau de l'artiste.

Euan est lancé et, tandis qu'il commence une autre anecdote, Janice se dit qu'il a été trop modeste : ce sont de véritables histoires, pas de simples bribes de conversations.

— Une autre fois, il y avait un couple dans le bus. Des enseignants tous les deux, je pense – elle au moins, c'est sûr, et j'ai entendu un gamin l'appeler « Madame Rogers ». Elle disait à son mari qu'elle venait de faire un cours à une classe de troisièmes, et que ç'avait été *le* cours parfait. Elle ne se vantait pas ; elle disait juste les choses telles qu'elles étaient. Elle expliquait qu'il y avait une jeune prof en formation avec elle, et que la fille lui avait dit, à la fin, qu'elle ne savait pas vraiment quoi en penser, étant donné que Mme Rogers n'avait pas eu à régler de problème de comportement. Le mari lui dit alors que la fille n'avait pas conscience de ce qu'elle avait vu, parce qu'il était clair que le cours de sa femme se passait à merveille, donnant une fausse impression de facilité dans l'exercice de ce métier – ce qui me laisse penser que lui aussi était prof. Sa femme lui a répondu que personne ne saurait jamais ce qu'elle avait fait aujourd'hui – que ça ne changerait pas l'ordre du monde – mais qu'*elle*, elle le saurait, et qu'elle était certaine que, si ce sujet tombait lors du brevet des collèges, toute sa classe réussirait l'épreuve.

Mme Rogers a donc eu son « moment parfait », songe Janice, et elle prend la main d'Euan tandis qu'ils continuent de marcher côte à côte.

— Est-ce que vous collectez des histoires quand vous êtes dans le bus ? demande-t-il.

— Oui, même si je n'en glane souvent qu'une partie, vu la courte durée des trajets, si bien qu'il m'arrive d'inventer le reste. Mais en effet, on entend parfois des choses assez frappantes, et on se rend compte que, pour cette personne, c'est *son* histoire. Comme cette dame que j'ai entendue, dont la mère était dans un camp de concentration en Allemagne pendant la guerre. Elle devait se rendre à la chambre à gaz, mais le système est tombé en panne et ils venaient juste d'appeler les ingénieurs – ce qui est déjà dingue, en soi, de penser qu'il y avait une maintenance de prévue pour ces monstruosités.

— Oui, j'ai même lu que certaines entreprises faisaient figurer les chambres à gaz qu'elles avaient conçues dans leurs brochures publicitaires, dit Euan.

— C'est hallucinant, commente Janice en secouant la tête. Bref, la mère de cette femme croit qu'elle va mourir quand les ingénieurs arriveront, mais le lendemain matin, ce sont les Américains qui entrent dans le camp. Et cette jeune fille finit par épouser l'un des hommes qui les ont libérés. Ils ont fabriqué sa robe de mariée avec la toile de soie du parachute.

— Quelle histoire incroyable.

— Vous n'avez jamais de soucis dans le bus ? demande-t-elle soudain. Je veux dire, des gens qui crient, vous parlent mal, ou pire ?

Euan a un petit sourire.

— Bien sûr que oui. En tant que conducteur de bus, on est la cible rêvée pour certains, surtout pour ceux qui ont un coup dans le nez.

Janice sait exactement de quoi il parle.

— Et que faites-vous ?

— J'écoute les petites voix.

Janice s'arrête et le regarde.

— Comment ça ?

— Il y a bien longtemps, je me suis rendu compte que si je prête attention aux quelques personnes qui me crient dessus, je leur accorde une importance qu'elles n'ont pas.

Leurs paroles vont me rester, me faire du mal, et ces grosses voix vont continuer de résonner, même quand les cris auront cessé. À la place, je préfère donc écouter attentivement les petites voix – celles de la plupart des gens. Les gens qui vous apprennent une chose magnifique sans que personne le sache. Les enfants qui mangent leurs crottes de nez. L'artiste qui donne son chapeau. Ou une femme pasteur qui aimerait bien que, de temps en temps, on lui demande comment elle va. Tous ces gens, ceux qui ne font pas de bruit, semblent avoir des choses bien plus importantes à partager.

Janice n'aurait pas mieux dit.

Plus tard, ils décident d'aller au café où ils ont déjeuné ensemble la première fois, afin d'y prendre un thé. Janice pense que les ados intérieurs ont fini par être renvoyés au vestiaire et elle les imagine grommeler en sortant du terrain où elle se promenait avec Adam : « Qu'est-ce qu'on fait... Chaipas, qu'est-ce que tu veux faire... Chaipas, qu'est-ce que tu veux faire... » Elle est bien contente de les voir leur tourner le dos.

Autour d'un thé et de gâteaux, Janice et Euan abordent une grande variété de sujets.

Cuisine préférée : mexicaine pour Janice ; thaï pour Euan.

S'ils gagnaient au loto : Janice, une maison au bord de la rivière, rendrait son tablier de femme de ménage, vacances au Canada et en Tanzanie ; Euan, ne veut pas du gros lot, 550 000 £ seraient suffisantes, prendrait le temps de réfléchir avant d'y toucher.

Janice trouve cela dommage et le persuade de s'acheter au moins un nouveau vélo avec sa fortune imaginaire.

Musique et danse (Janice a lancé les deux ensemble, dans l'espoir qu'Euan aime danser) : Janice, à peu près tout ce sur quoi on peut danser ; Euan, goûts éclectiques en musique, oserait-il dire qu'il aime la musique traditionnelle ? Elle lui répond que c'est le cas de la plupart des professeurs de géographie. Il abat alors sa carte maîtresse : elle ne doit pas rire, mais il a toujours eu envie d'apprendre les danses de salon, surtout le tango.

Une fois de plus, Janice s'imagine se pencher au-dessus de la table et embrasser cet homme. Et cette fois, elle a le sentiment qu'un jour, cela pourrait arriver. L'idée de danser le tango avec lui, en revanche, attendra encore un peu.

Alors que tout cela lui passe par la tête, elle regarde par la fenêtre et, soudain, elle voit son mari. Il porte une veste bleu marine assez chic, avec un badge sur la poche. Elle note qu'il porte aussi son deuxième plus beau pantalon, qui est mal repassé. De la main droite, il tient un parapluie plié, qu'il brandit subitement en direction du ciel. Le groupe qui le suit s'arrête brusquement à ce geste. Elle ignore ce qu'il dit, mais le groupe de personnes d'âge moyen ou avancé semble apprécier ce qui se passe et sourit derrière lui. Apparemment, Mike, l'homme aux mille métiers, est désormais guide touristique. Elle se dit que cela pourrait fort bien lui convenir ; il est agréable de prime abord et connaît bien la ville. Et personne n'a besoin de rester avec lui plus d'une heure. Puis elle songe à ceux qui doivent l'employer. Dans combien de temps leur dira-t-il que les trajets qu'ils ont choisis ne sont pas les bons ? Et, plus inquiétant encore, dans combien de temps essaiera-t-il de fourguer aux touristes qu'il accompagne un ensemble de brosses électroniques multifonctions dans un magnifique sac de transport imperméable ?

Euan interrompt sa réflexion.

— À quoi pensez-vous ? Vous êtes ailleurs…

— Ce n'est pas mon problème.

— Quoi donc ?

Sachant qu'il n'y aura jamais de moment idéal pour cela, elle tend un doigt vers la fenêtre.

— C'est mon mari, là. Mais je suis heureuse de dire qu'il n'est plus mon problème.

— Le type en blazer ?

— Ouaip.

— Ah, il est guide touristique ?

— Pour l'instant.

N'ayant pas envie d'en dire davantage, elle change de sujet :

— Vous disiez que vous alliez me raconter une autre de vos histoires.

Euan fronce les sourcils et jette quelques coups d'œil vers la silhouette de Mike, qui franchit maintenant à grandes enjambées les grilles de King's College, son parapluie toujours brandi en l'air.

— Bon…, fait-il, hésitant.

— Votre histoire ? relance Janice pour l'encourager.

Il se tourne à nouveau vers elle et secoue légèrement la tête.

— Mon histoire, oui.

Il boit une gorgée de thé et se lance :

— L'histoire numéro deux, c'est la raison pour laquelle je ne suis pas marié. Je suis sorti avec des femmes, hein, dit-il comme pour la rassurer, quelques-unes, tout de même. Mais apparemment, dès qu'une femme sort avec moi, neuf fois sur dix environ, soit elle retourne avec son ex, soit elle épouse le type qu'elle a rencontré après moi. Ce qui semble d'ailleurs leur avoir réussi : elles ont l'air d'être tout à fait heureuses.

Il lance un regard vers les grilles par lesquelles Mike a disparu.

Janice voudrait le rassurer – il n'a pas à s'inquiéter de quoi que ce soit – mais elle ne veut pas se lancer dans une longue explication. Et elle s'intéresse bien plus à son histoire personnelle.

— Alors, de quoi s'agit-il ?

— Eh bien, au début, je n'y voyais pas de problème particulier. Ce n'est qu'au fil du temps que mes ex-petites amies – dont beaucoup sont encore mes amies…

Ah, c'est donc avec ces femmes qu'il prend le thé. Elle ne peut s'empêcher de se sentir rassurée à l'idée qu'elles soient heureuses dans leur couple actuel.

— … eh bien, qu'elles m'ont dit – et je ne dis pas ça pour m'envoyer des fleurs, croyez-moi –, enfin, que je savais vraiment les écouter. Je suppose que c'était le cas, puisqu'elles m'intéressaient. Beaucoup d'entre elles me parlaient de leurs anciennes relations, souvent d'une en particulier, en me décrivant ce qui n'avait pas fonctionné. D'autres me parlaient du genre d'hommes avec lesquels elles étaient sorties, et je leur demandais pourquoi elles choisissaient ces types-là, et elles me le disaient.

Janice opine du chef; jusqu'ici, elle le suit. Et elle se dit qu'il n'est absolument pas conscient de ses qualités.

— En tout cas, au bout d'un moment, qui pouvait aller de quelques semaines à quelques mois, elles avaient dit tout ce qu'elles avaient à dire et finissaient par me demander ce que j'en pensais. Et comme elles me le demandaient, je leur répondais.

Il rit.

— Je crois que c'est là que je n'ai pas assuré. J'espère ne jamais avoir été méchant, mais le fait est que j'ai toujours répondu sincèrement à cette question – puisqu'on me demandait mon avis. Vous imaginez facilement ce qui arrivait peu de temps après…

— Oh, oui.

— Seulement, je ne sais pas si c'était à cause de ce que j'avais dit, ou si n'importe qui paraissait mieux, après moi. Toujours est-il que la plupart des femmes avec qui je suis sorti se sont mariées avec celui qu'elles ont rencontré après moi. Comme je le disais, c'était parfois un ancien amoureux vers lequel elles revenaient. Ou un nouveau – et pas du genre qu'elles fréquentaient auparavant.

Janice rit à son tour.

— Je crois que vous avez rendu de grands services à ces femmes. Mais c'est un peu triste pour vous, tout de même... Vous n'avez jamais eu envie de vous marier avec l'une d'elles ?

— Une fois, j'ai rencontré une fille en Irlande, que j'aimais vraiment beaucoup. Elle était jolie et volubile – enfin, à vrai dire, plus que volubile. Disons qu'elle était... très bavarde.

— Vous voulez dire qu'elle ne la fermait jamais.

Euan sourit mais ne dit rien.

— Et que s'est-il passé ?

— Un jour, je l'ai emmenée dans un superbe endroit avec vue sur la mer. J'avais la bague dans ma poche. J'ai sorti la petite boîte de ma poche, je la tenais fermement dans ma main et là, en regardant la mer, je lui ai demandé de m'épouser. Le problème, comme elle n'arrêtait pas de parler, c'est qu'elle ne m'a pas entendu. Je suis resté comme ça quelques instants, à me demander si je devais réitérer ma proposition. Et quelque chose m'a poussé à remettre la petite boîte dans ma poche.

Le rire de Janice s'éteint brusquement.

— Je te préviens, je sais ce que tu trafiques !

Mike se dresse à côté de leur table, son parapluie à la main. Il la dévisage, l'air sombre.

— Mike ! Qu'est-ce que tu fais ici ?

Mike ignore Euan, qui s'est retourné pour voir qui parlait.

— Je te dis que je *sais* ce que tu trafiques. Je t'ai suivie.

— Mais qu'est-ce que tu racontes ?

— Tu sais très bien de quoi je parle.

Au moment où il prononce ces mots, elle perçoit une étrange expression dans les yeux de son mari – un air à la fois blessé et triomphant.

— De toute façon, les gars sont tous d'accord pour dire que je n'étais pas de taille.

Sur ce, il tourne les talons et sort de la salle, laissant derrière lui un silence sidéré. Le murmure des conversations reprend peu à peu ; seuls Janice et Euan restent muets.

Il se penche vers elle après un moment :

— Ça va ?

Elle hoche la tête, et se rend compte qu'elle se retient de rire.

— Qu'est-ce qu'il y a ?

— Je crois que mon mari pense que j'ai une aventure avec Geordie Bowman. Et, en fait, si bizarre que ça puisse paraître, je pense qu'il en est fier.

— Vous connaissez Geordie Bowman ?

Janice soupire sans perdre son sourire. Même si elle se demande comment elle va s'y prendre pour clarifier les choses avec Geordie.

— Oui, je connais Geordie Bowman. Vous aimeriez le rencontrer ?

— Pas spécialement… Je suis sûr que c'est un type très sympa, mais je ne suis pas très branché opéra.

Janice décide alors que Geordie sera l'un des premiers amis auxquels elle présentera Euan. Elle sent que le courant passera bien entre eux.

30

La fin d'une histoire

— Vous êtes différente.

Janice cesse de cirer la table. Elle attend.

Mme B. a levé le nez du *Times*.

— Eh bien ? demande Janice.

Autant en finir rapidement.

— Non, c'est tout, je disais juste que vous étiez différente, répète la vieille dame avant de glousser. J'ai retenu la leçon, la dernière fois.

Janice baisse un peu sa garde.

— C'est vrai, je suis différente : je suis heureuse.

— Ah, c'est bien, ça. Vous voulez me raconter, un peu ?

— Non, répond Janice en souriant. Pas encore.

Mme B. renifle et plie son journal.

— Alors, on continue l'histoire de Becky ? Je pense que ce sera le dernier chapitre, et je peux vous dire qu'il décoiffe.

Janice remet un peu de cire sur son chiffon et se prépare à écouter tout en polissant la table.

— La dernière fois que nous étions avec Becky, elle était divorcée et avait envoyé sa fille dans un pensionnat en Angleterre.

Janice l'interrompt :

— Au fait, j'ai parlé à Simon. Il m'a dit qu'il avait aimé ses années de pensionnat. Je vais le voir la semaine prochaine pour déjeuner avec lui.

Elle regrette aussitôt cette confidence, car elle est sûre que les choses vont aller de mal en pis entre Mme B. et son fils.

— Mais revenons à Becky, s'empresse-t-elle de dire.

— Elle avait repris ses bonnes vieilles habitudes et s'établit bientôt au Caire, sous la protection d'un riche banquier italien. C'est là qu'elle tapa dans l'œil de notre second prince…

— Qui n'était pas un prince, se rappelle Janice.

— Exactement. C'était un jeune gentleman titré, mais son rang n'avait rien d'équivalent à celui d'un prince royal. Cependant, je crois que cela ne l'a jamais dérangé outre mesure, et qu'il était heureux d'être désigné par ce titre lorsqu'il voyageait à l'étranger – ce qui était souvent le cas, car c'était un riche play-boy. Il s'appelait Ali…

— Prince Ali, dit Janice en riant. Pardon, je pensais à Aladin.

— Ah, Shéhérazade, l'histoire du garçon à la lampe, telle qu'elle est racontée dans la version du XVIIIe siècle des *Mille et une Nuits* ?

— Hmm, acquiesce vaguement Janice, qui pense plutôt à l'Aladin de Disney.

— Eh bien, je pense que pour notre histoire nous l'appellerons justement prince Ali. Donc, le prince Ali avait aperçu la magnifique Becky et, comme il était riche, jeune et plutôt stupide, il pensait qu'il pourrait la conquérir avec quelques coups d'éclat tapageurs. Il possédait des bateaux – beaucoup de bateaux –, et avait même gagné une course dans l'une de ses vedettes lors de la régate de Monte-Carlo… mais je m'écarte du sujet. Il décora un bateau avec d'énormes motifs floraux aux initiales de Becky. Il n'avait qu'une vingtaine d'années, ne le jugeons donc pas trop sévèrement… Son argent provenait d'un commerce de coton florissant, qu'il avait hérité de son père à un jeune âge. Fils unique, il était très gâté par sa mère et ses sœurs.

Je crois que le seul contrôle dont il ait fait l'objet venait de son secrétaire, un homme plus âgé qui avait travaillé au ministère de l'Intérieur au Caire, avant d'occuper pour moitié le poste de secrétaire du jeune, et pour moitié celui de mentor.

— Becky est-elle tombée dans le panneau ?

— Oh, non. Elle n'était pas du genre à venir sur un claquement de doigts. Comme vous le savez, il y a des règles, et une présentation en bonne et due forme était nécessaire.

— Alors il a trouvé quelqu'un pour les présenter ?

— Oui, il a réussi à trouver une connaissance féminine pour procéder aux présentations, qui eurent lieu lors d'une visite ultérieure à Paris. Je crois qu'ils ont déjeuné à l'Hôtel Majestic, et, peu après, Becky a emménagé dans sa suite, où le prince Ali l'a couverte de bijoux et de cadeaux onéreux.

— On peut dire qu'elle sait retomber sur ses pieds.

— Ou plutôt sur le dos, murmure Mme B. Il s'ensuivit un jeu du chat et de la souris. Parfois, Becky le suivait dans ses voyages – Deauville, Biarritz ; d'autres fois, elle retardait sa visite ou ne venait pas du tout. Lorsqu'il retourna au Caire, il voulait désespérément que Becky le rejoigne et finit par feindre la maladie pour qu'elle accepte de venir.

— Mais elle voulait sûrement être sa… comment disiez-vous, l'autre fois ? Son « amie » ?

— Certes, mais à ses conditions. Elle finit par monter à bord de l'*Orient-Express* et se dirigea vers l'Égypte. À son arrivée, elle trouva le prince Ali en très bonne santé, et, après des retrouvailles passionnées, il la demanda en mariage.

— Comment la famille prit-elle la chose ?

— Pas bien du tout. Ils étaient horrifiés. Non seulement Becky jouissait d'une réputation sulfureuse, mais, en plus, elle n'était pas musulmane.

— Était-ce un problème pour le prince Ali ?

— Becky accepta de se convertir et ils décidèrent de procéder à deux cérémonies pour célébrer leur mariage.

— Furent-ils heureux ensemble ?

— Pendant un moment, je pense, mais cela ne dura pas très longtemps. Bien entendu, ils avaient un mode de vie très dispendieux en Égypte. C'était l'époque de la découverte du tombeau de Toutankhamon, en 1922. Ils dînèrent avec lord Carnarvon et visitèrent le site, où Becky posa dans l'un des sarcophages, ses mains et sa cravache croisées sur sa poitrine – un spectacle que j'aurais beaucoup aimé voir de mes propres yeux, je l'avoue.

— Moi aussi.

Janice a cessé de polir la table et s'est assise.

— Leur relation allait cependant être tumultueuse. Le prince Ali avait commis l'erreur que commettent beaucoup d'hommes : ils tombent amoureux d'une tentatrice exotique et, une fois mariés, ils voudraient que celle-ci se comporte comme leur mère.

— J'imagine que cela n'a pas été du goût de Becky.

— Pas du tout, n'oublions pas quel était son tempérament… Il existe de nombreux exemples de querelles publiques, je vais vous en raconter quelques-unes pour vous donner une idée. Une fois, dans le hall d'un hôtel, le prince Ali a arraché un bracelet de diamants du poignet de Becky et le lui a jeté au visage. Une autre fois, il lui a hurlé qu'elle n'était qu'une putain, ce à quoi elle a répondu qu'il n'était qu'un proxénète. Tous deux portaient des ecchymoses et des cicatrices de leurs affrontements physiques – des confrontations auxquelles l'endurant secrétaire du prince Ali devait souvent mettre un terme lui-même. Un jour, Becky a même menacé son mari avec un pistolet – elle avait pris l'habitude de dormir avec un Browning semi-automatique sous son oreiller, à cause de ses bijoux d'une valeur colossale.

— Vivaient-ils toujours au Caire ?

— Non, ils voyageaient beaucoup, suivant les gens riches et à la mode dans le monde entier. Les disputes étaient pires lorsqu'ils étaient à Paris, parce que Becky ne voyait pas le mal qu'il y avait à fréquenter à nouveau de « vieux amis ».

— Quel numéro, tout de même, reconnaît Janice.

— Presque une réincarnation de Becky Sharp, j'ai l'impression. Et donc, comme je le disais, notre Becky n'a pas tardé à reprendre ses vieilles habitudes, et, naturellement, le conflit n'a cessé de s'aggraver. Les choses en vinrent à un point culminant lors d'une nuit de juillet 1923 particulièrement chaude, alors que le couple séjournait au Savoy, à Londres. Ils étaient en ville pour la saison et avaient réservé une suite et des chambres supplémentaires pour leur entourage. Becky voyageait toujours avec sa femme de chambre et son chauffeur ; le prince Ali disposait d'un personnel plus nombreux comprenant, bien sûr, son fidèle secrétaire ainsi que son serviteur personnel, un jeune Soudanais illettré qui attendait des heures, accroupi devant la porte de la suite, jusqu'à ce qu'on l'appelle.

— Pauvre garçon…

— Oui, mais comme disait le prince Ali, ce garçon n'était « rien ».

— Pour lui, peut-être, mais il comptait sûrement pour quelqu'un.

— Absolument, approuve Mme B.

— Pardon de vous avoir interrompue. Ils étaient donc au Savoy, par une nuit très chaude et orageuse, et…

— Vous avez fini, oui ? aboie Mme B. Donc, le jeune couple se rendit au théâtre, Becky vêtue d'une robe en satin blanc créée pour elle par Coco Chanel, après quoi ils rentrèrent souper au Savoy. Le dîner s'acheva par la dispute habituelle, et Becky monta se cloîtrer dans leur suite tandis que le prince Ali partait en taxi dans la nuit. Mais Becky n'alla pas se coucher ; elle prenait des dispositions pour rentrer à Paris au plus vite. C'était la raison de leur dispute du soir – il voulait qu'elle reste à Londres, elle ne voulait pas. Pour la suite, je présume que la dispute reprit lorsque le prince Ali regagna enfin leur chambre, parce qu'à deux heures du matin, le 10 juillet 1923, Becky tira trois coups à l'arrière du crâne de son mari, et le tua.

— *Quoi ?*

— Vous avez bien entendu, dit Mme B. visiblement ravie de son petit effet.

— Quoi ? Mais… comment… ? Wouah… Est-ce que quelqu'un l'a vue ?

— Un portier de nuit transportant des bagages passait non loin quand le couple a déboulé dans le couloir – en se battant, comme d'habitude –, Becky dans sa belle robe blanche, le prince Ali en robe de chambre au tissu ouvragé. Celui-ci alla montrer au portier les marques qu'il avait au visage, déclarant avec fureur que sa femme l'avait frappé et exigeant de parler au directeur. Ce faisant, Becky essayait de le ramener dans leur chambre et son petit chien courait en rond dans le couloir en jappant comme un fou. Le pauvre portier transmit un message à la réception par l'intermédiaire du liftier et s'empressa de finir de livrer les bagages. C'est alors qu'il entendit trois coups de feu. Revenant sur ses pas en courant, il trouva le prince Ali dans le couloir, dans une mare de sang, et Becky dans l'encadrement de la porte, un pistolet à la main, qu'elle jeta bientôt par terre.

— Et le jeune garçon alors, celui qui était souvent accroupi devant la porte ?

— Je me demandais si vous alliez vous en souvenir. Visiblement, personne ne s'en est préoccupé, et je crois que nul ne lui a jamais demandé de témoigner.

— Mon Dieu. Qu'est-il arrivé à Becky ? Ah, les lettres… avait-elle encore les lettres ?

— Vous brûlez les étapes, Janice, mais vous allez tout de même dans la bonne direction. Après bien des péripéties, Becky est arrêtée et envoyée à la prison d'Holloway, mais pas dans une cellule sordide; on l'installe dans l'aile de l'hôpital. Et au bout d'un moment vint le jour du procès. Je pense qu'il est intéressant d'observer la transformation de Becky pendant cette période. Au début, je crois qu'elle était vraiment terrifiée. Elle avait admis l'avoir tué et n'avait cessé de répéter: « Qu'est-ce que j'ai fait ? » Lors de sa première comparution devant la police, elle avait réussi à changer sa robe blanche tachée de sang pour un élégant tailleur vert. Lorsqu'elle est apparue aux audiences préliminaires, elle était vêtue d'une robe noire, mais toujours parée d'une fabuleuse collection de pierreries. Le jour du procès, sa tenue d'un noir profond était bien plus stricte, aucun bijou, et elle avait perfectionné l'art de pleurer et de se pâmer.

— Vous pensez que tout cela a tourné à la comédie?

— Je pense qu'une fois passé le choc initial de son acte, elle est redevenue la Becky que nous connaissons – une femme uniquement préoccupée de son propre intérêt.

— Que s'est-il passé au procès, et qu'en est-il des lettres?

— Une chose à la fois. Dès que l'identité de la femme au revolver du Savoy a été sue, la nouvelle s'est répandue comme une traînée de poudre au sein de la garde rapprochée du prince de Galles; cette fois, on sollicita également les services de renseignement. Ils agirent rapidement et, bien qu'il eût des rendez-vous prévus au Royaume-Uni, Edward fut emmené sur-le-champ en voyage « officiel » au Canada. Le fait d'être associé à Becky était déjà assez fâcheux, mais si elle publiait les lettres, alors… Le temps n'avait fait que les rendre plus dangereuses encore. Les mots doux et les indiscrétions étaient déjà suffisamment graves, mais plus encore, elles dépeignaient le prince comme un homme qui forniquait et festoyait à la moindre occasion pendant que des millions de personnes mouraient. L'horreur de la Première Guerre mondiale commençait à être mieux connue, et sa conduite pendant cette période aurait été considérée avec la plus grande sévérité.

— Savons-nous ce qu'il pensait ?

— Pas en détail, non, mais les lettres adressées à sa maîtresse de l'époque – qui n'est toujours pas Wallis Simpson – montrent qu'il était effectivement très inquiet.

— Becky s'est-elle servi de ces lettres ?

— À ce stade, j'aimerais que vous vous souveniez de Mycroft et d'une de ses maximes.

— Ne jamais laisser de trace écrite.

— Exactement. Donc, si vous imaginez des hommes comme Mycroft s'affairant en arrière-plan, je pense que l'on peut supposer qu'une affaire a été conclue pendant que Becky était à Holloway. On parle de certains personnages importants arrivant en train à Londres, peut-être avec certains paquets. Ce que nous savons en revanche avec certitude, c'est que le juge a déclaré que le passé de Becky ne constituait pas un élément à charge recevable.

— C'est vrai ?

— Oui, c'est vrai, et très franchement, c'est tout à fait stupéfiant. La vie du prince Ali, en revanche, pouvait être examinée en détail, et c'est ce que fit l'éminent avocat de Becky. Il dépeignit le jeune play-boy sous le pire jour possible : un homme violent avec les femmes, brutal et ayant des goûts sexuels contre nature dont aucune femme digne de ce nom ne devrait jamais entendre parler, et encore moins s'y soumettre. On en déduisit que la relation du prince Ali avec son secrétaire était de la pire nature possible, et qu'il imposait également ses pratiques sodomites à sa femme. Tout au long de ce témoignage, Becky sanglotait et défaillait, devant souvent être à moitié évacuée du tribunal. Une belle performance, m'est avis, de la part d'une femme qui proposait la sodomie comme une spécialité à la carte.

— Becky avait pourtant reconnu avoir tiré sur lui…

— Vous oubliez le pire péché qu'ait commis le prince Ali : c'était un étranger.

— Mais Becky aussi. Et elle ne devait pas avoir de telles opinions : au moins deux de ses amants étaient égyptiens, dont un qu'elle a sauvé des griffes d'un assassin, n'est-ce pas ?

Mme B. acquiesce.

— Certes, mais comme nous le savons, Becky se préoccupait avant tout de son propre cas, et pour l'instant elle était juste une Française à la voix douce qui témoignait courageusement par l'intermédiaire d'un interprète. Et bien sûr, il ne faut pas oublier que s'ils étaient tous deux étrangers, elle avait l'avantage d'être blanche.

Janice reste silencieuse. Elle sait ce qui va arriver ensuite, mais elle vient tout juste de prendre conscience de ce que cela implique.

— Le jury entendit les témoins, et, dans un délai relativement court, rendit son verdict : non coupable.

Mme B. coule un regard furtif à Janice avant de poursuivre.

— Il paraît, et je veux bien le croire, que les gens étaient outrés. Becky était libre de rentrer à Paris, ce qu'elle fit, pour reprendre ce qu'il restait de son ancienne vie. Je trouve piquant de noter que la pièce que le couple était allé voir le soir du drame était *La Veuve joyeuse*.

Une fois encore, Mme B. jette un regard vers Janice, mais celle-ci n'ose même plus lever les yeux.

— Elle vécut là-bas, dans un appartement en face du Ritz, jusqu'à ce qu'elle meure à l'âge de quatre-vingts ans. Je crois qu'à sa mort elle était encore soutenue par les pensions de plusieurs anciens amants. Et j'imagine qu'au cours de ces années elle a dû tomber sur Edward et Mme Simpson à plusieurs reprises, car ils ont vécu au Ritz pendant un certain temps quand ils se sont installés à Paris…

Mme B. interrompt son récit.

— Qu'y a-t-il, Janice ? Quelque chose ne va pas ?

Janice n'ose plus bouger un seul muscle, au cas où un regard ou un simple mouvement trahirait ses pensées. Elle est en tout cas incapable de regarder Mme B. en face.

La vieille dame se penche vers elle et la dévisage tout en racontant la fin de son histoire :

— Lorsque Becky est morte, on dit que son dernier amant, un banquier, me semble-t-il, est venu chez elle et a détruit son « journal de bord », où elle consignait les préférences de ses clients ainsi que des lettres écrites par un homme ayant jadis été prince de Galles.

Elle marque une nouvelle pause sans cesser de regarder Janice, les sourcils froncés, et continue :

— Apparemment, Becky avait conservé jusqu'à la fin certaines lettres d'Edward.

Mme B. se penche maintenant davantage, à presque toucher la table.

— Janice, que se passe-t-il ?

Janice lève brièvement les yeux vers elle et, d'une voix qu'elle reconnaît à peine, s'efforce de lui dire avec un semblant de gaieté :

— Quelle histoire formidable, Mme B. Merci de me l'avoir racontée. Donc, les lettres et cet arrangement, oui, je vois, c'est comme ça qu'elle s'en est sortie, *elle*.

Elle prend immédiatement conscience de son erreur. Et elle ne peut pas la rectifier, la rattraper, encore moins l'effacer. Cette répétition du « elle » et l'inflexion de sa voix résonnent en son for intérieur, et elle se met à trembler. Ce « elle » de trop qui révèle une expérience commune. Janice voudrait reprendre ce mot, l'empaqueter et le cacher dans un coin obscur où personne ne le trouvera plus jamais. Elle est totalement immobile, muette, et écoute sa propre respiration qu'elle tente au mieux de maîtriser malgré les battements fous de son cœur.

Mme B. se réadosse sur sa chaise sans un mot. Janice comprend qu'elle n'a rien besoin de dire de plus. Inutile de révéler son secret à son amie. La vieille dame sait déjà que dans cette pièce, il y a deux femmes qui ont tué quelqu'un. Et que Janice, comme Becky, s'en est bien sortie.

31

L'histoire non dite

Elle ignore depuis combien de temps elle fixe le feu électrique. Probablement un certain temps déjà, car il y a maintenant deux tasses de thé sur la table à côté d'elle. Elle trouve étrange que ce soit du thé, et non du chocolat ou un alcool. Peut-être Mme B. l'a-t-elle chargé en sucre, pour amortir le choc. Mais Mme B. ne paraît pas choquée ; on dirait plutôt qu'elle est assise dans ce fauteuil depuis bien longtemps, à attendre ce moment. Janice remarque qu'elle est blanche comme un linge, et s'inquiète de l'effort que ces deux tasses de thé ont pu représenter pour son amie. Elle en prend une et la fait tourner entre ses mains, sans boire.

— Quand mon père est mort, j'avais dix ans, ma sœur, Joy, en avait cinq.

C'est par là qu'il faut commencer. Le début de son histoire, c'est à ce moment que tout a changé.

— Il se savait mourant et, en bon universitaire, je pense qu'il a organisé sa mort comme il organisait son travail. Il y avait des piles de livres et de papiers dans son bureau, et je me souviens m'être un jour demandé : « Si j'en pousse une, est-ce que toutes les autres s'écrouleront ? » J'ai pensé à lui la première fois que je suis venue chez vous, en voyant tous vos livres.

Elle lève les yeux et regarde les rayonnages désormais bien rangés.

— Pendant des semaines, avant qu'il finisse par aller à l'hôpital, des gens sont passés chez nous, emportant parfois quelques livres en partant. Ma sœur et moi les regardions, assises dans l'escalier. Nos parents nous avaient dit que papa était mourant, mais nous ne comprenions pas réellement ce que cela impliquait. Pour nous, c'était un peu comme si nous risquions de déménager bientôt.

Elle marque une pause.

— Je ne pense pas que mon père craignait la mort… Son travail l'avait amené à envisager l'homme en termes de millénaires, pas à l'échelle d'une simple vie, mais je crois qu'il tenait à préparer ce qui se passerait ensuite. Il a donc mis de l'ordre dans toutes ses affaires, et je sais qu'il a déposé autant d'argent que possible sur un compte, pour notre éducation.

Janice resserre ses mains sur la tasse de thé dont elle n'a encore rien bu, et presse sa chaleur contre son cœur.

— Je crois que la seule chose qu'il a oublié de faire, c'est de dire au revoir.

Mme B. se penche vers elle.

— Buvez donc un peu de thé, Janice. Ça vous fera du bien.

— Vous croyez ?

— Mmm… Non, en fait, je ne crois pas.

Janice boit tout de même une gorgée. Elle sent la chaleur détendre un peu sa gorge.

— J'ai du mal à décrire mes parents… Pour ce qui concerne mon père, je n'ai que des fragments de souvenirs, comme un miroir qui aurait été brisé. Chaque morceau qu'il reste me renvoie un aperçu de lui, aussi vif que fugace.

Elle secoue la tête.

— Je sais que je dois idéaliser un père que je n'ai jamais très bien connu, mais je crois vraiment que c'était quelqu'un de bien, et je l'aimais énormément.

Elle ne veut pas pleurer, mais les larmes viennent tout de même.

— J'ai l'impression que quand mon père est mort, ma mère s'est simplement levée, et qu'elle est partie. Je ne suis pas en train de dire qu'elle nous a abandonnées physiquement ; je crois juste que, pour elle, sa vie était finie, et… j'allais dire qu'elle était distante, mais c'était bien plus que ça… Même à dix ans, je savais que ma mère avait disparu, elle aussi. Elle bougeait encore – un peu –, mais c'était à peu près tout.

— Que s'est-il passé après le décès de votre père ?

Janice ignore cette question.

— Si seulement vous aviez pu voir ma sœur, Joy, quand elle était petite…

Il lui semble soudain vital que Mme B. comprenne cela, qu'elle voie la petite sœur de Janice.

— J'ai pensé à elle quand vous avez décrit le petit frère de Becky. C'était une enfant de ce genre-là.

Elle cherche ses mots.

— Comment sait-on si un enfant portera bien son prénom, quand on lui en choisit un ?

Elle sait que les parents peuvent parfois lourdement se tromper en donnant un prénom. Elle poursuit précipitamment, sans attendre de réponse de Mme B. à ce sujet.

— Avec Joy, mes parents n'auraient pas pu trouver mieux. Elle était comme ce petit garçon dont vous parliez, joyeuse, ouverte, toujours en train de parler, à elle-même ou aux autres. On aurait dit qu'elle avait découvert un secret qui la faisait vraiment rire, et qu'elle voulait partager cette incroyable plaisanterie avec le monde entier. Quand elle se fâchait, elle se fâchait vraiment, mais ça ne durait jamais bien longtemps, et ensuite elle s'endormait brusquement. N'importe où : sur une chaise, en plein repas ou au milieu de l'escalier. C'est à ce moment-là surtout que je la regardais. Ses mains se serraient et se desserraient dans son sommeil. Ses joues paraissaient si rondes et douces – et elles étaient douces. Parfois, je lui touchais le bout du nez et je laissais courir le bout de mon doigt sur sa joue.

Janice boit une autre gorgée de thé.

— Je ne sais pas si papa lui a manqué quand il est mort ; j'imagine que oui, mais je sais que c'est surtout maman qui lui a manqué. Il y avait des moments où elle semblait encore être heureuse, mais c'était par à-coups, et elle était très désireuse de plaire à tout le monde, surtout à maman.

Janice s'interrompt et regarde Mme B. pendant plusieurs secondes.

— C'était très dur de la voir changer ainsi, et de constater tout ce qu'elle faisait pour essayer de rendre maman plus joyeuse – en vain.

— Cela a dû être dur pour vous aussi, Janice. Y avait-il quelqu'un d'autre pour vous aider ?

— Nous avons dû déménager à la mort de papa, car nous vivions dans une maison allouée par l'université. Nous sommes allées vivre à Northampton. La sœur de ma mère, Yvonne, habitait là-bas. Nous avions une petite maison à quelques pas de chez elle, et j'ai pensé que cela changerait peut-être le cours des choses – que la présence de sa sœur ferait du bien à ma mère, ou qu'en voyant que Joy n'était plus aussi gaie, ma tante ferait quelque chose pour nous aider.

— Et vous a-t-elle aidée ?

— Si l'on considère que sortir avec quelqu'un pour le ramener ivre mort est une forme d'aide, oui. Mais à part ça, pas grand-chose. Ma tante n'était qu'une forte en gueule.

En disant ceci, Janice se rend compte qu'elle a épousé un homme du même genre que sa tante. Elle n'arrive pas à croire qu'elle n'ait jamais fait le rapprochement avant.

Mme B. lui prend doucement sa tasse des mains et la pose sur la table.

— Comment était votre mère avant la mort de votre père ?

— Je n'ai pas vraiment de souvenirs, juste des flashs où je la revois en train de cuisiner, d'attacher les cheveux de ma sœur, de vérifier mon cahier de textes pour s'assurer que je faisais bien mes devoirs. Mais je ne sais même pas si ce sont d'authentiques souvenirs ou des choses que j'aurais aimé voir.

— Alors qui faisait tout cela pour vous et votre sœur, une fois votre père décédé ?

— Moi, en grande partie. Parfois, maman et ma tante sortaient le soir et ne revenaient que plusieurs jours plus tard. Elles nous apportaient des tas de bonbons et de babioles et se conduisaient comme si elles rentraient juste d'une journée de shopping, et nous devions être contentes. Mais Joy avait très peur quand maman disparaissait, même si je mentais sur l'endroit où elle était et essayais de préparer les repas, ses affaires pour l'école, tout ça. Elle savait que je ne faisais que la couvrir. J'avais douze ans à ce moment-là, et Joy, sept. C'était une petite fille très, très intelligente.

Janice ne peut s'empêcher d'affirmer cela avec fierté.

— J'ai tout essayé avec ma mère, je l'ai suppliée, engueulée, mais ça ne changeait rien. Elle faisait toujours comme si je n'étais pas là – et mes crises rendaient les choses encore plus pénibles pour Joy, qui voulait toujours qu'on soit gentilles avec maman.

— Est-ce que quelqu'un a vu ce qui se passait et essayé de vous aider ? Un voisin, un professeur ?

Une fois encore, Janice ignore la question de Mme B. Elle a autre chose en tête, qu'elle veut lui dire.

— Ma sœur a été baptisée Joy, mais mon nom de baptême n'est pas Janice. C'est mon deuxième prénom, celui de ma grand-mère – que je n'ai jamais connue.

— Et quel était votre nom de baptême ?

— Hope[1].

1. Espoir en anglais.

Janice ferme les yeux sur ce souvenir et sa douloureuse ironie.

— Nous venions d'une famille traditionnelle, où l'on donnait communément des noms comme Mercy, Grace ou Happy. Hope et Joy… Vous imaginez l'effet que ça me faisait ? Quand nous sommes allées à notre nouvelle école, à Northampton, j'ai commencé à m'appeler par mon deuxième prénom.

— Votre mère, comment vous appelait-elle ?

— Elle m'appelait le moins possible. Je me souviens à peine l'avoir entendue prononcer mon nom.

— Et votre sœur ?

— Elle m'appelait souvent « sœurette », ou parfois Hope. À l'école, elle a vite pris le pli de m'appeler Janice. Je vous dis, elle était très intelligente. Elle s'adaptait rapidement.

Le silence se fait dans la pièce, les deux femmes perdues dans leurs pensées. Mme B. finit par exhaler un soupir avant de demander avec douceur :

— Aimeriez-vous que je vous appelle Hope ?

— À condition que vous ayez envie que je vous appelle Rosie.

Toutes deux essaient de sourire mais semblent avoir soudain perdu cette faculté. Mme B. se redresse dans son fauteuil.

— J'aimerais savoir pourquoi personne ne s'est rendu compte de ce qui vous arrivait, à vous et votre sœur, dit-elle, revenant à sa question précédente.

— Nous ne connaissions pas tellement nos voisines, et j'ai demandé à ma sœur de promettre de ne rien dire à l'école. J'étais sûre que si quelqu'un apprenait que je m'occupais d'elle toute seule, nous aurions de gros ennuis.

Janice secoue la tête.

— Ça paraît fou, avec le recul…

— Mais à l'école, personne ne vous posait de questions sur votre vie à la maison ?

— Avec l'argent que mon père avait mis de côté, ma sœur et moi sommes allées dans un établissement privé – un couvent.

Janice se dit que, dans une autre vie, elle aurait ri de cela avec Mme B., parce que celle-ci avait raison : elle avait bel et bien été éduquée chez les religieuses.

— L'école était très stricte. Les enseignantes n'étaient pas des femmes sympathiques ou accessibles. Seule l'une d'elles – sœur Bernadette, qui enseignait l'anglais –, s'est réellement intéressée à moi. Elle était gentille et, parfois, pendant une pause ou à l'heure du déjeuner – jamais après les cours, car je devais rentrer sans tarder –, elle me laissait trier les livres avec elle et me donnait des biscuits pour me remercier de mon aide.

— Elle aurait dû en faire davantage, déclare Mme B. d'un ton définitif.

Janice se demande si cela a la moindre importance aujourd'hui. L'important, c'est ce que cela avait changé à l'époque, et elle sait que sœur Bernadette aura toujours sa reconnaissance. Elle a besoin de se raccrocher aux petits gestes de gentillesse de celle-ci, sinon, que lui restera-t-il ?

Elle regarde la femme assise à côté d'elle et constate que les larmes qu'elle croyait être les siennes sont celles de la vieille dame. Elle pense à cette soirée où elles ont toutes deux ri et pleuré – au point qu'elle ne savait plus différencier les deux. Maintenant, elle ne peut plus dire qui des deux pleure. Elle a le sentiment de contempler le monde depuis un sommet élevé. Pourrait-elle se laisser tomber ? Elle n'oserait certainement pas sauter, mais peut-être juste se laisser aller ? S'il existe un seul endroit où elle peut le faire, c'est ici, au milieu des livres, avec cette femme.

— Puis, ma mère a rencontré quelqu'un – un homme qui travaillait au même endroit qu'elle. Elle était cadre supérieur ; je ne sais pas trop ce qu'il faisait, lui… Un jour, il a simplement commencé à venir chez nous.

— Comment était-il ?

— Oh, ma mère disait que Ray savait tout faire. Et son comportement a radicalement changé à partir de ce moment-là. Elle avait recommencé à rire, à chanter à la maison, à soigner son apparence. Joy était aux anges, elle la regardait s'habiller et se préparer dans sa chambre, et ne cessait de dire à maman qu'elle était belle.

— Et vous ?

— Moi, j'étais très en colère. Pourquoi n'était-ce pas Joy, tellement mignonne et adorable, qui produisait cet effet-là sur ma mère ? Quelque part, j'aurais voulu que ma sœur soit en colère, comme moi. Et en même temps, je voulais être heureuse comme elle, juste pour pouvoir profiter de ces moments. J'imagine que je voulais croire que tout irait bien et que maman allait enfin commencer à se conduire comme une vraie mère.

— Est-ce que ça a été le cas ? demande Mme B., sur le ton de celle qui connaît déjà la réponse.

— À votre avis ? répond Janice, sur le ton de celle qui n'a pas besoin de répondre à la question. Au bout de… je ne sais combien de temps, Ray a emménagé chez nous. Il n'a pas apporté grand-chose, à part ses haltères et un punching-ball qu'il avait installé dans le salon, en face de la télé. Avec le recul, je me demande pourquoi il a pris cette peine… Il n'a pas tardé à se rendre compte que maman faisait déjà un excellent punching-ball. C'était un homme du genre petit, sec, avec des gestes rapides. On aurait pu croire qu'il ne prendrait pas beaucoup de place dans la maison, mais ç'a été tout le contraire. On le sentait partout. Même quand il n'était pas dans une pièce, il était là, en vous, parce qu'on le craignait.

— A-t-il commis des abus sur vous et votre sœur ? demande Mme B. sans détour.

— Pas au début, et jamais dans le sens où vous l'entendez. Aujourd'hui, je me rends compte qu'il faisait partie de ces natures violentes – le moindre changement dans ses émotions déclenchait une réponse physique, généralement agressive. Mais comment le savoir à l'époque ? Tout ce que nous savions, ma sœur et moi, c'est qu'il n'arrêtait pas de nous observer. Quand nous étions sur le canapé à regarder la télé, Joy pelotonnée contre moi, je le voyais tout le temps en train de nous fixer, les paupières mi-closes. Je crois qu'au bout d'un certain temps, je me suis rendu compte que ce n'était pas moi qui l'intéressais, mais Joy. Il la dévorait encore plus du regard quand elle était d'excellente humeur – elle ressemblait alors à la toute petite fille qu'elle était autrefois. Il la scrutait comme s'il n'avait jamais rien vu de semblable auparavant.

— Et votre mère, que faisait-elle pendant ce temps-là ?

— Oh, elle était occupée… À cuisiner, à parler, à ranger derrière lui, à se coiffer ou à se faire les ongles. Mais surtout à rire de tout ce que Ray disait, la plupart du temps. Il se mettait à rire lui aussi, et ma petite sœur essayait de se joindre à leur hilarité, même si, la plupart du temps, elle ne voyait absolument pas ce qu'il pouvait y avoir de drôle.

— Et vous ?

— Moi, j'aurais voulu qu'ils la ferment, tous. C'était devenu un bruit insupportable à mes oreilles, un peu comme ces alarmes de voiture qui n'arrêtent pas de se déclencher. Tous ces rires nasillards et absurdes qui résonnaient dans la maison… Comme je ne pouvais pas me joindre à eux, je restais sans rien dire la plupart du temps, en regardant ma sœur et en le regardant, lui. C'est à ce moment-là qu'il a commencé à me prendre pour cible, en disant que j'étais une ado renfrognée. Et tout le monde renchérissait, même ma sœur. Et ça rigolait de plus belle…

— Oh, Janice… murmure la vieille dame dans un souffle.

— Je n'y arriverai pas, Mme B., déclare brusquement Janice, comme vaincue.

— Mais si, Janice. Vous êtes une femme exceptionnelle, et très courageuse par-dessus le marché.

Janice sait que ce n'est pas vrai.

— À votre avis, demande-t-elle, combien y a-t-il d'histoires dans le monde ? Sept ? Huit ? Je ne sais plus, mais j'ai lu dans un magazine qu'en fin de compte il n'existe qu'un très petit nombre d'histoires, vraiment restreint.

Mme B. la regarde sans rien dire. Janice lâche un soupir.

— Nous savons aussi bien l'une que l'autre comment tout cela se termine, pas vrai ? C'est une histoire prévisible. On la raconte dans les taudis et dans les palais du monde entier depuis la nuit des temps. Il n'y a pas d'histoire nouvelle, Mme B.

— Mais c'est *votre* histoire, Janice, et je crois que vous avez besoin de la raconter.

— Ah, oui ? Et qu'est-ce que ça changera ? Je ne peux pas changer la fin.

— C'est là que je pense que vous vous trompez.

Mme B. marque une petite pause avant de continuer :

— L'une des citations du philosophe Cicéron qu'Augustus préférait était la suivante : « Tant qu'il y a de la vie, il y a de l'espoir. » Il en avait besoin quand il se battait contre le cancer, et je sais que cela l'a aidé, même si le cancer a fini par l'emporter.

Elle tend la main pour prendre celle de son amie. De son amie dont le prénom signifie espoir.

— Nous avons tous besoin d'un peu d'espoir, parfois.

Janice baisse les yeux vers leurs deux mains qui se serrent – blanc de craie et cèdre ciré entremêlés. Le ciel est maintenant débarrassé des nuages de pluie qui l'obscurcissaient, et la lumière est plus vive – comme fraîchement lavée. Elle voudrait que cette lumière pure et propre l'emplisse d'espoir, mais elle ne parvient pas à saisir ce sentiment, pas plus qu'elle ne parvient à saisir son prénom. Il lui glisse entre les doigts comme la lumière diffractée qui dessine des motifs sur la table en chêne. Elle lève les yeux vers les étagères remplies de ces livres qu'elle a tous manipulés, et commence à se dire qu'il y a peut-être un moyen. Un moyen de trouver cet espoir. Après tout, n'est-elle pas collectionneuse d'histoires et conteuse ? Peut-être pourrait-elle raconter son histoire, comme elle en a raconté d'autres ?

Alors elle se lance :

— C'est l'histoire d'une jeune fille qui vivait avec sa petite sœur dans une ville où l'on fabriquait des chaussures. Leur maison n'était pas très grande, mais il y avait assez de place pour les deux filles, leur mère et un homme qui n'était pas leur père. La mère aimait beaucoup cet homme. Elle l'aimait même lorsqu'il la frappait, la faisait saigner avec un cutter. Le sang qui tombait comme des gouttes d'eau sur le sol était de la même couleur rouge que les roses qu'il lui achetait pour s'excuser.

Janice regarde Mme B., qui hoche très légèrement la tête.

— L'homme disait qu'il aimait la mère, mais jamais il ne disait qu'il aimait ses filles. Pourquoi l'aurait-il fait ? Elles n'étaient pas de son sang, et la jeune fille comprenait cela. Elle savait aussi qu'il ne l'aimerait jamais parce que lorsqu'elle le regardait, son regard disait : « Je sais qui tu es vraiment. » L'homme petit et sec la regardait rarement, et la jeune fille pensait qu'il avait vu son regard et qu'il savait ce qu'il signifiait. À la place, l'homme regardait sa petite sœur. Cette sœur voulait que le monde pense qu'elle était heureuse, alors elle riait et jouait comme si elle l'était. Elle essayait de rendre les autres heureux, car elle pensait qu'en parvenant à rendre ces gens heureux le bonheur serait contagieux, et qu'elle pourrait alors en recueillir une partie pour elle-même. Parfois, l'homme disait qu'elle le rendait heureux et lançait la petite sœur en l'air, en riant ; d'autres fois, il la laissait tomber et prétendait que c'était un accident. Puis il tournait le dos et souriait. Il pensait que personne n'avait vu ce sourire, ni la mère, ni la sœur qui pleurait. Mais la jeune fille le voyait, parce qu'elle s'était promis de ne jamais le quitter des yeux, chaque moment où elle ne dormait pas.

Janice sent la douce pression de la main de Mme B. dans la sienne et se raccroche à la paume frêle mais ferme, comme si celle-ci pouvait l'empêcher de tomber. Elle n'est pas tout à fait sûre qu'une si petite main puisse y parvenir, mais elle sait que Mme B. ne la lâchera pas, quitte à tomber avec elle.

— Un jour, l'homme rentra à la maison et dit qu'il avait un cadeau pour la mère. C'était un chien. La mère se mit à rire nerveusement – elle n'aimait pas les chiens –, puis elle rit plus encore afin de s'assurer que l'homme ne s'en rende pas compte. Le chien était petit, comme l'homme, et fort, comme lui, mais si l'homme était mince, le chien était trappu, tel un petit rocher. La sœur rit comme sa mère en voyant le chien et, en dépit de sa peur, se mit à le caresser. La jeune fille regarda le chien de la même manière qu'elle avait regardé l'homme, mais, contrairement à l'homme, le chien lui rendit son regard. Elle pensa à un livre qu'elle avait lu à l'école, qui disait que toutes les créatures de Dieu avaient commencé leur vie sous forme de poissons nageant dans la mer. Elle savait que le chien avait commencé sa vie sous la forme d'un requin, parce qu'il avait encore les mêmes yeux.

« La petite sœur s'efforça de devenir l'amie du chien, car elle savait que l'homme adorait cet animal. Il parlait au chien avec une voix différente et se roulait par terre en jouant avec lui. La petite essaya d'en faire de même, mais le petit homme sec poussait le chien à mordiller les doigts et les pieds de l'enfant. Et le sang que la jeune fille essuyait sur la peau de sa sœur avant de lui donner un baiser de guérison était de la même couleur que celui de la mère, qui gouttait sur le sol comme de l'eau. L'homme n'achetait pas à la petite sœur des fleurs couleur de sang, mais il en riait quand elle ne le regardait pas. La jeune fille le savait, elle qui ne le quittait jamais des yeux.

« Un beau jour, alors que la mère était partie faire des courses, la jeune fille était dans sa chambre en train de lire. Elle pouvait s'adonner à ce plaisir, car l'homme était sorti avec des amis. Pour une fois, elle n'avait donc pas à le surveiller, mais, par la fenêtre, elle gardait un œil sur sa sœur, qui jouait à la dînette dans le jardin avec ses poupées. Fatiguée de cette surveillance continuelle, la jeune fille ne tarda pas à s'endormir.

« Elle se réveilla en entendant sa petite sœur pleurer et l'homme crier. Il y avait également un autre bruit, horrible, qu'elle ne parvenait pas à identifier. La jeune fille courut alors plus vite qu'elle ne l'avait jamais fait de toute sa vie ; bientôt, elle vit que l'homme tenait sa petite sœur comme celle-ci le faisait avec ses poupées, et qu'il la secouait violemment. Son visage était tout près de celui de l'enfant, et il crachait en lui hurlant dessus. Le chien crachait, lui aussi. Il était couché, et ce qu'il crachait ressemblait à la mousse de la partie sale de la rivière, près de la brasserie. L'homme était hors de lui parce que le chien s'était joint à la dînette. Les poupées n'ayant pas très faim, le chien avait mangé tout le chocolat que la sœur avait déposé dans leurs assiettes, ainsi que dans la sienne. L'homme disait que la sœur l'avait fait exprès, pour rendre le chien malade.

« La jeune fille avait très peur, mais elle était aussi très fâchée contre elle-même, car elle s'était endormie et avait manqué à son devoir de surveillance. Elle se précipita vers l'homme qui n'était pas leur père et ne cessa de le frapper que lorsque celui-ci eut posé sa petite sœur à terre. Il se tourna alors vers elle et la regarda comme s'il mourait d'envie de la secouer à son tour comme une poupée – ou pire. Prenant la main de sa sœur, la jeune fille courut alors dans leur chambre, à l'étage. L'homme était rapide mais, pour une fois, elles furent plus rapides que lui. Arrivée à leur chambre, la jeune fille poussa sa sœur à l'intérieur et la ferma à clé. Elle ne se réfugia pas dans la chambre avec elle, car elle avait vu ce que l'homme était capable de faire aux portes quand il était en colère, et elle se disait que cette fois, il devrait l'affronter, elle, en plus de la porte.

« L'homme montait l'escalier à toute vitesse pour la rejoindre. De sa vie entière, jamais elle n'avait eu aussi peur. Mais elle ne voulait pas que cet homme approche sa petite sœur qu'elle aimait tant, alors elle courut vers lui, elle aussi. C'est alors que cela arriva. Le petit homme sec avait de petits pieds. S'il avait eu de plus grands pieds, s'il avait été moins rapide, ce ne serait peut-être pas arrivé. Mais son petit pied dérapa sur la marche du haut, et la jeune fille, de toutes ses forces, le poussa dans l'escalier. »

Mme B. s'apprête à parler, mais Janice doit terminer son récit ; il faut qu'elle lui dise tout.

— L'homme gisait maintenant comme un pantin désarticulé. Il avait un bras et une jambe de cassés, mais sa voix fonctionnait encore parfaitement, et il s'en servait. Elle ne savait pas tout ce que les mots qu'il lui jetait voulaient dire, mais elle comprenait que sa sœur allait avoir de graves problèmes. Alors elle n'alla pas l'aider et n'appela pas une ambulance, ainsi que les religieuses lui avaient dit de faire en pareille circonstance. Au lieu de quoi, elle s'assit en haut de l'escalier et le regarda entre les balustres. Elle était sans réaction. Elle entendait uniquement les sanglots de sa sœur derrière la porte de la chambre, et les cris de l'homme désarticulé, qui lui disait ce qu'il ferait à la petite sœur pour punir la grande.

« C'est à ce moment-là qu'elle vit les haltères que l'homme utilisait pour rester fort ; ils se trouvaient derrière elle, sur le palier. Ne supportant plus d'entendre ce qu'il disait, elle fit rouler les poids jusqu'au bord de l'escalier et, de ses deux pieds, les poussa vers le bas. Les cris cessèrent aussitôt.

La jeune fille descendit alors, enjamba l'homme brisé et se rendit dans la cuisine pour y prendre un torchon. Avec ce torchon, elle essuya ses empreintes digitales sur les haltères avant de les remettre en bas de l'escalier, de la même manière que l'homme brisé avait posé sa sœur à terre. Ce faisant, elle ne regarda même pas le chien, mais elle savait que ce n'était pas nécessaire. Elle n'avait plus à se méfier de lui désormais. Elle retourna en direction de la porte de service, près de laquelle elle rangeait sa vieille corde à sauter, et la disposa à mi-hauteur de l'escalier. La jeune fille alla alors retrouver sa petite sœur dans la chambre. Elle s'assit avec elle sur le lit du bas et murmura tout bas, tout bas, à son oreille. »

32

Le chagrin est moins lourd que la culpabilité

— Vous ne devriez pas vous sentir coupable de ce que vous avez fait, Janice. Vous vous en rendez compte ? Vous n'avez fait que protéger votre sœur.

Mme B. n'a jamais été aussi grave.

Par où commencer ? Comment expliquer ce dont elle se sent coupable ou non ? Deux longues listes, mais l'une plus longue que l'autre. Il lui vient soudain à l'esprit qu'elle devrait peut-être le dire à Mme B. Après tout, au point où elle en est.

— Vous croyez que, si on le lui demandait, Stan pourrait aller nous chercher une bouteille de cognac ? Je voudrais vous parler de ça, mais je ne m'en sens pas capable sans un verre, et mes jambes ne me paraissent pas en état de fonctionner.

— Et moi donc, se contente de dire Mme B., et cette brève réponse requinque déjà Janice, autant qu'une gorgée de cognac.

Cela lui rappelle d'autres moments où elles se sont chamaillées en essayant de marquer des points l'une contre l'autre. Mme B. attrape son téléphone et, quelques minutes plus tard, Stan est à sa porte. Il se trouve qu'il avait une petite bouteille dans son casier, et qu'il serait ravi de la leur offrir afin de leur éviter (et de s'éviter) de sortir.

Janice avale une gorgée de cognac et commence aussitôt :

— D'abord, Mme B., sachez que je ne me suis jamais sentie coupable d'avoir tué Ray. Je sais que je devrais, et il m'arrive parfois, au beau milieu de la nuit, de me sentir coupable de *ne pas* me sentir coupable de cela. Je suppose que la plupart des gens ne comprendraient jamais ça – comment peut-on avoir tué quelqu'un et ne pas se sentir coupable ? Mais la vérité, c'est que moi, non.

— Ravie de l'entendre, répond Mme B., et, au son de sa voix, Janice sent que si son amie avait été présente ce jour-là, elle, n'aurait pas eu à pousser Ray dans l'escalier, parce que Mme B. aurait été trop heureuse de le faire à sa place.

— Je ne me sens pas non plus coupable d'avoir menti à la police. Je leur ai dit que j'étais désolée d'avoir laissé traîner des affaires dans l'escalier quand Ray est monté quatre à quatre pour trouver le numéro du vétérinaire. Il se dépêchait, et je pense qu'il a trébuché puis glissé. Non, ma sœur et moi ne l'avons pas vu tomber ; nous étions en train de lire dans notre chambre. Quand j'y repense, je ne sais pas trop ce que la police a pu en penser… Je me souviens d'un type, un jeune inspecteur, qui semblait se douter qu'il y avait anguille sous roche, il ne cessait de demander si quelqu'un d'autre était venu à la maison. Je sais qu'ils ont eu confirmation que ma mère n'était pas là ; en revanche, ils connaissaient déjà Ray, et je me rends compte maintenant qu'ils devaient penser à une dispute entre eux. Mais Joy et moi avons répété cette simple vérité : personne d'autre n'était venu à la maison. Et je ne pense pas que quiconque ait songé à ce que cela pouvait impliquer. Mon avis, c'est qu'ils savaient quel genre d'homme était Ray : il avait un casier avec des délits pour violences conjugales, et il suffisait de regarder ma mère, ou notre maison, pour comprendre. Même les murs avaient des bleus.

Mme B. opine du chef en faisant tourner son cognac dans son verre. Elle a insisté pour sortir les plus beaux verres d'Augustus.

— Et je ne me sens pas coupable d'avoir rabâché à ma sœur cette version des faits au fil des ans, selon laquelle c'était un accident…

— C'*était* un accident, la coupe Mme B.

Toutes deux savent que c'est faux, mais Janice ne peut s'empêcher de goûter le plaisir d'avoir cette femme dans son camp. Ah, si seulement elle l'avait connue quand elle était plus jeune ! Mais peut-être que l'alchimie n'aurait pas fonctionné ? Peut-être que certaines relations s'épanouissent justement parce qu'elles se forment à un moment et un endroit bien spécifiques de la vie ?

Elle en revient à sa sœur :

— Je pensais sincèrement que Joy croyait cette version et qu'en raison de son jeune âge c'était ce dont elle se souvenait.

— Mais… ?

— La dernière fois que je l'ai vue – quand je suis allée chez elle, au Canada –, elle a fait quelque chose, à la fin de mon séjour, et… enfin, je ne sais pas quoi en penser.

Mme B. attend qu'elle développe.

— Nous avions vraiment passé de bons moments ensemble. J'ai pu mieux connaître mon neveu, mes nièces et mon beau-frère, mais comme ils étaient à l'école ou au travail en journée, Joy et moi avions tout ce temps pour nous. C'était super. Elle était entre deux boulots à ce moment-là, si bien qu'elle avait trois semaines de libres – elle est infirmière en pédiatrie. C'est une fille très intelligente, ma sœur.

Janice a le sentiment que cela mérite d'être répété.

— Nous avons parlé de notre enfance, bien sûr, mais c'était bien. Même si les souvenirs évoqués n'étaient pas toujours très heureux, et certains même très douloureux, le fait d'en parler avec la seule personne sachant exactement ce que c'était nous a fait du bien à toutes les deux. Mais elle n'a jamais parlé explicitement de ce jour-là, et tout ce qu'elle disait qui pouvait s'y rattacher m'a rassurée sur le fait qu'elle se rappelait uniquement la version que je lui avais mise dans la tête. Et puis, le dernier soir, nous n'étions que toutes les deux et elle est allée à son bureau, elle a pris une feuille de papier, un vieux stylo-plume, et elle a écrit « Je me souviens de ce que tu as fait ». Rien de plus, juste ces mots.

— A-t-elle dit quelque chose ?

— Non. Ensuite, elle a commencé à préparer le dîner.

— Semblait-elle chamboulée ?

— Pas du tout. Au contraire, elle avait un petit sourire aux lèvres.

— Peut-être qu'elle s'en souvient très bien, en effet, et qu'elle voulait vous dire que ce n'était pas un problème ? suggère Mme B.

— C'est impossible. Si elle avait voulu me parler de Ray, elle aurait pu le faire cent fois pendant mon séjour. Et ce sourire n'allait pas avec le fait de dire à sa grande sœur : « Écoute, je sais que tu l'as tué… »

— Mais ?

— Maintenant, j'ai peur de m'être trompée, et qu'elle l'ait su depuis toujours, et qu'elle ait dû vivre avec ça. Sauf que je ne sais pas comment aborder ce sujet. Et l'ennui, c'est que je ne l'appelle plus autant par téléphone ou par Skype qu'avant, et que… enfin, elle me manque.

— Je pense que vous devriez l'appeler en rentrant ce soir, et lui parler. À mon avis, après tout ce que vous avez traversé ensemble, vous pouvez tout lui demander. Est-elle heureuse maintenant ?

Janice est touchée que Mme B. pose cette question.

— Oui, oui, elle est heureuse. La rencontre avec son mari a été déterminante pour elle. Je pense que c'était comme vous et Augustus : ils se sont vus, et les dés étaient jetés. Avoir des enfants n'a fait qu'ajouter à leur bonheur. Oui, je pense même que cela lui a fait beaucoup de bien, en lui donnant l'occasion d'être une mère bien différente de la nôtre.

Mme B. acquiesce, l'air satisfait.

— Vous devriez le lui demander, Janice. Ne laissez surtout pas cette relation s'étioler. Je suis fille unique, et j'aurais beaucoup aimé avoir une sœur. Et de nos jours, la distance ne doit pas être une barrière infranchissable.

Janice approuve, tout en pensant que la barrière est beaucoup plus haute quand votre mari a dilapidé toutes vos économies, que vous envisagez l'éventualité de devoir payer une hypothèque et que vous essayez de trouver un nouvel endroit où habiter.

— Maintenant, parlez-moi de l'autre aspect des choses. Vous avez évoqué ce qui ne vous donnait pas de sentiment de culpabilité. Qu'est-ce donc qui vous trouble à ce point, alors ?

— Comment savez-vous que je suis troublée ?

— Oh, Janice. Je le sais depuis la première fois où je vous ai vue.

Elle lui sourit.

— Et puis, je suis une espionne ; je suis formée à repérer ce genre de choses.

Janie prend une grande inspiration. Elle espère que Mme B. est bien installée, car cela pourrait prendre assez longtemps.

— Je me sens coupable la plupart du temps, et c'est ainsi depuis une bonne partie de ma vie, me semble-t-il. Coupable de ne pas avoir vraiment protégé ma sœur. En tant qu'adulte, je vois bien que je ne pouvais pas faire grand-chose de plus, mais je me sens tout de même coupable qu'elle n'ait pas eu l'enfance qu'elle méritait. Coupable que ce qui est arrivé à Ray lui ait rendu la vie plus difficile ensuite.

— Pourquoi, que s'est-il passé ?

— Je vous ai dit que quand mon père est mort, ma mère était devenue comme absente à elle-même. Je me rends compte aujourd'hui que c'était sa façon de faire face à la situation – il restait quelque chose d'elle. Parce que lorsque Ray est mort, elle est soudain devenue une présence, une force écrasante – si l'on peut dire les choses ainsi. Mais ce n'est pas sur nous qu'elle s'est focalisée : tout était centré sur son chagrin. Le fait qu'il la battait ne semblait pas avoir d'importance à ses yeux ; elle était inconsolable. Même lorsque le temps a passé et que le choc initial s'est dissipé, elle souffrait tellement que sa douleur paraissait physique. À l'époque, je me demandais si le cancer était comme ça… Mon père avait-il souffert autant au moment de mourir ? Elle ne voyait rien d'autre que sa propre souffrance, si bien que Joy, qui avait huit ans à l'époque – je veux dire par là qu'elle n'était qu'une petite fille, qui avait besoin d'amour et…

— Il y avait aussi vous, Janice. Vous n'étiez qu'une toute jeune adolescente.

— Pour ma part, je savais que je ne méritais pas mieux, mais Joy, oui. Elle n'avait rien fait de mal, elle.

— Je croyais que vous ne vous sentiez pas coupable ? aiguillonne Mme B.

— Peut-être que la culpabilité est comme une maladie, qu'on peut avoir en soi sans le savoir…

Janice s'aperçoit qu'elle n'y a jamais pensé avant. Est-il possible que cette culpabilité lui coule à tout jamais dans les veines ?

— Bref, je faisais de mon mieux avec maman, mais j'étais la dernière personne qu'elle ait envie de voir. Au fond, je crois qu'elle savait. Elle n'a jamais rien dit, alors qu'elle savait que ces haltères ne traînaient jamais dans l'escalier – mais se trouvaient sur le palier. Elle ne l'a jamais dit à la police. De temps en temps elle passait un moment avec Joy et lui faisait un câlin sur le canapé. J'essayais de créer l'occasion de tels moments, de trouver les bons DVD, de leur apporter des friandises qu'elles aimaient. Mais je ne pouvais pas m'asseoir auprès d'elles. Je devais me contenter du fauteuil, à côté, et de les regarder regarder le film.

Elle se demande quelle proportion de son enfance elle a passé à regarder les autres.

— Oh, Janice, fait Mme B., comme en écho à sa tristesse de tout à l'heure.

— Et puis maman a recommencé à sortir et à ne pas rentrer – parfois pendant des jours. J'essayais de me débrouiller ; il y avait souvent un peu de monnaie et des coupons qui traînaient, et au début elle nous laissait de l'argent. Mais quand elle a commencé à boire pour de bon, je crois qu'elle oubliait tout bonnement. Alors je me sens coupable à cause de ça, aussi ; peut-être qu'elle n'aurait pas bu autant si les choses s'étaient passées autrement.

— Et peut-être que Ray aurait tué votre mère, ou vous, ou votre sœur. Y avez-vous seulement pensé ? demande Mme B. d'un ton acerbe.

Janice hausse les épaules. Elle a pensé à tous les scénarios imaginables. C'est autre chose qu'elle veut dire maintenant à son amie :

— Jamais, pas une seconde je n'ai cru que vous buviez, Mme B. Je connais trop bien l'alcoolisme pour me tromper.

La vieille dame secoue la tête comme si la remarque était hors de propos.

— Je suis encore fâchée que vous puissiez vous sentir coupable de tout cela, Janice.

— Je ne pense pas que la culpabilité demande la permission d'entrer. Je ne pense pas qu'elle frappe à la porte et attende poliment sur le paillasson.

— Comme la renouée du Japon, dit Mme B.

Janice sait qu'elle essaie de la faire sourire en lui parlant de cette plante invasive, et cela fonctionne presque.

— De quoi d'autre vous sentez-vous coupable ?

— J'ai honte de n'avoir jamais considéré ma mère comme une victime, dans toute cette histoire. Après tout, elle était allée vivre à l'étranger, son mari était mort et elle a dû accepter des boulots qu'elle n'aimait pas. Sa sœur alcoolique l'a entraînée dans la dépendance, elle a été violentée, puis a dû affronter un nouveau décès. Je me sens coupable de ne pas l'avoir mieux comprise, ou de ne pas avoir éprouvé plus de compassion.

— Et ?

Janice pense que Mme B. aurait fait une très bonne interrogatrice ; elle semble toujours deviner que les aveux ne sont pas encore terminés.

— Je me sens coupable parce que, lorsque les services sociaux ont fini par intervenir – grâce à une voisine, je crois –, je me suis sentie soulagée. Et même si notre famille d'accueil n'était pas parfaite, au moins, tout ne reposait plus sur moi. Malgré tout, je n'arrive pas à me débarrasser de cette impression d'avoir laissé tomber Joy.

— N'importe quoi !

Mme B. aboie ces mots comme s'ils la mettaient en colère.

Janice continue avant de lui laisser le temps d'ajouter autre chose.

— Et ce dont je culpabilise le plus, c'est que lorsque ma mère est morte dans un refuge de l'Armée du salut il y a quinze ans, à cause de son alcoolisme, non seulement je n'avais pas été capable de la sauver, mais en plus sa mort ne m'affectait même pas.

— Ma chère, vous aviez déjà fait tout ce qui était en votre pouvoir. Vous ne pouvez pas prendre cela sur vos épaules, croyez-moi. N'y avait-il donc personne pour veiller sur vous, pendant tout ce temps ?

Que dire ? Elle a rencontré Mike au bureau où elle travaillait, à l'âge de dix-huit ans. Elle pensait qu'il pourrait veiller sur elle, ou au moins qu'ils veilleraient l'un sur l'autre. Comment a-t-elle pu se fourvoyer à ce point ? Ne voulant pas revisiter les années passées avec son mari, elle s'explique à Mme B. de la seule manière qui lui vient à l'esprit :

— Un jour, la jeune fille de l'histoire rencontra un homme dont elle espérait qu'il pourrait l'aider. Cet homme n'était ni prince ni roi, mais la jeune fille s'en contentait ; elle voulait avant tout un homme qui soit gentil. Or, il s'avéra que cet homme se prenait pour un empereur. Et qu'il portait justement des habits neufs…

Leur éclat de rire leur fait encore plus d'effet que le cognac, et Janice sourit en tendant la main pour étreindre celle de Mme B.

33

Chaque histoire a deux facettes

— Je ne savais pas que tu connaissais Geordie Bowman !

Elle est assise dans le fauteuil de Geordie près de l'agapanthe et, l'espace d'un instant, la voix la désarçonne – elle pensait justement à sa sœur, et le fait de l'entendre dans la maison de Geordie lui donne l'impression d'être plongée dans un rêve étrange.

— Tu es là, sœurette ?

— Oui, oui. Je suis même assise dans son fauteuil, en ce moment même.

— Mais il est au Canada… Ne me dis pas que vous êtes ensemble !

Son cœur fait un bond devant l'emballement de sa petite sœur.

— Non, non ! Je garde sa maison en Angleterre.

— Mais comment est-ce que tu le connais ?

— Je suis juste sa femme de ménage.

— Ça, ça m'étonnerait. Tu devrais lire le mail qu'il m'a envoyé ! Il nous a réservé des billets VIP pour samedi, et il veut qu'on le retrouve après le spectacle pour prendre un verre ensemble. J'ai toujours su que tu étais pleine de surprises, sœurette.

— Je suis vraiment contente de t'entendre, Joy.

Janice remonte ses pieds sur le fauteuil de Geordie et serre ses genoux contre elle. Elle a l'impression qu'elle va pleurer – encore.

— Ça va ? Tu as l'air bizarre.
— J'ai quitté Mike.
— Tu veux dire… pour de bon ?
— Oui.

Comment se fait-il que Joy et Simon aient tous deux eu besoin de poser cette question ?

— Eh bien, pas trop tôt !

Était-elle donc la seule à ne pas se rendre compte qu'elle aurait dû quitter son mari depuis bien des années ?

— Ça va, sœurette ? répète Joy, d'un ton plus enjoué, cette fois.

Elle doit être heureuse que sa sœur ait enfin plaqué son minable de mari.

— Oui, ça va bien. Je comptais justement t'appeler ce soir… Je voulais te poser une question.

— Vas-y… Attends, je me sers un verre de vin d'abord. Tu en as un, toi ?

— Non, mais je vais en prendre un.

Janice n'a pas vraiment envie de boire davantage, mais c'est une tradition entre elles de prendre un verre de vin quand elles s'appellent. Elle s'aperçoit que cela fait bien longtemps qu'elles ne se sont pas téléphoné.

— Ça y est. Alors, qu'est-ce que tu veux savoir ?

Sa sœur est revenue.

— Le dernier soir, quand j'étais chez toi, au Canada… Tu as écrit quelque chose sur une feuille de papier, et je n'étais pas sûre de ce que ça signifiait.

Joy rit avec douceur. Ce n'est pas le rire de quelqu'un qui a rappelé à sa sœur qu'elle avait tué quelqu'un.

— Je n'étais pas sûre que tu t'en souviennes… Tu avais fait tellement de choses pour nous.

— Que je me souvienne de quoi ?

— C'était l'une des fois où maman s'était barrée. Pour environ deux semaines, cette fois. Enfin, je crois. C'était très long, en tout cas. Je devais avoir, quoi… dix ans ? Et toi, donc…

— Quinze.

— Tu dois bien t'en souvenir ? insiste Joy.

Janice ne sait pas où sa sœur veut en venir, mais elle sait maintenant qu'il ne doit pas s'agir de Ray et elle tremble déjà de soulagement. Elle avale une gorgée du vin qu'elle a posé sur la petite table près de l'agapanthe, à côté d'elle.

— Donc, maman était partie, et je crois qu'elle avait laissé un peu d'argent mais pas beaucoup. Sauf qu'on approchait de Noël… Enfin, Hope, tu dois bien t'en souvenir, quand même ? insiste à nouveau sa sœur.

Soudain, en entendant son vrai prénom, le souvenir lui revient. Elle pensait que leur mère reviendrait à temps pour Noël, mais non. Celle-ci était partie vers le 22 décembre, et Janice avait passé la soirée à décorer la maison. Sa sœur l'avait aidée, puis, quand elle avait été couchée, Janice avait ajouté d'autres petites touches pour la surprendre le lendemain. Elle avait essayé de lui faire des cadeaux en lui donnant des choses à elle que sa sœur aimerait avoir. Elle n'avait pas beaucoup d'argent, et le dépensait principalement pour la nourriture, mais elle lui avait tout de même acheté quelque chose de neuf. Un cadeau que son père aurait pu lui faire.

— Oui, ça y est, je me rappelle, maintenant, dit-elle à cette sœur qu'elle aime plus que personne au monde.

— Tu m'avais acheté un stylo-plume. Je l'ai encore. C'est pour ça que je t'ai écrit ce mot avec ce stylo ; je pensais que tu t'en rendrais compte, et que tu comprendrais.

— Je comprends, maintenant…

Mais cela ne lui ôte pas le poids qu'elle ressent toujours.

— Joy ?

— Oui.

Il faut qu'elle lui demande. Qu'elle en ait le cœur net, une bonne fois pour toutes.

— Est-ce que tu te souviens de ce qui est arrivé à Ray ?

— Bien sûr, on ne peut pas oublier une chose pareille.

— Mais est-ce que tu sais la vérité ?

— Quoi ? fait sa sœur d'un ton suspicieux.

Silence. Janice ne trouve pas les mots. Sa sœur vient à son secours :

— Tu veux dire, que tu l'as tué, c'est ça ?

Elle en a le souffle coupé. Elle l'a toujours dit : sa petite sœur est très intelligente.

— Tu es là, sœurette ? fait la voix inquiète de Joy.

— Depuis quand le sais-tu ?

— Depuis toujours. Je savais très bien que les haltères et la corde à sauter n'étaient pas dans l'escalier. Mais je pensais que tu ne voulais pas en parler.

Janice ne sait pas par où commencer.

— Et, tu… tu… enfin, ça ne te pose pas de problème ?

— Bien sûr que non. Hope, ce type allait nous tuer. Ne va pas croire qu'il se serait arrêté là. Tu sais que tu es la meilleure frangine du monde, j'espère ? Tu sais que je t'aime, au moins ? Parce que toi, tu ne m'as *jamais* laissée tomber.

Janice ne peut plus retenir ses larmes.

— Je suis désolée que tu aies eu à vivre tout ça.

— Je t'avais, toi. C'était le principal.

Janice pense à Fiona, à qui elle a dit la même chose : « Adam vous a, vous. »

— Je peux te poser une question qui me turlupine depuis longtemps ? demande sa sœur.

— Vas-y.

— Est-ce que tu as aussi tué le chien ?

Janice se met soudain à rire, et elle a beau aimer les chiens et se dire qu'on ne devrait pas rire de la mort d'un animal, elle ne peut s'empêcher de répondre :

— Non. C'est toi qui l'as tué.

Sa sœur part de rire également.

— Attends, c'était un sacré con, ce clébard. Il paraît que les chiens finissent par devenir comme leurs maîtres, de toute façon.

Janice sait qu'il existe des exceptions à la règle – il suffit de voir comment évoluent certains fox-terriers.

— Tu viendras me voir bientôt ? demande Joy.

— J'aimerais beaucoup, mais je dois me trouver un appartement, et...

Janice a du mal à avouer à sa petite sœur qu'elle a des problèmes d'argent.

— On s'en tape. On fixe des dates, et je t'envoie un billet.

— Mais... tu ne peux pas faire ça.

— Bien sûr que si. Je suis ta sœur.

Et Janice ne trouve rien à répondre à cela.

34

Le garçon et le chien

Janice a réussi à faire le ménage dans presque toute la maison sans tomber sur Mme OuaisOuaisOuais. Si elle l'entend arriver dans une pièce, elle se faufile dans une autre. C'est une bonne chose que le parquet rende les bruits de pas si sonores et lui permette d'entendre son employeuse approcher, se dit-elle. Decius la suit partout tandis qu'elle passe de pièce en pièce le plus silencieusement possible (elle a laissé ses chaussures près de la porte d'entrée). Depuis tout à l'heure, il ne cesse de lui jeter son regard « Putain, mais qu'est-ce que t'as, meuf ? », mais elle s'en moque. Elle pense à sa sœur (si intelligente) et à Mme B. Elle sait que le simple fait d'avoir raconté son histoire à son amie a changé quelque chose en elle – cela, et le fait d'avoir ensuite parlé à sa sœur. Rien n'a changé, mais tout est différent maintenant – dans le bon sens.

Elle a reçu un texto d'Euan : ils doivent se retrouver plus tard, pour aller promener Decius avec Adam. Elle ne sait pas encore si elle pourra un jour lui confier son histoire. Elle aimerait penser que oui, mais elle ne parvient pas à trouver un scénario – et elle en a écarté beaucoup – dans lequel elle saurait trouver les mots. À la place, elle réfléchit donc à deux autres choses. Peut-être apprendre à danser le tango avec lui, et s'imaginer qu'ils partent au Canada ensemble. Pour ce voyage, elle donne toute latitude à son imagination – pas de problèmes d'argent, et une toute nouvelle garde-robe.

— Ah, vous êtes là.

Elle fait volte-face en entendant Tiberius. Elle ne l'a pas entendu arriver. Elle voit qu'il porte des chaussons en peau de mouton et, pour la première fois, elle remarque également qu'il a les jambes très arquées.

— Pouvez-vous me dire ce que ça signifie ? jette-t-il d'un ton plus que sec en brandissant une bouteille de cognac aux trois quarts vide.

Sans être experte en la matière, elle est pratiquement sûre qu'il s'agit de la bouteille qu'elle et Mme B. ont entamée hier.

Elle demeure muette en dépit des pensées qui déferlent par salves dans sa tête.

Tu es encore allé emmerder Mme B. ?

Comment va-t-elle ?

Quel connard de fils tu es.

Est-ce que Mycroft est intervenu ?

Tu as des jambes extrêmement arquées.

C'est le cognac de Stan.

Il ne faut rien dire qui puisse lui causer des ennuis.

De quel droit est-ce que tu me parles sur ce ton ?

C'est la dernière de ces pensées qui prend le dessus sur toutes les autres : *De quel droit ce type dédaigneux s'autorise-t-il à parler aux gens comme s'ils étaient d'une espèce inférieure ?*

— *J'ai dit*, qu'est-ce que ça signifie ?

Decius donne un petit coup de tête dans la jambe de Janice, juste à temps. Elle le regarde et se rappelle ce qu'elle a à perdre. Son expression est particulièrement éloquente, ce matin : « Ne va pas sur ce terrain-là. »

— Désolée, je ne vois pas de quoi vous parlez, dit-elle en passant à côté de lui avec le plumeau de designer au long manche et aux filaments de cachemire.

Tiberius pivote et lui attrape le bras au passage. Il ne la serre pas fort, mais il la touche tout de même, et elle ressent ce contact comme un réel affront, qui la choque profondément. Elle se fige, baisse les yeux vers son bras, puis les lève pour le regarder en face. Il s'empresse de retirer sa main.

— Ne vous avisez jamais, *jamais* de remettre une main sur moi, dit-elle d'une voix qui peine à contenir sa rage.

Un grondement sourd et guttural s'élève du sol, sur sa gauche. Decius a perdu toute sa gaieté et elle sait que, si elle posait la main sur son flanc, il serait dur comme du bois, tous ses muscles bandés. Le chien ne quitte pas Tiberius des yeux une seule seconde. Elle a conscience d'être en mauvaise posture, mais, quelque part, elle se réjouit de voir qu'au moment où elle trouve sa lionne intérieure, le chien qu'elle aime est devenu un loup à ses côtés.

Tiberius rompt le charme en quittant la pièce.

— Je pense que ça ne marche plus entre nous, n'est-ce pas, lance-t-il en partant, et ce n'est pas une question. Vous terminez à la fin de la semaine. Ma femme vous paiera ce qui vous est dû.

Sa fureur la mène au pas de course au vestiaire, où elle prend son manteau et la laisse de Decius, puis dans l'allée, dans la rue, et jusqu'au pré. À mi-chemin de la maison de Fiona et d'Adam, elle se fatigue et commence à avoir envie de vomir. Elle ne veut pas regarder Decius, qui trotte fièrement à ses côtés. Sans voir sa tête, elle devine son expression.

— Oh, Decius, qu'est-ce qu'on a fait? dit-elle à voix haute.

Il se tourne pour la regarder. Elle avait raison. Son expression est telle qu'elle l'imaginait: « Bien fait pour sa gueule, à ce connard. Non mais! »

Comment dire à un fox-terrier que tout s'écroule et qu'ils ne vont plus pouvoir se voir, maintenant?

Et Adam? Seigneur, que va-t-elle dire à Adam? Cette idée la chamboule plus encore que sa propre peine, car elle a l'impression d'avoir trahi un enfant. Il faut qu'elle trouve le moyen d'arranger ça. Elle sait que Tiberius ne reviendra pas en arrière. Decius a choisi son camp, et il n'y aura pas de retour en arrière possible pour lui non plus. Mais peut-être pourrait-elle faire en sorte qu'Adam approche Mme OuaisOuaisOuais et lui propose de promener le chien ? Celle-ci n'est pas obligée de savoir qu'Adam connaît Janice, et elle aura besoin de quelqu'un pour la remplacer dans cette tâche.

— Qu'est-ce qui ne va pas ?

Euan vient vers elle à grands pas avant qu'elle ne s'engage dans l'allée menant à la porte de Fiona et d'Adam.

Cela se voit-il à ce point ? Ou bien l'ancien sauveteur en mer est-il habitué à repérer que quelque chose ne va pas ? Elle essaie de formuler les phrases qu'il faudrait, mais il ne sort de sa bouche que quelques mots isolés et incompréhensibles. Euan s'approche et l'attire contre lui pour l'envelopper de ses bras et de son blouson (qui doit tenir bien chaud pour gravir le mont Snowdon). Tout en sanglotant, elle sent la douceur de la doublure du blouson contre son visage, et son menton et sa joue contre ses cheveux. Mais avant tout, elle savoure le réconfort d'être étreinte par quelqu'un dont elle est en train de tomber amoureuse.

Ils finissent par s'écarter et doivent tourner sur place afin de dérouler la laisse de Decius qui s'est enroulée autour de leurs jambes.

— On va trouver un moyen d'arranger ça, lui dit-il.

Elle aimerait le croire, mais il ne connaît pas Tiberius.

Elle prend une grande inspiration.

— On verra…

C'est tout ce qu'elle parvient à dire.

Adam est maintenant dans l'allée, où Decius et lui entament leur séance rituelle de rondes et de petits bonds de salutation. Janice se sent encore plus mal à ce spectacle. Il faudra au minimum qu'elle trouve un moyen pour que le garçon puisse continuer de voir le chien. Fiona se tient dans l'encadrement de la porte et avance vers elle. Aussi brièvement que possible, Janice lui explique ce qui vient de se passer.

— Mon Dieu, mais c'est terrible…

Fiona pose une main sur son bras, et Janice est frappée par la différence entre ce contact amical et la façon dont Tiberius l'a touchée.

— Écoutez, ça fait longtemps déjà que je voulais vous dire quelque chose… c'est peut-être le bon moment pour vous le dire, ainsi qu'à Adam.

Fiona appelle son fils.

— Adam. Janice vient de m'apprendre qu'elle ne pourra probablement plus promener Decius. Elle espère pouvoir s'arranger pour que tu puisses continuer à le voir, toi, mais j'ai eu une autre idée. J'ai même déjà contacté des éleveurs… Que dirais-tu d'avoir un chien comme Decius ?

Janice voit la catastrophe arriver avant Fiona. Mais la différence, c'est qu'elle adore ce fox-terrier, et qu'elle sait qu'aucun autre chien ne sera jamais comme Decius.

Adam reste muet et figé pendant presque trente secondes. Avant d'éclater :

— C'est ça, et pourquoi pas me dégoter un de ces quatre un nouveau père aussi, tant que tu y es ? Tu n'as qu'à m'en acheter un autre. Un nouveau père, un nouveau chien… super !

Il se met à gigoter d'une jambe sur l'autre.

— Mais qu'est-ce que vous avez tous dans le crâne, à la fin ?

Il leur crie maintenant dessus. Janice jette un œil sur sa droite et voit que Fiona est blême, bouche bée.

— Vous ne parlez jamais de papa, ou alors il faut toujours que ce soit comme si c'était un super-héros qui n'a fait que des choses bien dans sa vie. Eh ben, non : des fois, il était nul. Pourquoi est-ce que personne ne le dit jamais ? Des fois, il nous laissait tous tomber. Il n'arrivait même pas à se lever le matin, ou alors il ne pouvait rien faire parce qu'il était trop shooté. Mais non, à vous entendre, c'était le père parfait !

Il tape du pied par terre, ressemblant à moitié à un petit garçon, à moitié à un adulte furieux.

— Tu crois que je l'aimerais moins parce qu'il était minable, certains jours, ou qu'il ne me manquerait pas si tu disais ces choses-là ?

Il se tourne pour regarder Janice.

— Et puis, personne ne parle jamais de lui. Vous... vous ! lui hurle-t-il. Je croyais que vous seriez différente... Que vous me poseriez des questions sur lui.

Adam pleure maintenant, et elle voit Euan ancrer ses pieds au sol plus solidement ; en dépit du choc, elle a le temps de penser à un homme se préparant à affronter une grosse vague.

— Comment avez-vous pu penser que je voudrais un autre chien ? Et vous croyez que je ne sais pas pourquoi on ne va jamais se promener dans les bois ? C'est toujours dans les prés, ou dans les champs... Qu'est-ce que vous croyez que je vais faire ? Trouver un arbre, comme papa, et me pendre ? Mais vous êtes tarés, ou quoi ?

Sur ces mots, il se retourne et part en courant. Il évite Euan, et Decius le rattrape pour s'élancer à ses côtés tandis qu'il sprinte comme si sa vie en dépendait. Médusée, Janice le regarde s'éloigner et mettre autant de distance que possible entre lui et les gens qui l'ont déçu. Dans le silence sidéré qui s'ensuit, tout ce qu'elle parvient à se dire, c'est qu'elle est heureuse que Decius soit avec lui.

Les jambes de Fiona semblent soudain céder sous elle, et elle se laisse tomber pour s'asseoir sur le muret entourant le jardin. Là, elle commence à se balancer d'avant en arrière. Tout en se balançant, elle émet un son comme Janice n'en a jamais entendu de sa vie – un peu comme un animal qui souffre. Elle fait un pas vers Fiona puis, incertaine, dans la direction où Adam s'est enfui. Euan apparaît brusquement à côté d'elle.

— Emmenons Fiona à l'intérieur.

Il se tourne vers la silhouette recroquevillée sur le muret et s'accroupit devant elle.

— Fiona, venez avec Janice et moi. On va aller chercher Adam et on l'aidera, mais d'abord, il faut que vous nous aidiez.

Un sanglot entrave sa respiration comme elle lève les yeux vers lui. Il répète :

— Nous pouvons vous aider, Fiona, mais nous avons besoin de votre aide d'abord.

Elle cesse de se balancer et regarde Janice, l'air perdu. Janice lui prend la main et l'aide à se lever.

— Venez, allons à l'intérieur.

Fiona se laisse emmener vaille que vaille dans la maison, où Janice les dirige vers la cuisine, ne sachant trop où aller. Elle s'assoit près de Fiona devant la table. Euan tire une chaise de l'autre côté afin de pouvoir regarder Fiona en face.

— Dites-moi, Fiona : où pensez-vous qu'Adam puisse être allé ?

Elle secoue la tête. On dirait qu'elle a perdu l'usage de la parole.

— À votre avis, irait-il chez un copain, ou est-il plus susceptible de préférer rester seul ?

— Il n'a pas beaucoup de copains, parvient à répondre Fiona avant de fondre en larmes.

Janice lui prend la main.

— Il est donc sans doute seul. Où peut-il aller ? Il a parlé d'un champ, d'un pré et d'un bois…

Fiona grimace à la mention du bois, mais cela n'arrête pas Euan.

— Un autre endroit auquel vous pourriez penser ?

La mère de l'enfant secoue la tête.

— A-t-il un téléphone portable ?

Fiona semble tout à coup se ragaillardir.

— Oui ! On peut suivre sa trace, avec ?

Euan commence à expliquer quelque chose, mais Janice l'interrompt. Elle sait à quoi ressemble le portable d'Adam, et il est là, posé sur le buffet de la cuisine.

— Ne vous en faites pas, dit Euan à Fiona en attrapant un carnet et un stylo près du téléphone fixe.

Il baisse les yeux vers sa montre, puis commence à dresser une liste.

— Fiona, voici ce que je veux que vous fassiez.

Elle le regarde. Janice est frappée par l'expression d'angoisse et d'espoir qu'elle lit dans ses yeux. Euan lui sourit.

— Ça va aller. Adam est un garçon raisonnable. Il est juste chamboulé, et a besoin d'un peu de temps tout seul. Ce que nous allons faire maintenant est une simple mesure de précaution, d'accord ? Tout va bien se passer.

Il lui montre alors la liste qu'il vient de rédiger.

— Janice et moi allons faire un petit tour rapide dans les trois endroits qu'il a mentionnés. Vous devez rester ici, au cas où il rentrerait. Nous allons tous prendre le numéro de portable des autres afin de pouvoir nous appeler si besoin.

Il consulte à nouveau sa montre.

— Le soleil va se coucher dans une heure, alors on se donne quarante minutes maximum, puis on revient ici. Pendant que nous serons dehors, je veux que vous complétiez cette liste et que vous rassembliez quelques éléments. Il nous faut une photo récente…

Fiona braque sur lui des yeux affolés.

— Simple précaution, comme je vous le disais. Au boulot, on m'appelle Checkpoint Charlie, vous savez… Je ne peux pas m'empêcher de tout envisager.

Il lui sourit.

— Je travaillais à la RNLI, avant. C'est la procédure ordinaire, mais je préfère en faire trop que pas assez. On n'aura sûrement pas besoin de tout ça.

Fiona laisse échapper un soupir et hoche la tête.

— Donc, vous allez trouver une photo, noter quels vêtements il portait…

Fiona le coupe :

— Il n'avait pas de manteau. Juste sa chemise de l'école.

— Raison de plus pour qu'il veuille rentrer rapidement, argumente Euan. Je veux aussi une liste de ses amis – noms et numéros de téléphone. Et des réseaux sociaux qu'il utilise. Connaissez-vous ses mots de passe ?

Fiona acquiesce.

— Bien. Ensuite, je veux que vous réfléchissiez aux autres endroits possibles où il pourrait aller, surtout s'ils peuvent avoir une importance pour lui et pour son père. Notez ça ici, dit-il en désignant le carnet. Bon, on va y aller, mais nous serons de retour dans quarante minutes maximum. Il ne peut pas être allé bien loin. Et il a Decius avec lui. Il ne se permettrait pas de mettre ce chien en danger, ou de prendre le risque qu'il lui arrive quelque chose.

Fiona pose sur lui des yeux éplorés.

— Qu'est-ce qui m'a prise ? Je n'arrive pas à croire que j'ai été aussi bête. Je pensais juste que…

Elle ne parvient pas à finir sa phrase. Janice lui étreint furtivement les épaules.

— Vous pensiez juste lui faire plaisir. Il n'y a rien de mal à ça. Ça va s'arranger ; il a juste besoin d'un peu de temps, c'est tout.

Janice suit Euan dans l'entrée.

— Alors, qu'est-ce qu'on fait maintenant ?

— Vous savez où sont les bois ? Je connais le champ et les prés, comme j'y suis allé avec vous. Ça vous irait de vous charger des bois ?

— Oui, ce n'est pas loin.

— Vous êtes sûre ? demande Euan, brusquement inquiet.

— Oui, sûre. Ça ira.

— OK. Quarante minutes maxi, et on se retrouve ici.

— Et ensuite ? Si on ne l'a pas trouvé ?

— On appelle la police.

— Si vite ? Il ne vaut pas mieux attendre quelques heures, ou quelque chose comme ça ?

— Non, absolument pas. On les appellera tout de suite. Adam est un enfant, il est bouleversé et pas suffisamment vêtu pour une nuit froide. Ils ont la main-d'œuvre dont nous pourrions avoir besoin.

Il se penche et dépose un petit baiser sur sa joue.

— J'ai bien dit « pourrions ». Je suis juste Checkpoint Charlie, ne l'oubliez pas. Et je ne plaisantais pas quand je disais qu'il ne laissera rien arriver à Decius.

Ils se séparent au bout de l'allée. Janice part vers les bois en courant à demi. Maintenant qu'elle est seule, elle repense à tout ce qu'Adam a dit. Pourquoi ne lui a-t-elle jamais posé de questions à propos de son père ? Elle avait pourtant senti qu'il en savait bien plus sur l'état de celui-ci que Fiona ne voulait l'admettre. Alors, pourquoi ne lui en avoir jamais parlé ? Était-ce pour ne pas le chambouler ? Ou bien pensait-elle que ce n'était pas son rôle, parce qu'elle n'était « que » la femme de ménage ? Elle était en colère contre Mike parce qu'il voyait uniquement les limites et les stigmatisations associées à sa profession. Mais ne se serait-elle pas cachée derrière l'argument, elle aussi ? *Ne t'implique pas trop, Janice. Tu n'es que la femme de ménage.*

Elle arrive en lisière du bois et se dirige vers le chemin principal. Les feuilles de l'automne dernier craquent sous ses pas. Le chemin descend, et elle voit bientôt la brume stagner dans le creux, en bas ; cela l'effraie bien plus que les silhouettes sombres des arbres qui se dressent autour d'elle. Et si Adam était allé jusqu'à la rivière ? A-t-il pu se perdre, être désorienté quand cette brume s'est levée ? Elle l'appelle tout en marchant, alternant le nom du garçon avec celui de Decius dans l'obscurité qui va croissant. Elle se fiche bien de ce que pourrait penser quiconque l'entendrait. Elle sait que son chien lui répondrait. À cette pensée, elle sent soudain quelque chose se briser en elle. Peu avant, il était à côté d'elle, il la défendait, et maintenant, la voilà privée de ses dernières heures avec lui. Il faut à tout prix qu'elle retrouve Adam. Ce n'est pas le moment de s'apitoyer sur son sort.

— Adam ! hurle-t-elle de toutes ses forces, encore et encore, jusqu'à en avoir mal à la gorge.

Elle s'éloigne du chemin principal et prend un embranchement à l'orée des bois, qui donne sur la vaste campagne de Cambridge. Elle sait exactement où elle va. C'est l'un des plus grands arbres de la petite crête. C'est le chêne que John, le père d'Adam, a escaladé avant de se pendre. Il a choisi l'une des branches les plus hautes, et Janice suppose qu'il a dû rester sur cette branche un certain temps, à contempler la vue. À quoi pensait ce pauvre homme ? Ou peut-être était-il au-delà de toute pensée rationnelle ? Elle trouve l'arbre qu'elle cherche et en fait le tour, espérant apercevoir une silhouette accroupie, enlaçant un petit chien. Il n'y a rien.

Quand elle revient à la maison, Euan est déjà là, en ligne avec la police. Fiona semble s'être ressaisie et la remercie avant de lui proposer une tasse de thé.

— Ça va ? lui demande Janice.

— Oui. Euan est formidable.

Janice ne peut qu'approuver. Elle est trop stressée pour s'attarder sur cette réflexion, mais elle voit bien qu'il gère la situation avec calme et efficacité. Que c'est un homme ordinaire agissant de manière extraordinaire. Comme dans toutes ses histoires préférées. De nouvelles personnes arrivent dans la cuisine, l'arrachant à ses pensées. Fiona procède à de rapides présentations – ce sont des voisins que Euan lui a demandé de solliciter, afin de prêter main-forte pour les recherches. Ils doivent être prêts quand la police arrivera. Ne sachant que faire d'autre, Janice prépare plus de thé, sort des tasses, des gourdes thermos et autres bouteilles d'eau.

Les heures suivantes bégaient, entre brusque regain d'activité quand les groupes se réorganisent ou qu'on passe des appels, et les moments d'après, où plus rien ne bouge. Janice doit reconnaître que les policiers l'impressionnent. Calmes, gentils, professionnels, ils parviennent même parfois à faire de l'humour pour soutenir le moral de Fiona. Rien ne paraît insurmontable, et elle a l'impression que, pour eux, un dénouement positif est la seule issue envisageable. Elle entraîne Euan en aparté lors d'un de ses allers et retours à la maison.

— Vous croyez qu'ils sont inquiets ?

Il est maintenant 23 heures, la température a baissé et les voitures de police, avec leurs gyrophares allumés, évoquent à Janice une scène de crime.

— Ils travaillent de manière très minutieuse, dit-il avant de repartir.

Mais elle sent au ton de sa voix qu'il est anxieux.

Le cri lui parvient depuis la cuisine. Il fend la nuit, et elle bouscule un voisin pour sortir. Dans l'allée, Fiona est à genoux sur le gravier, les bras noués autour de son fils. Adam est penché sur elle, si bien qu'il est impossible de voir où finit le fils et où commence la mère. Ils se balancent lentement ensemble. Elle entend la voix d'Adam répéter « Pardon, maman ». À quelques pas derrière les deux silhouettes enlacées se tient Tiberius. Mais aucun signe de Decius. La peur saisit Janice. Le tableau se déchire soudainement. La police entoure la mère et l'enfant et les accompagne à l'intérieur ; les voisins se tournent les uns vers les autres et un murmure de conversations de soulagement s'élève par-dessus le bruit des voitures de police qui démarrent. Des silhouettes traversent son champ de vision. Elle ne voit aucun chien, et elle ne voit pas Euan.

Ce qu'elle voit, en revanche, c'est que Tiberius la fixe depuis l'autre côté de l'allée. Elle se faufile entre les personnes qui traînent encore sur place pour s'approcher de lui, et constate rapidement qu'il est raide de colère. Il n'attend même pas qu'elle soit près de lui pour attaquer :

— Vous vous serviez d'un garçon de douze ans pour promener notre chien de race tout en empochant l'argent. Non seulement c'est un acte malhonnête et frauduleux, mais cela a mis en danger un animal de grande valeur qui...

Elle le coupe sans ménagement :

— Où est Decius ?

— Chez nous, à sa place, mais pas grâce à vous. Il a été absent pendant plus de sept heures, et vous n'avez même pas eu la courtoisie ou la décence de nous appeler...

Elle le coupe une nouvelle fois, son soulagement lui insufflant un nouveau courage :

— Vous étiez chez vous ?

— Ce n'est pas le sujet.

— J'ai appelé chez vous toutes les heures pour vous informer de ce qui se passait, mais ça ne répondait jamais.

— Il se trouve que nous étions à une dégustation de vin...

— Qui a ramené Decius chez vous ?

— Le jeune garçon.

Ah. Adam a dû lire le badge au collier de Decius. Euan avait raison : il n'aurait pas laissé quoi que ce soit de fâcheux arriver au chien.

— Donc, il vous attendait devant chez vous lorsque vous êtes rentrés, si je comprends bien ?

— Oui...

— Depuis combien de temps attendait-il ?

— Je l'ignore et je m'en fiche pas mal. Ce n'est pas le sujet, je vous signale.

Oh, que si, c'est justement le sujet pour elle. Elle est bouleversée à l'idée qu'Adam ait attendu tout ce temps sur le pas de la porte, dans le froid, pendant que Fiona se rongeait les sangs pour son fils. Bien sûr, le garçon ne pouvait pas savoir qu'il y avait un boîtier sécurisé avec une clé que l'on pouvait utiliser quand personne n'était à la maison, et qui lui aurait permis d'entrer dans le vestiaire par le porche arrière. Le seul réconfort de Janice est de penser que Decius était avec lui. Elle se sent soudain totalement épuisée.

— Bon, le principal, c'est qu'Adam soit rentré et que Decius soit sain et sauf, soupire-t-elle. Donc tout va bien.

— Non, tout ne va pas bien du tout…

— Écoutez, *tout va bien*, vous entendez ? Vous ne vous rendez pas compte de ce qu'Adam a vécu.

En dépit de son immense fatigue, elle tient à donner un dernier coup de pouce à Adam :

— Il aime vraiment votre chien, vous savez. Je comprends que vous ne souhaitiez plus m'employer. Mais s'il vous plaît, *s'il vous plaît*, vous voudrez bien réfléchir à la possibilité de lui confier les promenades de Decius ? C'est un garçon sérieux. La preuve, il a trouvé votre adresse, vous l'a ramené sain et sauf et a veillé sur lui jusqu'à votre retour.

Tiberius lâche un souffle exaspéré et secoue la tête comme s'il n'en croyait pas ses oreilles.

— Non mais, je rêve… Vous êtes complètement débile, ou quoi ? Vous croyez que je vais confier un animal de valeur à ce gamin, juste parce que vous pensez que ça…

Janice lève soudain une main en l'air, toute fatigue subitement envolée. Elle braque une paume vers Tiberius, comme si elle était l'un des officiers de police stationnés dans l'allée et avait tout à coup décidé de diriger la circulation. Tiberius reste interdit et regarde à droite et à gauche, décontenancé.

— Vous voulez bien me rendre service, ainsi qu'au monde entier, et fermer votre grande gueule, espèce de connard ! rugit-elle.

Tout le monde se tait et se fige autour d'eux.

— Laissez-moi vous dire que de toute ma vie, je n'ai jamais rencontré un type aussi malpoli, pédant et vaniteux. Par ailleurs, vous êtes sans aucun doute l'homme le plus ignorant qu'il m'ait été donné de croiser – et j'ai été mariée à un abruti total, alors je sais de quoi je parle, croyez-moi. Quant à me traiter de malhonnête, je trouve ça assez gonflé de la part d'un arnaqueur comme vous. Vous le savez, et je le sais aussi.

Elle pivote sur ses talons pour regarder les gens présents dans l'allée, qui recommencent tout à coup à s'animer.

— Et eux aussi le savent, maintenant.

Tiberius est écarlate.

— C'est de la diffamation pure et simple, et je compte bien…

Janice avance vers lui. Tiberius recule et écrase un parterre de fleurs.

— C'est ça, essayez donc, pour voir. Je vous le déconseille fortement, espèce de raclure de bidet. Et sachez que c'est simplement par respect pour votre mère, qui vaut mille fois mieux que vous, que je ne vous ordonne pas de DÉGAGER D'ICI !

Elle tourne une fois de plus sur ses talons et fonce droit vers Euan.

— Il y avait un illogisme dans la dernière phrase, mais à part ça, superbe diatribe ! dit-il en riant. Au fait, Janice ?

— Oui ! crie-t-elle.

— Rappelez-moi de ne jamais vous énerver.

35

Des mots couchés sur le papier

Cette fois, le plafond est d'un vert très pâle. Janice commence à s'habituer à se réveiller dans différents lits. Celui-ci n'est ni trop dur ni trop mou, et elle pense à l'histoire de *Boucle d'or et les Trois Ours*. Elle est seule dans son lit et ne sait pas si c'est une bonne ou une mauvaise chose. Le temps que tout le monde parte de la maison et que Janice prépare des sandwichs aux œufs et au bacon pour Fiona, Euan, Adam et elle, il était deux heures et demie du matin, et Fiona avait insisté pour qu'ils restent dormir. Avec beaucoup de tact, elle avait pris Janice en aparté afin de lui demander ce qu'elle souhaitait, pour le couchage. Un bref instant, Janice avait été tentée, mais elle est maintenant heureuse qu'Euan et elle aient chacun leur chambre – enfin, elle le croit.

Adam avait tenu à revenir dans la cuisine voir Euan et Janice. Il avait remercié Euan et s'était excusé auprès d'elle, avant d'emporter son repas dans sa chambre. Il paraissait tellement petit, blême et éprouvé à cet instant – et pourtant, Janice pensait alors avoir entraperçu l'homme qu'il allait devenir. Il y avait une certaine dignité dans la façon dont il s'était exprimé, et elle l'avait senti sincère. Elle avait été sincère également quand elle lui avait dit regretter de ne lui avoir jamais parlé de John ; elle avait ajouté qu'elle aimerait en savoir plus sur son père, et qu'elle espérait qu'il lui montre des photos, un de ces jours. Ni l'un ni l'autre n'avait mentionné le nom de Decius.

Couchée dans ce nouveau lit, les yeux rivés au plafond, elle essaie de penser à ce qui l'attend maintenant, sans y parvenir; il y a trop d'incertitudes. Au lieu de quoi, elle évalue ses sentiments face à ce qui lui est arrivé au cours de ces dernières semaines. Il est difficile de démêler tout cela, mais elle éprouve en tout cas un sentiment d'extrêmes. Un peu comme si ses émotions avaient été projetées dans un flipper, et qu'elles ne pouvaient tomber qu'à deux endroits. Soit elles tombent dans le trou des récompenses (beaucoup d'étoiles s'allument), soit elles sont catapultées dans les entrailles de la machine. Elle se demande comment elle a pu autrefois se plaindre d'avoir une existence ennuyeuse – ne serait-ce pas préférable, en fin de compte ? Elle rejette immédiatement cette idée. Au moins, elle sait qu'elle est vivante, maintenant.

Du bon côté de son flipper émotionnel, il y a : assurément, Euan – elle aime ces débuts avec lui, et il lui semble qu'elle aimerait aussi finir ses jours avec lui. Sœur Bernadette avait donc raison lorsqu'elle a chuchoté à son oreille dans le café surplombant King's College.

Les sentiments qu'elle éprouve à l'égard de sa sœur et de Mme B. sont aussi très positifs. Elle y inclut également ses autres amis, et décide alors de cesser de se dire qu'elle n'est qu'une femme de ménage. Il n'y a pas de mal à être une femme de ménage, mais elle peut aussi être une amie. Après tout, elle est une femme polyvalente, qui sait aussi se servir d'un chalumeau, d'une ponceuse et d'une tronçonneuse.

Viennent ensuite ses sentiments vis-à-vis de son passé, de son histoire personnelle. Elle sait qu'il n'y a pas que du bon, mais elle est heureuse de s'être débarrassée d'une partie du poids de sa culpabilité. Elle est désormais à l'aise avec la façon dont elle s'est occupée de sa sœur. Et si elle n'est pas tout à fait en paix avec le traitement qu'elle a infligé à Ray, elle sait qu'elle peut vivre avec. Elle se demande si les histoires ne servent pas en partie à partager les bonnes choses de la vie, mais également à permettre au conteur d'expulser les mauvaises choses, de les laisser se disperser comme de la poussière dans le vent.

Elle pense aussi à Simon. Il a été contraint de reporter leur déjeuner, mais il viendra à Cambridge dans quelques jours pour l'inviter quelque part, et il restera dormir. On peut dire qu'il tombe vraiment dans le bon trou du flipper. Elle a hâte de le voir et, maintenant qu'elle a quitté Mike et que Simon a pu exprimer ce qui le retenait, elle se réjouit à l'idée qu'il fasse à nouveau partie de sa vie. Elle peut aussi regarder l'enfance de son fils d'un œil moins sombre. *Oui*, elle a été une bonne mère pour lui, et elle pense que, comme Joy, elle a fait en sorte que son enfant bénéficie d'une éducation différente de la sienne.

Il est beaucoup plus difficile de penser aux choses qui tombent du côté obscur de son flipper émotionnel. Mais elle sent qu'elle doit les sortir et les examiner également. Elle s'occupe d'abord des plus faciles. Que va-t-elle faire lorsque Geordie reviendra, dans moins d'une semaine ? Elle n'a pas beaucoup d'argent, et nulle part où aller. Elle repense au moment où elle était assise dans sa voiture devant les vieilles granges ; le même sentiment de panique l'habite, mais elle se rend compte qu'elle n'éprouve plus de sentiment de désespoir. Elle trouvera un moyen de se débrouiller. Elle a maintenant des gens à qui demander de l'aide. Elle a des amis, et… Elle bloque sur ce détail : comment désigner Euan ? Le terme de petit ami ne convient pas à un homme de cinquante-cinq ans, et ils ne sont pas « amants ». Du moins, pas encore. Cette idée fait battre son cœur plus vite, d'une pulsation qui lui rappelle les pas staccato du tango. Elle essaie de se concentrer. Si ce n'est pas un « amant »… quoi, alors ? Elle a lu un jour l'histoire d'un couple écossais

– très approprié pour un homme venant d'Aberdeen –, et si l'histoire n'était pas suffisamment remarquable pour figurer dans sa bibliothèque mentale, elle est tombée à cette occasion sur une expression qui lui a bien plu. Le couple non marié vivant ensemble se désignait comme des « compagnons ». Elle pense qu'un jour, elle aimerait qu'Euan soit son « compagnon ».

Les deux dernières choses qu'elle sait devoir sortir de l'ombre et examiner sont beaucoup plus difficiles à appréhender. L'une est bien présente, l'autre appartient au passé. Il s'agit d'abord d'un fox-terrier qu'elle adore et qu'elle ne pourra plus voir désormais. Et par-dessus le marché, il y a le fait qu'un jeune garçon qui a perdu son père ne pourra plus le voir non plus. Cette pensée ne mène à rien. Elle n'a plus qu'à en faire son deuil. Elle a compris que dire « ce n'est qu'un chien » n'est pas une façon appropriée de décrire Decius. En plus, elle sait que c'est un loup, maintenant.

La dernière de ses pensées va à sa mère. Elle a conscience que cette dernière se trouve au cœur de la culpabilité qui, depuis des années, la ronge comme un cancer. Elle a pu faire la paix avec ses sentiments à l'égard de sa sœur, mais, au plus profond d'elle-même, elle est persuadée d'avoir laissé tomber sa mère. Particulièrement lorsque celle-ci a sombré dans l'alcoolisme. La logique et la raison n'ont pas leur place dans ce raisonnement. Elles ne peuvent pas l'aider. Janice est convaincue que ce sont ses actes qui ont conduit sa mère à boire et, finalement, provoqué sa mort. Le fait qu'elle n'ait pas eu plus de chagrin après sa disparition ne fait que renforcer sa culpabilité, comme un couteau qu'on enfonce plus profondément.

On frappe à la porte et Fiona passe la tête par l'entrebâillement.

— Je vous ai apporté du thé.

Ce brusque retour au présent lui apporte de l'espoir pour Fiona. Elle a une bonne chance de pouvoir recoller les morceaux avec Adam. Au cours de leur repas sur le pouce, en fin de soirée, elle leur a dit avoir eu une longue discussion avec lui dans sa chambre, à son retour. D'après ses dires, il y avait eu beaucoup de larmes, mais elle pensait aussi que cet incident les avait forcés à être plus honnêtes l'un envers l'autre. Elle avait ajouté qu'elle était sûre qu'ils se souviendraient tous deux de cette terrible nuit comme d'une bonne chose.

Fiona s'assoit au bord du lit.

— Dites-m'en plus sur Euan... Cet homme est *une perle*.

Cependant que Janice résume la façon dont ils se sont rencontrés et l'état actuel de leur relation, elle se rappelle qu'il ne lui a confié que deux de ses quatre (ou possiblement cinq) histoires.

— Eh bien... Vous pensez que c'est du sérieux, alors? s'enquiert Fiona.

Janice n'étant pas prête à s'ouvrir de son idée de « compagnon », elle se contente de rire et la remercie pour le thé.

Adam fait une brève apparition lors du petit déjeuner. C'est un samedi, il n'a donc pas à se dépêcher d'aller à l'école. Il est silencieux et renfermé, et Janice pense à tous les deuils que ce jeune garçon doit affronter depuis quelque temps : d'abord son père, John ; et maintenant, Decius. Alors qu'elle se sert un deuxième café, elle voit Euan s'approcher de Fiona. Il lui parle tout bas, et elle lève sur lui des yeux surpris ; il y a quelque chose dans son regard que Janice ne parvient pas à interpréter. Elle hoche la tête et tapote le bras d'Euan, qui quitte la pièce. Janice la regarde, des points d'interrogation dans les yeux.

— Euan m'a demandé s'il pouvait aller discuter un peu avec Adam.

Toutes deux restent assises là un moment autour de leur café, à commenter la gentillesse et l'efficacité des voisins venus les rejoindre. Fiona réfléchit à la manière de les remercier, et Janice lui assure que le fait de savoir Adam sain et sauf leur suffit amplement. Les minutes passent, et Janice est de plus en plus curieuse de savoir de quoi Euan peut bien parler avec Adam.

Au bout d'une heure, la porte s'ouvre et ils entrent tous les deux. Ni l'un ni l'autre ne parle ou n'agit d'une manière différente, mais Janice voit bien que quelque chose a changé chez le garçon, et elle est sûre que sa mère le remarque également. Adam n'a pas été transformé en préado débordant de joie, mais son visage paraît moins pincé, plus détendu. Les deux femmes s'aperçoivent aussi qu'il a pleuré. Il se prépare des toasts et s'installe dans l'un des fauteuils confortables, près de la baie vitrée. Janice et Fiona s'efforcent de continuer de bavarder comme si de rien n'était.

— Maman, on pourrait aller en ville aujourd'hui ?

— Bien sûr, s'empresse de répondre Fiona.

Elle attend. Va-t-il en dire plus ? Expliquer ce qui l'intéresse dans le fait d'aller en ville ?

Adam mord dans son toast, impavide, et Fiona finit par regarder Janice en haussant les épaules. Apparemment, le niveau de communication avec un garçon de son âge a repris son cours normal.

Lorsque Janice et Euan quittent la maison, elle lui demande :

— Qu'est-ce que vous avez dit à Adam ?

Il jette un œil par-dessus son épaule, comme s'il craignait que le garçon l'entende.

— Je vous le dirai plus tard.

Ils se dirigent vers un bar de Cambridge en bord de rivière pour déjeuner. Le soleil brille, mais des nuages de pluie menacent, un peu plus loin ; une journée typique de giboulées printanières, semble-t-il.

Le bar est bondé d'étudiants et de personnes venues faire leurs emplettes, mais ils trouvent une table libre près d'un mur et commandent un assortiment de tapas et du vin rouge.

— Vous alliez me parlez d'Adam, dit Janice avant de se rappeler qu'elle ne l'a même pas félicité pour tout ce qu'il a fait, la veille.

Elle s'interrompt pour le lui dire, mais il coupe court à ses félicitations. Ses remerciements semblent l'embarrasser, et elle se rappelle combien les gens peuvent être complexes – pleins d'assurance un instant, timides l'instant d'après.

— Alors ? relance-t-elle.

Il contemple son verre, les sourcils froncés. Elle pense à la fois où Euan lui a parlé de l'enfant qui s'était noyé quand il travaillait pour la RNLI en Irlande.

— Je lui ai simplement demandé de me parler de son père.

Il relève les yeux.

— Je lui ai proposé d'écrire sur un papier des choses positives à propos de son père – d'un côté de la feuille, de chouettes souvenirs, et pourquoi il l'aimait. Puis, bien plus difficile, je lui ai demandé de noter au recto ce qu'il n'aimait pas chez lui, et ce qui le mettait en colère. Je trouve que c'est important de savoir que ces éléments-là font partie de son père, eux aussi.

Les yeux d'Euan se perdent à nouveau dans son verre.

— Au bout du compte, on obtient un meilleur portrait d'une personne. Les deux côtés sont vrais, mais on ne peut pas les séparer. L'un ne va pas sans l'autre. On peut déchirer une feuille de papier en deux, mais on ne peut pas la diviser dans son épaisseur.

Il relève les yeux.

— Je ne sais pas si ça l'a aidé. Peut-être, un peu... En tout cas, Fiona a sans doute fait une gaffe avec le chien, mais je sais qu'elle sera là pour lui, à cent pour cent. Un bon parent, même seul, ça peut tout changer dans une vie.

Tandis qu'Euan sirote son vin, le regard perdu vers la rivière, Janice se demande ce qui est arrivé à sa mère. Il a évoqué son père, mais sa mère, jamais. Elle se dit aussi qu'il est possible, peut-être, qu'un homme possédant une telle sensibilité soit capable de comprendre son histoire, à elle. Elle ne supporterait pas d'être avec un autre homme à qui elle doive la cacher.

Il pose les yeux sur elle.

— Je crois que je devrais peut-être vous raconter ma troisième histoire. L'idée de cette feuille ne m'est pas venue toute seule; quelqu'un me l'a montrée.

— Votre mère?

— Oui.

Il prend une profonde inspiration.

— Ma mère s'est suicidée quand j'avais sept ans. C'est pour cette raison que mon père a voulu changer de vie. Il est passé du statut de pêcheur qui aimait les livres à celui de libraire qui aimait la pêche. Ç'a été un beau bazar, au début, mais il a fini par réussir et je pense que d'une certaine manière, c'est ce qui l'a sauvé.

— Je suis sûre que le fait de vous avoir l'a aussi beaucoup aidé.

En disant ces mots, elle regrette que sa mère n'ait pas considéré sa sœur de la sorte.

Euan opine du chef.

— Oui, je crois qu'on ne s'est pas trop mal débrouillés, tous les deux. J'ai appris à aimer lire, et on trouve de tout dans les livres… Je crois que ce truc, avec la feuille, vient d'un bouquin que mon père lisait. Je n'allais pas toujours très bien, je me bagarrais, je faisais des conneries. Je mangeais *beaucoup* de bonbons, dit-il avec un petit sourire. J'avais une telle colère en moi… Alors, quand j'ai entendu Adam crier, hier, j'ai cru comprendre un peu ce qu'il ressentait.

Janice s'aperçoit que c'est ce qu'il a dû dire à Fiona dans la cuisine. Avec le recul, elle comprend que ce regard qu'elle lui a adressé était en fait plein de compassion.

— La mort de ma mère fait partie des histoires que je garde, parce que cet événement a contribué à faire de moi qui je suis; il nous a changés, mon père et moi, et...

Il marque une pause.

— Et je la garde, parce que j'aimais profondément ma mère.

— Savez-vous pourquoi elle s'est suicidée?

— Elle a perdu un bébé. Ç'aurait été une fille. Mon père m'en a parlé quelques années plus tard – à l'âge que j'avais, je ne savais pas encore ce qui s'était passé. Bref, j'ai appris que j'avais perdu une sœur, et juste après, j'ai entendu parler d'un problème de boisson.

— Votre mère buvait?

— Oui. Je crois qu'elle n'a pas supporté que mon père se remette de cette perte, alors qu'elle était dévastée. Sa famille la soutenait, mais, vous savez, c'était l'époque où l'on disait simplement: « Passe donc à autre chose... » Nous venions d'un village de pêcheurs, la vie pouvait être assez brutale. Il n'y avait pas le genre de soutien dont elle avait besoin, et, peu à peu, elle s'est mise à boire comme un trou. En fait, c'est allé assez vite... Ma mère était un petit gabarit, avec un fort caractère. Parfois, je me dis que si elle avait pu dégoter une boîte de cachets ou un fusil, elle aurait mis fin à ses jours encore plus vite.

Janice se sent blêmir en même temps que tout espoir déserte soudain son cœur. Elle sait, aussi clairement qu'elle sait qu'il y a un verre dans sa main, une rivière de l'autre côté de la fenêtre et un soleil dans le ciel, elle sait que jamais elle ne pourra avouer à cet homme qu'elle a fait quelque chose qui a mené sa propre mère à se tuer avec l'alcool. Quant à lui dire qu'elle n'a pas eu de chagrin à la mort de sa mère, c'est tout bonnement inenvisageable. Elle regarde par la vitre ; le sentiment de regret qui la traverse est au-delà des larmes.

Elle se lève, et remarque que ses gestes sont étonnamment contrôlés. Ce calme lui vient de sa certitude de ne plus avoir aucun espoir.

— Je ne peux pas, Euan. Je pensais que je pourrais y arriver, mais non.

Il lève les yeux, ébahi ; sa douleur est évidente.

Elle s'empresse de prendre son sac et son manteau posé sur la chaise.

— Janice, s'il vous plaît, non… On peut parler ?

Elle se dit que s'il lui demande de parler de littérature ou d'histoires, elle risque de craquer, de fondre en larmes… de rester, peut-être. Mais il ne dit rien de plus. Il se contente de la regarder. Et elle ne veut pas croiser son regard.

Elle est maintenant au bout d'une route, à un croisement. Après être sortie du café, elle a marché, marché, marché. Elle regarde les voitures passer – noire, grise, puis quelques-unes de couleur vive qui contrastent avec la chaussée assombrie par une averse de mars. Des vélos épousent le virage, puis font une embardée pour éviter une flaque. Ils passent si près d'elle qu'en tendant la main, elle pourrait les renverser.

Son téléphone sonne. Elle pense que c'est Euan, mais c'est le nom de Stan qui s'affiche sur l'écran. Dès qu'elle entend sa voix, elle devine, et elle se met à courir. Quand elle tourne à l'angle donnant sur l'avenue de l'université, elle voit tout de suite l'ambulance en train de se garer.

36

La fin d'une époque

La chapelle est pleine et Janice a l'impression de regarder un vieux film en noir et blanc. Noir pour les endeuillés. Blanc pour les fleurs – lys, narcisses, roses, et elle pense reconnaître le parfum des jacinthes. Elle trouve que ce choix ne correspond pas à la femme qu'elle connaissait. Chaque fleur séparément, peut-être, mais toutes ensemble, elles dégagent un parfum écœurant, suffoquant. Cela dit, elle a bien conscience de ne pas être dans les meilleures dispositions pour trouver quoi que ce soit de réjouissant, aujourd'hui.

Au premier rang, il y a une femme en manteau gris foncé. Elle pleure, et Janice s'en étonne. La plupart du temps, elle avait l'impression qu'elle ne l'aimait pas. Son corps est secoué par les sanglots, et elle la voit sortir un mouchoir de sa poche. Puis la femme se tourne et lui fait signe. Cela la surprend encore plus que ses larmes. La femme lui tend la main en se penchant vers elle et lui murmure :

— Je vous ai gardé une place.

Puis elle se tourne vers l'homme trapu qui l'accompagne.

— Voici George, mon mari. Je ne sais pas si vous vous connaissez.

Janice s'assoit à côté de Mavis et la remercie.

— Je sais que Carrie-Louise vous aimait beaucoup. Elle me l'a souvent dit. Elle disait que vous étiez une femme qui cachait sa lumière sous le boisseau.

Janice sent ses yeux se mouiller ; elle entend Carrie-Louise prononcer ces mots, à ceci près qu'elle aurait ajouté « chérie » à la fin.

Carrie-Louise est morte d'une crise cardiaque. L'attaque a été soudaine et, pour une fois, Janice pense que la phrase « C'est allé très vite » peut être considérée comme une bénédiction. Elle n'a pas eu à subir le traumatisme d'une lente dégradation de son état, ou de perdre sa voix. Janice sait qu'elle aurait affronté tout cela avec grâce et bonne humeur, mais elle pense que Carrie-Louise aurait préféré finir ainsi. Elle est seulement triste que celle-ci ne puisse pas voir que Mavis, sa plus vieille amie, l'aimait sincèrement. Elle a l'impression de l'entendre dire : « Oh... ma chérie... c'est trop chou... elle était vraiment... adorable... finalement. » Elle regrette aussi cette débauche de roses blanches sur le cercueil. Carrie-Louise était une femme tellement élégante. Janice ne peut s'empêcher de penser qu'elle aurait trouvé cet amoncèlement de fleurs légèrement vulgaire.

« Oh, ma chérie... il faut toujours... faire simple... c'est beaucoup mieux. »

En remontant l'allée à la fin de la cérémonie, elle voit une silhouette familière assise au dernier rang : Mme B. Tiberius se tient à côté d'elle. La vieille dame est toute vêtue de noir, à l'exception du plâtre blanc qui recouvre son bras. L'escalier en colimaçon a fini par avoir raison de son grand âge, et elle l'a dévalé de haut en bas. Elle arbore également un spectaculaire œil au beurre noir. Janice aimerait aller la voir, mais elle se rappelle trop clairement le ton de sa dernière conversation avec Tiberius. Mme B. se tourne vers son fils pour lui dire quelque chose, et il regarde en direction de Janice. Après un minuscule hochement de tête à son intention, il tourne les talons et sort de la chapelle. Janice ne peut s'empêcher de se demander s'il est venu avec son chien. Mme B. lui fait signe d'approcher.

— Venez donc vous asseoir à côté de moi, Janice, le temps que Tiberius aille chercher la voiture.

— Je ne savais pas que vous connaissiez Carrie-Louise.

— Oh, Cambridge est une petite ville, et son mari, Ernest, était un ami d'Augustus. Je me suis dit qu'Augustus aurait souhaité que je vienne.

— C'était une femme adorable. Je pense que vous l'auriez appréciée.

Mme B. opine du chef.

— Un prénom intéressant, en tout cas, commente-t-elle.

— Il lui allait bien : c'était une femme intéressante. Et courageuse, aussi.

Elle se met à penser à ces histoires de prénom – jamais elle n'a eu le sentiment de moins bien porter celui qui lui a été donné à sa naissance.

— Avez-vous un deuxième prénom ? demande-t-elle pour s'arracher à ses sombres pensées.

— Mary.

Janice sourit.

— Que signifie ce sourire ? Pensez-vous à la Vierge Marie, ou peut-être plutôt à l'impure Marie-Madeleine ?

— Oh, non. *Mary, Mary, quite contrary*[1].

En dépit des circonstances et du chagrin qui l'accable sur plusieurs fronts, Janice garde son sourire et sent son cœur devenir un petit peu plus léger.

— Mais vous, comment allez-vous, Mme B. ?

— Eh bien, comme vous le voyez, toujours debout et à peu près vaillante. Merci pour les fleurs, et d'être venue me voir.

— Vous n'avez pas été une patiente idéale… je me trompe ?

— Je vous l'ai dit lors de notre première rencontre : je ne supporte pas d'être entourée d'imbéciles. Or, l'hôpital

1. Premier vers d'une célèbre et ancienne comptine anglaise.

où l'on m'a admise semblait en recéler une quantité bien supérieure à la moyenne. Je crois sincèrement qu'un des médecins a dû faire une chute sur la tête à sa naissance.

Janice aurait donné cher pour assister aux échanges entre ce médecin et Mme B.

— Les bénévoles n'étaient guère mieux. Une femme particulièrement condescendante portait toujours des tee-shirts avec des messages du genre « Soyez gentils avec les animaux ». Je l'ai remerciée de me le rappeler, et lui ai dit que désormais, j'y réfléchirais à deux fois avant de jeter ma prochaine portée de chatons dans une poubelle de rue.

— Oh, Mme B. !

Janice secoue la tête mais ne peut s'empêcher de rire.

— Ne vous en faites pas pour elle. Je suis pratiquement sûre qu'elle crachait dans ma soupe.

— Pas très végane, ça.

Mme B. réprime un petit rire.

— Sinon, quoi de neuf? demande Janice à son amie.

— J'allais vous poser la même question.

— Oh, les choses avancent doucement. Mon fils, Simon, est venu me voir. C'était vraiment chouette, et ça a aussi été utile, car il a parlé à Mike et l'a convaincu de me laisser reprendre la voiture, ainsi que de vendre la maison.

Elle s'abstient de dire à Mme B. que Mike n'a cessé de se plaindre en arguant que Geordie Bowman avait bien les moyens de tout racheter. Ou que, depuis, elle a vu Mike au volant d'une BMW appartenant à la propriétaire du pub où il va régulièrement. Apparemment, Mike n'a pas eu trop de mal à lui trouver une remplaçante, et il semble ravi de se faire dorloter par une plantureuse veuve approchant de la soixantaine. Finalement, Janice est surtout surprise de ne pas avoir vu le coup venir. Pour un peu, elle prendrait presque cette femme en pitié. Presque, mais pas vraiment. Celle-ci avait toujours toisé Janice comme si elle n'était « qu'une femme de ménage » quand elle allait au pub avec Mike.

Consciente que son regard se perd dans le vague, elle pose à nouveau les yeux sur Mme B.

— J'ai trouvé un petit endroit où m'installer, en attendant que la maison soit vendue.

Elle ne dit pas à Mme B. qu'il s'agit d'un hôtel, et qu'elle déteste dormir là-bas. Cela, elle ne le dit à personne. C'est peut-être une forme d'orgueil mal placé, mais elle espère que cela ne durera pas longtemps. Au lieu de quoi, elle ajoute :

— Mon amie Fiona est formidable, je dors chez elle de temps en temps. C'est la mère d'Adam, le jeune garçon dont je vous ai parlé.

— Ah, oui. Comment va-t-il, ce petit ?

— Bien. Je pense qu'il commence à se familiariser avec l'idée qu'ils adoptent un chien.

Elle sait qu'elle n'a pas à en dire plus à Mme B. Celle-ci est au courant de l'épisode de la fugue d'Adam, et elle a même parlé à Tiberius afin d'essayer de le convaincre d'embaucher le garçon pour promener le chien – en pure perte.

— Et vous, Mme B. ? Comment allez-vous ? Et comment va Mycroft ?

— Je l'ai en quelque sorte démis de ses fonctions... Je vais déménager.

— Oh, non ! Tous vos livres... Augustus... il doit y avoir un moyen d'éviter ça, non ?

Elle ne dit pas qu'elle ne supporte pas l'idée de ne plus passer de temps au milieu des livres de Mme B. – mais elle a le temps d'en prendre conscience.

— Hélas, non. Il y a des moments, dans la vie, où l'on doit accepter le fait que le changement est inévitable. Je n'y arrive plus, avec cet escalier... Et Tiberius...

— Oui ?

— Je sais que mon fils est le méchant de l'histoire, mais c'est mon fils avant tout, et j'ai préféré convenir d'un accord avec lui. Ça n'a pas été si compliqué.

Sans blague, pense Janice en se rappelant les deux millions en jeu.

— Où allez-vous habiter ?

— Nous avons trouvé un appartement en rez-de-chaussée dans une résidence au bord de la rivière. Il est assez grand, si bien que je vais pouvoir y emporter une grande partie de mes livres ; et Tiberius est d'accord pour me rendre une partie de mon vin. Comme ça, je pourrai siroter mon bordeaux en regardant la rivière.

Mme B. arque un sourcil.

— Je crois qu'ils organisent des soirées bridge, le mercredi.

— À mon avis, ils doivent aussi proposer des activités manuelles, l'après-midi. Ça va vous plaire, hasarde Janice.

— Aucune chance, parce que je n'irai pas, affirme Mme B.

— Des soirées quiz ?

— Lâchez-moi la grappe, Janice.

La vieille dame prend sa main dans la sienne.

— Vous viendrez encore faire mon ménage, dites ? Et même si vous ne le faites pas, vous viendrez boire un petit verre de gin avec moi ?

— Je ferai les deux, avec plaisir.

— Je vous trouve différente…

Janice sait que les choses vont se gâter.

— C'est-à-dire ?

— La dernière fois que je vous ai dit cela, vous étiez heureuse, commente Mme B.

— Et ? relance Janice comme son amie garde le silence.

— Eh bien, vous n'avez pas l'air heureuse maintenant, pas heureuse du tout. Voulez-vous m'en parler ?

— Je ne pense pas que je pourrai.

Comment lui dire qu'elle était à deux doigts d'y arriver, mais qu'au bout du compte sa culpabilité, ou ce qu'il en restait, lui avait interdit cette fin heureuse ? En outre, elle a le sentiment de ne pas avoir à se plaindre. Après tout, la famille est ce qui lui a le plus manqué quand elle était petite, et aujourd'hui, elle a la chance de pouvoir se construire un avenir avec son fils et sa sœur. Joy s'occupe déjà d'organiser sa prochaine visite.

— Vous en êtes sûre ?

Janice acquiesce. Elle ne se sent pas capable de lui parler d'Euan. Il lui envoie encore régulièrement des messages. Elle ne peut se résoudre à effacer son numéro, et certains jours, elle relit ses textos quatre ou cinq fois de suite. Quant à Decius, elle s'efforce de ne pas y penser, et porte le poids de cette perte comme une plaie qui restera toujours béante.

— J'ai repensé à *La Foire aux vanités*, dit Mme B. en pressant sa main.

Janice est soulagée de ce changement de sujet.

— Vous n'êtes pas Amelia. Mais je pense que le drame, c'est que votre mère l'était, et qu'elle n'ait pas eu une fin heureuse. Vous étiez son enfant et n'étiez donc pas responsable d'elle, Janice. Le fait qu'il n'y ait eu aucun fidèle William Dobbin pour venir à son secours prouve que la vie est bien plus cruelle que la fiction. Mais ce qui est sûr, c'est que ce n'était pas votre faute.

— Alors, je suis Becky Sharp ?

— Non, parce que celle-ci était une pure égoïste, et vous êtes la femme la plus altruiste que j'ai eu le bonheur de rencontrer. Mais il m'arrive parfois de déplorer que vous ne trouviez pas un peu plus de Becky en vous, et que vous ne vous accordiez pas davantage de droit au bonheur.

En entendant Mme B. dire cela, Janice se demande comment elle a pu se comparer à une lionne, ne serait-ce qu'en quelques rares occasions.

— Mais assez bavardé pour aujourd'hui. Je vois ma raclure de bidet de fils qui revient…

Janice braque sur elle des yeux ronds.

— Il vous a répété ce que je lui ai dit ?

— Oui. Et il était livide, jubile Mme B.

— Qu'est-ce que vous lui avez répondu ?

— Rien. Je ne pouvais pas parler. Mais je me suis presque pissé dessus – de rire ! se rappelle Mme B., aux anges. Bref, il vaut mieux vous faire discrète, mais vous voudrez bien venir lundi ? Les déménageurs devraient avoir fini de m'installer, d'ici-là.

— Je peux venir vous aider à ranger vos affaires, si vous voulez.

— Vous plaisantez ? Laissons Tiberius payer pour ça. Après tout, il a les moyens.

37

Nous sommes tous des conteurs

Le nouvel appartement de Mme B. se trouve dans une vaste demeure de style géorgien se déployant autour d'une cour. Une fontaine murmure au centre de cette cour, et plusieurs statues ont été disposées savamment dans les jardins adjacents. Janice est certaine que Mme B. a détesté cet endroit dès le premier regard. Une spacieuse zone de réception s'ouvre sur les espaces communs et les couloirs distribuant les appartements individuels. Janice se réjouit de ne sentir ni odeur de chou ni d'urine, mais les lieux empestent le désodorisant de synthèse. Elle espère que Mme B. n'est pas obligée de passer trop de temps dans les parties communes.

Son amie lui ouvre la porte, révélant une grande entrée avec suffisamment de place pour une table et deux chaises. Alors que Mme B. la fait entrer, Janice se dit que cela augure positivement du reste de ce nouveau logement, dont elle lui a dit qu'il se composait d'une cuisine, d'une salle de bains, de deux chambres et d'un grand salon-salle à manger. La vieille dame lui explique que la plupart des pièces ont une vue sur les jardins et la rivière ; elle semble d'excellente humeur et bavarde gaiement avec Janice. Ceci étant tout à fait anormal pour Mme B., Janice se demande si elle a bu, mais elle s'abstient de poser la question. Tout en la suivant dans le couloir, elle repense à la première fois qu'elle l'a rencontrée (vêtue de violet et de rouge) et est entrée chez elle en passant devant des écureuils empaillés, un didgeridoo, des valises et un sac de vieux clubs de golf.

— Mme B., qu'avez-vous fait de toutes les choses que vous aviez stockées ?

— J'en ai fait don à l'université, répond Mme B. d'un ton guilleret.

— Je parie qu'ils ont été ravis ! dit Janice en riant.

Elle s'arrête alors brusquement, et Mme B. s'arrête en même temps. Sur la chaise près de la porte de la pièce principale se trouve un casque de vélo. Elle se retourne pour faire face à son amie.

— Qu'est-ce que vous avez fait ? Qui est là ? demande-t-elle en pointant un pouce en direction de la chaise.

— Eh bien, étant donné que vous êtes une femme intelligente, je présume que vous connaissez déjà la réponse à cette question.

Mme B. n'arbore pas une mine coupable – plutôt méfiante.

— Mme B., qu'est-ce que vous avez fait ? répète Janice plus lentement.

Elle sent les battements de son cœur accélérer et ses paumes devenir moites.

— Le jeune homme ici présent m'a contactée parce qu'il s'inquiétait pour vous. Par ailleurs, il a un cadeau à vous offrir. Je dois dire que je l'ai trouvé extrêmement sympathique et étonnamment cultivé, pour un chauffeur de bus. Il faut dire que l'éducation a tellement évolué, de nos jours…

Janice sait que Mme B. essaie de gagner du temps, mais elle a du mal à se concentrer, sachant qui se trouve derrière cette porte. Elle imagine Euan, dévoré de stress, ce qui ne fait qu'aggraver sa propre anxiété.

— Il a cinquante-cinq ans, je ne pense donc pas qu'on puisse encore le qualifier de jeune homme. Son père était libraire, et lui pilotait un bateau de sauvetage, dit-elle, histoire de répondre quelque chose.

— Voilà qui est fort intéressant. Il m'a parlé de la librairie, mais pas du bateau de sauvetage. Je suis sûre qu'on doit se sentir rassurée, entre les mains d'un tel homme.

Janice commence à sérieusement s'inquiéter. À la façon dont parle Mme B. elle sent qu'elle est nerveuse, ce qui ne lui ressemble pas du tout.

— Janice, j'ai un aveu à vous faire, dit-elle avant de marquer une pause. Je tiens à ce que vous sachiez que j'ai longuement réfléchi avant d'agir ainsi. Mais j'ai eu le sentiment qu'en l'occurrence je devais moi aussi me faire conteuse. Et… j'ai raconté votre histoire à Euan.

— *Quoi*? s'écrie Janice avant de jeter un coup d'œil vers la porte et de reprendre, un ton plus bas: Vous plaisantez? Comment avez-vous pu faire ça?

Mme B. se laisse tomber sur la chaise et pose le casque d'Euan sur ses genoux. Janice résiste à la tentation de lui demander si elle a perdu la raison.

— Je suis bien consciente qu'en agissant de la sorte, j'ai trahi votre confiance et mis en péril notre amitié. Ce n'est pas une chose que j'aurais faite à la légère, je vous l'assure. J'y ai énormément réfléchi, depuis la première fois où Euan est venu me rendre visite. Et j'ai pris cette grave décision pour deux raisons…

Janice note que la vieille femme se cramponne au casque comme un naufragé à une bouée de sauvetage.

— D'abord, parce que je pense qu'une culpabilité infondée vous empêche de dire à cet homme ce qu'il a manifestement besoin de savoir, et parce que je crois aussi que, même si vous surmontiez cela, ce dont je doute fortement, vous ne raconteriez toujours pas l'histoire telle qu'elle doit être dite.

Janice tente de l'interrompre, mais Mme B. lève la main pour l'en dissuader.

— Je vous connais : vous raconteriez l'histoire en plaçant votre sœur au cœur du récit. Sauf que c'est *votre* histoire, Janice, et j'aimerais que vous vous en rendiez compte, pour une fois. Vous n'étiez qu'une enfant, et vous n'avez pas eu de chance. Mais vous n'étiez pas responsable de la mort de votre mère, ou de son addiction à l'alcool.

Ce disant, Mme B. secoue la tête, et Janice sent son émotion.

— Cela me met très, très en colère de penser que personne ne vous a aidée. Vous étiez trop jeune, Janice ; vous n'auriez jamais dû avoir à porter un si lourd fardeau.

Elle passe une main tremblante sur ses yeux et prend une grande inspiration. Janice n'essaie plus de l'interrompre et s'assoit de tout son poids sur l'autre chaise de l'entrée.

— La seconde raison pour laquelle je lui ai raconté votre histoire, c'est que tous ces moments que nous avons passés ensemble m'ont permis de constater que rencontrer cet homme a tout changé pour vous. Qu'il vous rendait heureuse. Et s'il y a une femme au monde qui mérite d'être heureuse, c'est bien vous, Janice. Personnellement, je donnerais tout, *tout* pour pouvoir passer ne serait-ce qu'une heure de plus avec Augustus. Alors ne laissez pas passer cette chance à cause d'un sentiment de culpabilité aussi stupide que déplacé. Maintenant, épargnez un peu mes nerfs et ceux d'Euan, et allez donc parler à ce pauvre homme.

Ne sachant pas quoi dire, Janice ne dit rien. Mais elle se lève et ouvre la porte. Elle entre dans la pièce, referme la porte derrière elle. Euan est là, lui tournant le dos, à regarder le jardin et la rivière. Il se retourne pour lui faire face.

— Si vous ne voulez pas me voir, je m'en vais, dit-il avec un signe de tête vers l'entrée. J'ai entendu une bonne partie de ce que Rosie vient de vous dire.

La première pensée qui lui vient est : *Rosie ! Il l'appelle Rosie !» Puis : « Que c'est bon de le revoir. Il a l'air fatigué.*

— Elle a raison, vous savez. Ce n'était pas votre faute, Janice. Mais est-ce que notre avis change quelque chose pour vous ? Ce n'est pas ça le plus important, dans l'affaire.

— Vous… vous ne pensez pas que c'était ma faute ? demande-t-elle.

Il se retourne pour contempler la rivière.

— Bien sûr que non. Je suis juste infiniment navré pour vous… et triste.

Il jette un œil par-dessus son épaule.

— Sinon, comment va Adam ?

Le brusque changement de sujet la déconcerte et la soulage en même temps. Mais il était évident qu'il demanderait des nouvelles du jeune garçon.

— Je crois qu'il fait son chemin ; j'espère qu'il s'en remettra, dit-elle.

— Peut-être. Ou peut-être pas.

— Je sais que ça prendra du temps.

Il hausse les épaules, lui tournant toujours le dos.

— J'espère vraiment qu'il finira par aller bien, ajoute-t-elle, surprise par le pessimisme inhabituel d'Euan.

Il ne se retourne toujours pas.

— C'est possible, mais peut-être qu'il aurait dû passer un peu plus de temps avec son père, aussi. Il devrait réfléchir à ça, assène-t-il.

— Je suis sûre qu'il a fait tout ce qu'il pouvait. Je sais qu'ils allaient parfois camper ensemble, par exemple, lui oppose-t-elle, sidérée par ce changement chez Euan.

— Il m'a dit qu'il avait remarqué bien plus de choses que Fiona ne le croit. Il aurait peut-être été préférable qu'il en parle à quelqu'un capable d'aider son père…

— Que voulez-vous dire ? s'agace-t-elle maintenant.

— Je dis juste qu'il aurait peut-être pu en faire davantage, c'est tout.

— Mais où voulez-vous en venir, à la fin ?

— Eh bien, il y avait forcément une raison pour que John soit dans un tel état. Et les histoires entre père et fils, vous savez…

Janice s'emporte subitement :

— Mais Adam n'a que douze ans, bon sang ! Ce n'est qu'un enfant !

Elle crie. La lionne est de retour.

Il se retourne alors pour lui faire face.

— Exactement, Janice. C'est un enfant. Du même âge que celui que vous aviez au moment de ces tristes épisodes de votre existence. Alors si vous êtes prête à défendre Adam, pourriez-vous aussi prendre la défense de la petite Janice de douze ans ?

Elle le dévisage.

Il baisse d'un ton et tend doucement une main vers elle.

— S'il vous plaît, Janice, défendez-la. Il faut que quelqu'un le fasse.

Elle avance une main vers la sienne, et il l'attire vers lui. L'instant d'après, il la serre contre son cœur et murmure à son oreille :

— Je suis prêt à m'en charger, Janice, mais je pense que la seule personne qui puisse vraiment le faire pour elle, c'est vous.

Serrée contre lui, elle sent les battements de son cœur et se rappelle soudain une des rares photos qu'elle possède d'elle et de sa sœur, enfants. Elle éprouve le besoin de sortir cette photo et de regarder cette petite fille – de se regarder elle-même. Cette petite fille nommée Hope. Elle était si jeune, comme le dit Euan – aussi jeune qu'Adam, qui n'est encore qu'un enfant.

Au bout d'un moment, semblant lire ses pensées, il lui dit :

— J'ai une photo pour vous.

Elle s'écarte.

— Quoi, une photo de moi ? demande-t-elle sans comprendre.

— Non, mais j'aimerais bien en voir une.

Il glisse une main dans la poche de sa veste et en sort la photo aux teintes sépia d'une jeune femme.

— C'est Becky.

— Ah, oui ?

La jeune femme qui lui fait face sur le papier glacé a de grands yeux sombres et un menton prononcé lui conférant un air affirmé. Son expression est impossible à déchiffrer. Pourrait-il s'agir d'une femme qui a tué un mari dont elle s'était lassée ? Difficile à dire en regardant cette photo. Pourrait-il s'agir d'une Becky Sharp ? Oui, certainement. Janice relève les yeux et se rend compte qu'elle a abandonné Mme B. dans le couloir. Elle va ouvrir la porte ; la vieille dame est toujours assise sur la chaise. Janice ne peut s'empêcher de penser que son amie semble contente d'elle.

— Pardonnée ? demande cette dernière d'une voix enjouée.

— Peut-être, répond Janice en se baissant pour déposer un baiser sur sa joue, avant d'ajouter : Vous êtes quand même sacrément tordue, vous, hein.

Elle aide la vieille femme à se lever et l'accompagne jusqu'à son vieux fauteuil élimé, installé près d'un radiateur flambant neuf imitant le feu et doté d'un contour en marbre. Mme B. jette à l'objet un regard plein de mépris tout en s'asseyant.

— Vous avez vu ça ? demande Janice en lui tendant la photo de Becky.

Mme B. la regarde et la lui rend.

— Oui… Très intéressant. Désirez-vous connaître son véritable nom ?

Janice secoue la tête tout en scrutant les traits juvéniles sur l'image.

— Pas une grande beauté, mais je dirais qu'elle avait du charisme.

Mme B. lâche un petit gloussement.

— Vous êtes sûre que vous ne voulez pas que je vous la présente un peu mieux?

— Non, je crois que je préfère qu'elle reste simplement Becky pour moi. Je ne sais pas pourquoi, mais il me semble que ça me convient mieux ainsi.

Mme B. tend la main et reprend la photographie pour la contempler à nouveau quelques instants.

— C'est dommage, ce portrait ne lui rend pas vraiment justice, tout de même… lâche-t-elle.

— Quoi? s'exclament Euan et Janice à l'unisson.

— Vous l'avez connue? demande Janice.

Mme B. incline la tête d'un côté.

— Connue, connue… Non. Il serait plus exact de dire que je l'ai vue. Elle prenait un verre au Ritz de Paris un jour, accompagnée d'un affreux petit toutou et d'un énorme Américain très bruyant. C'est Augustus qui l'a reconnue. Naturellement, elle était déjà très âgée alors, mais il l'avait croisée à l'époque où il dirigeait le bureau d'études de Paris.

— Ça alors! Comment était-elle?

— Elle était de ces femmes dont on sent qu'elles possèdent une vraie profondeur sous leur apparence superficielle. Ce petit quelque chose en plus qui change tout.

— Est-ce pour cette raison que vous m'avez raconté son histoire? Parce que vous l'aviez vue de vos propres yeux? Je me demandais pourquoi ce choix…

— Je ne saurais pas vraiment l'expliquer, dit Mme B., pensive. Le hasard, peut-être – si je pouvais croire à ça. Ou peut-être est-ce simplement parce que je pensais à Augustus et que, quand nous avons commencé à parler d'histoires…

— Quand *vous* avez commencé à parler d'histoires, rectifie Janice.

— Oui, quand *j'ai* commencé à parler d'histoires, pour je ne sais quelle raison, je me suis rappelé qu'Augustus m'avait parlé d'elle ce soir-là, alors que nous dînions au Ritz. Il était habituellement fort discret, mais nous avions bu du champagne et je pense qu'il savait que l'histoire de cette femme me fascinerait.

— D'après vous, était-il au courant pour les lettres et tout le reste ?

— Cela ne me surprendrait guère, mais il a conservé un silence parfaitement professionnel à ce sujet-là.

Mme B. lui coule un regard de sous ses sourcils broussailleux et Janice se demande si elle lui dit toute la vérité.

On sonne soudain à la porte.

— Sauvée par le gong ? lance Janice à son amie.

Mme B. conserve un visage impavide et tant bien que mal tente de se lever de son fauteuil.

— Voulez-vous que j'aille ouvrir ? propose Janice, consciente que l'ancienne espionne ne lui en dira pas plus.

— Non, il ne vaut mieux pas. Ce doit être Tiberius avec le vin. Je ne supporte qu'une petite dose de jubilation par jour, et vous entendre traiter mon fils de voleur risquerait de faire exploser mon compteur.

Le sourire plein de malice est de retour sur les lèvres de la vieille dame. Janice lui ouvre la porte donnant sur le couloir et la referme derrière elle. Euan et elle se retrouvent à nouveau seuls.

— C'est vraiment un personnage, cette Rosie, commente-t-il avec un signe de tête en direction de la porte.

— Rosie ! s'exclame Janice malgré elle – décidément, elle ne s'y habitue pas.

— Quoi ? Je refuse de l'appeler Mme B., et elle trouve que Madame est trop formel.

Il passe un bras autour d'elle.

— Alors… Vous et moi… C'est bon, on a recollé les morceaux ?

— On a plus que recollé les morceaux, même. Toi et moi.

— On n'est pas obligés de se presser, Janice. On n'a qu'à y aller tout doucement, pas à pas. On peut faire comme ça ?

Elle opine du chef.

— Un pas après l'autre, oui.

Une nouvelle fois, elle se demande si cet homme voudra bien danser avec elle.

Ils entendent des voix en provenance de l'entrée et restent assis sans rien dire sur le canapé. Janice a l'impression d'être une collégienne indisciplinée, en train de se dérober à la vue du proviseur. Bientôt, elle entend la porte d'entrée se refermer et, un instant plus tard, celle du salon s'ouvre soudain à la volée. Un fox-terrier monté sur ressorts déboule alors sur ses petites pattes pointées, la tête haute, et se rue sur Janice comme s'il avait été catapulté sur elle. Lorsqu'il atterrit sur ses genoux et la regarde dans les yeux, son expression est claire : « T'en as mis du temps, bon Dieu ! »

Pendant plusieurs minutes, Janice ignore ses congénères ; elle est trop occupée à dire à Decius combien celui-ci lui a manqué. Elle finit tout de même par relever la tête ;

— Oh, merci, Mme B. Vous l'avez amené me voir.

— Pas amené. Acheté.

— Je ne vous suis pas.

— Ah, là, là, les religieuses ont vraiment perdu leur temps avec vous, je vous jure…

— Je ne comprends pas.

— J'ai dit que je l'avais acheté, pas amené. Une partie de mes négociations avec mon fils – qui vendrait sûrement sa grand-mère, s'il en avait encore une – incluait le fait que si j'habitais seule dans un nouvel endroit, j'aurais besoin d'un chien pour ma sécurité et me tenir compagnie. Quand nous avons conclu notre marché, j'avais un chien bien spécifique à l'esprit.

— Mais vous n'avez jamais dit que vous vouliez en avoir un, s'exclame Janice. Je ne savais même pas que vous aimiez les chiens.

— Ne dites pas de bêtises. Bien sûr que non, je ne veux pas de chien, grogne la vieille dame en reprenant place dans son fauteuil, cependant qu'un petit frémissement éloquent traverse son visage. Il est à vous. Et j'espère que ça vous fait plaisir, parce que je crois que ce fox-terrier m'a coûté la bagatelle de deux millions de livres sterling.

Janice ne peut plus bouger ; son regard est figé droit devant elle. Soudain, elle se lève pour se jeter sur la vieille femme et l'étreindre avec fougue – en essayant de ne pas trop l'écraser.

— C'est fou ce que je vous aime, Mme B. !

Tandis qu'elle la serre contre son cœur, la vieille dame émet de petits roucoulements. Le roucoulement se mue bientôt en une toux hilare, rappelant à Janice la fois où elle lui avait appris que son fils avait appelé son chien Decius. Elle s'écarte d'elle et regarde Mme B. frapper des deux mains les accoudoirs de son fauteuil pendant que des larmes de rire viennent strier ses joues ridées.

— Qu'est-ce qu'il y a ? demande Janice, perplexe.

Mais cela ne fait qu'accroître le fou rire de son amie, qui parvient uniquement à articuler d'une voix étranglée :

— My-croft.

— Quoi, Mycroft ? Il a fait quelque chose ? s'enquiert Janice en s'asseyant près d'elle sur le tapis, une main sur le genou de Mme B., l'autre bras enlaçant Decius.

Et la vieille dame de se balancer d'avant en arrière, toujours hilare. Janice regarde Euan, sans comprendre.

Après un ultime gloussement, Mme B. reprend son souffle et tapote la tête du chien.

— Maintenant que j'y pense, il est possible que j'aie légèrement exagéré la valeur de ce gentil chien, dit-elle avec un rictus. Je ne suis pas sûre qu'il valait vraiment deux millions.

Janice s'assoit sur ses talons.

— Que voulez-vous dire ?

— Jarndyce contre Jarndyce, déclare son amie d'une voix teintée de jubilation.

Janice ne comprend toujours pas.

— Bon, je vais vous expliquer, dit Mme B.

— Oui, il vaudrait mieux, répond Janice en se relevant pour reprendre place sur le canapé à côté d'Euan.

Decius pose son arrière-train sur ses pieds, visiblement ravi, cependant que Mme B. commence à émettre de nouveaux gloussements satisfaits.

— Je pense que ce que mon fils a peut-être oublié, c'est que tous les frais de justice relatifs à la fiducie de son père…

— Les deux millions de livres ? demande Euan.

Mme B. acquiesce et poursuit :

— Oui, tous les frais encourus sont prélevés sur le capital avant que l'héritage ne soit transmis. Or il semble que Mycroft soit un avocat extraordinairement cher… Il le vaut pleinement, bien entendu.

Janice n'est pas sûre de saisir.

— Mais… je croyais qu'il n'allait rien vous facturer ?

— Ah, ce cher homme ne comptait pas le faire, jusqu'à ce qu'il se rende compte que la totalité de la somme irait à mon traître de fils…

Elle regarde Janice avec un peu de tristesse.

— Alors il s'est dit que ce serait une bonne idée de prendre une grosse part du gâteau pour lui.

— Et ça ne vous ennuie pas ?

Euan a l'air aussi confus que Janice. Le regard de Mme B. oscille de l'un à l'autre.

— Il ne faut jamais, au grand jamais, sous-estimer Mycroft.

Elle se tourne plus particulièrement vers Janice.

— Et vous, vous ne devez jamais perdre espoir, car l'espoir change tout, Hope.

Elle adresse une petite révérence à Janice, qui lui rend la pareille.

— En l'espèce, Mycroft a fait don de ses honoraires au collège, à la condition que lui et moi ayons notre mot à dire sur la transformation de mon ancienne maison en bibliothèque. L'argent ne manquera pas pour réaliser cet aménagement, et Mycroft a suggéré au doyen de donner à cette bibliothèque le nom d'Augustus, explique-t-elle avec un sourire mutin.

— Oh, Mme B., c'est formidable ! Décidément, personne ne le voit jamais venir, ce Mycroft, ajoute Janice dans un murmure.

— Effectivement, ma chère. Et, non, ajoute-t-elle comme si elle lisait dans les pensées de son amie, je ne vous raconterai pas l'épisode de Madagascar !

Janice rit avant de redevenir sérieuse.

— Tiberius va peut-être se fâcher ? Il ne risque pas de reprendre Decius ?

— Ne vous en faites pas pour ça. Mycroft a pris grand soin de l'inclure précisément dans les termes de l'accord que nous avons tous deux signé. Je crois d'ailleurs que la rédaction de ce texte a pris un temps infini, et que cela a dû coûter quelques milliers de livres à Tiberius.

Mme B. tourne les yeux vers le plafond, rappelant à Janice les manières de son fameux ami Fred Spink, alias Mycroft.

— C'est fou ce que les additions peuvent grimper vite, parfois, dit la vieille dame, l'air songeur. Allez, maintenant, je crois qu'on a bien mérité d'ouvrir une bonne bouteille de vin pour fêter tout ça, ajoute-t-elle en les regardant.

Après avoir dégusté un excellent pinot noir de la cave d'Augustus, Euan et Janice prennent congé de Mme B. Decius à leurs côtés, ils prennent le chemin menant en ville, Euan poussant son vélo et Janice agrippant la laisse de Decius comme si celui-ci risquait de s'envoler.

— Il faut qu'on aille voir Adam.

— Oui, j'y pensais aussi, dit Euan en contournant une borne. Decius est un chien pur race, n'est-ce pas ?

— Bien sûr, répond Janice en regardant avec tendresse la petite tête frisée de l'intéressé.

— Dans ce cas, que dirais-tu d'un « fils de Decius » pour Adam ?

— Ah oui, très bonne idée. Mais il vaut peut-être mieux éviter d'en parler tout de suite. Souviens-toi de ce qui s'est passé, la dernière fois.

Ils marchent un moment en silence, puis Janice se rappelle quelque chose.

— Au fait, tu ne m'as jamais raconté ta quatrième histoire...

— Je crois que je l'ai oubliée... Et toi, tu vas continuer à collectionner les histoires des autres ?

Elle fait oui de la tête.

— Je ne pense pas que je pourrais arrêter. Et je n'en ai pas envie. C'est dans les histoires des gens qu'on découvre ce qu'il peut y avoir de meilleur en soi.

— Et à quoi est-ce que tu aspires, maintenant ? demande Euan en la regardant de profil.

Janice est loin d'en être sûre, mais elle a la conviction qu'avec cet homme marchant à ses côtés elle trouvera la réponse en route. Alors elle se contente de lui sourire et secoue la tête.

— Une nouvelle histoire ? suggère-t-il sur le ton de l'espérance.

— Oh, oui. Je crois qu'il est temps que je rattrape le temps perdu. Mais dis-moi, je croyais que tu pensais avoir cinq histoires, en tout ?

— Eh bien, disons que certaines étaient peut-être plus des souhaits de ma part, que des histoires déjà vécues...

Il lui coule un regard en biais.

— D'accord... À toi de choisir : préfères-tu celle du conducteur de bus qui apprend à danser ? Ou celle du conducteur de bus qui gagne à la loterie ?

— La danse ! Pas toi ?

— Comme tu voudras.

Ils continuent de marcher sans rien dire.

— Alors, ça te dirait d'aller danser ? lui demande-t-il.

— Oh, oui. Tu pensais à un endroit en particulier ? Y a-t-il un cours de tango quelque part, où l'on pourrait essayer ?

— Je pensais… à l'Argentine, par exemple, dit-il d'un ton hésitant.

— L'Argentine ? Tu plaisantes !

— Pas du tout. Je me disais même qu'on pourrait passer par le Canada, en revenant. Je suis sûr qu'Adam serait ravi de s'occuper de Decius.

Janice pose sur lui des yeux ébahis.

C'est à ce moment seulement qu'elle remarque que le vélo qu'il pousse à côté de lui est un élégant modèle, flambant neuf, en fibre de carbone.

Note de l'autrice

Je suis tombée sur l'histoire de Becky – en réalité, une femme appelée Marguerite Alibert – en lisant l'excellent ouvrage d'Adrian Phillip sur Edward VIII, *The King Who Had to Go*. Marguerite y est brièvement évoquée, mais il apparaissait clairement que cette femme avait eu une liaison avec le futur roi, et qu'elle s'était sortie d'une affaire de meurtre. Avide d'en savoir davantage, j'ai alors découvert le livre d'Andrew Rose sur ce scandale, *The Prince, the Princess and the Perfect Murder*, ainsi que divers articles, enquêtes et documentaires sur le sujet.

Le débat reste ouvert sur le fait que Marguerite ait eu ou non l'intention de faire chanter le prince de Galles, et sur le rôle qu'a joué leur correspondance dans le procès de la courtisane et son acquittement. Quoi qu'il en soit, il est indéniable qu'elle a eu un rôle important dans les débuts de la vie sexuelle du prince, et que celui-ci lui a écrit quantité de lettres indiscrètes.

Je dois dire que je partage l'avis de Mme B. sur le caractère de Marguerite – une authentique Becky Sharp, à coup sûr. Et je suis certaine que Mme B. en sait bien plus sur ces lettres qu'elle ne veut le dire…

Remerciements

J'aimerais remercier mes amis et mes filles, qui ont lu mes diverses tentatives d'écriture de fiction depuis mes débuts. Merci pour votre tolérance et votre patience, ainsi que pour votre gentillesse au moment d'exprimer vos commentaires. Je tiens à remercier tout particulièrement mon père, qui a lu la totalité des pages que j'ai écrites et m'a toujours encouragée sans jamais se départir de son enthousiasme.

Merci à tous les gens qui m'ont permis d'emprunter leurs histoires. Pendant un an, je les ai collectionnées, comme Janice. Presque toutes celles relatées dans ce livre sont vraies ou inspirées de faits réels. Il m'est parfois arrivé de broder un peu pour les besoins de la narration ou pour masquer l'identité de la personne dont je racontais l'histoire, mais l'essentiel est issu de la vraie vie. Ce qui tend à prouver que Janice a raison – c'est chez les gens ordinaires que survient l'extraordinaire.

Merci à mon agente, Tanera Simons. Il y a désormais un avant et un après Tanera dans ma vie d'autrice. Écrire dans le vide et affronter les refus peut se révéler déprimant et mener à une forme d'isolement. Après avoir été acceptée par Tanera de l'agence Darley Anderson, j'ai eu le sentiment d'avoir une amie à mes côtés, me prodiguant des conseils aussi astucieux que pertinents.

Je désire aussi remercier mon éditrice, Charlotte Ledger, ainsi que l'équipe de One More Chapter. Sans elle, Decius n'aurait jamais trouvé sa voix – ce qui aurait été f**trement dommage !

Enfin, comment conclure un tel livre sans mentionner ma femme de ménage, Angela ? Pendant de nombreuses années, Angela a rendu ma vie bien plus facile et ma maison bien plus propre. Alors, merci, Angela.

Cet ouvrage a été composé
par Atlant'Communication
au Bernard (Vendée)

Impression réalisée par

NORMANDIE ROTO IMPRESSION S.A.S.
à Lonrai (Orne)

en février 2024
pour le compte des Éditions de l'Archipel
département éditorial
de la S.A.S. Écriture-Communication

#lisez! engagé
www.lisez.com
Pour plus d'information :
Imprimé sur du papier issu de forêts gérées durablement.

Imprimé en France
N° d'impression : 2400301
Dépôt légal : mars 2024